UNE SORCIÈRE
À LA COUR

Du même auteur :

Romans :

Guy de Maupassant, Hachette Littérature, 1982.
Johann Gelder, faussaire de génie (ou *Le Génie du faux*), Ramsay, 1985.
Tendres Condoléances, Presses de la Renaissance, 1986.
L'Odyssée du crocodile, Presses de la Renaissance, 1987.
Le Cœur à l'explose, Calmann-Lévy, 2000.
Et ton nom sera Vercingétorix (en collaboration avec François Migeat), Robert Laffont, 2006.
L'Espion du pape (en collaboration avec François Migeat), Robert Laffont, 2009.

Essais :

Le Théâtre hors les murs, Le Seuil, 1969.
Sous le nom de Philippe Gratton :
Les Luttes de classes dans les campagnes, Anthropos, 1970.
Les Paysans français contre l'agrarisme, Maspero, 1971.
Les Paysans, éditions du Burin, 1972.

Théâtre :

Le Chevalier au Pilon Flamboyant, d'après Beaumont et Fletcher, Stock, 1971.
Anecdotes provinciales, d'après Alexandre Vampilov, L'Avant-Scène Théâtre, 1980.
Finalement quoi, Actes Sud-Papiers, 1986.
Moi c'est l'autre, Actes Sud-Papiers, 1987.
L'Infini est en haut des marches, Actes Sud-Papiers, 1987.
Effets de nuit, Actes Sud-Papiers, 2006.
La Colère du Tigre, L'Avant-Scène Théâtre, 2014.
Bankable, L'Avant-Scène Théâtre, 2017.

www.lemasque.com

PHILIPPE MADRAL

UNE SORCIÈRE À LA COUR

Maquette de couverture : © Louise Cand
Photographie de couverture :
© Malgorzata Maj / Arcangel Images

ISBN : 978-2-7024-4988-2

Philippe Madral se consacre pleinement au théâtre, au scénario et à la littérature. *Une sorcière à la cour* est son nouveau roman historique.

À mes petits-enfants,
ceux qui savent lire
comme ceux qui ne le savent pas encore,
avec toute ma tendresse

1

Vendredi 17 juillet 1676

Quoi qu'il eût pu alors m'advenir si je ne m'y étais pas rendu, je me demande encore aujourd'hui par quelle inconscience j'emmenai ce jour-là Gabrielle avec moi, et je m'en voudrais toujours d'avoir conduit ma chère femme à un spectacle qu'aucun être humain digne de ce nom ne devrait tolérer.

À quel orgueil futile ou à quel fat besoin de me montrer dans le monde en bonne compagnie avais-je pu céder ? Était-ce la crainte de blesser quelqu'un d'important en refusant cette invitation ? Je n'étais pourtant pas dupe des raisons pour lesquelles j'en avais été gratifié. Sur la recommandation de M. Colbert, le roi m'avait fait l'honneur de me nommer lieutenant général de police à Paris quelques années plus tôt, en 1667. Il m'avait tiré de mon obscur poste de magistrat pour me confier cette haute charge qu'il avait souhaité créer, alors que seuls quelques-uns de ses intimes avaient pu avoir connaissance de mes compétences.

Sans doute notre souverain avait-il été sensible au fait que j'avais résisté de toutes mes forces à la Fronde, lorsque j'étais Président du tribunal de Bordeaux. Ayant servi comme intendant le duc d'Épernon, alors gouverneur de la Guyenne, resté comme moi fidèle au roi pendant les troubles qui avaient agité le royaume, celui-ci avait eu la bonté de me faire connaître à la cour. Cette recommandation m'avait permis d'acheter en 1661 une charge de maître des requêtes au conseil du roi et conféré une petite notoriété auprès de notre souverain, mais qu'il ait pu penser à me confier un poste aussi nouveau qu'important ne laissa pas, malgré tout, de m'étonner, car je n'étais de toute évidence pas homme à aimer me trouver placé ainsi en pleine lumière.

Par bonheur, Gabrielle était là pour me ramener à plus de modestie, lorsque j'étais tenté de me donner trop d'importance. Elle se plaisait alors à dire qu'on ne m'avait justement fait sortir de l'ombre que pour mieux m'y faire rentrer, puisque tout mon travail de policier devait s'efforcer de rester dans le plus grand secret. L'importance de cette charge qui n'avait jusqu'alors jamais existé, les succès que j'y avais remportés en luttant contre la délinquance qui sévissait dans les rues de notre capitale, l'estime enfin que le roi voulait bien m'accorder, m'avaient rendu désirable aux yeux d'un grand nombre de membres de la noblesse, toujours à la recherche de faveurs particulières ou de dérogations aux règles communes. C'était sans doute pourquoi certains d'entre eux avaient cru judicieux de m'inviter à assister au spectacle de cette exécution, et expliquait qu'il m'eût paru inconvenant de leur faire l'affront de refuser.

Quelques nobles parisiens s'étaient en effet réunis autour du marquis des Brisiers pour louer en sa compagnie le premier étage d'une maison donnant sur la place de Grève, où une foule immense se pressait autour de l'estrade dressée en vue de l'exécution. La carriole qui allait emmener la marquise de Brinvilliers à son supplice devait passer sous nos fenêtres, et c'était ce moment-là surtout qu'attendaient avec une fièvre malsaine les dames et les seigneurs qui nous accompagnaient. Quel visage pourrait avoir à présent cette femme jusque-là si fière d'elle-même et désormais promise au martyre, lorsqu'elle apparaîtrait dans sa robe de bure, les cheveux coupés ras et les mains liées, elle qui les avait toutes dominées par sa beauté et son esprit ? Voilà la seule question qui passionnait la gent féminine réunie autour de nous. Pour la masculine, c'était autre chose, sans doute le goût du sang plutôt que celui de l'humiliation, l'attrait carnassier d'un meurtre commis de sang-froid et en toute légalité, le plaisir pervers de voir l'épée d'un bourreau s'abattre avec la bénédiction de l'Église sur un cou si gracieux et en détacher une tête ravissante que certains d'entre eux avaient pourtant follement aimée et couverte de baisers passionnés quelques années plus tôt.

À mesure que l'atmosphère de l'appartement autour de moi se faisait plus lourde et plus exaltée, je me sentais étrangement de plus en plus froid, à la limite du dégoût pour ceux qui m'entouraient. Je ne pouvais m'empêcher de bénir mes parents de m'avoir fait ainsi, peu propre aux excès, qu'ils soient enflammés ou dépressifs, et je me réjouissais de n'avoir jamais été sujet à ces passions dévorantes dont on est par définition l'esclave et qui détruisent la plupart du temps ceux qui en sont les victimes. Sagesse acquise ou trait de constitution naturelle ? Du plus loin que je me souvienne, je n'avais jamais eu de goût pour les enthousiasmes ou les abattements, encore moins pour les complicités collectives, dont je voyais pourtant mes contemporains avoir cruellement besoin pour se rassurer ou se sentir simplement vivants. Et c'était justement bien le cas des gens en compagnie desquels je me trouvais ce jour-là.

Il faisait intolérablement chaud, en ce mois de juillet, et comme toujours à cette époque, Paris puait de toutes ses forces. Dans cet appartement de location, fort bien placé pour que ses occupants ne manquent rien de la décapitation à venir, nous étions par la même occasion aux premières loges, face à la marée du matin encore étalée dans les paniers du port de Grève, à moins de cinquante pas. À cette heure de la journée, les poissons dégageaient une telle odeur qu'elle eût recouvert à l'avance celle du futur cadavre de la marquise, si je n'avais pas prévu qu'il fût brûlé au lieu de rester exposé à pourrir pendant quelques jours pour l'exemple, comme il était parfois de mise pour les grands criminels.

Je ne connaissais qu'un endroit dans Paris qui pût surpasser cette odeur de marée pourrie, c'était le quartier autour du cimetière des Innocents, où tant de cadavres avaient été jetés dans des fosses depuis des siècles, qu'aucune épaisseur de terre ne pouvait désormais en atténuer l'odeur de décomposition. Dès ma nomination au poste de lieutenant général, j'avais œuvré pour sa destruction et le transport des ossements dans des catacombes à l'extérieur de la capitale, mais n'avais réussi à obtenir dans un premier temps que la destruction de son charnier du côté sud et son remplacement par un ensemble de maisons séparant les Innocents de la rue de la Ferronnerie.

L'atmosphère de cet appartement dont la chaleur nous obligeait à garder les fenêtres grandes ouvertes était si intolérable que nous étions tous obligés de nous masquer le visage avec des mouchoirs parfumés à l'essence de rose. L'excitation de ces dames et de ces messieurs était cependant telle qu'ils omettaient de s'en couvrir les narines, se contentant de tamponner leurs fronts et leurs tempes poudrées pour éponger la sueur écœurante qui dégoulinait de sous leurs perruques et souillait de rigoles leurs maquillages. Certaines de ces dames, comme la duchesse de Bouillon, avaient également apporté des petites fioles de parfum dont elles s'aspergeaient de temps à autre en riant, si bien qu'il en résultait un mélange d'odeurs encore plus insupportable.

Le tableau ne serait pas complet si je n'ajoutais que, dans l'attente de la carriole qui devait amener la condamnée à son exécution, nous buvions un merveilleux vin clair et pétillant, dont le marquis des Brisiers s'était procuré une douzaine de bouteilles qui ne quittaient pas des lits de glace empilés dans des seaux d'argent. Ce breuvage était nouveau et fort agréable à boire, car il était servi frais, et sa consommation atténuait les inconvénients de la chaleur qui nous accablait. Il venait, disait-on, d'être inventé par un moine du nom de Dom Pérignon, qui avait dû concevoir pour le conserver sans danger des bouteilles aux verres plus épais, afin d'éviter qu'elles n'explosassent sous l'effet de la fermentation. Aussi futile que cela pût sembler dans de telles circonstances, sa dégustation fut pour moi le seul plaisir consolant de cette journée.

Assis un peu à l'écart avec Gabrielle, je regardais avec un certain détachement ces hommes et ces femmes aux costumes si déplacés dans une telle circonstance. Bardés de rubans de couleurs vives, le maréchal de Luxembourg et le marquis des Brisiers portaient de faux mollets sous leurs bas et des attelles pour améliorer le tombé de leurs épaules. Leurs talons étaient exagérément hauts et de couleur rouge, comme Monseigneur le frère du roi en avait lancé la mode quelque temps plus tôt. Les femmes, quant à elles, n'étaient pas en reste. La robe très simple de Gabrielle paraissait bien pauvre en comparaison de la richesse des jupes de la duchesse de Bouillon et de la comtesse de Lormont, faites de brocart d'or, de damas, de satin, de velours, le tout surchargé de dentelles et de passementeries. Je songeai que leurs coiffures elles-mêmes, au fil des années, étaient devenues d'une complexité extravagante depuis l'avènement de notre grand roi. Autrefois si sages sous le règne de son père, elles ne cessaient de se succéder à présent au gré d'une mode qui menait un train de plus en plus rapide, au point de se trouver périmée avant même d'avoir eu le temps de se répandre.

Je ne pouvais m'empêcher de penser qu'il y avait quelque chose d'indécent à se vêtir et se coiffer d'une telle façon pour assister à une exécution capitale, mais je comprenais en même temps pourquoi notre souverain avait développé ce perpétuel assaut d'élégance au sein de sa cour. Il s'agissait pour lui de jeter à sa noblesse quelques hochets futiles pour mieux la soumettre et dévier ses préoccupations politiques ou ses velléités de rébellion.

Soudain, une clameur assourdissante monta de la place et notre assemblée tout entière courut se placer du mieux possible aux fenêtres ouvertes pour ne rien perdre du spectacle. C'était la carriole de la condamnée qui arrivait de la Bastille par la rue Saint-Antoine et commençait à se frayer un chemin parmi les spectateurs, encadrée par-devant et par-derrière d'une petite troupe de gardes royaux, repoussant sans ménagement la foule hurlante qui voulait lapider la condamnée. L'un de mes hommes les plus fidèles, François Desgrez, un lieutenant de ma compagnie du Guet, chevauchait à côté d'elle. Je lui avais confié cet honneur, et il l'avait bien mérité, car c'était lui qui avait découvert, après des mois d'investigation et de traque, le refuge de la marquise dans un couvent de Liège, et avait procédé à son arrestation.

À mesure que la carriole avançait, la presse de cette furieuse mêlée était telle qu'on pouvait voir des corps tomber, victimes d'évanouissement ou d'écrasement. Ceux qui étaient au sol se faisaient piétiner, et je pensai avec appréhension aux difficultés que mes hommes allaient éprouver pour faire évacuer la place, une fois l'exécution terminée. Habitué que j'étais aux conséquences de rassemblements aussi incontrôlables que celui-ci, je ne pouvais m'empêcher de faire déjà dans ma tête la prévision du nombre des morts ou des blessés graves que nous aurions à évacuer vers l'hôpital général. Je l'évaluais à une cinquantaine, dont sans doute une bonne demi-douzaine de cadavres. Le cortège fut enfin tout près de notre immeuble, et nous pûmes voir le visage de la marquise tourné vers le ciel, comme indifférent au déchaînement de haine et aux insultes qui l'enveloppaient. De toutes parts fusaient, comme à l'accoutumée dans ce genre de circonstances, des « À mort, la Brinvilliers ! », « À mort, l'empoisonneuse ! », « Au feu, la sorcière ! »... Elle gardait pourtant fière allure, debout dans la robe blanche des condamnés à mort, un crucifix dans les mains.

Lorsqu'elle passa sous nos fenêtres, nous pûmes distinguer quelques mèches de cheveux blonds qui dépassaient de sous sa coiffe, et jusqu'au bleu si pur de ses yeux qui avaient fait tourner tant de têtes. Aussi paradoxal que cela pût paraître de la part d'un lieutenant général de police qui avait lancé contre elle son plus fin limier, je ne pus m'empêcher de penser qu'elle avait l'air d'un ange, malgré les empoisonnements qu'elle avait reconnus sur tous les membres masculins de sa famille.

— Elle ne semble pas le moins du monde effrayée ! s'étonna la comtesse de Lormont, sans cacher une nuance d'admiration.

— On m'a rapporté qu'elle eût souhaité être brûlée vive, pour mieux expier ses crimes, mais que cela lui fut refusé à cause de son rang, déclara la duchesse de Bouillon.

Les visages de l'assemblée se tournèrent vers moi, comme pour me demander confirmation. Je répondis qu'il n'était pas d'usage qu'une personne d'aussi haut rang fût mise à mort par le bûcher, et que la décapitation était chose assez rare dans ce cas, même pour les crimes de sang. Jusqu'à présent, une peine de prison perpétuelle, l'exil ou la confiscation des biens semblaient suffire, mais notre roi, exaspéré par la fréquence des crimes commis à la cour jusque dans son entourage le plus intime, avait tenu à montrer à tous ses sujets, et en particulier aux nobles, que plus aucun empoisonnement ne saurait désormais laisser échapper son auteur à la peine capitale, quelle que fût son origine sociale ou les mérites de sa lignée.

Bien que je sentisse une sourde désapprobation sur les visages de cette noblesse si imbue d'elle-même et de ses privilèges, aucune des personnes présentes n'osa émettre devant moi de commentaires sur cette décision royale, et les visages se tournèrent de nouveau vers le spectacle. Celui de ma chère Gabrielle semblait bouleversé, et je l'entendis murmurer :

— Elle a l'air d'une sainte !

Dans son dos, la voix du marquis des Brisiers plaisanta :

— Les vraies saintes sont plutôt celles qui supportent leurs maris, leurs pères et leurs frères. Pas celles qui les empoisonnent !

— Vous avez bien raison, mon ami, répliqua la duchesse de Bouillon. Il faut que votre sœur et vos maîtresses soient des saintes pour vous supporter.

Toute l'assemblée, à l'exception de ma femme et de moi-même, rit à cette pique, et la comtesse de Lormont enchaîna :

— Vous pouvez en croire notre duchesse, ma chère Gabrielle. Je n'ai jamais connu quelqu'un de plus insupportable que mon frère, et il est pourtant toujours bien vivant.

— Sans doute mon corps est-il jusqu'à présent réfractaire aux remèdes que les femmes veulent m'appliquer pour me guérir. J'ai une mauvaise santé de fer, comme dit mon médecin.

— Prenez garde, le fer rouille aussi, reprit la duchesse.

Je ne pus m'empêcher de penser que cette femme avait décidément un esprit très mordant, et qu'il valait mieux ne pas s'y frotter.

Une nouvelle clameur s'éleva du dehors. La marquise de Brinvilliers était en train de monter sur l'échafaud. Le bourreau masqué l'y attendait, appuyé à son épée, un prêtre à ses côtés. Le billot était prêt pour l'exécution, surmontant le panier qui devait recevoir la tête coupée. Les hurlements de haine de la foule enflèrent en intensité, et je me demandai quels sentiments pouvait éprouver, en entendant ce déchaînement, celle qui allait mourir dans quelques instants. Peut-être ne les percevait-elle plus, et son esprit était-il déjà tout entier en route vers un silence éternel ou un autre monde, s'il en existait un ?

D'où nous étions placés, nous apercevions les visages des archers qui entouraient l'échafaud et s'efforçaient de contenir la foule. Je connaissais certains d'entre eux, que j'avais choisis pour leur calme et leur maîtrise. J'avais eu l'occasion de les voir à l'œuvre, quelques années plus tôt, contre les truands qui cherchaient à nous empêcher de détruire les bouges infects où ils vivaient en cohortes, terrorisant et rançonnant chaque nuit les habitants des quartiers à l'entour, passé la tombée du jour. C'étaient des hommes courageux, et je remarquai une fois de plus à quel point ils se montraient admirables de sang-froid.

Deux assistants du bourreau dégagèrent la nuque de la marquise en déchirant le haut de sa chemise, tandis qu'elle murmurait quelques paroles en face du crucifix que lui présentait le prêtre. Ils lui bandèrent les yeux, la forcèrent à s'agenouiller et à présenter sa tête sur le billot. Aux vociférations de la foule déchaînée avait succédé le roulement sourd des tambours, et le bourreau semblait se recueillir, appuyé des deux mains au manche de son épée. Gabrielle me saisit l'épaule. Je lui jetai un coup d'œil. Elle était d'une pâleur extrême. Je compris qu'elle allait s'évanouir et l'entraînai avec moi jusqu'à un lit d'alcôve entouré d'épais rideaux de velours bleu au fond de la pièce.

— C'est de ma faute, murmurai-je. Je n'aurais jamais dû vous emmener avec moi... Je savais pourtant à quel point ce spectacle allait vous paraître odieux.

— Non, non, mon ami. Ce n'est rien, me répondit-elle d'une petite voix. C'est moi qui n'aurais pas dû insister pour vous accompagner, et je suis bien punie de ma curiosité.

J'allai prendre un peu de glace que j'enveloppai dans un mouchoir et le pressai sur les tempes de Gabrielle. Elle me lança un regard désolé. Les tambours s'arrêtèrent brusquement. Un coup sec leur succéda, puis une grande clameur s'éleva de nouveau de la place. Le duc de Bouillon se retourna vers nous et me lança :

— D'un seul coup, La Reynie ! Vous avez raté quelque chose. Pour le chevalier Rohan, il avait dû s'y reprendre à trois fois !

La duchesse de Bouillon cria à son tour :

— Les bourreaux français sont les meilleurs ! Rien ne vaut la décapitation à l'épée ! Oh ! Regardez ! Ils vont mettre le feu au bûcher. Venez la voir brûler, au moins !

J'échangeai un regard avec Gabrielle. Elle m'encouragea d'une mimique. J'hésitai, puis me levai et allai vers la fenêtre me joindre à leur groupe. Mon refus de voir ce spectacle aurait pu passer pour un curieux manque de courage de la part d'un homme dans ma position. Au-dehors, les fagots s'étaient mis à brûler, et le feu avait pris rapidement. J'avais exigé que les bûches ne soient choisies que dans un bois de chêne très sec, pour éviter que du bois trop vert ou trop impropre ne mît une éternité à consumer le cadavre et ne prolongeât à l'excès ce sinistre spectacle dont la foule se réjouissait tant.

Le bourreau avait pris la tête dégoulinante de sang de la marquise par les cheveux et la brandissait en la montrant de tous côtés à la foule en délire. Le spectacle était à lever le cœur, et j'étais bien content que Gabrielle fût restée au fond de la pièce. Après l'avoir agitée de toutes parts, l'homme la jeta dans le brasier et se fit aider par ses deux assistants pour projeter derrière elle le corps décapité. La clameur satisfaite des spectateurs de cet affreux spectacle s'éleva encore plus fort et sembla emplir la place de sa résonance.

— *Du pain et des jeux*, murmura à côté de moi la voix du maréchal de Luxembourg.

Je me tournai vers lui. Il affichait un air satisfait, et, sentant sans doute que je ne l'approuvais pas, il ajouta :

— Il le faut bien, si l'on veut donner un exemple au peuple.

Je ne pus m'empêcher de répliquer :

— Au peuple et à beaucoup d'autres.

Il parut choqué :

— Que voulez-vous dire ?

— Rien de plus que ce que je vous ai déjà dit tout à l'heure, à savoir que notre roi a choisi cet exemple pour prévenir la noblesse, et non le peuple, que nul criminel coupable d'empoisonnement ne serait plus épargné désormais, quel que soit son rang.

— Je ne comprends pas. Pensez-vous qu'un homme comme moi ou comme le marquis puisse s'abaisser à de tels procédés criminels ?

— Je ne pense rien, monsieur le Maréchal. Je ne forme que des vœux, comme celui que cette sage recommandation de notre souverain soit entendue de tous, et qu'elle fasse diminuer le nombre de morts suspectes qui se succèdent au château de Saint-Germain. Il ne se trouve pourtant dans ces lieux guère d'autres personnes que de qualité.

Le maréchal me jeta un regard si agacé par cette insinuation que je ne pus m'empêcher d'ajouter, pour l'irriter davantage :

— Comme dans tous les châteaux de nos belles provinces. À ce rythme, notre noblesse risque de se décimer elle-même d'ici quelques années. Ce serait fâcheux pour la conduite de nos armées qui combattent sur nos frontières, sous votre direction. En tant que chef militaire, vous êtes le mieux placé pour le craindre.

Ma raillerie ne sembla pas du goût du maréchal, mais il renonça à répondre et se contenta de détourner la tête. Ceux qui m'avaient entendu lui répliquer en firent autant. Aucun ne souhaitait poursuivre de polémique avec moi, de peur de se compromettre aux yeux d'un homme qu'ils savaient fidèle serviteur du roi.

Un cri de la comtesse de Lormont attira notre attention :

— Venez voir ! Venez voir ! Il se passe une chose étrange.

L'assemblée se précipita de nouveau vers les fenêtres. Un nuage de fumée noire et âcre s'était élevé du bûcher et parcourait la place. Il dessinait dans les airs une forme humaine. Le spectacle était effrayant, comme si le fantôme de la Brinvilliers eut cherché à fondre sur une nouvelle victime. Tout à coup, sous l'effet du vent qui s'était levé, il vint rapidement vers la façade de l'hôtel où nous nous trouvions, et je sentis un frisson glacé me parcourir. Bien que je fusse peu enclin à croire au surnaturel, j'eus un court moment la sensation que la marquise voulait se jeter sur moi, pour me punir de l'avoir fait arrêter. Le nuage s'éparpilla dans les airs en plusieurs lambeaux avant de parvenir à notre fenêtre, mais il en pénétra une bouffée dans notre appartement, qui s'éleva rapidement vers le plafond. Notre groupe recula, et la duchesse de Bouillon lança, plaisantant à demi :

— L'empoisonneuse brûle, elle est en l'air ! Abritons-nous ! Si nous respirons ses cendres, il risque de nous prendre, à nous aussi, quelque humeur empoisonnante.

L'assemblée éclata de rire à cette idée. Le duc de Bouillon et le marquis des Brisiers se précipitèrent vers les fenêtres, cette fois pour les fermer, et je retournai vers ma chère femme, qui était restée sagement sur son lit d'alcôve.

Nous étions les seuls à ne pas rire.

2

Dimanche 16 octobre 1678

Au cours des deux années qui suivirent, l'espérance que notre roi avait placée dans cette exécution pour porter un coup d'arrêt à ces empoisonnements fut déçue. Non seulement ils ne cessèrent pas, mais ils se répandirent dans toute la société et, plus grave encore, jusqu'au cœur même de la cour. Au château de Saint-Germain où se tenait encore le siège régulier du gouvernement, dans l'attente de la finition des travaux gigantesques entrepris pour rénover et agrandir celui de Versailles, il n'était plus de jour sans qu'on soupçonnât une mort, même la plus courante, d'avoir été provoquée par un philtre qu'un mari jaloux, une femme déçue, un rival envieux ou un héritier impatient se serait procuré dans l'une de ces officines d'empoisonneuses qui proliféraient à Paris, au point d'en gangrener certains quartiers.

Bien qu'il fût difficile d'en administrer la preuve formelle, on soupçonnait les prétendus remèdes ou philtres d'amour qui y étaient achetés d'être la cause du décès de personnages d'importance, comme celui de la malheureuse Henriette d'Angleterre, la propre belle-sœur du roi, dont chacun savait qu'il avait été follement amoureux.

Avec ce décès inattendu, les assassins avaient fait la preuve qu'ils osaient frapper à présent jusqu'à l'entourage familial le plus proche de notre souverain. Cela ne pouvait plus durer sans menacer son autorité, sa sécurité personnelle et la réputation du royaume. C'est ainsi qu'aux dires des voyageurs ou ambassadeurs qui circulaient d'un pays à l'autre et revenaient nous en rapporter des nouvelles, la cour de France était devenue la risée des capitales étrangères, où elle était surnommée « la cour des Borgia ».

Lorsqu'il l'avait appris, cela avait mis le roi dans une telle fureur qu'il nous avait convoqués le jour même à Saint-Germain, Colbert, Louvois et moi, pour lancer une enquête sur les officines existant dans la capitale. Il souhaitait en connaître le nombre exact et disposer d'un inventaire complet de ce qui s'y déroulait. Il voulait également que nous lui proposions des mesures à prendre contre ce fléau, pour détruire ce qui n'était pour lui que « des nids de vipères ».

Cette réunion eut lieu le 16 octobre 1678 et je dois avouer que cette tâche ne me plut guère quand il m'apprit qu'il avait décidé de me la confier, car je ne pensais pas être le meilleur pour l'accomplir. Je n'avais en réalité guère de compétences en matière criminelle, et une tâche aussi complexe que ces empoisonnements à grande échelle exigeait des talents d'investigation et un goût de l'action physique dont je n'avais jusqu'à présent jamais fait preuve. Si j'avais eu quelque mérite d'administrateur pour assainir la ville de Paris, réorganiser les services de police, éclairer les rues, y rétablir une certaine hygiène et nettoyer plusieurs quartiers de la pègre qui y prospérait, je me sentais davantage un homme de bureau et de commandement que d'action ou de terrain.

Mais quand le roi a décidé quelque chose, il est vain de vouloir s'y opposer. En me nommant lieutenant général de police, il m'avait donné une assez grande preuve de son estime, pour qu'il ne pût être question que je le déçusse. Avec beaucoup d'appréhension de ne pas me montrer à la hauteur de cette nouvelle mission, j'acceptai à contrecœur, tout en lui témoignant ma reconnaissance obligée. Cela le fit sourire, car il savait voir au travers du masque des hommes et n'était pas dupe de leurs vrais sentiments :

— Allons, La Reynie, me dit-il, ne me jouez pas la comédie. Je sais trop bien ce que vous éprouvez à l'idée de remplir cette tâche, mais vous n'avez à vous en prendre qu'à vous-même et à vos talents, si vous êtes devenu à mes yeux le meilleur pour l'accomplir.

3

Mercredi 8 février 1679

Il ne s'était pas passé beaucoup plus de quatre mois depuis la réunion que j'ai évoquée, pour que le milieu des sorcières, des empoisonneuses, des magiciens, des avorteuses, des faiseurs de messes noires ou des diseuses de bonne aventure ne s'émût fortement des premières investigations et des coups de filet que j'avais lancés contre lui et qui avaient abouti d'emblée à une vingtaine d'arrestations. J'avais mobilisé une bonne trentaine de mes meilleures « mouches » dans les rues, et une douzaine de « moutons » dans les prisons, afin qu'ils puissent observer ce monde de crapules sans se faire reconnaître et me fournissent les informations nécessaires pour décider d'une action radicale.

L'importance de mes réseaux d'informateurs était telle qu'elle m'avait fait surnommer « l'Araignée » par les truands. Après m'avoir légèrement agacé, cette déformation de mon nom avait fini par m'amuser, puis même par me flatter. À la différence de beaucoup, je n'éprouve aucune aversion à l'égard de cet insecte que je respecte pour le ménage qu'il exerce dans la nature. Ne dit-on pas d'une maison habitée par des araignées que c'est là le meilleur signe qu'elle est saine ? Quant à cette façon prodigieuse qu'elles ont de tisser une toile, et de tendre des pièges invisibles allant d'un mur à un autre, distant parfois de plus d'une toise, n'est-ce pas une frappante image de notre travail de policier et de la patience avec laquelle nous sommes obligés d'avancer au fil de nos enquêtes ?

Malheureusement, mes mouches et mes moutons avaient beau être des gens avertis et prendre toutes les précautions nécessaires à leur sécurité, il était inévitable que certains fussent découverts un jour ou l'autre par inadvertance ou dénonciation. Je compris qu'une véritable guerre m'était désormais déclarée par cette pègre, lorsque je trouvai les cadavres de deux de mes informateurs égorgés et déposés devant les portes de mon hôtel particulier de la rue de Vaugirard. Il était clair que mon domicile et celui de ma famille étaient identifiés, désignés comme des cibles, et qu'on me le donnait à connaître.

Je fis aussitôt doubler les mesures de sécurité qui nous entouraient et postai en permanence deux gardes devant et deux gardes derrière notre demeure. Ils s'y relayaient jour et nuit, et je ne sortais plus à présent qu'escorté de six hommes armés, choisis parmi mes meilleurs bretteurs ou tireurs au pistolet. J'avais imposé à Gabrielle et à tout le personnel de ma maison que personne, ni valet ni cuisinière ni femme de chambre, et encore moins nos enfants dans leurs promenades avec leur nourrice Hortense, ne passât plus le seuil de notre maison qu'accompagné d'au moins deux de nos gardes du corps. C'était un empêchement de vivre parfois difficile à supporter, mais il était devenu nécessaire, tant que cette « affaire des Poisons », comme on l'appelait désormais, n'aurait pas été réglée.

À mesure que j'enquêtais, il m'apparut qu'il existait, non pas des officines dispersées, mais un véritable réseau d'empoisonneuses aux nombreuses ramifications étendant leur clientèle jusqu'aux personnes les plus haut placées de la cour. L'une des sorcières que j'avais fait arrêter, du nom de Marie Bosse, ne s'était pas privée de me narguer, niant tout ce que je lui reprochais et me déclarant que je ferais mieux, au lieu de tourmenter une pauvre innocente comme elle, de « chercher ce qui se [passait] tout en haut ». Je lui fis remarquer qu'elle en suggérait trop ou pas assez, et qu'il fallait qu'elle s'expliquât mieux. Sans se faire prier, elle parla de tentative d'empoisonnement et de sortilèges jetés contre la personne du roi. Elle prétendit même pouvoir révéler les noms de « personnes considérables », proches de Sa Majesté, qui étaient résolues à lui nuire, dont Colbert connaissait très bien l'une d'elles, car elle le soutenait de toute son influence auprès de notre souverain.

L'allusion était très claire et ne pouvait viser que la marquise de Montespan, la maîtresse favorite du roi, dont on connaissait l'amitié et l'estime qu'elle portait à notre surintendant. Cette accusation était si grave que je décidai de ne pas la mentionner au procès-verbal, avant de pouvoir enquêter sur elle plus avant. Je me contentai d'en tenir Colbert informé, lors d'une réunion que nous eûmes sans témoin. Colbert haussa les épaules et pensa qu'il s'agissait, de la part de cette Marie Bosse, d'une manœuvre de diversion pour éviter que nous la condamnions tant qu'elle n'aurait pas parlé davantage. Nombre de criminels avaient ainsi coutume de se défausser en menaçant de révéler les noms de personnages haut placés de la cour, seule façon pour eux de retarder l'échéance de leur condamnation, en provoquant l'attente de confrontations avec les personnes qu'ils auraient pu dénoncer.

Nous restions cependant préoccupés par l'idée qu'il existait peut-être, dans l'entourage du roi, des hommes ou des femmes caressant des desseins cachés plus graves que leurs désirs de vengeance personnelle ou leur convoitise financière. L'hypothèse était possible d'un complot contre lui venant d'une partie de la noblesse nostalgique du temps où elle avait tenu tête à la régence et voulu empêcher la succession par une fronde qui avait manqué de peu réussir. C'était, je le savais, l'une des hantises de notre souverain, qui avait vécu cette période enfant, craignant chaque jour pour sa vie et celle de sa mère, et en gardait un souvenir de cauchemar permanent.

Ce 8 février 1679, Gabrielle et moi rentrions en calèche d'un opéra de Lulli auquel nous venions d'assister en présence du roi à Saint-Germain. Il s'agissait de *Bellérophon*, sur un livret de Thomas Corneille. Gabrielle adorait comme moi le théâtre et l'opéra, et nous en discutions encore quand notre voiture arriva devant notre demeure. J'aidai Gabrielle à descendre de la calèche, tandis que deux des gardes qui nous avaient accompagnés avaient déjà sauté de l'arrière de la voiture pour inspecter les lieux autour de nous et nous protéger. Il pleuvait fort depuis que nous étions partis de Saint-Germain, et le froid transperçait nos habits. Un de nos gardes vint se saisir des rênes des chevaux, pour permettre au cocher de nous couvrir d'un large parasol.

Je laissai Gabrielle pénétrer la première dans la maison, et m'abritai sous le portail pour échanger quelques mots avec l'un de mes policiers. À mi-voix, il me murmura :

— Monsieur, il y a un homme là-bas qui se dissimule sous le porche à notre droite, et qui n'en a pas bougé depuis un long moment.

Tout en affectant de parler de choses et d'autres, j'attendis quelques instants avant de jeter un coup d'œil dans la direction qu'il m'avait indiquée. Un homme cachait son visage sous le col rabattu de son manteau, mais un mouvement de sa part me le fit apparaître un bref instant dans la lumière d'une lanterne, et il me sembla voir qu'il portait une balafre qui lui défigurait le côté droit du visage. J'affectai de ne pas l'avoir remarqué, et continuai :

— L'avez-vous identifié ?

— Non, Monsieur. Voulez-vous que je l'interpelle ?

J'hésitai, puis conclus :

— Mieux vaut attendre de voir ce qu'il compte faire. C'est la meilleure façon de l'obliger à se découvrir.

— Et s'il disparaît sans que nous lui ayons mis la main au collet ?

— S'il a de mauvaises intentions, il ne manquera pas de revenir. Il serait mieux de le prendre alors la main dans le sac, s'il tente contre nous un mauvais coup. Il nous sera plus facile de le faire parler.

Je passai le premier portail et traversai la cour pavée. Le cocher était revenu vers moi avec son parasol et me protégeait de la pluie qui continuait de tomber à verse et s'était même transformée en petits grêlons qui claquaient de plus en plus fort sur les pavés.

Je retrouvai Gabrielle dans le corridor éclairé par des torches fixées aux murs. Suzanne, sa femme de chambre, et Baptiste, mon valet, vinrent à notre rencontre et nous débarrassèrent de nos manteaux. Je tendis mon chapeau à Baptiste et lançai à Gabrielle :

— Allez vous coucher, mon amie. J'ai encore à finir un rapport que j'ai promis au roi pour demain, et j'ai à m'acquitter de deux lettres qui ne peuvent plus attendre. Si je suis contraint de veiller trop tard, je coucherai dans ma chambre pour ne pas vous réveiller.

Elle eut l'air déçu et soupira :

— Vous allez prendre mal. Vous êtes trempé, vous aussi, mon ami.

— J'ai allumé un grand feu dans la cheminée, dit Baptiste pour la rassurer. Il y a déjà une belle flambée et Monsieur sera vite séché.

Je déposai un rapide baiser sur les lèvres de Gabrielle et m'éloignai dans le couloir. J'entrai dans mon bureau, éclairé seulement par la lueur de la lune tombant de la fenêtre et par le feu dans la cheminée.

— Je vais allumer vos chandeliers, dit Baptiste.

Je le retins par le bras.

— Pas tout de suite. Et ne bouge pas, surtout.

Je m'approchai de la fenêtre en prenant garde de ne pas me faire voir de l'extérieur. Baptiste attendait, immobile, sans comprendre. Je restai un moment à observer le porche de la demeure qui nous faisait face, mais il faisait si noir, malgré la lanterne de la rue, que je ne pus rien distinguer. À moins que, posté devant chez moi pour la nuit, l'homme ne fût rentré se mettre à l'abri de la grêle qui tombait de plus en plus fort, crépitant sur les toits des maisons et les vitres de nos fenêtres comme des tirs de mousquetons.

— Viens voir, toi aussi, dis-je à Baptiste. Mais prends bien garde qu'on ne te remarque pas de l'extérieur.

Baptiste vint se poster de l'autre côté de la fenêtre.

— Y a-t-il un homme caché sous le porche, ou derrière une fenêtre ?

Mon valet scruta des yeux l'obscurité.

— Je ne vois rien, Monsieur. Il fait si noir ! Faut-il que j'aille demander à l'un de nos gardes de s'en assurer ?

Je restai un moment indécis.

— Non. Allume les chandeliers et rajoute une ou deux bûches dans le feu. Tu peux aller te coucher. J'ai à travailler encore un moment.

J'allai me frotter les mains devant la cheminée, tandis que Baptiste faisait ce que je lui avais demandé.

— Bonsoir, Monsieur, dit-il en sortant.

— Bonsoir. Je dormirai dans ma chambre, comme je l'ai dit à Madame. Tu me réveilleras à sept heures. Avant de te coucher, va prévenir le garde qui se tient sous notre porche. Dis-lui de se faire remplacer et d'aller se coucher. Il doit être transi de froid, et j'ai omis de lui dire qu'il devra se lever tôt demain, pour porter de ma part un pli à Versailles destiné à Sa Majesté.

— Bien, Monsieur.

— Prépare-lui aussi un bon feu dans sa chambrée, et sers-lui un peu de cette eau-de-vie de poire dont tu as le secret, pour le réchauffer.

— Ce sera fait, Monsieur.

J'attendis qu'il eût disparu pour m'installer à mon bureau, le dos tourné au feu. D'où j'étais, je devais être parfaitement visible de l'homme, s'il continuait de m'observer, mais je m'en moquai. Au moins pourrait-il rapporter quelque chose à ceux qui l'avaient envoyé, car il me paraissait bien improbable qu'il œuvrât pour son propre compte. Je sortis mon écritoire et commençai mon travail par la finition du compte rendu que je devais remettre au roi.

Une heure plus tard, il faisait si chaud dans la pièce qu'il m'avait fallu ôter ma veste, me mettre en bras de chemise et retirer ma perruque. Le feu de la cheminée ronflait dans mon dos, et je peinais à terminer ce rapport sur les empoisonnements. L'abondance des renseignements recueillis au cours de ces derniers mois était telle qu'elle rendait ma synthèse malaisée. Le roi comptait en faire la lecture avec Louvois et Colbert le lendemain avant son dîner, et il m'avait convoqué pour en tirer les conclusions à quatre heures de l'après-midi. J'espérais que les résultats de mes enquêteurs le satisferaient, et j'étais en train de saupoudrer la page que j'avais écrite, pour en sécher l'encre, quand la porte de mon bureau s'entrouvrit.

Je me retournai, surpris. C'était Gabrielle, en chemise de nuit.

— Que se passe-t-il, mon amie ? Vous ne dormez pas ?

Elle alla s'asseoir dans le fauteuil qui me faisait face, et murmura :

— Je crains décidément que ces affaires d'empoisonnements ne vous fassent mourir à la tâche.

Je préférai détourner cette conversation, que nous avions déjà eue à plusieurs reprises. Il n'était que trop vrai que le travail que me demandait cette nouvelle enquête m'épuisait, aussi bien physiquement que nerveusement. Je devenais irritable, à force de veiller très tard le soir dans mes bureaux du Châtelet, et de plus en plus absent à mon couple depuis que je passais plus de nuits dans ma chambre que dans celle de ma femme, quel que fût le désir que je pouvais toujours éprouver pour elle. J'avais perdu également plus de dix livres de poids, sans doute à cause de ce surmenage, mais aussi parce que j'avais repris trois fois par semaine un entraînement à l'épée pour dérouiller mes membres et lutter contre la paresse que l'âge faisait peser sur mes muscles, car je m'attendais à ce que la lutte devienne de plus en plus féroce et m'oblige à faire face moi-même à des agressions.

Je souris à ma femme en lui demandant, en guise de réponse, si elle était allée voir nos mignons avant de se coucher. Après m'avoir assuré qu'ils dormaient comme des anges, je lui conseillai de ne pas rester dans sa tenue de nuit. L'air était glacé dans nos couloirs, alors qu'il était brûlant dans mon bureau, et je craignais qu'elle ne prît un chaud et froid à trop passer de l'un à l'autre. Je lui recommandai de se souvenir de ce qui m'était arrivé lorsque j'étais enfant, et des conséquences que j'en avais subies plusieurs années durant. Mais elle vint s'asseoir sur mes genoux sans me répondre. Elle avait passé ses bras autour de mon cou et me regardait tendrement. J'insistai :

— Vous semblez ne pas vouloir m'entendre, mais je ne peux pas vous rejoindre, ce soir. Ce n'est pas par manque d'envie de vous serrer dans mes bras, mais j'ai encore au moins cinq ou six pages à écrire pour mon rapport, et vous savez comme moi qu'on ne peut faire attendre le roi lorsqu'il vous a commandé un travail.

Elle eut une petite moue et me déclara, d'un ton qui se voulait badin, qu'elle pensait que la vérité n'était pas là, que je ne l'aimais plus autant, et que mon incessante activité me servait surtout à le lui cacher. Je ne pus m'empêcher de hausser les épaules en lui enjoignant de ne pas proférer de telles bêtises. Elle insista pour m'affirmer que je n'avais plus autant de désir pour elle et qu'elle le sentait. Elle soupira qu'elle ne pouvait guère m'en faire reproche, depuis plus de dix ans que nous étions en ménage. Le temps qui passait transformait les fièvres amoureuses en tendresse, ajouta-t-elle.

Cette remarque me piqua au vif et je protestai que cette affaire des poisons que le roi m'avait confiée me préoccupait fort, et qu'elle était la seule cause de mon acharnement au travail. C'était cela, et rien d'autre, qui me rendait plus distant que je ne l'eusse voulu, aussi bien d'elle que de nos enfants. Elle continua de badiner en déclarant qu'il existait des remèdes pour rendre son désir à un homme, et que c'étaient ces remèdes que les femmes allaient chercher, dans les officines que je poursuivais de ma vindicte. N'avais-je pas songé que, si les hommes étaient plus aimants, ces prétendues « sorcières » n'existeraient pas ? Notre servante Suzanne lui avait dit qu'une de ses amies avait usé de ces remèdes quand son mari se détournait d'elle… Et il y avait bien pire, si l'on songeait à ces malheureuses que leurs époux battaient à la moindre occasion, parfois jusqu'à la mort. N'était-il pas juste qu'elles cherchassent à s'en défendre comme elles le pouvaient ?

J'étais surpris par la violence intérieure que ces reproches sous-tendaient. Gabrielle n'avait guère coutume de sortir ainsi de sa réserve. Mais il était tard, j'étais épuisé et préférai rompre cette conversation. Aussi lui répondis-je, avec une pointe d'agacement qui se voulait une plaisanterie, que Suzanne ferait bien de me donner l'adresse qu'avait fréquentée son amie. Sinon, elles pourraient se retrouver toutes deux au Châtelet entre les mains de mon adjoint Desgrez ou même de Lecoq, si ceux-ci les y surprenaient.

Elle se leva de mes genoux avec une moue dépitée, se plaignant que je prisse tout en mauvaise part. Comment pouvais-je penser à livrer ma pauvre Suzanne aux mains de Desgrez ou de Lecoq, qui avaient la réputation de torturer pour leur plaisir ? Je haussai les épaules en lui répliquant qu'ils étaient les meilleurs hommes du monde, et les meilleurs policiers que j'avais jamais eus à mon service. Quant à l'usage de la question auquel elle faisait allusion, elle savait que je n'en étais pas partisan, et faisais tout pour éviter qu'on l'employât.

Elle tourna le dos avec humeur et sortit sans un mot. Je restai un moment abattu, songeant qu'elle n'avait pas tort de s'inquiéter de mon état. Je sentais bien moi-même que mon travail m'absorbait au point de m'interdire les plaisirs les plus simples, comme celui de recevoir des amis ou de sortir au théâtre ou à l'opéra, ainsi que nous l'avions fait exceptionnellement ce soir. En bref, que je vivais à côté de ma vie. Je me saisis d'un miroir et m'y considérai un moment. Quelle dégradation ! J'avais vieilli de plusieurs années en quelques semaines et songeai qu'il en était sans doute ainsi à certaines étapes de la vie. Le travail du temps opérait en vous de soudaines brisures dont on ne s'apercevait tout d'abord pas, mais qui se révélaient d'un seul coup et nous rappelaient de plus en plus cruellement que nous ne pouvions durer éternellement. Qu'y faire ? Il n'y avait aucune possibilité que je m'arrêtasse à présent. Le roi attendait des résultats, et il me fallait lui en donner. Je me remis donc au travail.

4

Jeudi 9 février 1679

À trois heures de l'après-midi le lendemain, j'arrivai à Versailles, où le roi s'était installé avec une partie de la cour pour quelques jours. Le vent, pendant la nuit, avait modifié du tout au tout l'aspect du ciel, chassant les lourds nuages qui l'encombraient. Un soleil d'hiver éclatant tombait sur les échafaudages du chantier, mettant en valeur, par les ombres et les lumières qu'il dessinait, l'extraordinaire splendeur de ce qui était en passe de devenir le plus impressionnant palais d'Europe. Ma calèche passa les grilles d'entrée et se rangea le long d'un des deux bâtiments encore en chantier, prévus pour abriter les ministres et leur personnel.

Au matin, j'avais remis à mon garde le rapport destiné au roi et il était parti aussitôt le lui porter. J'avais pu ainsi m'étendre encore quelques heures, puis me restaurer légèrement, avant de monter à mon tour dans ma calèche. Comme il le faisait de temps à autre, notre souverain avait abandonné pour une quinzaine de jours son château de Saint-Germain, d'où il dirigeait les affaires du royaume, pour s'adonner aux plaisirs de la chasse, l'une de ses grandes passions. Il en profitait pour visiter, contrôler et diriger lui-même les chantiers qu'il avait entrepris depuis dix ans avec cette transformation en palais colossal de ce qui n'avait été, du temps de son père, qu'un modeste relais de chasse construit en briques en pleine forêt.

Le roi avait conservé de son enfance une grande méfiance à l'égard de Paris et des conspirations perpétuelles de la noblesse pour s'emparer du pouvoir. Aussi avait-il décidé, lorsqu'il avait accédé au trône, que le roi de France ne gouvernerait plus depuis la capitale et que la conduite des affaires publiques déserterait définitivement les palais du Louvre ou des Tuileries. C'était la raison pour laquelle il s'était établi au château de Saint-Germain, mais celui-ci était devenu trop petit et incommode pour les ambitions de sa politique, et encore trop exposé selon lui aux risques de conspirations ou de mouvements incontrôlés de la populace. En projetant de s'installer à Versailles lorsque les travaux en seraient terminés, il avait pour projet principal de contraindre sa noblesse la plus rétive à se soumettre à son autorité en l'obligeant à venir vivre près de lui si elle voulait continuer à bénéficier de ses faveurs. L'idée avait déjà fait en partie la preuve de son efficacité lorsqu'il avait déplacé le pouvoir central au château de Saint-Germain, et c'est pourquoi il souhaitait l'élargir davantage en disposant d'un lieu plus vaste.

Ce qui avait décidé notre souverain à choisir Versailles était sans doute aussi l'affection qu'il avait toujours éprouvée pour ce relais de chasse où il était souvent venu, enfant, courir le gibier en compagnie de son père et de son frère Philippe. C'est Louis XIII qui avait initié ses deux enfants à l'art de la vénerie. Il restait à construire les lieux aptes à y installer une cour et un gouvernement, autant dire des milliers de personnes en permanence. Pour l'instant, à la différence du château de Saint-Germain toujours grouillant de monde, celui de Versailles paraissait un havre de paix, car il n'était fréquenté que par quelques invités soigneusement choisis, et n'était empli que du bruit et de la présence de la multitude d'ouvriers qui y travaillaient.

De mémoire d'homme, il n'avait jamais existé de chantier de cette importance dans tout le royaume de France et dans toute notre Histoire. Il dépassait le fameux projet dénommé « Grand Dessein » qu'avaient eu Henri IV et Louis XIII de relier les Tuileries au Louvre. Il fallait y ajouter les travaux tout aussi considérables que Le Nôtre conduisait pour transformer en gigantesque parc arboré et paysager ce qui n'avait été jusqu'à présent qu'un marécage insalubre.

En sortant de ma calèche, je fus frappé, une fois de plus, par le nombre d'ouvriers qui y travaillaient, malgré les rigueurs du temps. Cela grouillait comme une véritable ruche en folie. Plusieurs milliers d'hommes s'affairaient chaque jour, et même la nuit, sur les façades en construction ou au terrassement du parc. Leur travail était rendu malaisé par une terre à demi gelée en cette saison et, au printemps, par la profusion de moustiques qui ressortaient des marais voisins dès les beaux jours. Je n'avais jamais vu un tel déploiement en dehors d'un champ de bataille et j'étais stupéfait et admiratif qu'il fût possible d'organiser un tel remue-ménage et coordonner une telle dispersion. Constructions, démolitions, reconstructions, aménagements, creusements, déblaiements, assèchements, décorations, tout y était mené d'un train d'enfer dont le roi semblait être le seul à détenir le projet final. Ce château serait son œuvre, et il était clair qu'elle ne serait que de lui.

Colbert et Louvois eux-mêmes m'avaient avoué ne rien connaître des desseins du souverain et douter même qu'il agît autrement que dans une perpétuelle improvisation, comme un peintre n'hésite pas à revenir sur son travail à coups de « *pentimenti* », et même à détruire sa toile pour en commencer une autre, s'il n'en est pas satisfait. En tant que surintendant des Finances, Colbert se désespérait de n'avoir jamais pu contrôler aucune des dépenses engagées ou à venir, car elles dépendaient d'une caisse spéciale, à laquelle seul le souverain s'était donné accès.

Comme j'étais en avance, je me promenai un peu autour du chantier, avant de me faire annoncer. Deux gardes du corps, de la troupe d'élite de la Maison du roi, m'avaient accueilli à mon arrivée et m'accompagnaient en restant discrètement à quelques pas derrière moi. C'était un honneur qu'on me faisait, car ces gardes étaient affectés d'ordinaire à la protection rapprochée du monarque. Nous traversâmes ce qui constituait la cour intérieure de l'ancien château, autrefois pavée, que le roi avait à présent fait daller de marbre. L'impression que produisait cette cour était d'autant plus frappante qu'elle était quasi déserte. L'appétit de notre souverain pour cette matière noble entre toutes sautait aux yeux. Je savais par Colbert que la fourniture de ce marbre pour les travaux d'agrandissement du château avait coûté des fortunes et posé d'immenses problèmes d'extraction et de charroi.

Parvenus avec moi devant l'entrée, mes gardes m'abandonnèrent et des Suisses prirent le relais pour me conduire à travers de nombreux couloirs encore en travaux jusqu'au cabinet particulier du roi. Il y était en compagnie de Louvois et de Colbert, et un grand feu de cheminée y réchauffait la pièce agréablement. Le souverain m'accueillit avec un léger sourire aux lèvres, qui me sembla bienveillant. Il avait l'œil ironique et n'eut pas un mot, tandis que je m'inclinai pour le saluer. D'un geste, il nous invita à nous asseoir tous trois autour de lui. Je me plaçai à sa droite, Colbert et Louvois en face de moi, et remarquai que mon rapport était grand ouvert, ainsi qu'une note qui n'était pas de ma main, où je crus distinguer l'écriture fine de son ministre de la Guerre.

Après être resté un moment silencieux en me regardant, toujours avec son léger sourire, le roi finit par dire :

— Vous voilà donc enfin parvenu, monsieur de La Reynie. Je vous avoue que votre enquête m'a semblé prendre un temps infini et rendu impatient d'en connaître les résultats, mais elle en valait la peine, à en juger par le rapport que M. de Louvois m'a fait sur elle et qui m'a paru fort flatteur pour vous et vos services.

Il me montra le document sur lequel j'avais distingué l'écriture de son auteur. Louvois se montrait souvent bienveillant à mon égard, bien qu'il me sût un protégé de son ennemi Colbert. Après m'avoir considéré pendant quelques mois avec une infinie méfiance, sans doute de crainte qu'en tant que principal policier du royaume je n'usasse de mes fonctions au profit de notre surintendant pour aider celui-ci à monter des accusations contre lui, il m'avait peu à peu pris en sympathie et en estime, lorsqu'il avait constaté qu'il n'en était rien et avait fini par m'assurer, lui aussi, de sa protection.

J'inclinai la tête.

— Je vous remercie, Majesté. Et vous aussi, monsieur le Ministre.

Louvois hocha la tête en me souriant. Je remarquai que son visage sanguin et empâté était écarlate, sans doute en raison de la chaleur que dégageait le feu de cheminée près duquel on l'avait placé. Le roi survola la note que son ministre lui avait écrite, puis se mit à feuilleter mon rapport, sans s'attarder sur aucune page :

— Il y aurait donc, à vous lire, plus de trois cents officines de ces sorcières dans la capitale et ses environs ?

— Oui, sire. C'est le décompte auquel je suis parvenu sur les rapports de mes mouches. Trois cent quarante-huit, si je me souviens bien.

Le sourire du roi avait disparu et son visage était devenu glaçant, comme il savait si bien le rendre d'un seul coup lorsqu'il était contrarié. Il soupira avec agacement :

— C'est abominable. Encore bien pire que ce que j'appréhendais. Sans compter, j'imagine, une multitude d'autres dans nos provinces, qui doivent sans doute servir à leur approvisionnement.

— En effet, Majesté. J'ai envoyé mon adjoint Desgrez enquêter dans quelques villes ou villages de la région parisienne, et il a constaté qu'il en existait un grand nombre s'adonnant à ces trafics de produits permettant la fabrication des poisons, comme certains déchets d'animaux tels le crapaud, les mouches cantharides, ou certaines plantes vénéneuses. Mais les têtes à couper, d'après moi, sont à Paris. Et les couper, c'est tuer du même coup le corps tout entier.

— Je ne suis pas de votre avis, monsieur de La Reynie. Il faut tout couper, les têtes comme leurs prolongements. L'expérience m'a appris qu'il est bon d'arracher les racines d'un mal, lorsqu'on les distingue, mais aussi ses excroissances, de peur que l'une d'entre elles ne fût restée vivace et ne proliférât de nouveau.

Louvois et Colbert me fixaient, semblant attendre ma réponse avec curiosité. Mais ce que venait de dire le roi était un ordre, pas une question. Je restai silencieux, attendant qu'il continuât. Il feuilleta de nouveau mon rapport et s'arrêta sur l'une de ses pages.

— Et ces officines de charlatans ne se contentent pas de fabriquer des philtres d'amour ou des remèdes, d'après ce que vous en écrivez ?

— Non, Majesté. Ce n'est pas avec ces produits-là que ces misérables sorcières gagnent le plus d'argent. Certes, elles reçoivent leur clientèle dans leurs repaires où elles se livrent à toutes sortes de pratiques magiques pour préparer ces fameux philtres, et aussi des onguents ou des pommades contre les maux de ventre ou les douleurs de toutes sortes. Mais tout cela ne serait rien si elles ne confectionnaient aussi des poisons redoutables, indécelables à l'odorat et au goût, dont les plus lents vous font trépasser en une année et les plus rapides en quelques instants.

— Un attirail de procédés sans science véritable, en quelque sorte ?

— Pas tout à fait, Majesté. La vérité oblige à reconnaître que certaines de ces sorcières possèdent des connaissances réelles en herboristerie, en anatomie et même en médecine. Elles leur ont été transmises par tradition orale, et elles ont pu les développer par leur pratique ou leur curiosité personnelle. Ces connaissances leur servent à préparer des décoctions qu'elles mélangent ensuite à des substances toxiques, si leurs clients les leur demandent.

— Et vous dites qu'elles se procurent ces produits auprès de fournisseurs de province ?

— Il existe en effet tout un réseau d'apothicaires, de droguistes ou d'épiciers qui les leur fournissent. Eux-mêmes les achètent généralement à des paysans ou des bergers, qui les cueillent ou les capturent, suivant qu'il s'agit de plantes ou d'animaux.

Le roi soupira encore avec le même agacement :

— Je m'inquiète fort que cette demande de poisons soit devenue une manie, jusque dans ma cour. On semble y jouer de la cantharide, de la ciguë ou de la bave de crapaud comme d'autres de la rapière ou du mousqueton. Mon père avait interdit les duels, qui décimaient fâcheusement notre noblesse, il faudra donc à présent que j'interdise les devins, les jeteuses de sorts ou les diseuses de bonne aventure… Dans quelle époque vivons-nous ! Et leur clientèle, quelle est-elle ?

— La plus grande part est composée de femmes de toutes conditions. Certaines pensent avoir perdu l'amour de leur mari, d'autres sont martyrisées ou spoliées par leurs pères ou leurs frères qui disposent sur elles d'un droit de tutelle. Le processus qui les conduit au crime est presque toujours le même : elles cherchent d'abord à leur faire prendre des remèdes adoucissants ou aphrodisiaques pour les rendre plus affectueux ou plus aimants.

Le roi me coupa :

— La crédulité des femmes est vraiment sans bornes. Quand l'amour s'est éloigné d'elles, il devrait pourtant leur apparaître bien improbable qu'il pût leur revenir par des remèdes de magie. Et les autres ?

— Une partie est habitée d'emblée par une intention criminelle et vient chercher directement du poison sans s'en cacher. Cette partie-là concerne tout autant les hommes que les femmes. Ceux ou celles qui en usent de la sorte sont généralement mus par un intérêt financier, la jalousie ou la haine d'un rival ou d'un ennemi. C'est avec ces clients-là que ces officines font fortune, car elles leur font payer un prix bien plus élevé, et parfois en profitent pour faire chanter celles ou ceux qu'elles ont pourvus, une fois leurs crimes accomplis.

— Et il n'y aurait, selon vous, aucun rapport entre ces deux types de clientèle ?

— Malheureusement si, Majesté. La première conduit même presque nécessairement à la seconde, puisque celle-ci échoue la plupart du temps.

Le roi se tourna vers Colbert, d'un air triomphant :

— N'est-ce pas ce que je vous ai toujours dit, Colbert, et vous aviez peine à me croire ?

— Je ne le comprends toujours pas bien, Sire.

Le roi revint vers moi, ayant retrouvé son œil ironique :

— Éclairez donc de vos lumières notre Surintendant, La Reynie. Il croit toujours dans l'infinie bonté de l'homme. Je ne sais quels auteurs il a bien pu lire pour cela, ni s'il s'agit d'un défaut ou d'une qualité. C'est en tout cas dans sa nature et nous ne la changerons pas…

Je me tournai vers Colbert :

— Comme les philtres d'amour ne parviennent jamais à leurs fins et que les femmes qui y ont recours continuent d'être maltraitées ou battues par leurs maris, leurs pères ou leurs frères, elles finissent par se résoudre à passer à des solutions plus radicales. Les sorcières ou les magiciens qui les leur ont fournis les leur proposent et les y encouragent. Le remède est plus cher, mais a beaucoup d'avantages. Il est plus définitif et moins dangereux qu'un crime de sang. Son autre avantage est qu'il est fort malaisé à détecter lorsque vous l'administrez, même en pratiquant une autopsie sur la victime. C'est aussi pourquoi il en a toujours été fait de tout temps un si grand usage.

— Le ton désincarné avec lequel vous nous décrivez tout cela me fait frémir, murmura le roi.

— Pardonnez-moi, Majesté, si je m'efforce de juger de ces affaires avec froideur. Mais il le faut bien, quand on exerce ma charge. Qu'en serait-il en effet, si un policier se mettait à croire en l'infinie bonté de l'homme ?

Le roi étouffa un petit rire, puis se reprit :

— Reste que je supporte difficilement que vous sembliez excuser ces femmes qui seraient tellement maltraitées par nous autres, les hommes, qu'elles n'auraient d'autres recours que de nous faire passer de la vie au trépas. Seriez-vous en train de me reprocher d'avoir fait décapiter cette horrible sorcière de Brinvilliers qui avait empoisonné presque toute sa famille masculine ?

— Comprendre n'est pas forcément excuser, Majesté. Et tous les hommes ne battent pas leurs femmes, comme tous les pères ne forcent pas leurs filles. Et c'est ce qui advenait chaque jour ou presque à cette criminelle à laquelle vous faites allusion.

Le roi esquissa un sourire.

— C'est heureux, en effet, que tous les hommes ne se comportent pas ainsi, tout comme il est heureux que toutes les femmes n'empoisonnent pas leurs maris, leurs pères ou leurs frères. Sinon, comment ferais-je pour construire mon château, ou conduire mes guerres dans les Flandres ?

Louvois et Colbert rirent de cette plaisanterie, et je ne pus m'empêcher de sourire avec eux. Le roi reprit :

— Comment les appelez-vous déjà, ces poisons mortels ?

— Des « poudres de succession ». C'est en tout cas ainsi que les nomment ceux ou celles qui les vendent.

— Il faut reconnaître que c'est joliment dit.

Il ouvrit mon rapport à une autre page qu'il montra à Louvois, et lui fit signe de parler à sa place. Louvois se tourna vers moi :

— Il y a autre chose, monsieur de La Reynie. Notre Majesté a été très affectée de lire que, parmi les personnalités les plus en vue de la cour, il s'en trouvait pour continuer de fréquenter ces officines, malgré l'interdiction formelle qu'elle-même leur en a faite solennellement à plusieurs reprises.

Le roi me fixait, attendant ma réponse.

— C'est ce qui ressort en effet, Sire, de tous les rapports de mes policiers et de mes propres interrogatoires.

Le roi perdit soudain patience et frappa nerveusement de ses bagues sur le bureau, manifestement très irrité par cette confirmation de ce qu'il avait sans doute toujours pressenti et redouté pour sa sécurité. Se tournant vers son surintendant des Finances, il remarqua sèchement :

— L'exécution de cette Brinvilliers et quelques arrestations, cela ne pouvait suffire, Colbert. Je vous l'avais dit. Votre nature est trop indulgente, et vous ne voyez le mal nulle part, alors qu'il est partout. Je vous rappelle qu'il en a été de même avec l'exécution du chevalier de Rohan qui complotait contre ma personne. Cela aurait pourtant dû décourager notre noblesse de continuer ses complots, mais il est patent que le goût de la trahison est inscrit dans son sang. C'est plus fort qu'elle et elle ne saurait s'en défaire.

Colbert ne répondit rien. À la différence de celui de Louvois, son visage restait impassible.

Il était d'une nature froide et contrôlée, tandis que les colères et les emportements de son rival étaient connus de tous. Le roi se tourna vers Louvois :

— Monsieur le Ministre, il se développe dans mon château une atmosphère qui me fait penser à la préparation d'une nouvelle fronde. Vos services me l'ont déjà suggéré, et je n'y ai pas prêté assez d'attention. Mais je vois bien que tout concourt de plus en plus à me faire craindre pour ma propre vie.

Puis, revenant vers moi :

— Monsieur de La Reynie, je souhaite que vous procédiez au plus vite à toutes les nouvelles arrestations que vous jugerez bon. Et cela, sans tenir compte de la qualité ou de l'importance des personnes. Qu'il soit bien clair, une fois pour toutes, que ma justice doit être la même pour tous et qu'il n'existe aucun privilège qui puisse prévaloir sur le crime.

Il nous signifia d'un mouvement de tête qu'il en avait fini avec nous, et nous nous levâmes tous les trois.

Quand nous fûmes sortis de son cabinet, le roi attendit que Louvois et Colbert se fussent éloignés pour se tourner vers moi.

— Restez encore un moment, La Reynie. J'ai à vous parler en particulier, mais j'aimerais auparavant vous montrer les travaux hydrauliques que je viens de faire terminer pour alimenter le Grand Canal. Par la même occasion, vous pourrez voir mes bassins et mes fontaines en état de marche, car j'en ai donné l'ordre avant notre réunion, et l'eau devrait y être parvenue, si la température ne le lui interdit pas. Je pense que cela va vous intéresser.

Il me fit signe de le suivre et nous traversâmes les galeries pour sortir du château. Nous marchions côte à côte sans parler, précédés et suivis de ses deux escortes personnelles qui ne le quittaient jamais. Les gardes armés se tenaient à deux bonnes toises de nous. Nous croisâmes des petits groupes composés chacun de trois ou quatre courtisans, qui saluèrent le roi en ôtant leurs chapeaux et en s'inclinant très bas, mais il ne daigna pas leur accorder même un regard.

Nous sortîmes du château et nous arrêtâmes. J'étais saisi par ce spectacle grandiose, qui n'avait pas attiré mon attention lorsque je faisais tout à l'heure le tour des bâtiments pour admirer les travaux, sans doute parce que l'eau qui devait parvenir aux fontaines n'avait pas encore pu circuler. Le roi continuait de se taire, semblant attendre une réaction de ma part. Je ne pus me retenir de lui exprimer mon éblouissement. Tout cela me semblait presque irréel, comme si j'avais été placé en face d'un rêve impossible à réaliser. Il me regardait avec une satisfaction évidente.

— Voyez-vous, La Reynie, si j'ai tant œuvré pour la mise en place de ces fontaines et de ce Canal, c'est que je ne crois pas à la stabilité des choses. L'eau représente pour moi la liberté, c'est elle qui reflète le ciel. Tous ces jardins ne seraient rien sans l'eau, car elle seule représente la vie qui passe, disparaissant et se renouvelant à l'infini. Sans elle, tout ce qui l'entoure serait immobile et comme mort.

— Je suis émerveillé, Majesté, par la prouesse technique que cela semble exiger. D'où réussissez-vous à la faire parvenir jusqu'ici ? Les sources sont loin, et l'étang le plus proche, celui de Clagny, me paraît bien insuffisant pour y pourvoir.

Il parut flatté que j'eusse remarqué la principale difficulté qu'il avait eue à surmonter.

— C'est tout à fait juste, La Reynie. Le Grand Canal mesure plus de huit cents toises de long sur une trentaine de large, c'est dire la quantité impressionnante d'eau qu'il exige.

Il m'entraîna derrière lui et nous descendîmes vers le Canal, que nous commençâmes à longer. J'aperçus au loin quelques promeneurs disséminés, parmi lesquels un petit groupe de femmes, sans pouvoir distinguer à cette distance de qui il s'agissait. Les gardes qui nous précédaient et nous suivaient étaient trop éloignés de nous pour suivre notre conversation.

— Venons-en à ce qui m'amène à vous parler en particulier. Vous m'avez intrigué, tout à l'heure, en essayant de comprendre les mobiles des femmes qui se servent du poison pour assassiner leurs époux ou leurs parents. J'aimerais que vous vous expliquiez davantage.

J'hésitai à dire le fond de ma pensée, mais les idées que je ruminais jour et nuit depuis que j'avais engagé mon enquête me pesaient tant sur le cœur que je résolus de me jeter en avant, à charge pour le roi de me juger comme il le voudrait.

— Je n'ai pas voulu les justifier, Majesté, mais seulement expliquer que c'est la condition dans laquelle les tiennent notre société et l'état de son droit qui provoquent de telles aberrations criminelles. Il y a bien sûr de la part de certaines femmes quelques assassinats par cupidité, malveillance, désir de pouvoir, ou volonté de supprimer une rivale. Ceux-là sont sans excuses et il faut être impitoyable à leur égard. Mais une bonne partie de ceux qu'elles commettent sur un homme de leur entourage provient de ce qu'elles sont victimes d'un père, d'un frère ou d'un mari brutal qui les frappent, ou les tiennent cloîtrées, et font d'elles leurs esclaves.

Il me jeta un regard surpris.

— Holà ! N'exagérez-vous pas un peu, La Reynie ? La plupart d'entre elles semblent se satisfaire de leur état, à ma connaissance.

— Majesté, vous savez comme moi qu'un mari dispose de tous les droits sur son épouse. Et qu'il en est à peu près de même pour son père ou son frère. Même une femme divorcée se retrouve soumise à la tutelle de sa famille. Il n'y a qu'une veuve qui mérite un peu de respect et de liberté, grâce à son héritage et à son statut qui la met à l'abri de sa famille. Aussi le veuvage finit-il par apparaître à une femme comme le seul remède, lorsque son mari, ses frères ou ses oncles la martyrisent. Le seul en tout cas qui lui permette de trouver une autonomie.

Le roi s'arrêta et me regarda avec un air légèrement courroucé.

— Savez-vous, La Reynie, que vous tenez là des propos subversifs qui ne seraient sans doute pas du goût de la justice et encore moins de l'Église ? Le crime serait donc selon vous le seul moyen pour une femme d'être libre ? Admettez que vos idées sont pour le moins curieuses dans la bouche d'un ancien magistrat. Vous parlez aussi d'une autonomie des femmes ! Qu'entendez-vous au juste par là ? Et d'abord, en quoi les femmes seraient-elles nos égales ? Vous rendez vous compte du bouleversement des mœurs que cela signifierait ? Je ne sais trop moi-même qu'en penser, venant de la part d'un lieutenant général de police.

Je ne pus me retenir de sourire.

— Majesté, je ne fais qu'exprimer ce que nos plus grands auteurs ont déjà fait à ma place, et beaucoup mieux que moi. Songez seulement à Molière et à son *École des femmes*... Et l'Elmire de son *Tartuffe* n'est-elle pas infiniment plus sage que son mari Orgon ?

Le roi resta un moment silencieux, le regard fixé sur l'eau du Canal, puis murmura, comme pour lui-même :

— Ce cher Molière ! Comme j'ai pu aimer cet homme... ! Et comme il nous manque à tous, à présent ! Il n'y a guère que Thomas Corneille qui approche son talent pour la comédie. Mais il est plus timide et plus désireux de plaire, trop sage à mon goût. Nous aurions grand besoin de revenir à des auteurs plus cinglants pour fustiger nos travers.

Je m'abstins de lui rappeler que Molière avait connu bien des ennuis et des interdictions pour s'être montré aussi cinglant qu'il semblait le souhaiter, et qu'il en avait été le principal responsable.

Nous fîmes encore quelques pas en silence, puis le roi s'arrêta :

— Je devine ce que vous êtes en train de penser, La Reynie. Je sais que vous avez la réputation, hormis vos qualités professionnelles, d'être un fin lettré, mais comprenez bien qu'il y a la littérature et le monde réel. Il y a les idées qui courent là où elles le veulent, comme un jeu nécessaire de l'esprit, et il y a les lois qui organisent et protègent notre société. Les premières sont vives et légères, les secondes lentes et lourdes. Et moi, je suis en charge des secondes, comme vous le savez. Songez aussi que nous avons davantage besoin de protection que de philosophie. C'est pour cela que j'ai fait appel à vous, pas pour réformer les lois ou les mœurs qui régissent l'équilibre de nos familles. Restez donc dans cette sage limite où vous excellez.

Il reprit sa marche et je le suivis. Nous restâmes silencieux un long moment. Je jetai sur lui quelques coups d'œil discrets, et j'eus le sentiment de l'avoir contrarié. Ses sourcils se froncèrent davantage et son air devint plus grave encore. Il venait d'apercevoir Mme de Montespan, qui venait vers nous en flânant, accompagnée d'une de ses dames de compagnie, Mlle des Œillets. Cette rencontre fortuite ne paraissait convenir qu'à demi à notre souverain.

Il s'arrêta net, permettant d'un geste à l'escorte qui nous précédait de laisser les deux femmes s'approcher de nous. Je les saluai et leur présentai mes hommages. Elles s'étaient inclinées devant le roi, qui leur fit signe de se redresser. Elles étaient aussi ravissantes et enjouées l'une que l'autre. Toute la cour savait que Mlle des Œillets avait été la maîtresse du roi, qu'elle avait même eu de lui un enfant, et que c'est ensuite seulement qu'elle était entrée au service de Mme de Montespan, lorsque celle-ci lui avait succédé dans les faveurs de notre souverain. Depuis, à la surprise générale, toutes deux semblaient s'entendre à merveille, comme deux amies de toujours qui n'auraient pu se passer l'une de l'autre.

Mme de Montespan lança au roi dans un grand sourire :

— Est-il vrai, Majesté, que vous avez l'intention de faire fermer par M. de La Reynie toutes les boutiques de devineresses de la capitale ?

Le roi n'était pas d'humeur à badiner et elle s'en rendit compte lorsqu'il lui répondit sèchement :

— J'ai décidé en effet de faire cesser les activités criminelles que ces magiciennes camouflent sous le prétexte de dire l'avenir dans leurs boules de cristal, leurs tarots ou leurs marcs de café.

— Holà ! N'est-ce pas faire beaucoup de bruit pour rien ?

Le roi regarda sa favorite avec agacement.

— Qu'entendez-vous au juste, Madame, avec votre « pour rien » ?

— Qu'il n'est pas grand péché à lire dans les lignes de la main, à dire des neuvaines pour faire réussir des mariages, ou à préparer des remèdes pour rendre aux maris leurs femmes plus désirables. Ne dit-on pas qu'à votre naissance, votre mère a fait entrer l'astrologue Morin dans sa chambre pour tirer votre horoscope ? Et ne peut-on encore voir dans la cour de l'hôtel de Soissons la colonne en haut de laquelle Catherine de Médicis consultait les astres ?

Le visage du roi s'était durci. Il me jeta un regard, comme s'il hésitait à continuer cette conversation devant moi. Je pris les devants :

— Souhaitez-vous, Majesté, que je me retire ?

Il parut hésiter, puis se ravisa :

— Certes non, La Reynie. J'entends au contraire que vous soyez témoin de ce que je vais dire à madame la Marquise.

Et, se tournant vers elle :

— Vos comparaisons sont inconvenantes et hors de propos. Il s'agit, dans le cas de ces officines, non point de simple charlatanerie qui eût pu nous amuser, mais de pouvoirs utilisés de façon criminelle, et je vous répète que ce sont des sorcières.

Piquée sans doute au vif par la façon dont son amant royal lui parlait devant un lieutenant de police, Mme de Montespan ne put s'empêcher de répliquer :

— Je ne crois pas aux sorcières, moi.

Le roi marqua un léger temps avant de répondre :

— Je crois, moi, aux empoisonneuses et à leurs crimes.

Mme de Montespan affecta un petit rire :

— Le moindre évanouissement dans une galerie de votre château, à la sortie d'une table de jeux ou d'un repas trop bien servi, fait à présent l'effet d'un crime. Tout le monde aura bientôt peur de tout le monde. Cette hantise est un poison encore plus grand que son objet. Elle va rendre irrespirable l'atmosphère de votre cour.

Je sentis qu'elle était allée trop loin. Le roi aurait pu tolérer de tels propos dans une alcôve ou une chambre bien close, mais en les proférant devant deux témoins et sur ce ton, la marquise avait outrepassé les convenances. Mlle des Œillets, qui l'avait senti tout comme moi, gardait la tête baissée. Son visage était devenu très rouge et j'étais moi-même terriblement embarrassé d'assister à une dispute qui me concernait indirectement et aurait dû pour la bienséance se dérouler hors de ma présence.

Le roi le comprit et se tourna de nouveau vers moi d'un air rassurant :

— Ne vous inquiétez pas, La Reynie. Il n'est rien de secret ni de privé dans ce que je vais dire. Je suis très heureux au contraire que vous soyez présent, tout comme Mlle des Œillets, d'ailleurs. Il est bon en effet que vous entendiez tous les deux ce que madame la Marquise semble se refuser à comprendre.

Et, se tournant vers sa maîtresse, il cingla plus durement :

— Savez-vous, Madame, que nous sommes devenus la risée de toute l'Europe, et qu'il se dit partout qu'on assassine dans mon château comme si c'était un moulin ouvert à la racaille ?

La marquise haussa légèrement les épaules.

— Je n'y vois que le signe de la jalousie qu'on vous porte ! Vous devriez plutôt vous en réjouir.

Le roi avait pâli, furieux qu'elle continuât d'oser ainsi lui tenir tête en public. Il riposta d'un ton froid :

— Depuis quand vous prend-il, Madame, de juger de ce qui vous dépasse ?

La marquise comprit enfin qu'elle ne pouvait continuer à lui résister avec son ironie. Les deux amants s'affrontèrent un moment en silence, les yeux brûlants.

— Gardez-vous en tout cas, vous ou Mlle des Œillets, de me défier en fréquentant ces officines. J'ai l'intention de frapper vite et fort, et je compte ne laisser personne autour de moi à l'abri de mes poursuites. Pas même vous, sachez-le !

Et, sans un regard pour elle, il m'entraîna par l'épaule :

— Venez, La Reynie, nous perdons notre temps ici, et je n'en avais pas fini avec nos propos.

Je le suivis et jetai un rapide coup d'œil sur les deux femmes, qui semblaient glacées de stupeur. Un départ aussi subit les avait sonnées comme une gifle.

Nous marchâmes un moment, puis le roi se tourna vers moi :

— J'aimerais que vous les fassiez surveiller discrètement, toutes les deux. En avez-vous les moyens ?

— Je pense, Majesté, que M. de Louvois en a de bien supérieurs aux miens, au moins dans votre château. Ses services y sont emplis d'espions de qualité, plus habiles que mes policiers.

— Vous vous trompez, La Reynie. Les espions de Louvois sont des bœufs maladroits, tout comme lui. On les voit venir de si loin qu'ils ne trompent personne et ne récoltent rien. Peut-être sont-ils suffisants à l'étranger, mais chez moi, ils ne font que des dégâts. Si je chargeais Louvois de cette mission, elle aurait tôt fait d'être démasquée.

Je restai un moment silencieux, avant de proposer :

— Si vous me l'ordonnez, je pense que je peux convaincre l'une ou l'autre de leurs femmes de chambre de me rapporter leurs propos.

— Eh bien je vous l'ordonne. Et je veux un rapport fidèle, pas seulement sur leurs propos, dont je me moque bien. Mais plutôt sur tout ce qu'elles font ou ne font pas, à l'intérieur comme à l'extérieur de mon château. Chez qui elles se rendent, qui elles reçoivent…

— Bien, Majesté. J'y veillerai.

Cela parut l'apaiser.

Comme nous arrivions à hauteur d'une moitié environ du Grand Canal, il s'arrêta. Le soleil commençait à décliner et se coucherait bientôt. Les ombres des arbres qui le bordaient s'allongeaient vers nous. En jetant un rapide regard sur le château derrière nous, je constatai que les quelques rares courtisans ou courtisanes qui se promenaient dans le parc commençaient à rentrer, sans doute pour s'adonner à des jeux de table ou de billard. Un petit groupe de jeunes femmes et de jeunes gens riant à pleines gorges traînaient parmi les derniers. Je reconnus de loin, au milieu d'eux, Monseigneur le Dauphin qui boitillait pour les suivre. Il aperçut son père et, se tournant vers nous, nous salua, aussitôt imité par sa petite cour. Je les saluai en retour, mais le roi n'eut pas un geste dans leur direction.

— Mon fils a une bien curieuse façon de marcher, murmura-t-il.

— Peut-être s'est-il blessé légèrement en jouant une partie de paume ? suggérai-je.

— Non. Je lui ai fait des pieds trop petits. Regardez comme il semble gauche, à côté de ses compagnons. À moins qu'il ne mange trop et que cela n'alourdisse sa démarche ? Il a hérité de moi un solide appétit, et je ne suis pas certain que ce soit une qualité. Qu'en sera-t-il, quand il aura dix ou vingt ans de plus ?

Je n'émis aucun commentaire. Le Dauphin était en effet très fort pour son âge. À dix-huit ans, il n'avait aucune grâce physique. Son père ne lui avait transmis ni son goût ni ses dons pour la danse, lui dont on disait que, dans sa jeunesse, il égalait et parfois surpassait les meilleurs danseurs professionnels.

— Mon fils me donne bien du souci, reprit-il. Il est des moments où je désespère de pouvoir faire de lui le successeur qu'attendra notre pays lorsque je ne serai plus là.

— C'est une hypothèse encore bien lointaine, Majesté, et il a le temps de faire tous les progrès que vous souhaitez.

Le roi se tut, continuant de suivre des yeux le petit groupe qui s'éloignait et dont l'écho assourdi des rires nous parvenait encore. Il eut bientôt disparu. Seuls les ouvriers continuaient leurs travaux sur les échafaudages qui couvraient les façades, ou à charrier des matériaux destinés à une terrasse ou un bâtiment en construction.

Avec le temps et l'expérience, le visage de notre monarque avait gagné en impassibilité, et son corps en prestance et en noblesse, malgré sa petite taille. Ce n'était plus les traits aiguisés du jeune roi vif argent, toujours prêt à lancer sa pique et si brillant danseur ou cavalier. Le félin était devenu un animal plus lent et plus posé, d'autant plus redoutable qu'il semblait maître de soi et toujours prêt à bondir sur une proie. Un poète latin a écrit que chacun de nous cache un secret qu'il ne connaît pas lui-même. Quel secret pouvait bien cacher cet homme qui s'était affirmé d'emblée comme le dépositaire d'un destin exceptionnel ?

Je l'entendis murmurer à côté de moi :

— J'ai pourtant aimé cette femme plus qu'aucune autre.

Ses pensées étaient revenues sur Mme de Montespan. Il avait les yeux clos, son visage tourné droit devant lui, comme s'il ne s'adressait à personne et voulait profiter des derniers rayons du soleil. Avait-il conscience que j'étais présent ? Je restai silencieux, osant à peine jeter un regard furtif vers lui, attendant qu'il rouvrît les yeux et s'adressât à moi plus directement. Un vent frais se levait sur le Canal. Il frissonna et tourna son visage vers le mien.

— La Reynie, quel est votre secret ?

Je sursautai, effrayé qu'il eût semblé lire dans mes pensées.

— Que voulez-vous dire, Majesté ?

— Allons ! Ne faites pas la bête.

— Je ne sais pas de quoi vous voulez parler. J'ai tout écrit dans le rapport que je vous ai rendu ce matin. Si vous souhaitez que je poursuive mes investigations plus haut, il faudra que vous m'autorisiez à collaborer avec les services de M. de Louvois. Encore une fois, il y possède des espions que je n'ai pas à ma disposition.

Il esquissa un sourire malicieux :

— Il ne s'agit pas de cela ! Je veux parler de votre femme, La Reynie. Pas des espions de Louvois. Je vous ai déjà dit que je les trouvais aussi lourds que des bœufs en attelage.

Je ne pus retenir ma surprise :
— De ma femme ?
— Eh bien oui. Qu'y a-t-il là de si extraordinaire ? Je souhaitais vous demander comment vous faites.
— Pardonnez-moi, Majesté, mais je ne comprends toujours pas. Que voulez-vous dire ?
— Depuis combien de temps vivez vous avec elle ?
— Bientôt onze ans, Majesté.
— Comment faites-vous pour être toujours aussi épris d'elle, ou, ce qui me semble à peu près la même énigme, pour qu'elle le soit toujours de vous ?
La liberté avec laquelle il venait de s'adresser à moi me laissait muet d'étonnement. Je cherchai vainement une réponse. Gabrielle était-elle d'ailleurs toujours éprise de moi ? Et moi, l'étais-je toujours autant d'elle qu'aux premiers jours de notre liaison ? Le roi me fixait avec une intensité plus douloureuse qu'intriguée. Je compris qu'il souffrait vraiment des interrogations que lui procurait sa favorite. Comme je restai coi, il sembla chasser la question d'un revers de la main, balayant l'espace devant lui du bout des doigts.
— Laissez, La Reynie. Tout cela est sans importance, au fond, et probablement ne s'explique pas. Gardez seulement à l'esprit que votre tâche principale est d'anéantir ces foyers de subversion que sont devenues ces officines, et qu'elle prime sur toutes les autres.
Je m'inclinai.
— Bien, Majesté.
— J'ai une surprise pour vous. Louvois devait vous l'apprendre, mais je vais le faire moi-même. J'ai décidé de créer une cour extraordinaire pour juger de ces affaires de poisons et dégager le

Châtelet de Paris d'un tel afflux de procédures. Elle siégera à l'Arsenal, et c'est Messire Louis Boucherat qui la présidera.

J'éprouvai un lâche soulagement d'être ainsi exempté de la lourde mission qu'il m'avait confiée, et le lui signifiai :

— C'est un magistrat d'une grande rigueur, un fort honnête homme et un très grand connaisseur des choses criminelles. J'imagine, Majesté, que je suis désormais déchargé de ces affaires ?

— Bien au contraire. C'est à vous seul que j'ai l'intention de confier l'instruction de tous les procès et les rapports que vous m'en ferez.

— À moi seul ! Mais, Majesté… Je pressens que nous allons avoir affaire à un très grand nombre de prévenus, et…

Il me coupa :

— On vous donnera un assistant, si vous le souhaitez. M. de Bezons pourrait en faire office, par exemple, c'est un bon exécutant. Mais pas davantage, car je tiens à ce que vous restiez le seul maître des instructions.

— Je me permets de faire remarquer à Votre Majesté que je croule déjà sous les affaires criminelles dans mon travail au Châtelet.

— De cela, vous serez déchargé, bien entendu. Vous ferez traiter les affaires qui vous encombrent par vos adjoints.

Il semblait s'amuser de me voir plus inquiet que satisfait.

— Allons, La Reynie, remettez-vous. Vous allez réussir, j'en suis sûr, comme vous avez réussi à détruire les foyers d'insécurité qu'étaient les cours des Miracles dans notre capitale, et y établir une sécurité et une hygiène dignes de notre règne.

— Merci, Majesté.

Je ravalai ma déception, tandis qu'il soupirait :

— J'ai d'autres soucis que ces affaires de poisons ou que l'amélioration de la condition des femmes. Les rapports que je reçois d'Angleterre, venant de nos plus sûrs observateurs, me font craindre un retournement d'alliance. Le roi Charles II est de plus en plus travaillé par des forces qui nous sont hostiles.

— N'est-il pas à vos côtés pour vous aider à combattre les Provinces Unies ? Il semble aussi très favorable au catholicisme...

— C'est ce que j'ai cru, mais je n'oserais plus l'affirmer, La Reynie. Il m'avait promis de se convertir, et il ne l'a toujours pas fait. Et puis, n'a-t-il pas organisé le mariage de sa nièce Mary avec le prince Guillaume d'Orange ? C'est pourtant l'un de nos adversaires les plus farouches et l'idole des princes protestants. Ce mariage est un véritable camouflet à notre égard, et n'augure rien de bon.

Je me gardai d'entrer dans cette conversation qui dépassait mes compétences, mais je songeai que le roi avait raison de craindre que l'Angleterre ne virât casaque au profit des protestants. J'avais eu vent par quelques familiers du mécontentement grandissant qu'éprouvait la population anglaise de savoir son roi favorable aux catholiques, et la crainte qu'elle éprouvait que, Charles étant sans héritier, la couronne ne passât à sa mort entre les mains de son frère Jacques, le roi d'Écosse, un catholique convaincu.

5

Vendredi 10 février 1679

Le lendemain, aux premières heures, je me rendis à Vincennes, où je savais que mon adjoint Lecoq devait interroger deux ou trois empoisonneuses, que j'avais fait arrêter ces jours derniers. Outre cette la Bosse, il y en avait toute une brassée d'autres aussi redoutables. La plupart étaient des femmes entre deux âges et seules dans la vie, ou encombrées d'un homme vivant à leur détriment comme un parasite, leur servant de protecteur dans le meilleur des cas, mais le plus souvent dilapidant dans des tavernes ce qu'elles gagnaient. Certaines, par contre, n'avaient que faire d'un époux ou d'un galant, car elles étaient lesbiennes et avaient empoisonné leurs maris ou leurs amants pour retrouver un peu de liberté.

Presque toutes étaient des déclassées, vivant ou ayant vécu tant bien que mal de petits métiers, blanchisseuses, fripières, revendeuses d'eau-de-vie, logeant là où elles le pouvaient, au hasard de leurs rencontres ou dans quelque auberge de bas étage. Le commerce des substances interdites les avait fait sortir plus ou moins de leur misère, mais elles en avaient gardé bien des stigmates. Elles se fâchaient, se volaient, buvaient ce qu'elles gagnaient, et se débauchaient l'une l'autre leurs compagnons, lorsqu'elles en avaient un. Il en résultait des rixes où elles se traitaient publiquement de putains et se promettaient de « se crever comme des sacs à vin » dès qu'elles en auraient l'occasion.

Je n'avais pas réussi à dormir de la nuit, passant et repassant dans ma tête les raisons qui avaient pu décider le roi à soustraire les affaires d'empoisonnement à la juridiction du Châtelet ou à celle du Parlement. En soi, cette cour spéciale n'avait rien d'exceptionnel, dans la mesure où il avait toujours existé des tribunaux rendant une justice non permanente, mais nombre d'ennemis du roi allaient en conclure qu'elle n'avait été créée que pour étouffer les affaires de poisons trop embarrassantes pour les puissants. Pour ma part, je pensais plutôt que cette création était due à sa volonté d'enrayer la peur provoquée dans la population par la hantise de ces crimes. La marquise de Montespan n'avait pas tout à fait tort, lorsqu'elle avait fait remarquer à son royal amant que, dès que la mort frappait de façon inattendue à la cour, l'accusation d'empoisonnement était lâchée, déclenchant la méfiance de tous à l'égard de chacun.

J'avais conscience que cette mission d'instructeur, qui venait de m'être confiée et qui venait s'ajouter à mon rôle d'enquêteur, allait mettre ma famille et moi-même encore plus en danger que nous ne l'avions été. Il me faudrait désormais une escorte suffisante à chaque fois que je me rendrais à Vincennes, car les attentats contre ma personne seraient bien plus à craindre, et des complicités extérieures rendraient l'hypothèse d'un malheur sur ma route très plausible. Louvois le comprit aussitôt, qui m'adressa, le jour même où le roi m'informa de ma nomination, un billet me demandant de prendre toutes les précautions qui me sembleraient s'imposer pour me protéger et protéger ma famille en toutes circonstances, et de ne pas hésiter à lui demander tous les moyens dont j'estimerais avoir besoin.

À Vincennes ou à la forteresse de la Bastille, les prisons d'État n'étaient guère plus sûres que la Conciergerie de notre Châtelet, si l'on n'y mettait pas les prisonniers au secret le plus rigoureux, car les autres y communiquaient entre cellules, pouvaient y recevoir des nouvelles du dehors et les faire passer à leurs voisins. C'est pourquoi ma première décision fut de transférer dans des cellules du donjon, habituellement réservées aux détenus de haute naissance, les prisonnières qui me paraissaient les plus dangereuses. Il me fallait éviter à tout prix qu'elles ne se concertent pour me faire les mêmes réponses, au cas où elles eussent été de mèche. J'ordonnai également une fouille sévère de chacune d'entre elles. Elle se révéla aussi nécessaire que stupéfiante. La plupart en effet avaient gardé sur elles des poudres empoisonnées, destinées sans doute à régler leur compte à celles qui auraient pu les compromettre par des aveux, ou à se suicider si elles s'estimaient perdues, plutôt que de passer à la question ou d'être condamnées aux fers jusqu'à la fin de leurs jours.

Lorsque j'arrivai au guichet d'entrée du donjon, l'un des gardes de service m'avertit que Lecoq avait décidé sans attendre de soumettre à la question la première de ces femmes. Il s'agissait encore une fois de la Bosse. Inquiet de tant de hâte, je grimpai quatre à quatre l'escalier qui menait à la salle d'interrogatoire et y pénétrai. Ce que je craignais était bien en train d'advenir. Dans la salle, la sorcière complètement nue était liée sur un chevalet, les reins cassés en arrière par sa position, un entonnoir dans la bouche, dans lequel un gardien versait de l'eau à gros flots. Je courus vers lui et le lui arrachai des mains.

— Arrêtez cela ! criai-je.

Le récipient tomba par terre et l'eau se répandit sur le sol. Je jetai un coup d'œil sur la femme, qui semblait à demi inconsciente. Son ventre était gonflé comme une baudruche, prêt à exploser, et ses yeux révulsés, comme si elle était aux frontières dc la mort. Je me tournai vers le greffier, assis en face de son pupitre, qui s'était arrêté d'écrire, derrière lequel se tenait un gardien.

— Détachez-la tous les deux et allongez-la sur la table ! ordonnai-je. Faites-la vomir et envoyez quérir un médecin, si vous ne parvenez pas à la ranimer.

Je fis signe à Lecoq de me suivre dans le couloir pour ne pas avoir à lui dire ce que je pensais devant ses hommes. Dès que nous fûmes seuls, je lui rappelai sèchement que je lui avais demandé d'interroger les femmes que j'avais arrêtées, pas de leur appliquer la question. Lecoq n'avait que vingt-cinq ans et était à mon service depuis quatre ans. De taille moyenne, mince, mais aussi vif que puissant, il avait l'impatience de la jeunesse et la brutalité de celui qui n'a pas encore assez vécu. Il m'avait été d'une grande aide dans la poursuite des truands qui infestaient les rues de Paris et coupaient sauvagement les gorges de ceux qui s'aventuraient la nuit hors de leurs maisons, pour leur voler leurs bourses ou les dépouiller de leurs vêtements, mais la violence de ses réactions était souvent incontrôlable, et il se vantait d'avoir fait rouer plus de malfrats qu'il ne comptait d'années à mon service. C'était pourtant un agent brillant et consciencieux, d'un courage hors du commun, et je ne pouvais m'empêcher d'éprouver une sympathie presque paternelle pour lui.

— Pourquoi diantre avez-vous mis cette femme à la question avant de l'interroger plus posément ? lui demandai-je.

— Il me fallait aller vite, me répondit-il, car elle me paraissait cacher son jeu, et les témoignages de ses voisins l'accusaient.

— Vous savez ce que je pense des témoignages des voisins. Ne vous ai-je pas averti cent fois qu'ils ne sont le plus souvent guidés que par un désir de vengeance, de la mesquinerie, de la jalousie ou de l'envie, et rarement par les motifs pour lesquels on les a sollicités ? Qu'avez-vous cru pouvoir obtenir de plus par ces tortures ?

— Que l'administration de l'eau la fasse réfléchir.

— Ou la tue en faisant éclater les parois de son estomac et nous prive ainsi des renseignements que nous cherchons à obtenir d'elle ?

Lecoq baissa la tête sans répondre. Je continuai :

— Cette femme nous est précieuse, je vous l'ai pourtant assez répété. Elle semble très influente dans le milieu des sorcières et disposer d'un secret concernant quelqu'un de haut placé dans l'entourage du roi. Il faut absolument qu'elle nous livre son nom et signe ses aveux. Ce n'est pas en la tuant que vous y parviendrez.

Lecoq gardait la tête baissée. Je renonçai à poursuivre mon admonestation, et décidai de passer à l'échelon supérieur :

— Sachez que, si cela se produit encore sans que vous m'en ayez parlé auparavant, je n'hésiterai pas à vous mettre à pied, sans solde.

Lecoq me jeta un regard insolent.

— Si je l'en menace de nouveau, à présent qu'elle a tâté ce dont je suis capable, je parie fort qu'elle me livrera les noms d'autres empoisonneuses qui fournissent jusqu'aux plus grands noms de la cour.

Je haussai les épaules.

— Ce sont plutôt ces noms-là qu'il nous faudrait. Car ceux des empoisonneuses, il est à gager que nous les connaissons déjà ou que nous les connaîtrons sans avoir besoin d'elle.

Et, comme il restait silencieux, j'ajoutai :

— Menacez-la, si vous le voulez, faites-lui peur autant que nécessaire, montrez-lui les pinces avec lesquelles vous pourriez lui arracher ses chairs, ou les brodequins qui pourraient broyer ses os, mais contentez-vous de l'interroger, sans mettre en œuvre vos menaces.

— Et si je suis insatisfait de ses réponses ?

— Venez m'en référer et concertez-vous d'abord avec moi avant d'entamer quoi que ce soit d'autre à son encontre.

Je tournai le dos et le laissai seul avec ses doutes, convaincu qu'il ne pouvait être que profitable à ce jeune et bouillant policier d'y réfléchir à deux fois avant de s'en prendre à l'intégrité physique d'une prévenue.

J'arrivai une heure plus tard dans mes bureaux du Châtelet. Ma calèche était restée bloquée pendant un temps interminable dans les embarras des rues de la capitale, que Boileau a si plaisamment raillés dans ses *Satires*. J'y fus accueilli par mon homme de confiance, Nicolas Delamare. Je lui racontai brièvement ma visite à Vincennes et le souci que continuait de me donner Lecoq, malgré toutes mes mises en garde. Et, comme il souriait, j'ajoutai :

— Il ne faut pas vous en amuser ni l'accepter, Delamare. Je crains qu'il ne se développe en lui un goût morbide pour la violence. Il a déjà tué deux malfrats sous ses coups, et fait perdre des témoins qui auraient pu nous être précieux. Notre police ne peut tolérer chez nos enquêteurs une telle sauvagerie. Nous devons donner l'exemple, quoi qu'il nous en coûte. Si je le surprends encore à appliquer la question à un prévenu sans nous en référer au préalable, je n'hésiterai pas à le faire mettre aux arrêts et je vous engage à faire de même en mon absence.

J'aperçus sur une table à l'écart une série de flacons et de bocaux qui y étaient alignés et étiquetés.

— Quels sont les résultats de vos analyses ?

— Pour ces bocaux-ci : rognures d'ongles, poudres d'écrevisse, sperme et sang menstruel... Des mélanges répugnants, mais sans grand danger. Pour ces autres, par contre, des poisons mortels : mercure, eau-forte, arsenic.

— Que répondent les sorcières chez qui vous les avez trouvés, pour justifier de leur possession ?

— Certaines prétendent que nos policiers les y ont déposés pour pouvoir les arrêter. Les autres, qu'il est fort simple de se les procurer chez les apothicaires ou les droguistes, sous divers prétextes, comme celui de tuer un chien trop menaçant ou trop chapardeur...

— Admettent-elles qu'en se les procurant, elles se livrent avec ces substances à un commerce criminel ?

— Non, car elles affirment que, selon leurs dosages, les poisons peuvent devenir des remèdes curatifs.

— Qu'en disent nos spécialistes ?

— Il y a débat là-dessus, mais ils se rejoignent tous pour convenir que, toxiques à forte dose, ils pourraient être nécessaires à notre organisme en petite quantité. Certaines formes de maladies seraient même guéries par leur usage, s'il est adéquat. L'arsenic, par exemple, d'après Hippocrate, aurait été employé depuis la plus haute Antiquité pour soigner des ulcères cutanés, mais aussi la vérole, la phtisie ou la malaria.

Je réfléchis quelques instants et conclus :

— Quoi qu'il en soit, on ne peut laisser la décision d'user de ce poison à des sorcières ou des diseuses de bonne aventure. C'est à nos facultés de Médecine de contrôler l'usage curatif de substances aussi dangereuses.

Delamare ne put s'empêcher d'afficher un sourire amusé :

— Puis-je vous faire remarquer que la confiance que vous placez dans nos facultés de Médecine m'étonne un peu, venant de vous. Il ne m'avait pas semblé jusqu'à présent que vous leur accordiez autant de crédit. Ne m'avez-vous pas affirmé à plusieurs reprises que vous teniez nos médecins pour des bélîtres et des incapables, tout juste bons à pratiquer des saignées ou des purgations jusqu'à en faire périr leurs patients ?

Je ris de bon cœur avec lui à cet étalage de mes contradictions.

— C'est vrai, et je ne m'en dédis pas.

— Dans ce cas, serait-il bien raisonnable de confier à ces hommes en noir et en collerettes le bon ou le mauvais usage de substances aussi dangereuses ?

— Que me conseillez-vous, alors ?

— De les interdire partout, jusqu'à ce que nous en sachions davantage sur les dosages à respecter pour qu'elles aient un effet bénéfique.

— Je crois, Delamare, que vous êtes la voix même de la sagesse, en me rappelant au bon sens et à l'ordre naturel des choses. Nos médecins n'ont en effet d'égale à leur bêtise que leur prétention, et préfèrent mille fois tuer leurs patients sous leurs remèdes plutôt que laisser la nature faire son œuvre de guérison lorsqu'elle le peut.

Nous restâmes un court moment silencieux, satisfaits de notre complicité, quand je me souvins que Delamare m'avait averti l'avant-veille qu'il aurait quelqu'un à me présenter le surlendemain, plus précisément l'une de nos mouches qui avait demandé à me rencontrer.

— À propos, Delamare, avez-vous convoqué cette personne dont vous m'avez parlé hier ?

— Elle attend dans la pièce à côté que vous vouliez bien la recevoir.

— Que me veut-elle au juste ?

— Elle aurait des informations, qu'elle ne veut confier qu'à vous.

— Faites-la venir, alors.

Delamare sortit et revint avec une femme d'environ trente ans, fort jolie et très bien habillée. Brune, élancée, la taille bien prise, elle dégageait d'emblée une vive intelligence et beaucoup d'ironie dans le regard. Je marquai une légère surprise, mais réussis à me reprendre et lui désignai un siège. Elle s'assit.

Je me tournai vers Delamare :

— Laissez-nous seuls, je vous prie.

Delamare s'inclina, sortit et referma la porte sur lui. Je me sentais envahi par une émotion que j'aurais voulu mieux contrôler, et j'eus le sentiment, à l'expression de ses yeux, qu'elle l'était tout autant que moi.

Je pris la parole le premier :

— Pardonnez ma surprise, je vous croyais partie vivre en Angleterre.

— C'était bien cela. Mais je suis revenue en France depuis un an.

Je m'étonnai :

— Et vous travaillez pour nous ? Depuis quand ?

— Deux mois environ.

— Je n'étais pas au courant.

— C'est moi qui ai demandé à votre adjoint qu'il ne vous en dise rien.

— Pourquoi ?

— Je n'avais pas envie que vous le sachiez.

— Encore une fois : pourquoi ?

— Il est des questions qui n'ont pas lieu d'être.

Nous restâmes un moment silencieux. Je repris la parole :

— Vous a-t-on appris que j'étais marié et que j'avais deux enfants ?

Elle sourit.

— Oui. Et je vous en félicite. N'est-ce pas tout ce que nous aurions voulu réussir ensemble ? Vous l'avez accompli sans moi, je ne peux guère vous en vouloir, puisque c'est moi qui suis partie.

L'émotion me gagnait de plus en plus.

— C'est vous, Mathilde, en effet, qui m'avez quitté et avez disparu brusquement sans me laisser aucune possibilité de vous retrouver. Si vous en aviez décidé autrement, notre avenir aurait pu être tout autre, vous le savez bien.

— Avouez que vous n'avez pas fait de grands efforts pour savoir ce que j'étais devenue ni me retrouver. Les services extérieurs de votre ministre de la Guerre sont pourtant très bien pourvus, et leurs agents pullulent à Londres. Il eût été fort aisé pour vous d'y connaître mon existence, et de m'y rejoindre. Vous m'auriez alors sans doute convaincue de revenir vivre avec vous, car l'expression d'une telle volonté de votre part était tout ce qui m'avait manqué lorsque nous vivions ensemble.

Elle disait vrai. Je n'osai lui répondre, puis optai pour la franchise :

— Sans doute vous en voulais-je trop.

Elle me lança un regard ironique :

— Qu'importe, après tout ? La vie n'est-elle pas une succession de séparations depuis la première, je veux dire la naissance ? Après elle, les autres ne pèsent que bien peu de poids.

— Toujours vos paradoxes !

— Plutôt mes vérités.

— C'était sans doute de ma part une réaction d'orgueil assez stupide, mais j'étais trop blessé que vous fussiez partie si brusquement, sans me donner un seul mot d'explication.

— Il n'y a rien à expliquer lorsqu'on se sépare. On a soudain peur de soi, ou peur de l'autre, ou peur d'être allé trop loin... Peut-être simplement redoute-t-on de s'engager avec quelqu'un qui ne vous aime pas assez, sans avoir moyen de rebrousser chemin ?

— Dans tous les cas, avouez que c'est surtout parce qu'on sent qu'on n'aime pas assez fort.

— Ou qu'on le sent de la part de l'autre ?

Je la reconnaissais bien, à cette façon de toujours vouloir être maîtresse du dernier mot. Je renonçai à poursuivre cette conversation qui ne menait nulle part. Les reproches que s'adressent deux anciens amants n'ont rien que de très ennuyeux, encore plus lorsque leur passion s'est éteinte. J'avais connu Mathilde un ou deux ans avant de rencontrer Gabrielle. Ma solitude dans mon veuvage commençait à me peser et j'avais été séduit par cette ravissante jeune femme qui n'avait qu'une vingtaine d'années et avait entamé une carrière de cantatrice. J'avais été ébloui, lors d'une représentation d'opéra à laquelle j'avais assisté, par sa beauté, sa fraîcheur, la grâce parfaite de son visage, la noblesse de son maintien et de sa démarche, et par sa voix, aussi puissante que mélodieuse. J'étais retourné à plusieurs reprises l'écouter chanter, et me sentais tellement sous son charme que je résolus, un soir, de l'attendre à l'issue d'une représentation.

Je réussis à m'entretenir un moment avec elle, et sentis immédiatement passer entre nous un courant de complicité comme je n'en avais plus éprouvé pour une femme depuis la mort d'Antoinette. La même forme d'humour, la même attitude détachée sur les grandes questions de la vie. Nous nous revîmes à plusieurs occasions, puis de plus en plus fréquemment. Cela dura plusieurs mois, et je finis par lui proposer de nous marier. Quelque chose en elle sembla alors me résister. Peut-être ne se sentait-elle pas faite pour le mariage et ses conséquences ? Peut-être aurais-je dû lui formuler davantage l'amour que j'éprouvais pour elle, c'est en tout cas ce qu'elle venait de sous-entendre ? C'était, j'en convenais, le moins dont un homme devrait s'acquitter lorsqu'il propose à une femme de devenir son épouse, mais je ne le fis pas et j'en fus bien puni. Elle disparut soudain sans me prévenir, et je ne la revis plus.

Ma vanité fit le reste. Furieux de ce qui me semblait une trahison inqualifiable, je ne l'avais pas recherchée, attendant qu'elle me revînt, incapable de faire le premier pas. Quelques mois avaient passé, pendant lesquels j'avais souffert de l'avoir perdue, au-delà de tout ce que j'eusse pu imaginer. Ma rencontre avec Gabrielle et l'amour que j'éprouvai de nouveau pour une femme me décidèrent cette fois à m'engager sans attendre, et à lui déclarer ma passion avant de la demander pour épouse. Ce jour-là, notre lien se noua et ne se défit plus. Cela me troublait d'autant plus de sentir que toutes sortes de souvenirs, d'images de bonheur et de souffrance, se heurtaient confusément dans ma tête, tandis que je restais silencieux en face de Mathilde, incapable de prononcer une parole.

C'est elle qui nous sortit de cet embarras :

— Dites-moi quelques mots de votre état d'homme marié et de père de famille. Y avez-vous trouvé l'équilibre après lequel vous sembliez courir sans jamais le trouver ?

Je ne savais s'il fallait que je prisse cette remarque comme une pique ou pour une juste analyse de l'état de perpétuelle insatisfaction où elle m'avait connu. Je choisis de ne pas relever :

— Il me procure de grandes joies.

Une lueur d'amusement passa dans son regard.

— Je m'en réjouis pour vous. J'imagine aisément que rien ne peut remplacer une vie de famille et le bonheur qu'elle apporte. Je serai passée à côté de cela, et ne puis en vouloir qu'à moi-même.

— Vous avez encore tout votre temps pour vous raviser.

— Non, mon ami. Ce n'est plus à propos, désormais. La vie sans homme attitré que je mène me plaît trop. Peut-être n'étais-je pas faite pour autre chose que cette existence d'aventurière, libre de toute attache…

Je pensai qu'elle eût pu faire la plus magnifique carrière de cantatrice. Pour cela, encore eût-il fallu qu'elle sût mieux conduire ses intérêts et son talent. Je savais que les stratégies de la réussite ne comptaient pas pour elle. Elle m'en avait assez parlé par le passé. Mais pourquoi avait-elle voulu devenir une simple « mouche », elle si douée pour tout ? C'était un mystère que je n'osai éclaircir en lui posant la question.

Elle m'en dispensa :

— En Angleterre, j'ai senti que, malgré mon petit talent artistique, je n'étais pas faite pour les métiers du chant ou de la comédie. Je n'étais pas à l'aise dans ce milieu de chanteurs si préoccupés de leur gloire et si ridiculement mesquins dans leurs rivalités de carrière. J'ai failli aussi me casser la voix en chantant certaines arias comme celles de Legrenzi ou de Falvetti alors que je n'y étais pas prête. Un excès de confiance en moi qui eût pu me coûter cher, si un médecin de la gorge, à Londres, ne m'avait sauvée de cette catastrophe. Je compris que je n'étais pas de cette race de chanteuses ou de comédiennes qui sacrifient leur vie à leur art. Je préférai me consacrer à quelque chose de plus utile aux autres, mais qui en même temps pût me distraire de l'ennui de vivre.

— Et c'était de devenir une « mouche » ?

— Exactement. J'ai l'ambition, si vous me le permettez, d'apprendre chez vous à faire mes premières armes, avant d'obtenir des missions plus importantes. Je parle correctement l'anglais, l'espagnol et l'italien, et j'aimerais pouvoir mettre ces talents au service de mon pays.

— Devenir espionne ! Il serait préférable de vous engager dans les services de Monsieur de Louvois. Je ne suis qu'un policier, mon champ d'action ne s'exerce guère au-delà de la capitale. En tant que ministre de la Guerre, il est plus à même de vous affecter à ce genre de missions. Je peux vous recommander à lui, si vous le souhaitez.

— Il faudrait que j'aie d'abord fait mes preuves dans ce domaine, et je comptais sur votre bonté pour m'y initier.

— Vous me faites bien trop d'honneur de m'en penser capable. Ma charge de policier me spécialise étroitement dans les affaires criminelles. Je suis très ignorant de ce qui touche aux affaires étrangères, et plus encore à la diplomatie.

— Je vous trouve trop modeste. Paris est la plus grande capitale du monde, et n'êtes-vous pas le policier le plus célèbre d'Europe ?

— Vous me raillez là bien inutilement.

— Détrompez-vous. On parle de vous en Écosse, en Irlande, et jusque dans les pays d'Europe du Nord…

— Qui vous a conté cette fable ?

— Je la tiens de ce qu'à la différence de vous, j'ai beaucoup voyagé durant ces années où nous nous sommes perdus de vue. Sachez, si vous l'ignoriez, que votre réputation a dépassé les frontières, et que l'on vous admire à la cour d'Angleterre et dans celles d'autres pays, pour avoir su faire de Paris la capitale la plus sûre du continent.

— Je connais votre esprit de moquerie, et je devine que vous me faites là beaucoup trop d'honneur, pour le seul plaisir d'entretenir ma confusion et de vous en amuser.

— Mais non ! J'ai horreur de flatter les gens, vous le savez assez. Je ne fais que vous rapporter de bonne foi ce que j'ai entendu. D'ailleurs, que vous me croyiez ou non, qu'importe ! Ma seule préoccupation est de savoir si vous accepteriez de me garder dans vos services.

— Vous garder ? Pourquoi me le demandez-vous, puisque vous travaillez déjà pour Delamare ?

— Votre adjoint n'a pas voulu continuer à vous cacher plus longtemps mon existence et a exigé d'avoir désormais votre accord.

Je restai hésitant.

— Connaît-il le rapport qui nous a unis par le passé ?

— Bien entendu, puisqu'il était déjà à votre service à l'époque. Vous ne vous en souvenez donc pas ?

— C'est vrai. Je n'y pensais plus. Mais ce serait bien embarrassant pour moi, qu'il pût croire que quelque chose de nos anciens sentiments serait revenu entre nous, à présent que je suis marié.

— Si mon contact vous effraie si fort, je vous promets de n'avoir affaire qu'à lui. Je lui ferai mes rapports et il vous les transmettra.

Je continuai d'hésiter :

— Je préférerais que vous acceptiez ma proposition de vous recommander à M. de Louvois. Je me fais fort d'œuvrer pour qu'il vous accorde le plus grand crédit. Encore que je vous trouve si douée pour la scène, qu'elle soit chantée ou de comédie, que cela me paraît un crève-cœur de sacrifier un tel talent pour un métier que je trouve certes courageux mais subalterne.

Elle sembla peinée par ma résistance, et j'éprouvai moi-même une gêne à me montrer aussi pusillanime. Étais-je à ce point fragile que je ne puisse supporter auprès de moi sans en être troublé la présence d'une femme que j'avais aimée par le passé ?

— Qu'êtes-vous capable de faire, au juste ? Telle que je vous vois aujourd'hui en face de moi, je ne vous imagine guère œuvrer au milieu des truands ni des sorcières sur lesquelles nous menons actuellement nos enquêtes.

— Détrompez-vous, j'ai déjà servi à votre adjoint d'appât pour pénétrer deux de ces officines, et c'est grâce à mes rapports que vous avez pu arrêter l'une des femmes que vous interrogez actuellement dans la prison de Vincennes. Je veux parler de la Bosse. Mais j'ai des ambitions plus grandes, et certains liens que j'ai noués avec des membres de la noblesse de cour me permettraient d'en savoir davantage sur leurs projets.

— Que voulez-vous dire ?

— Qu'il existe selon moi un lien entre la circulation de ces poisons et le dessein que certains nobles caressent d'éliminer le roi pour le remplacer par le Dauphin.

— Le Dauphin ! Il ne connaît rien à la politique et fait le désespoir de son père à ce sujet.

— C'est sans doute là-dessus qu'ils comptent, car ils savent qu'il leur serait favorable, s'il venait au pouvoir. Ils espèrent de lui ce que vous venez de lui reprocher. Son incompétence leur paraît la garantie qu'ils pourront l'influencer à leur aise, et qu'il leur fera retrouver l'importance politique et la place que le roi leur a ôtées.

— De quelle façon ?

— En les nommant pour commencer membres de son Conseil.

— Ce que vous dites est très grave. Avez-vous connaissance de faits précis pour étayer votre hypothèse ?

— C'est justement ce que j'espère découvrir en pénétrant plus avant leur intimité.

— Dites-m'en d'abord davantage sur cette la Bosse, puisque c'est vous qui nous avez permis de l'arrêter.

— Elle semble étendre ses ramifications jusqu'à la cour, où elle dispose d'informateurs ou d'informatrices, à qui elle rend de menus services, en échange de leurs confidences.

— Quel genre de services ?

— Des philtres d'amour, des remèdes qui ne pourraient d'aucune façon la faire poursuivre. Ils lui permettent seulement d'entretenir ces relations qui lui sont profitables pour obtenir de leur part des secrets d'alcôve, des ragots, et aussi l'accès à une clientèle plus choisie qu'elle n'aurait pas pu toucher elle-même directement.

— Et que pourriez-vous faire pour en savoir davantage sur les personnes qui comptent vraiment ?

— Si je m'y prends habilement, je pourrai réussir à faire parler certaines d'entre elles ou, à défaut, leurs femmes, leurs époux ou leurs domestiques. Peut-être même à assister à des réunions où je devine qu'ils conspirent pour faire avancer leurs ambitions politiques.

Je réfléchis à l'accusation qu'elle venait de porter. Si ce qu'elle soupçonnait était avéré, notre « affaire » franchissait un degré bien supérieur de danger. Ne l'avais-je pas moi-même suggéré au roi, lorsque je me promenai avec lui le long du Grand Canal ?

— Et de quelle façon comptez-vous vous y prendre pour obtenir ces renseignements ? Disposez-vous seulement d'une couverture pour vous protéger ?

— À mon retour à Paris, j'ai renoué avec Armande Béjart, avec qui j'avais été liée d'amitié avant mon départ en Angleterre. Vous savez sans doute qu'elle s'est remariée avec Guérin d'Estriché, l'un des comédiens de la troupe du Marais, après que celle-ci et celle de Molière eurent fusionné. J'y ai repris une activité de comédienne, non tant par passion de ce métier que pour me servir de couverture.

— Vous avez donc joué au théâtre depuis que vous êtes revenue ?

Elle ne répondit rien et se contenta de me regarder en souriant. Je restai un moment silencieux, puis soupirai à regret :

— Vous auriez dû m'en prévenir. J'aurais tant aimé vous revoir sur un plateau.

— Rien n'est perdu ! Vous pourrez en avoir bientôt d'autres occasions. La troupe a décidé de reprendre plusieurs pièces de Molière. *Tartuffe, ou l'Imposteur*, par exemple, et il est possible que j'y joue le rôle de Marianne, tandis qu'Armande jouerait celui d'Elmire.

— Cette fois, je ne veux pas vous manquer. Mais de quelle façon comptez-vous vous servir de ce métier de comédienne ?

— Il me donne une activité qui justifie mes revenus. Il me permet aussi d'avoir des contacts faciles avec mes admirateurs. Certains nobles dont je vous parle sont en effet très friands de théâtre et constituent un public des plus assidus pour nos spectacles.

— Voulez-vous dire que vous seriez prête, pour les espionner, à avoir avec l'un ou avec l'autre de ces admirateurs des rapports plus…

— Plus… ?

Je me sentis rougir comme un enfant.

— Vous savez bien ce que je veux dire.

Elle étouffa un petit rire.

— Il est vrai que deux ou trois d'entre eux me font une cour assidue, le marquis des Brisiers et le maréchal de Luxembourg notamment. Le maréchal est trop âgé à mon goût, bien qu'il porte encore beau, mais le marquis des Brisiers est plutôt bel homme, et une proposition de sa part dans ce sens mériterait d'être examinée.

J'avais de plus en plus de mal à cacher mon émotion de l'avoir retrouvée, et les traits de mon visage devaient sans doute l'exprimer à mon insu. Malgré tout mon amour pour Gabrielle, je me sentais repris par l'attirance que j'avais éprouvée pour cette femme avant de me marier, et je ne pouvais m'empêcher de m'en vouloir pour cela. Je baissai les yeux et me concentrai de nouveau. Dès que j'eus retrouvé la sensation de me contrôler, je relevai la tête. Elle ne m'avait pas quitté des yeux et semblait elle-même émue. Je fus surpris par le manque d'assurance de ma voix lorsque je repris la parole :

— Puisque vous semblez vous obstiner à ce que je n'intervienne pas auprès de M. de Louvois, je veux bien vous mettre à l'essai sur des missions un peu plus politiques que celles dont j'ai la charge, je veux dire la recherche et la répression des crimes de droit commun.

Son regard s'éclaira.

— Qu'entendez-vous par là ?

— Il faudra que cela reste entre nous et que vous ne sembliez toujours à mes collaborateurs qu'une banale mouche de ma police.

— Vous voulez dire que vous ne me protégerez pas en cas d'incidents et que vous affecterez toujours ne pas me connaître et n'avoir jamais eu connaissance de mes actes ?

— C'est à peu près cela.

— Et pourquoi de telles précautions de votre part ?

— Je ne peux empiéter sur les prérogatives de notre ministre de la Guerre. Le marquis de Louvois en est très imbu et ne supporterait pas de me voir chasser sur ses terres.

— Lui êtes-vous donc autant soumis ?

Elle avait décidé de me blesser. Je me contins :

— La nature des missions que je veux vous proposer ne relèvera pas tant du domaine de la police que de celui des services secrets.

— Et alors ?

— Elles sont de son ressort exclusif, et il en prendrait ombrage à fort juste titre, s'il apprenait que je me sers de vous pour obtenir des renseignements qui relèvent de sa seule autorité.

Elle réfléchit un moment, puis acquiesça :

— Cela me convient tout à fait. Mais à qui devrais-je alors rendre compte de mes découvertes, si j'en fais ?

— Suivant leur importance, dont je vous laisserai la seule juge, vous contacterez soit mon adjoint Delamare, dont vous avez l'habitude, s'il s'agit de vulgaires affaires de droit commun, soit moi-même, si elles touchaient à ce qui pourrait vous sembler relever d'un complot d'État, car je préfère en être le premier informé. Delamare sera le seul de mes subordonnés au courant de cette situation. Il se chargera de nous procurer un rendez-vous dans un endroit plus discret que le Châtelet et où nous serons seuls.

— Comme c'est galant ! J'espère que l'endroit sera confortable !

Je ne trouvais pas la plaisanterie à mon goût et le lui fis comprendre, en gardant un visage impassible. Mais elle avait visé juste avec son ironie. En m'exprimant de cette façon, j'avais usé de mots qui prêtaient à malentendu, et dévoilé malgré moi le trouble qui m'avait saisi dès que je l'avais revue. Je rompis l'entretien en me levant.

— Ce que je vous ai proposé vous convient-il ?

Elle se leva à son tour en gardant son regard ironique.

— J'ai hâte de réussir dans mes démarches, pour vous satisfaire.

Je fis mine de ne pas relever le double sens de ses propos et la raccompagnai jusqu'à la porte.

— Rappelez-vous bien qu'à partir de maintenant, nous ne nous connaissons plus.

6

Samedi 25 février 1679

Pendant les deux semaines qui suivirent, en attendant que le roi me fît connaître les lettres patentes qui institueraient mes rapports avec la Chambre de l'Arsenal et qu'il eût nommé l'ensemble des juges qui devaient en assurer la bonne marche, je fus fort occupé à interroger certaines des sorcières que mes policiers, sous la conduite de Desgrez, avaient arrêtées quelques jours plus tôt.

Marie Bosse, que Lecoq avait failli tuer avec le supplice de l'entonnoir, portait le nom de son mari décédé. Le visage en lame de couteau, l'œil creusé dans ses orbites, aussi sombre que glaçant, elle était maigre et vindicative. La torture que lui avait fait subir Lecoq l'avait cependant calmée, et la terreur que je la lui fasse appliquer de nouveau la convainquit de répondre à mes questions. Elle nia tout d'abord exercer d'autre commerce que celui de diseuse de bonne aventure, mais, mise en face des produits trouvés dans son repaire, elle prétendit alors qu'il s'agissait de remèdes médicinaux qu'elle fournissait à des malades qu'elle ne faisait pas payer. Je la félicitai pour sa charité d'âme et lui dis que cette bonté lui ferait à coup sûr gagner le paradis. Comprenant que je me moquais d'elle, elle me répondit sur le même ton : « Vous feriez mieux de poursuivre toutes celles qui regardent dans la main, parce que c'est la perte de toutes les femmes, tant de qualité qu'autres, et c'est par là qu'elles ont accoutumé de les prendre. »

Le roi avait donc raison de se méfier des diseuses de bonne aventure et d'estimer qu'elles étaient la porte ouverte à des crimes d'une tout autre gravité. J'essayai d'obtenir qu'elle me donnât les noms de ses clients, mais elle s'y refusa résolument. Je n'hésitai pas à la menacer de la rendre à Lecoq pour qu'il continuât l'interrogatoire à ma place. Effrayée à cette perspective, elle me révéla quelques-uns d'entre eux, parmi lesquels des membres de la bourgeoisie ayant pignon sur rue, mais aussi quelques nobles, comme le marquis de Feuquières, la marquise de Vassé, la comtesse de Grammont, ou le baron de Sainte-Colombe, que je fis arrêter, ainsi que le roi m'en avait intimé l'ordre, quel que fût leur rang. Cela fit évidemment grand bruit à Paris et à la cour, et je fus aussitôt considéré comme un traître à ma caste. Plus d'un courtisan crut bon d'affecter de me tourner le dos lorsque je le croisais dans les couloirs du château de Saint-Germain ou à Versailles. D'autres baissaient les yeux, effrayés par la vue de ma personne, soit qu'ils aient de bonnes raisons de me craindre, soit que leur couardise s'étendît à la vue de quiconque osait défier les puissants. Cela me laissa indifférent, et j'y éprouvai même un certain plaisir, car je n'avais guère d'estime pour cette engeance qui paradait à la cour sans avoir jamais rien accompli de méritoire.

Je compris vite que les noms arrachés à la Bosse ou à quelque autre scélérate de même acabit étaient bien incapables de mener un complot d'envergure contre le roi. Les charges dont je disposais contre ceux ou celles que j'avais arrêtés se révélaient trop légères pour que je songeasse à les poursuivre plus avant : des philtres d'amour, des remèdes de bonnes femmes, l'utilisation de boules de cristal ou de marcs de café, des sorts jetés à l'aveugle, tout cela ne formait qu'un corps de superstitions qui ne tombaient pas sous le coup des lois. Je les relâchai après les avoir interrogés et menacés du pire s'ils recommençaient, et ne gardai quelques jours de plus sous les verrous que celles ou ceux qui me paraissaient mériter d'être calmés de leur arrogance, estimant qu'un peu de la fraîcheur des cachots de la Conciergerie leur ferait rabattre de leur superbe. Je ne manquai pas de le faire savoir haut et fort à la cour, pour que le bruit de ces arrestations et de ces détentions décourageât ceux ou celles qui continueraient de fréquenter ces « nids de vipères », comme les appelait le roi. Je décidai dans tous les cas d'attendre que la Chambre de l'Arsenal fonctionnât, pour y déférer les nouveaux suspects ou coupables que j'arrêterais.

La Bosse n'était pas un cas unique, et nous obtînmes des aveux de la part d'autres sorcières que nous avions saisies à leurs domiciles. Il n'avait même pas été besoin de leur appliquer la question pour qu'elles dénonçassent ceux ou celles qui avaient bénéficié de leurs services. Tant de révélations obtenues sans torture ne laissaient pas de nous surprendre, mes adjoints et moi, jusqu'à ce que nous comprenions qu'il s'agissait toujours de la même stratégie. Ces scélérates spéculaient sur la peur du scandale que provoqueraient leurs aveux s'ils étaient dévoilés au grand jour devant une Cour de justice, et espéraient que les magistrats préféreraient étouffer leurs affaires en retardant leur jugement, voire en le différant *sine die*, sous le prétexte de les interroger davantage.

La conduite de mon enquête et la lenteur de mes interrogatoires, jointes à la nécessité dans laquelle je me trouvais de me déplacer à maintes reprises à Saint-Germain pour rendre compte au roi, emplissaient tout mon temps, d'autant que Louvois ou Colbert me gardaient parfois à souper pour faire le point avec moi, la charge de l'État ne leur laissant guère d'autre moment de liberté pour discuter d'affaires comme les miennes. Tout cela faisait que je ne pouvais rentrer à Paris que tard dans la nuit, et disposais de moins en moins de temps pour passer une soirée avec Gabrielle et nos enfants. Je voyais qu'elle le vivait très mal et qu'elle continuait d'attribuer mon manque d'empressement familial ou amoureux à une perte de désir pour elle, quelles que fussent mes dénégations indignées.

Il m'arrivait aussi de surprendre de plus en plus souvent des discussions à voix basse entre elle et sa servante Suzanne, conversations qui cessaient dès que je m'approchai. Ces apartés créaient une atmosphère désagréable lorsque j'étais de retour à la maison et que j'y restais pour y travailler un moment ou pour y dormir. Le premier malaise qui m'envahit eut lieu un soir où j'avais pu rester travailler chez moi.

Il faisait étonnamment doux pour la fin d'un mois de février. Peu avant l'heure de souper avec Gabrielle, j'éprouvai une telle soif que je descendis aux cuisines me servir un verre d'eau. Après m'être désaltéré, je décidai de me rendre directement dans la salle à manger pour y attendre que le repas fût prêt. La maison était à ce point silencieuse qu'elle semblait déserte. Les enfants avaient soupé de bonne heure et devaient être en train de jouer dans leur chambre en attendant que leur mère vînt leur raconter une histoire avant de les coucher.

En passant dans le couloir qui longeait l'office où l'on gardait les bouteilles de vin, j'aperçus par sa porte entrebâillée Gabrielle et Suzanne en train de préparer les boissons du soir. Elles ne m'avaient pas entendu venir et je ne pus m'empêcher de m'arrêter et de les observer. Suzanne finissait de remplir une carafe d'un vin blanc à la fois sec et fruité dont je m'étais procuré plusieurs caisses dans les vignobles de Suresnes, au nord de la capitale. Gabrielle, qui l'appréciait tout autant que moi, ne manquait jamais d'en ouvrir une bouteille lorsque la chaleur du printemps naissant commençait à se faire sentir. L'opération à laquelle elle se livrait avec Suzanne n'avait donc rien d'étonnant, mais ce qui s'ensuivit m'intrigua davantage.

Sa femme de chambre avait sorti d'une poche de son tablier une petite fiole que Gabrielle avait prise sans hésiter et avait vidé aussitôt dans la carafe où le produit qu'elle contenait s'était mélangé avec le vin. Je sentis un frisson me parcourir de la tête aux pieds : ma femme aurait-elle décidé de m'empoisonner ? En même temps que cette pensée me traversait l'esprit, j'éprouvai un léger sentiment de honte. J'aurais pu me montrer à elles en pénétrant dans l'office et en les obligeant à m'expliquer l'objet de cet étrange manège, mais un instinct me poussa à n'en rien faire. Scrupule d'apparaître aux yeux de ma femme comme un inquisiteur, ou déformation professionnelle de l'enquêteur désireux d'attendre pour en savoir davantage ?

Je m'écartai de la porte et remontai dans le vaste salon qui précédait notre salle à manger. La pensée que ma femme eût pu songer à m'administrer un poison me glaçait le sang. Je trouvais en même temps l'hypothèse stupide, mais, même s'il ne s'agissait que d'une mixture pour me rendre plus aimant, cela m'horrifiait tout autant. Comment pourrais-je avoir l'audace de la questionner sur un soupçon aussi grave ? Quelle figure prendrais-je à ses yeux, si je me trompais ? Peut-être le vin dans lequel je l'avais vue mélanger ce liquide ne m'était-il pas destiné, et contenait-il simplement un remède pour soigner notre maître d'hôtel Sébastien, qui était actuellement souffrant et gardait la chambre depuis quelques jours avec notre permission ? Les hypothèses se succédaient dans ma tête.

— Vous ne venez pas souper, mon ami ?

Je me retournai. Gabrielle était entrée par l'une des portes qui donnaient sur la salle à manger. À la vue de mon expression, son visage afficha une nuance d'inquiétude :

— Que vous arrive-t-il ? Vous semblez souffrant !

Je traversai le salon vers elle, m'efforçant de sourire.

— Rien de grave, ma chère. Toujours cette fatigue, qui m'écarte de vous trop souvent et contre mon gré.

— Asseyez-vous et prenez vos aises. Je vais vous servir un verre de ce vin blanc que vous aimez tant, lorsqu'il fait aussi chaud.

J'entrai derrière elle dans la salle à manger et m'assis à ma place habituelle. L'affreux trouble que je ressentais monta encore en puissance et me vrilla l'estomac. J'avais reconnu sur la table la carafe que ma femme avait remplie avec le contenu de la fiole que Suzanne lui avait tendue dans l'office. La boisson m'était donc bien destinée. Gabrielle me servit un verre, reposa la carafe sur la table et alla s'asseoir à mon côté, face aux fenêtres du jardin. Nous avions pris l'habitude, lorsque nous étions seuls à souper, de ne pas nous faire servir par nos domestiques et de nous asseoir l'un près de l'autre au lieu de nous faire face à chaque bout de la table, pour retrouver entre nous un peu de l'intimité que nous retiraient nos affaires de la journée. Baptiste et Suzanne restaient l'un et l'autre dans le petit cabinet contigu de la salle à manger, à attendre de nous apporter les plats, lorsque nous le jugerions bon.

J'hésitai :

— Et vous, mon amie ? Vous ne buvez pas ?

— Je préfère rester sobre, ce soir.

— Pourquoi ?

— J'ai un peu mal au cœur.

Je fis mine de sourire, bien que je fusse troublé par ce refus, qui semblait confirmer mes soupçons :

— Ah, non ! Il faut que nous trinquions, ma chère. Ce vin sert aussi de remède aux maux d'estomac, vous le savez bien, c'est ce que votre médecin nous a toujours dit.

Je me saisis de la carafe et lui servis un verre. Elle protesta :

— Non, mon ami, je vous en prie. Vous savez bien que j'ai toujours la nausée lorsque je suis indisposée.

Mais j'étais décidé à la mettre jusqu'au bout à l'épreuve :

— Je vous en prie, faites-moi ce plaisir. Je ne pourrai pas boire ce vin l'esprit tranquille, si je le déguste sans vous.

Je pris mon verre et le levai, en la regardant droit dans les yeux. Sans savoir pourquoi, elle avait compris que je la défiais. Elle haussa légèrement les épaules en souriant, prit son verre et le toqua contre le mien. J'attendis encore, pour voir si elle boirait la première. Elle hésita, puis but une large gorgée. Je lui souris et en fis autant. Je dégustai cette première gorgée pour essayer d'y déceler la trace d'un autre produit, mais je ne sentis que son goût habituel.

— Il est toujours aussi délicieux, dis-je en faisant tourner le liquide à la robe pâle dans mon verre. Vous avez bien fait de nous le mettre en carafe ce soir.

Puis, le humant :

— Et toujours ce nez citronné qui me plaît tant.

J'abandonnai toute question pour l'instant, bien que je me sentisse très mal à l'aise. Notre souper se déroula sans autre conversation qu'un échange de banalités sur le train de notre maison, l'avancée des plantations de notre jardin et quelques anecdotes amusantes qu'elle me raconta sur nos deux petits anges. Au fil du repas, elle semblait avoir oublié l'indisposition qu'elle avait alléguée pour refuser un premier verre, et but finalement autant que moi.

7

Nuit du 25 février 1679

La nuit qui suivit, je couchai avec Gabrielle et nous fîmes l'amour. Était-ce l'effet de son breuvage ? Mon corps semblait m'échapper et je me sentais curieusement absent de l'acte. Elle s'endormit très vite après nos étreintes. Pour ma part, je peinais à trouver le sommeil, toujours troublé par les pensées qui m'avaient envahi au souper. Je m'étonnais du calme avec lequel j'avais réagi à cette suspicion concernant ma propre femme. Était-ce une forme d'indifférence à son égard, ou la conséquence logique d'un trait de caractère qui m'était naturel ? J'avais déjà cherché par le passé une raison à ce caractère si tempérant, qui faisait l'étonnement de mon entourage. Sans doute se trouvait-elle dans le fait que j'avais très tôt éprouvé l'absurdité et la vanité de toutes choses, et plus largement de l'existence, qu'il s'agît de la mienne ou de celle des autres. Pour cette raison, d'aucuns me trouvaient trop raisonnable, d'autres disaient même tiède, et, si ces qualificatifs ne me paraissaient pas très flatteurs, force m'était de reconnaître que c'était dans les deux cas me juger assez justement.

Contrairement à une opinion commune, il n'est pas si agréable de douter de tout, mais cet état m'avait sans doute été imposé par le spectacle des hommes en noir qui s'étaient pressés autour de moi depuis mon enfance. En effet, une affection des poumons, due à un précoce refroidissement lorsque j'étais nourrisson, m'avait saisi et torturé jusqu'à l'âge de huit ans. Les remèdes et les saignées qu'on m'avait appliqués eussent dû cent fois me tuer. Ils m'avaient rendu à présent hostile à l'égard de tout ce qui ne me semblait ni naturel ni logique. C'était sans doute ce qui avait fait de moi, parvenu à l'âge adulte, un adepte du rationalisme de Descartes et de sa philosophie. Encore ne pouvais-je plus m'en contenter aujourd'hui, puisqu'il existera toujours des questions que la raison n'expliquera pas et que chaque réponse à l'une ne conduit jamais qu'à en ouvrir de nouvelles.

Je pouvais cependant comprendre, à partir de ces principes, que ma répugnance envers les mystères se fût étendue rapidement à tout le religieux. La seule philosophie qui me paraissait digne d'intérêt se résumait pour moi en deux points : le premier était que nul être suprême n'avait créé l'univers, car il avait toujours existé ; le second, que notre état de conscience n'était présent que pendant le court temps de notre existence, et que nous nous fondrions dans l'infini et l'obscurité de la matière sitôt que nous serions morts. J'avais bien conscience que notre Église catholique avait toujours considéré cette façon de penser comme l'une des pires hérésies, sous le nom de panthéisme. C'était bien pourquoi je ne m'étais jamais risqué à m'en prévaloir.

Si j'ajoutais à cela un scepticisme irréductible à toute chose qui ne se comprenait pas de soi, on pourra se figurer la méfiance que j'avais toujours éprouvée pour les pouvoirs magiques, et plus encore la religion, ses dogmes, ses rites, et ses serviteurs généralement si pleins d'eux-mêmes et si persuadés de détenir la vérité. Leurs pompes malséantes, leurs certitudes sans fondement, leurs droits de vie ou de mort sur leurs semblables, leur fanatisme et leur cruauté à l'encontre de ceux qui ne partageaient pas leur foi me révoltaient, sans que je pusse toujours trouver en moi le courage de m'y opposer de front. Pouvais-je le faire d'ailleurs, à la place que j'occupais, sans risquer l'opprobre de ceux qui me dirigeaient, le cachot, voire le bûcher ? Au moins essayais-je de lutter autant que je le pouvais, dans l'exercice de ma charge de lieutenant de police, pour améliorer l'exercice de la justice et rétablir un peu d'égalité dans le traitement des accusés, quelles que soient leurs origines, et d'humanité dans celui des condamnés, aussi barbares et monstrueux fussent les crimes qui les avaient fait condamner.

Je n'étais malheureusement pas toujours le maître des procédures que j'initiais, et j'avais parfois la faiblesse de préférer continuer de vivre plutôt que dire le fond de ma pensée et finir sur la roue comme hérétique. Aussi préférai-je rester prudent sur le chapitre religieux et n'agir qu'en secret pour mes convictions, affectant devant les autorités ecclésiastiques un respect pour les choses sacrées et une pratique religieuse à peu près régulière. Ce n'était pas très glorieux, je l'avoue, mais il me fallait admettre que je n'étais pas de la race des héros ni des désespérés.

Allongé à côté de Gabrielle, je jetai un coup d'œil sur elle et admirai la gracieuse courbure de ses hanches. Quittant les idées générales, je pensais à la fortune que j'avais eue d'avoir pu épouser deux femmes de même nature que la mienne, présentant peu de goût pour les passions excessives dans les deux sens, ascendant ou déprimant. La première m'avait donné quatre enfants, dont trois étaient morts dans leur prime jeunesse et la quatrième avait choisi d'entrer en religion et de se cloîtrer au couvent de Sainte-Élisabeth dès qu'elle avait atteint l'âge de pouvoir prendre pour elle-même des décisions. Il ne me restait donc plus de ma chère Antoinette que son souvenir. Elle avait été une femme aimante et délicieuse, mais le malheur avait frappé notre couple en l'arrachant beaucoup trop tôt à la vie.

Que souhaiter d'autre, au cours du voyage si rapide que nous faisons sur cette Terre, qu'une femme aimante et que vous aimez, que l'usage raisonnable de bon vin et de bonne chère, et que la douceur d'une vie familiale heureuse et confiante ? N'était-ce pas l'expression de la félicité la plus parfaite, bien supérieure à tous les honneurs, toutes les places ou toutes les fortunes après lesquelles la plupart d'entre nous ne cessent de courir sans jamais y trouver satiété ? Je songeai soudain que la confiance totale que j'avais en Gabrielle venait d'être ébranlée. Elle m'avait caché ce qu'elle m'avait fait absorber pendant notre souper. Quoi que ce fût, c'était grave. Quand l'aube se leva, je n'avais toujours pas dormi, et les idées noires s'étaient remises à me poursuivre.

8

Mardi 28 février 1679

Quelques jours plus tard, Delamare m'informa que Mathilde était venue le trouver pour lui dire qu'elle disposait de précieux renseignements concernant notre enquête, mais qu'elle ne pouvait les confier qu'à moi, comme elle me l'avait promis lorsqu'il s'agirait de faits qui lui sembleraient mettre en jeu la sûreté de l'État. Je lui fis proposer un rendez-vous le jour même, dans une auberge parisienne dont les patrons étaient nos informateurs, et qui disposait de chambres servant d'ordinaire à accueillir pour quelques heures des couples illégitimes à la recherche d'un endroit discret où abriter leurs ébats. Je m'habillai comme un commis d'épicerie un peu fortuné qui se mettrait en frais pour partir à un rendez-vous galant, et m'y rendis dans un fiacre ordinaire que je louai au premier carrefour.

La voiture que j'avais choisie était délavée et couverte de boue, et les chevaux qui la tiraient maigres et décharnés, mais c'était ce qu'il me fallait comme équipage si je ne voulais pas être remarqué. Pendant le trajet, j'étais durement cahoté par l'état du véhicule, et le cocher ne cessait de hurler après ses montures, d'une voix enrouée effroyable. L'homme était brutal et ne les ménageait guère, le claquement de son fouet augmentait jusqu'à l'insupportable le bruit que faisaient les roues tressautant sur les pavés. J'avais l'impression qu'à tout moment l'une d'entre elles allait se détacher et nous faire verser dans un caniveau. J'étais cependant heureux de constater que, grâce aux efforts que j'avais entrepris à la demande du roi, il existât de plus en plus de ces rues pavées dans la capitale.

La ville, dans son ensemble, et malgré tous les efforts que j'avais conduits, restait affreusement sale et bruyante. Les cris des marchands ambulants étaient oppressants et les odeurs dispensées par leurs nourritures à demi avariées insupportables, mais je remarquai avec plaisir qu'il y avait foule autour des fontaines publiques que j'avais fait installer aux carrefours. Femmes et hommes se regroupaient avec un plaisir évident autour d'elles et les voisins y échangeaient bavardages et potins. Quand j'avais pris mes fonctions de lieutenant général de police, j'avais trouvé la ville dans un état sanitaire déplorable. Ces points d'eau potable étaient au moins quelques endroits sains. En imposant par ailleurs de lourdes taxes aux propriétaires sous peine d'expulsions, j'avais réussi à les contraindre d'organiser à leurs frais le traitement des déchets de nettoiement. Paris était devenu moins sale, mais les petites rues et les culs-de-sac restaient toujours aussi puants et boueux qu'ils l'étaient depuis des décennies, peut-être des siècles.

J'étais bientôt arrivé à destination. Pour plus de sécurité, je fis arrêter le cocher à trois cents pas de l'auberge où je devais me rendre, et terminai le chemin à pied. J'y pénétrai par une porte dérobée qui donnait sur une ruelle longeant un jardin potager. J'empruntai un petit escalier de service aux marches étroites et y montai, comme si j'avais été chez moi. Je toquai à la porte trois petits coups secs et attendis qu'une voix me répondît d'entrer. Mathilde était déjà là. Sa ponctualité m'avait toujours impressionné. Elle se tenait debout près de la fenêtre, protégée par des rideaux de serge blanche, dont l'opacité interdisait qu'on pût la voir de l'extérieur.

— J'espère que je ne vous ai pas trop fait patienter.

— J'ai l'habitude avec vous. Je ne vous ai jamais connu à l'heure. Mais rassurez-vous, je ne suis là que depuis quelques minutes.

Et, jetant un coup d'œil sur le décor autour d'elle :

— Curieux lieu de rendez-vous pour une rencontre comme la nôtre. On lui imagine un tout autre usage.

Je souris.

— Et il l'est la plupart du temps, en vérité. C'est bien aussi pour cela que nous l'avons choisi. Il nous assure une couverture d'une grande banalité, si nous y étions découverts.

La patronne, sans doute pour m'honorer, avait déposé sur une petite table appuyée à un mur un vase de fleurs des champs fraîchement cueillies. À côté de lui, une carafe de vin blanc et deux verres. C'était charmant de sa part, et cela ne laissait pas de suggérer davantage encore la nature des rendez-vous censés s'y donner. Mathilde s'était habillée simplement, comme j'avais demandé à Delamare de le lui suggérer. Son costume aurait pu être celui qu'une fille de boutique se serait fait tailler pour rencontrer son amant. Le tissu en était modeste mais seyant, une simple toile de léger lainage.

— Votre ensemble vous sied admirablement, ne pus-je m'empêcher de lui dire.

Elle me considéra d'un œil ironique :

— Le vôtre n'est pas mal non plus. Qui êtes-vous censé figurer ? Un compagnon ébéniste ? Un clerc de notaire ?

— J'ai pensé plutôt à un commis d'épicerie fortuné, mais vos suggestions pourraient tout aussi bien convenir.

— Et vous vous travestissez souvent ainsi ?

— Quand le besoin s'en fait sentir... mais seulement à titre professionnel, rassurez-vous !

Je ne savais plus comment échapper à cette atmosphère de sous-entendus sensuels que j'avais moi-même provoquée. J'essayai de rompre mon malaise :

— Voulez-vous un verre de vin ?

— Volontiers.

Je nous servis, et nous bûmes une gorgée sans nous quitter des yeux.

— Delamare m'a dit que vous disposeriez d'un renseignement de la plus haute importance et que vous ne pouviez le confier qu'à moi.

— Je crois avoir découvert la sorcière qui serait au centre du trafic des poisons. C'est chez elle que la plupart des officines d'empoisonneuses de Paris se fournissent. Elle dispose d'un véritable laboratoire où elle fabrique elle-même ses « *remèdes* ». Cela va du simple philtre d'amour au poison le plus violent et le plus indécelable...

Je la coupai, ne pouvant retenir un mouvement d'humeur :

— Tout cela, vous auriez pu le confier aussi bien à Delamare.

— Laissez-moi finir, au moins. Si c'est à vous que je le fais, c'est que nombre de personnes de la cour semblent la fréquenter, en se rendant chez elle en personne, ou en lui envoyant leurs domestiques.

— Son nom, alors… s'il vous plaît.

— Catherine Deshayes, épouse Montvoisin, mais on la nomme plutôt « la Voisin ».

Elle se tut, soudain devenue plus grave. J'insistai :

— Mais continuez !

— Ce que j'ai à dire sur elle n'est guère plaisant. Elle est aussi réputée pour ses talents de faiseuse d'anges et pour avoir enterré dans son jardin plusieurs centaines de cadavres d'enfants. C'est ce qu'elle nomme « son petit cimetière secret ». On dit aussi que se pratiqueraient chez elle des messes noires et des sacrifices de nourrissons, avec la complicité d'un prêtre apostat qui se prétend serviteur de Satan et les égorgerait pour favoriser auprès du Maître des Enfers la satisfaction des requêtes formulées par sa clientèle. Cet homme aurait ses entrées à la cour et il lui serait déjà arrivé d'y officier.

— Quelle horreur ! ne pus-je m'empêcher de murmurer.

Elle semblait très affectée, elle aussi, par la noirceur de ces crimes.

— Comment avez-vous réussi à vous mettre en contact avec une telle femme… vous, Mathilde ?

Elle retrouva son œil ironique :

— Vous devriez pourtant savoir qu'une « mouche » ne livre jamais ses sources. N'est-ce pas l'une des premières règles de vos services ?

Son insolence m'agaçait.

— Seriez-vous en mesure de me la faire rencontrer ? Je voudrais l'observer sous une fausse identité, avant de l'arrêter.

— C'est une femme très dangereuse, sous ses allures insignifiantes. Sa fille, qui est un peu moins laide, est son assistante en même temps que la maîtresse d'un certain Morgeac. L'homme est un scélérat qui sait manier le poignard et le mousquet mieux que personne.

— Morgeac ? J'ai l'impression d'avoir déjà entendu ce nom…

— C'est bien possible, car il se vante d'avoir tué une bonne douzaine de personnes sans jamais avoir été condamné… Pour revenir à votre question, la rencontrer ne sera pas chose aisée. Elle ne sort pas facilement de son repaire, sauf pour des gens de parfaite confiance, qu'on lui aura recommandés.

— En faites-vous partie ?

— Je n'en sais rien. Elle me connaît seulement comme comédienne et sait qu'Armande Béjart me protège.

— Elle fréquente donc les théâtres ?

— Certes non ! Mais elle a un complice, un certain Lesage, qui en est très amateur, et m'a vue jouer. Ce Lesage a eu la bonté de me trouver à son goût et m'a fait une petite cour, à laquelle je me suis bien gardée de répondre. Cela m'a donné cependant à ses yeux une caution indiscutable et m'a permis d'approcher cette Voisin. Je lui ai fait entendre que je pourrais lui procurer des clients fortunés, et même des nobles de haut rang qui viennent régulièrement me voir jouer.

— Une solution ne serait-elle pas d'organiser un souper chez vous pour me présenter à elle ?

— Cela pourrait être une bonne idée pour l'approcher. Mais encore faudrait-il trouver le prétexte qui la séduirait…

— La meilleure façon de l'intéresser serait qu'elle voie en moi un client possible. Je pourrais être un homme… qui voudrait se débarrasser de sa femme, par exemple ? Qu'en pensez-vous ?

— En effet, elle sera appâtée par l'idée de pouvoir vendre ses poisons. Mais au profit de quelle autre femme voudriez-vous vous débarrasser de la vôtre ? Si je vous pose cette question, ce n'est pas pour vous moquer, mais vous y préparer. Elle ne manquera pas elle-même de vous la faire. C'est une femme redoutable, dotée d'un instinct hors pair. Dans les affaires de crime, elle se montre très prudente. Peut-être même voudra-t-elle s'assurer que vous ne lui mentez pas et exigera-t-elle de voir auparavant la femme en faveur de qui vous désirez envoyer la vôtre *ad patres*…

Je réfléchis quelques instants.

— Si nous soupons chez vous, le plus logique ne serait-il pas que vous jouiez vous-même le rôle de ma maîtresse ?

— M'en croyez-vous vraiment digne ?

J'avais eu la réponse que je méritais.

— L'hypothèse me paraît plausible.

— Dans ce cas, je me prêterais volontiers à ce petit jeu.

— Même s'il est aussi dangereux que vous me l'avez dit ?

— Ça ne lui en donnera que plus de piquant.

Le climat que j'avais voulu fuir s'était de nouveau réinstallé entre nous. Je poussai un soupir exaspéré :

— Dites-m'en davantage sur ce Lesage.

— C'est un mage, ou un magicien, comme vous voudrez. Il a le goût des sciences physiques, et dispose d'un vernis de connaissances philosophiques. Il se dit aussi alchimiste, travaille à la transmutation des métaux et se prétend capable d'entrer en rapport avec Satan, et de lui transmettre les demandes les moins avouables de ses clients.

— Comment procède-t-il ?

— Il l'implore de donner une solution à leurs problèmes. Satan est censé leur répondre par son intermédiaire. Cette Voisin entre alors en jeu et se charge de leur trouver de quoi les satisfaire.

— Il constitue donc un passage obligé pour accéder à elle ?

— Assurément. Il opère un premier tri dans la clientèle, en éliminant ceux ou celles qui lui paraissent suspects, dangereux, ou ne disposant pas de moyens suffisants. La Voisin accepte alors de les recevoir et d'accéder ou non à leurs désirs, en leur fournissant des poisons pour résoudre ce qu'elle nomme « leur problème ».

— J'imagine que ce Lesage l'accompagnera à votre souper, si vous l'organisez et qu'elle accepte d'y venir ?

— C'est probable. Ils voudront l'un comme l'autre se faire une idée de qui vous êtes. Dès qu'il s'agit d'affaires sérieuses, ils œuvrent ensemble. À ce propos, êtes-vous certain de ne pas être devenu trop célèbre parmi la racaille, depuis que vous en avez nettoyé les bas-fonds de Paris ? J'ai bien peur que votre renommée parmi les voleurs et les assassins n'égale à présent celle des plus grands comédiens de la troupe du Palais Royal.

— Les criminels que j'ai interrogés ne sont plus en liberté pour me reconnaître, et mon visage est moins exposé que ma fonction. Par ailleurs, je sais le transformer autant que ma mise, et pense pouvoir le rendre assez différent de son ordinaire.

— Prenez bien garde d'y réussir, alors. Ce sont tous deux des êtres redoutables, et ils ne se laisseront pas tromper facilement.

— Mais vous-même, saurez-vous jouer le rôle de ma maîtresse de façon crédible ?

Elle me lança un regard amusé :

— Je m'en sens capable, si vous le jugez aussi.
— Ai-je d'autres précautions à prendre ?
— Il faudra que vous vous souveniez qu'ils ne me connaissent ni l'un ni l'autre sous le prénom de Mathilde, mais sous mon nom de scène qu'ils pensent avoir toujours été le mien : Angélique Desainte.

Je ne pus m'empêcher de sourire, tant je trouvais que ces prénom et nom lui convenaient, usant pour racines de ces deux mots si charmants que « ange » et « sainte »…

9

Jeudi 2 mars 1679

Dans les jours qui suivirent, je regroupai les résultats auxquels j'étais parvenu depuis le début de mon enquête, et fis vérifier également par Delamare si nous avions déjà eu affaire à un scélérat du nom de Morgeac. Après une recherche dans les archives qu'il avait constituées, il retrouva sa trace. L'homme s'appelait Jean-Baptiste de son prénom, et apparaissait à deux reprises, à chaque fois pour un soupçon de meurtre, mais rien n'avait jamais pu être prouvé contre lui, et il avait toujours été relâché après un court séjour dans une cellule du Châtelet. À chaque fois, il s'était en effet tiré avec beaucoup d'intelligence et d'ironie des interrogatoires qu'il avait subis.

Dans le dossier sur lui que Delamare conservait, nous trouvâmes un dessin au crayon représentant son visage. C'était l'une des habitudes que Delamare avait prise depuis son arrivée à mes côtés, de faire ainsi croquer les visages des suspects par des dessinateurs. Cette initiative, qui m'avait d'abord semblé superflue, s'était révélée précieuse à plus d'une occasion, nous permettant de garder une trace visuelle que nous pouvions soumettre à d'éventuels témoins. Ce Morgeac avait sur le visage une cicatrice importante, sans doute consécutive à un coup de couteau dans une rixe, ou à une punition que les truands s'infligent entre eux à titre de représailles, lorsque l'un des leurs est considéré comme tricheur ou failli.

Cette marque me fit aussitôt le soupçonner d'être l'homme qui me guettait depuis le porche d'une maison voisine de la nôtre et que j'avais pu entrevoir à la lueur d'une lanterne. La peur me saisit soudain, moins pour moi que pour mes proches. Prévoyant que cette affaire des poisons, si elle compromettait des gens haut placés, risquait de m'obliger à des interpellations plus physiques, je repris de plus belle mon entraînement à l'épée. De trois fois par semaine, je passai à un rendez-vous journalier avec mon maître d'armes, Gontran de la Meule. Il venait désormais chaque matin chez moi pendant une heure dans la salle d'armes que j'avais fait installer dans une dépendance de notre maison. Pour améliorer mes réflexes, la force de mes poignets et ma rapidité d'exécution, je décidai d'aller également de temps à autre chez le chevalier Emmanuel Hardouin. C'était l'un des plus fins bretteurs du royaume. Il améliorait ses revenus en donnant des leçons à une partie de la noblesse, dans un couvent à demi en ruine qu'il avait acheté sur le plateau de Malassise et qu'il avait restauré de fond en comble en une dizaine d'années, puis agrandi de magnifiques écuries.

C'était un homme d'une taille très au-dessus de la moyenne, mesurant environ six pieds. Doté d'une force herculéenne, le torse large, les bras et les cuisses impressionnants de musculature, il était fort difficile de parer les coups qu'il assénait de son épée avec la puissance d'un bûcheron. Plus d'une fois, il avait fait voler de leurs mains les armes de ses adversaires, quand il ne les avait pas parfois brisées net. Très brun de peau, le visage grêlé par une petite vérole mal soignée, il avait une chevelure si abondante que je ne lui avais jamais vu porter de perruque. On le disait d'origine gitane, mais il s'en défendait et s'affichait avec fierté comme pur Gascon. Lui aussi avait fait partie quelques années de la compagnie des Mousquetaires, mais son caractère difficile à conduire l'en avait fait exclure.

Le sang vif, toujours prompt à prendre la mouche, il s'était attiré à plusieurs reprises de mauvaises affaires, et avait en particulier tué en duel deux gentilshommes par lesquels il s'était senti insulté. Pour le premier, les poursuites s'étaient rapidement arrêtées, car l'homme était connu pour son goût de la provocation. Mais pour le second, Hardouin avait eu la malchance de supprimer un ami proche d'un grand de la cour, familier du roi. Je l'avais difficilement tiré de ce mauvais pas, en faisant intervenir Colbert lui-même auprès du souverain, et Hardouin m'en vouait une reconnaissance éternelle, sachant que, sans mon intervention, il eût sans doute fini le restant de ses jours dans l'un des culs-de-basse-fosse du Châtelet.

Depuis une dizaine d'années, je le connaissais pour un fervent loyaliste, mais je n'ignorais pas que sa famille, au temps de la Fronde, avait été du côté des conspirateurs, et que certains de ses membres étaient restés protestants, comme une très grande partie de la population de ces provinces. Je lui avais demandé parfois de me rendre quelque service, en usant de ses origines qui pouvaient le faire passer pour un opposant au roi aux yeux des nobles qui venaient s'entraîner chez lui et que je suspectais de comploter. Il répugnait à servir de mouchard, mais, se sentant une dette à mon égard, il accepta de recueillir leurs confidences, leurs plaintes et leurs mauvaises humeurs, et de me prévenir si ces manifestations habituelles de colère lui paraissaient pouvoir se transformer en menaces d'un complot plus sérieux.

Je me méfiai tout particulièrement du marquis des Brisiers et de ses deux amis, le maréchal de Luxembourg et le duc de Bouillon, qui venaient tirer assez fréquemment chez lui et avec lesquels j'avais assisté à l'exécution publique de la marquise de Brinvilliers. Ils ne s'étaient pas cachés à plusieurs reprises de me faire savoir tout le mal qu'ils pensaient des réformes que notre souverain avait entreprises pour soumettre la noblesse à son autorité en l'écartant des affaires. Avaient-ils espéré me rallier à leurs points de vue ? C'est sans doute avec cette intention qu'ils m'avaient invité à assister à cette exécution de la marquise de Brinvilliers, mais ils avaient dû renoncer à leur projet devant ma fidélité affichée à notre souverain, et évitaient désormais de se livrer devant moi, ne parlant plus en ma présence que de banalités, tout en continuant d'affecter à mon égard la plus grande des civilités lorsque nous nous croisions.

Un après-midi où j'étais venu poursuivre mon entraînement, accompagné d'une escorte de six hommes qui ne me quittaient plus, je les croisai dans la salle d'armes de la Commanderie. Ils finissaient des assauts contre des assistants de Hardouin. Des trois, c'était le marquis des Brisiers le plus redoutable. Vif et nerveux, inspiré dans ses feintes, il avait un style assez voisin du mien, fondé davantage sur la rapidité, l'esquive et l'intuition que sur la force pure. C'est de cette façon, en tout cas, qu'il gagnait ses combats contre les adversaires que lui proposait le maître des lieux. Seul ce dernier, par la puissance de ses coups dignes d'un bûcheron, était capable de le repousser jusque dans un coin de la salle d'armes où, l'empêchant de se dégager, il finissait par l'obliger à se découvrir et lui portait une estocade décisive.

Cet après-midi-là, je constatai qu'après s'être frictionnés avec des serviettes et aspergés de parfum, les trois amis avaient décidé de rester encore un moment, désireux de me voir m'affronter à Hardouin. Les autres bretteurs qui faisaient des assauts dans la salle, amusés sans doute eux aussi à l'idée de cette confrontation, marquèrent une pause pour assister à notre combat. Je savais parfaitement que je n'avais aucune chance de gagner par la force face à un tel géant, et que mon seul salut résidait dans les feintes que je serais capable de réussir. C'était d'ailleurs pour cette raison, en même temps que pour renforcer mes prises de poignet, que je venais me perfectionner en tirant contre lui.

J'avais à peine enfilé mon plastron en cuir et mon masque que Hardouin se jeta sur moi avec une force encore plus grande que je ne m'y attendais, m'obligeant à parer les coups comme je le pouvais. Je n'avais d'autre choix que de reculer, reculer toujours. Je réussissais cependant, à chaque fois, à me dégager et à l'empêcher de m'acculer dans un coin de la salle d'où je n'aurais pu sortir, comme il l'avait fait pour le marquis, lorsqu'il avait tiré contre lui. Mais j'avais beau opérer feinte sur feinte, porter des flèches, enchaîner des fouettés, rien n'y faisait. Il continuait d'avancer sur moi comme une brute impossible à contenir, indifférent à toutes mes ruades, mes bonds de côté et mes pauvres attaques.

Mon habileté à la feinte finit par le faire sourire, car elle me permettait toujours de m'esquiver. Un peu lassé sans doute, il cessa un moment d'attaquer et baissa sa garde, attendant de voir comment j'allai m'y prendre à mon tour s'il me laissait la liberté dc l'initiative. Je me faisais l'effet d'un moustique qui se serait mis en tête d'attaquer un taureau, et qui ne savait par quel endroit le prendre. J'hésitai, puis décidai de tenter le tout pour le tout. Je me positionnai en prime, puis très vite en quarte, évitant ainsi le coup qu'il avait voulu aussitôt me porter. Trompé par la rapidité et le caractère insolite de mon enchaînement, il perdit un peu l'équilibre, mais se ressaisit aussitôt en parant le coup que je voulais lui porter, pour profiter de mon avantage.

— Ah, bravo ! Bravo, vraiment ! Cette fois, je ne pouvais m'y attendre le moins du monde !

Aussi enthousiaste que peu rancunier, Hardouin retira son masque et me prit dans ses bras :

— Vous m'avez bien leurré, monsieur le Lieutenant général. Si nous nous étions battus pour de bon, j'étais mort. J'aurais dû deviner ce que vous comptiez me servir, connaissant votre agilité. Mais cet enchaînement d'une quarte derrière une prime, c'était du grand art.

— Quand on ne peut gagner par la force, on est bien contraint de choisir la ruse, lui répondis-je.

Beaux joueurs eux aussi, malgré leur sourde hostilité à mon égard, le marquis, le maréchal et le duc m'applaudissaient.

— Notre ami Hardouin a raison, dit Brisiers. Il ne ferait pas bon se battre en duel contre vous. Si je n'étais pas attendu à Paris, je vous proposerais bien un nouvel assaut contre moi, par curiosité. Mais nous le ferons la prochaine fois que nous nous croiserons ici, si vous voulez bien me l'accorder.

— Ce sera avec grand plaisir, monsieur le Marquis.

Tous trois nous saluèrent et prirent congé. Hardouin et moi les regardâmes monter à cheval et s'éloigner. Lorsqu'il fut assuré qu'ils avaient disparu, le chevalier me fit signe de le suivre.

— Allons dans mon cellier. J'y ai préparé une bonne bouteille à votre intention. Une cuvée fameuse de ce blanc de Bourgogne qu'on nomme chablis et que j'ai mis à rafraîchir dans de la glace.

Nous sortîmes de la salle d'armes que Hardouin avait fait aménager dans ce qui avait été autrefois le réfectoire du couvent, et passâmes au cellier. La pièce était obscure et fraîche, éclairée seulement par de hautes fenêtres étroites. Une bouteille y flottait dans une bassine remplie de glace à demi fondue. Hardouin l'en sortit, l'ouvrit et nous servit deux verres. Nous les levâmes d'un même mouvement pour contempler par transparence ce bourgogne à la lumière d'une fenêtre haute, puis bûmes une première gorgée.

— Alors ? demanda Hardouin.

— Un délice ! Il me paraît très différent, plus puissant et plus complexe que ceux dont j'ai gardé le souvenir. Plus suave, aussi.

— On le cultive sur la rive droite du Serein, un affluent de l'Yonne qui se jette elle-même dans la Seine. Les coteaux y sont plus ensoleillés et permettent une meilleure maturation du cépage.

Nous finîmes nos verres et il nous resservit aussitôt.

— Je sens que vous avez des choses importantes à me dire, lui suggérai-je pour lancer notre conversation.

— Et fort peu agréables, en vérité. C'est pourquoi j'ai pensé qu'une bonne bouteille pourrait les atténuer, si elle ne les supprime pas.

— Eh bien, ne me faites plus attendre, s'il vous plaît.

— Ce quc vous semblez craindre depuis le début de votre enquête est bien en train de se produire. Avant de leur donner leurs leçons et de les laisser tirer contre mes assistants, j'ai bavardé avec Luxembourg, Bouillon et Brisiers dans le vestiaire. Comme vous le savez, ils parlent librement en ma présence, convaincus que je suis de leur parti.

Il marqua une pause pour boire une gorgée, puis poursuivit :

— Ils se disent persuadés, ainsi que de nombreux autres nobles, que le roi veut tous les faire inculper.

Je marquai mon étonnement :

— Et pour quel motif ?

— Pour récupérer leurs terres et les intégrer au domaine royal. Ils vont même jusqu'à penser que ces affaires d'empoisonnements seraient montées de toutes pièces par le roi et vous-même pour pouvoir vous débarrasser de ceux d'entre eux qui vous gênent.

Je convins que cela ne pouvait m'étonner outre mesure, et que je sentais bien depuis déjà quelque temps qu'il se développait à la cour ce sentiment d'un complot fomenté par le roi, dont je serais l'exécuteur.

Hardouin hocha la tête.

— Il ne s'agit malheureusement plus d'une simple sensation, et je crains qu'ils ne tentent bientôt une action contre vous ou votre famille. Ils brûlent de vous intimider, en vous obligeant à mettre un frein à vos investigations.

— Cela ne sera pas une affaire simple, je suis très bien gardé.

— Ils font surveiller votre maison de jour comme de nuit. Des sbires à leur solde se relaient en se cachant dans les demeures qui vous entourent, attendant une imprudence de votre part.

— Je l'avais remarqué, mais vous faites bien de me remettre en garde.

— Quelles précautions prenez-vous ?

— J'ai fait doubler la garde devant ma maison, et obligé tous les membres de ma famille ou de notre domesticité à ne jamais sortir sans être accompagnés d'au moins deux gardes du corps.

— Est-ce là tout ?

— Je dispose d'une escorte de dix hommes armés, lorsque je vais à Vincennes pour interroger mes prévenus, mais je n'en garde que six, lorsqu'il s'agit de mes déplacements privés, comme ici chez vous. J'ai choisi les meilleurs bretteurs de mes gardes, il me serait difficile d'être mieux protégé. Et, selon vous, à quoi leur complot prétend-il pouvoir aboutir concrètement ?

— À ce que nous craignons tous depuis longtemps. Rien moins que se débarrasser du roi pour le remplacer par le Dauphin qu'ils pensent favorable à leur cause. Ils espèrent ainsi retrouver la place que notre souverain leur a fait perdre en les écartant des affaires.

— Et le Dauphin lui-même ferait partie de leur complot ?

— Il n'est pas assez fin politique pour s'estimer capable de gouverner le royaume, et je ne pense pas non plus qu'il ait l'âme assez noire pour vouloir s'en prendre à la vie de son père. Il se contente de leur manifester sa sympathie et serait sans nul doute enchanté de voir ses amis revenir au Conseil du roi et remplacer cette classe bourgeoise que notre souverain a fait monter près de lui pour gouverner.

— Se débarrasser de notre souverain ne sera pas chose aisée pour eux... Il est protégé à la fois par mes services, par ceux de Louvois, et par sa propre garde personnelle.

— Des réunions de conspirateurs se tiennent pour mettre sur pied un plan qui permettrait de déjouer vos défenses. Ils ont quelques liens avec l'Angleterre, où certains d'entre eux ou de leurs amis se rendent régulièrement et rapportent qu'une forte opposition à la politique d'alliance que Charles II a conclue avec nous est en train de se former sous l'égide du parti whig. Le mariage de Mary avec Guillaume d'Orange en est un signe capital.

— Je sais que Colbert et Louvois s'en inquiètent fort, comme notre roi. Je vous avoue que moi-même en suis persuadé. Les Anglais n'ont aucun intérêt à continuer de nous aider pour conquérir les rivages des Provinces Unies. Notre domination pourrait les priver un jour ou l'autre de l'accès à notre continent. Mais que peuvent-ils espérer de cette opposition ?

— À l'extérieur, un retournement d'alliance qui compliquerait la tâche de nos armées pour la guerre que nous menons dans les Flandres. Si les forces anglaises s'alliaient à celles du prince Guillaume d'Orange, la situation militaire pourrait s'inverser.

— C'est plausible, mais à l'intérieur ?

— Ils cherchent auprès du parti whig un appui et des moyens nouveaux, et semblent en passe de les trouver. Je sais aussi qu'ils vont tenir une réunion dans l'hôtel de la comtesse de Lormont, sous l'égide de son frère, le marquis des Brisiers, pour décider de mesures plus précises à prendre, contre vous et contre le roi.

— Quand cela ?

— Après-demain samedi. Le chef des scélérats qui vous surveillent y sera présent, et on lui donnera des consignes à votre sujet.

— Y êtes-vous convié ?

— Oui. Mais j'hésite fort à me joindre à eux. Je crains que cela ne me compromette davantage à leurs yeux et qu'ils ne m'en demandent alors toujours plus, me jugeant partie prenante de leur conspiration.

Je bus une gorgée et dis :

— Je n'ai guère de chances de trouver d'autre solution d'ici samedi.

Hardouin en but une autre, et soupira :

— Vous savez que je déteste jouer ce rôle de traître ou d'espion, même pour une juste cause. C'est une comédie qui n'est pas de mon goût, et je risque de surcroît d'y être assez mauvais acteur. Mais si c'est votre sécurité personnelle qui est en jeu…

— Merci, Hardouin. Vous êtes ce qu'on appelle un vrai ami, et c'est un grand service que vous me rendez là.

Après avoir quitté la demeure de Hardouin, je passai par le Châtelet prendre des nouvelles auprès de Delamare.

— Vous tombez bien, me dit-il. Je ne savais pas où vous étiez et j'ai envoyé quelqu'un chez vous porter un pli où je vous prévenais que Mathilde avait réussi à organiser le souper que vous lui aviez demandé.

— Quand aura-t-il lieu ?

— Après-demain samedi, à partir de huit heures du soir. Il ne faudra pas oublier, m'a-t-elle rappelé, qu'elle s'appellera Angélique.

— Je m'en souviens, rassurez-vous.

— Elle m'a chargé aussi de vous dire que la personne que vous vouliez rencontrer y serait en compagnie d'un certain Lesage.

— Ah, très bien. Décidément, ce samedi va être une journée décisive pour nos affaires !

— Que voulez-vous dire ?

Je souris à Delamare en posant une main sur son épaule.

— C'est un secret. Mais vous ne tarderez pas à en savoir davantage…

10

Vendredi 3 mars 1679

Mes rapports avec Gabrielle, loin de s'améliorer après notre nuit d'amour, s'étaient de nouveau étiolés, et j'avais le sentiment à présent que c'était elle qui me fuyait. J'aurais pu provoquer une demande d'explication, mais je préférais accepter lâchement cette situation, dans l'espoir que nos rapports se remettraient en place d'eux-mêmes, dès qu'elle se montrerait mieux disposée à mon égard.

Les soirs où elle voulait bien souper avec moi, elle ne me proposait plus de la rejoindre dans sa chambre, même lorsqu'elle voyait que je n'étais pas occupé dans mon bureau ou ma bibliothèque. J'en profitai pour accorder le plus possible de mon temps à nos deux petits anges, qui en avaient été tellement privés ces derniers temps. Lorsque je les avais mis au lit et embrassés, je redescendais dans notre jardin et m'y promenais, prenant plaisir à flâner le long des allées, à discuter avec l'un ou l'autre de mes jardiniers quand j'en croisais un, ou à aller m'asseoir un moment dans la roseraie pour goûter au merveilleux calme d'un jardin lorsque le soir tombe.

Je passais ensuite dans ma bibliothèque, choisissais un ouvrage et m'absorbais dans sa lecture une heure ou deux, suivant mon degré d'attention. J'avais constitué en quelques années un assez joli ensemble de livres, plusieurs centaines de toutes sortes, aussi bien dans les matières littéraires qu'historiques, juridiques, philosophiques, théologiques ou scientifiques. J'en étais assez fier, car les bibliothèques les plus fournies de particuliers ne comptaient habituellement guère plus de quelques dizaines d'ouvrages.

Je n'arrivais toujours pas à chasser de mon esprit le malaise de ce souper avec Gabrielle, où j'avais eu le soupçon qu'elle voulait me faire absorber un produit dont je ne connaissais ni l'origine ni le but. Même s'il s'agissait d'une substance destinée à réveiller mon désir pour elle, je ne pouvais accepter ce qui me paraissait une véritable trahison. Comment avait-elle pu être assez naïve ou inconsciente pour me faire absorber un liquide dont elle n'avait aucune garantie quant à sa provenance ?

Gabrielle était trop fine pour ne pas l'avoir compris, et c'est sans doute ce qui provoquait sa réserve actuelle à mon égard. Je trouvais moi-même mes atermoiements à la questionner ridicules, mais quiconque a pu avoir la chance de vivre un couple aussi fusionnel que celui que nous formions, elle et moi, peut comprendre pourquoi j'étais pétrifié dans une attitude de réserve et de silence qui m'empêchait de lui demander une explication. Il y a parfois, chez des adultes qui s'aiment profondément, des pudeurs quasi enfantines qui sont curieusement responsables des pires malentendus entre eux. Cette comparaison était peut-être mal venue, mais je n'en trouvais pas d'autre pour me comprendre moi-même.

11

Samedi 4 mars 1679

Mathilde avait trouvé à louer un appartement dans un hôtel du quai Malaquais construit par Mansart, et qu'un gentilhomme, le comte de la Guyotière, occupait seul avec sa fille aînée, depuis que sa femme était morte deux ans plus tôt. Elle m'y avait finalement donné rendez-vous très tard pour ce souper, car ses invités ne pouvaient pas être libres avant dix heures du soir. J'y arrivai un peu avant l'heure dite, déguisé en négociant fortuné, coiffé d'une perruque rousse et ayant teint ma moustache de la même couleur. J'avais collé à l'intérieur de chacune de mes joues deux petites prothèses de bois poli qui me déformaient l'expression du visage tout comme mon élocution. Mathilde éclata de rire lorsqu'elle m'ouvrit et me félicita en m'avouant qu'elle ne m'eût jamais reconnu si elle m'avait croisé dans la rue.

La Voisin, qui se prénommait Catherine, arriva plus tard encore qu'elle ne l'avait dit, à près de onze heures. Elle était accompagnée de sa fille Marie-Marguerite et du fameux Lesage, au prénom d'Adam, dont Mathilde m'avait déjà parlé. Je me présentai sous le nom de François Roquencourt et me déclarai comme un négociant installé à Paris et travaillant avec la Compagnie française pour le commerce des Indes orientales. Comme j'étais richement habillé et affichais une certaine aisance matérielle, je les sentis intéressés par ma personne.

La Voisin était bien aussi vulgaire, mais moins laide que Mathilde me l'avait suggéré. Elle était plus intelligente que je ne le pensais, et se tenait au courant des affaires du monde. Sans doute était-ce dû aux clients qu'elle fréquentait et qui devaient parfois s'en entretenir avec elle. Sa fille semblait plus fruste et parlait peu, mais son ami Lesage me sembla assez cultivé, comme Mathilde me l'avait décrit. Il avait une façon de s'exprimer plus choisie, disait avoir le goût de la lecture, et aurait pu faire illusion quelques heures dans un salon parisien, même au milieu des plus beaux esprits.

Le souper se déroula agréablement. Je fis rouler la conversation avec ce Lesage de façon amusante, et la chère était fort bonne et abondante. Poissons, volailles et gigots se succédèrent, et nous bûmes à profusion. Notre maîtresse de maison, que j'appelais Angélique et dont je me montrais ostensiblement l'amant, n'avait pas lésiné sur la qualité des vins qu'elle nous faisait servir par son maître d'hôtel, et je constatai que la Voisin, plus encore que son ami ou que sa fille, n'était pas la dernière à vider son verre. Quand nous en arrivâmes aux desserts, elle me parut fin soûle, tant elle parlait fort et riait bruyamment. Je pris l'air le plus innocent du monde pour évoquer ma compassion quant aux difficultés que de malheureuses femmes éprouvaient pour camoufler leurs liaisons adultères, lorsqu'elles se trouvaient enceintes, et cela alors que leurs vieux maris étaient impuissants à les honorer et le savaient parfaitement.

Sans aucune gêne, la Voisin s'esclaffa :

— Fabriquer des petits anges ne m'a jamais paru un crime, mais plutôt un hommage au Seigneur. Quand l'une de ces pauvres femmes vient me trouver, je me hâte de la satisfaire. Et le Seigneur m'en est à coup sûr reconnaissant, car ce sont des âmes pures que je lui envoie !

Je fis mine de m'amuser de sa remarque, tout en remarquant que ces petits anges risquaient fort de ne pas parvenir dans son paradis, puisqu'ils n'avaient pas eu le temps d'être baptisés.

La Voisin se pencha vers moi et posa une main sur mon bras.

— Monsieur Roquencourt, ne craignez rien pour leurs âmes. Ma fille vous le confirmera : quand leurs mères nous le demandent, nous organisons une petite cérémonie avec un vrai prêtre et des vrais sacrements, avant de les enfouir au fond de notre jardin.

Lesage surenchérit :

— Sans forfanterie, ma chère amie a chez elle le plus important cimetière d'anges de Paris. Un vrai paradis miniature, en somme !

Et tous trois d'éclater de rire. Je fis assaut d'ironie avec eux :

— Au fond, vous êtes une véritable bienfaitrice, de soulager ainsi vos consœurs de leurs enfants non désirés.

— Vous ne croyez pas si bien dire, me répondit la Voisin. J'aime rendre service aux gens, et en particulier aux femmes. C'est presque devenu un vice, chez moi.

— Un vice ! m'exclamai-je. Je pense plutôt que, compte tenu de votre propension naturelle à la charité, vous auriez pu tout aussi bien entrer dans les ordres et vous faire religieuse. Je vous imagine même assez bien en Mère supérieure d'un couvent ou en Abbesse.

— Vous avez raison. Mais j'aurais gagné moins d'argent !

Elle rit encore et vida son verre d'un trait. Sa fille ajouta :

— Ma mère me le répète tous les jours : réjouis-toi d'exercer un métier par lequel tu soulages des souffrances, et qui te rapporte gros !

La Voisin était devenue sérieuse. Elle me regarda :

— Sans vouloir vous fâcher, monsieur le négociant de la Compagnie française des Indes, je déteste la façon dont vous, les hommes, traitez les femmes. Vous semblez amoureux de notre hôtesse et je m'en réjouis, car j'éprouve pour elle de l'amitié. Mais ce n'est pas le cas de la majorité de vos congénères. Au fond, je ne fais qu'essayer de réparer un peu les injustices que vous leur causez dans tous les domaines.

— « Dans tous les domaines », vraiment ?

— Eh bien oui. Vous ne les laissez exercer aucune profession, sauf les plus serviles. Vous les acculez à des maternités qu'elles ne souhaitent souvent pas. Vous forcez impunément celles qui vous plaisent. Vous contrôlez leurs faits et leurs pensées. Vous les enfermez à double tour, comme des esclaves domestiques, quand elles deviennent vos femmes. Vous vous accordez sur elles un droit tacite de vie ou de mort, en les frappant à votre aise si vous en êtes jaloux ou pour des raisons futiles. Et je pourrais continuer cette énumération…

Je restai coi, un peu effrayé de constater que je partageais les idées d'un tel monstre, même si nous n'étions pas du même avis quant aux moyens d'y remédier. Mathilde dut sentir que l'atmosphère risquait de se gâcher, car elle se leva et proposa :

— Voulez-vous que nous passions au petit salon pour y continuer cette conversation ? J'y ai fait servir du café et un délicieux alcool.

La Voisin rit :

— J'en ai bien besoin, après ces agapes dont vous nous avez comblés !

Tout le monde se leva. Tandis que la fille Voisin prenait le bras de Lesage et qu'ils passaient les premiers dans le petit salon, derrière Mathilde, je retins la Voisin par le bras et chuchotai :

— Angélique vous a-t-elle entretenue de la requête que j'avais à vous soumettre ?

Elle me répondit avec froideur :

— Oui. Mais ce n'est pas moi qui sais parler à Satan. Il n'y a qu'Adam qui le puisse, et encore, pas toujours. Il faut que vous voyiez la chose avec lui. Suivant la réponse qu'il recevra, s'il en obtient une, je verrai à trouver une solution. Mais sachez que je le ferai pour l'amitié que je porte à votre maîtresse, et non pour vous.

J'entrai avec elle dans le petit salon à la suite de nos convives. Nous nous y assîmes et restâmes une bonne demi-heure à échanger des propos en buvant café et alcool. Mathilde avait un grand art pour raconter des anecdotes plaisantes sur le milieu des comédiennes, évoquant avec drôlerie leurs petites jalousies, leurs rivalités, mais aussi leur grandeur professionnelle quand elles se donnaient tout entières à leur métier. La Voisin ne connaissait apparemment rien au théâtre, mais son ami approuvait avec un plaisir évident tout ce que disait Mathilde, et renchérissait parfois sur une anecdote pour en ajouter une autre, prouvant ainsi qu'il avait une certaine connaissance de ce milieu et aimait assister à des représentations.

Je jetai un coup d'œil vers la pendule qui trônait sur la cheminée et constatai avec stupeur qu'il était plus de trois heures du matin. Je profitai d'un moment où la conversation roulait entre les trois femmes pour me lever, et m'approchai d'une fenêtre entrouverte. Lesage, qui devait attendre ce moment, me rejoignit. Je lui renouvelai la question que j'avais posée à son amie. Il me répondit qu'il était au courant de mes soucis, mais que, si je voulais obtenir une réponse du prince des Ténèbres, il faudrait nous isoler dans le calme pour lui poser la question qui me taraudait.

Mathilde avait dû sentir que nous en étions enfin venus à l'objet de notre rencontre, car elle vint vers nous en nous demandant si nous n'avions besoin de rien. Elle ajouta que, si nous avions envie de fumer, elle avait deux pipes en terre et du tabac à nous proposer, et que nous pourrions le faire à notre aise dans un cabinet où elle avait fait déposer nos effets. Nous acceptâmes, et elle nous y conduisit.

La pièce était éclairée seulement par un chandelier, si bien que, lorsque Mathilde eut refermé la porte, nous fûmes plongés dans une semi-pénombre. Je demandai à Lesage s'il voulait que j'allume les bougies d'un autre chandelier, mais il me répondit que cette atmosphère serait au contraire propice à un bon contact avec Satan. Il jeta un coup d'œil autour de lui, alla se saisir d'une sacoche qu'il avait déposée dans un coin de la pièce avec ses vêtements, et vint s'installer à un petit bureau. Il me fit signe d'approcher une chaise et de m'asseoir en face de lui. Ouvrant sa sacoche, il en sortit une boule de cire et des allumettes, puis me tendit une feuille de papier :

— Il suffira que vous écriviez votre requête sur cette feuille. Sentez-vous très libre dans votre expression.

Je fis mine d'hésiter, pour voir comment il s'y prendrait pour me convaincre de sauter le pas. Il insista :

— Ne craignez rien. Personne d'autre que Lui n'en aura connaissance, pas même moi.

Pour me mettre en confiance, il détourna la tête. Je me saisis de la plume et de l'encrier que Mathilde gardait sur son bureau, et écrivis quelques mots par lesquels je priai Satan de me donner une solution pour me débarrasser de ma femme. Je relevai les yeux sur Lesage, qui gardait la tête tournée.

— Faut-il que je signe de mon nom ? lui demandai-je.

— Cela va de soi. Satan ne répond jamais aux anonymes, bien qu'il connaisse sans doute déjà votre identité, car il voit tout.

Je signai du nom que je leur avais donné : François Roquencourt.

— Lui faut il aussi mon adresse ?

— Non, car c'est moi qu'il joindra, et non pas vous. Pliez à présent la feuille en huit, et donnez-la-moi.

Je fis ce qu'il me demandait. Il se retourna, prit la feuille, la plia encore une fois, puis la fit pénétrer dans la boule de cire qu'il avait sortie de sa sacoche. Il se leva pour aller chercher une soucoupe sur une petite table, la posa devant lui, y plaça sa boule de cire et, après quelques incantations, y mit le feu. La boule de cire brûla sous mes yeux, et je pus constater que ma lettre avait disparu en fumée.

— Voilà ! Votre requête est partie. Nous pouvons à présent rejoindre nos amies au salon.

J'avais déjà vu plus d'une fois ce tour de magie, mais je ne pouvais m'empêcher d'admirer la virtuosité dont il avait fait preuve en remplaçant une boule de cire par une autre sans que je m'en aperçoive. Je savais quand il avait opéré cette substitution : c'était durant le court instant où il m'avait tourné le dos pour aller chercher la soucoupe. Cela demeurait une manipulation très subtile des mains, qui demandait un entraînement régulier. J'avais parfaitement compris qu'il avait réussi à subtiliser mon message à Satan, et qu'il comptait s'en servir contre moi pour me faire chanter, grâce à ma signature sous une demande criminelle.

C'est ainsi qu'il devait procéder pour plumer ses victimes, une fois fourni le poison qu'ils espéraient. En retournant avec lui dans le petit salon, je lui demandai combien de temps je devrais attendre une réponse du Maître des enfers. Il me répondit quelques jours, peut-être quelques semaines. Et comme je me plaignais que ce délai me semblât fort long, il me regarda d'un air grave :

— Satan est très sollicité. Imaginez le nombre de requêtes qu'il reçoit ainsi à toutes les minutes… À toutes les secondes, même !

J'en convins et m'apprêtai à entrer dans le salon, mais il me retint par la manche :

— Venez quand même me voir dans cinq jours, nous verrons bien. Je vous laisserai mon adresse particulière.

— Vous ne vivez donc pas chez votre amie ?

Il me jeta un regard suspicieux :

— Qui vous a dit cela ?

Je sentis que ma question l'avait inquiété, et qu'il ne fallait surtout pas que je commette un autre faux pas.

— Personne. C'est en vous voyant arriver ensemble que je l'ai pensé.

— Pour mon métier, j'exerce à Paris. J'y ai un cabinet, et c'est à cette adresse que vous viendrez me voir. Quant au reste, cela concerne ma vie privée, et je n'ai pas coutume d'en faire état devant mes clients.

— Pardonnez-moi. J'ai posé cette question sans penser à mal.

J'avais compris, à son changement de ton, que l'homme était retors, et que, malgré ses apparences affables, il ne se laissait pas facilement manipuler et pouvait même être dangereux.

Nous bavardâmes encore un moment. Il était plus de cinq heures du matin quand nos trois convives partirent après avoir complimenté Mathilde pour son souper, et s'être déclarés enchantés de m'avoir rencontré.

Nous restâmes seuls et les regardâmes depuis une fenêtre se diriger vers une voiture qui les attendait, le long de la berge. Un homme, qui devait leur servir de cocher, leur ouvrit une portière. Juste avant d'y monter, la Voisin leva la tête vers notre fenêtre, et nous sourit en nous adressant un petit signe d'adieu. Leur cocher leva lui aussi la tête machinalement dans notre direction, et j'aperçus sur son visage la cicatrice que j'avais vue sur celui du guetteur qui surveillait ma maison. Qui sait s'ils n'avaient pas tous déjà compris qui j'étais et ne m'avaient préparé un piège ? Mathilde se tourna vers moi :

— Qu'en pensez-vous ?

— Cette femme est redoutable. Son regard fait froid dans le dos. Il se dégage de toute sa personne une impression de mort. Quant à l'homme qui leur sert de cocher, j'ai cru reconnaître celui qui observe ma maison. Il porte la même cicatrice sur le visage.

— Rien d'étonnant. C'est l'amant de la fille Voisin, dont je vous ai parlé. Cela ne fait que confirmer l'hypothèse que je vous ai soumise : les affaires de la Voisin ont probablement à voir avec un complot plus vaste que de simples affaires criminelles d'ordre privé.

Je jetai un coup d'œil vers la porte qui donnait sur la salle à manger.

— Sommes-nous seuls, ou gardez-vous la nuit vos domestiques ?

— Je leur ai dit de disposer dès qu'ils auraient débarrassé notre table. Voulez-vous que je vérifie s'ils sont partis ?

Je fis signe que oui. Elle sortit. Mes prothèses de bois commençaient à irriter l'intérieur de mes joues, et ma perruque me faisait transpirer affreusement. Elle revint quelques instants plus tard.

— Il n'y a plus personne.

J'enlevai ma perruque rousse et les prothèses, et poussai un soupir :

— Il était temps. Je n'en pouvais plus de ce déguisement.

Elle sourit.

— Je vous en félicite, en tout cas. Tout, dans votre maintien ou dans votre façon de vous exprimer, composait un personnage auquel on ne pouvait que croire. Vous eussiez fait un excellent comédien, si vous l'aviez voulu, et nous aurions pu jouer ensemble.

L'idée me fit sourire.

— Il y a souvent quelque chose de cela, dans la charge que j'exerce.

Elle sentit que nous repartions dans le badinage, et revint fort heureusement à notre sujet.

— Comptez-vous les faire arrêter dès maintenant ?

— Non. Je veux les laisser agir pour mon compte, et voir ce que son ami et elle me proposent pour me débarrasser de ma femme, puisque c'est la requête qu'il a envoyée pour moi à Satan.

— Pour les prendre sur le fait ?

— Je préfère ne pas m'y risquer sous l'identité que je viens de leur présenter. Ils comprendraient que vous leur avez tendu ce piège pour moi, et cela serait dangereux pour vous.

— Ils ne pourraient rien contre moi, si vous les mettez hors d'état de me nuire en les enfermant.

— Détrompez-vous. Nos prisons sont de véritables passoires. S'ils devinent que c'est vous qui les avez piégés, ils paieront quelqu'un pour se venger de vous. Les tueurs à gages courent les rues et il est aisé d'en trouver un qui vous assassinera pour trois ou quatre deniers !

— Comment ferez-vous, alors ?

— J'organiserai une descente de police à visage découvert dans leurs repaires, en m'y faisant reconnaitre pour qui je suis : le lieutenant général de police La Reynie. Ainsi ne pourront-ils pas savoir par lequel de leurs clients j'ai pu arriver jusqu'à eux... Et si j'ai joué ce soir la comédie aussi bien que vous l'avez dit, ils ne m'identifieront pas sous le déguisement et le visage que j'affichais chez vous.

— Ils apprendront bien un jour ou l'autre que vous n'avez pas supprimé votre femme et que nous ne vivons pas ensemble.

— Les sentiments passent, et cela aura pu nous arriver.

— Et lequel des deux aura trahi l'autre, si c'est le cas ?

— J'imaginerais bien que le dénommé François Roquencourt ait pu prendre peur en apprenant leur arrestation et abandonner son projet criminel.

— Vous avez raison. L'homme est souvent plus pusillanime que la femme, pour enraciner ses sentiments.

Nous restâmcs un moment silencieux.

— Voulez-vous encore boire quelque chose ?

Le mélange d'excitation et de peur qui avait dû l'habiter comme moi pendant cette soirée l'avait rendue aussi fiévreuse qu'éclatante, et je la trouvais de nouveau follement désirable. De mon côté, jouer le rôle d'un amant pendant toute cette soirée m'avait échauffé les sens et avait accru la confusion de mes sentiments. Nous étions tout près l'un de l'autre, l'envie irrépressible que j'avais d'elle et de son corps montait en moi, en même temps que l'image de Gabrielle m'en retenait.

Je finis par couper court et par murmurer :

— C'est trop tard, Mathilde. Je vous l'ai déjà dit. Je suis marié et j'aime Gabrielle. Il y a douze ans, c'est vous qui n'avez pas voulu.

Je la regardai quelques secondes, mais ne pus me résoudre plus longtemps à tenir ce mauvais rôle de faux amant qui avait été mon lot toute cette soirée. Je lui tournai le dos brusquement et la quittai sans un mot de plus.

Dehors, le jour se levait. Je rajustai ma perruque rousse et décidai de rentrer à pied jusque chez moi. Je longeai la berge en tournant le dos au pont Neuf et en marchant jusqu'au pont Rouge, sur lequel je m'engageai. Je m'y accoudai, pour regarder le fleuve s'éveiller. La vue sur la pointe de l'île de la Cité dominée par les tours de

Notre-Dame y était magnifique. Déjà, des trains de bois flotté, formant des radeaux guidés par des marins munis de longues rames, s'avançaient pour être déchargés en piles immenses. Leurs conducteurs me saluèrent joyeusement en passant, et je leur rendis leur signe de la main.

Je repris ma route en remontant la rue du Bac, jusqu'à la rue Saint-Placide. J'appréciais l'atmosphère à la fois heureuse et bon enfant qui se dégageait de ses échoppes et de ses tavernes. L'une d'entre elles commençait à ouvrir. Je ne résistai pas à l'envie d'y entrer et de m'y asseoir un moment. Je m'y commandai une chope d'hypocras, un vin fortement épicé dont l'amertume avait la réputation d'aider à la digestion. J'en avais grand besoin après la nuit que je venais de passer et les excès de boisson que j'y avais faits. Je restai un moment comme absent au monde et à toute chose, puis finis mon verre et sortis.

Dehors, l'air était transparent. Le claquement d'un fouet, un cri au loin, une bouffée de rires sortant de la porte d'une échoppe qui venait de s'ouvrir, une jeune livreuse qui s'enfuyait en protestant, poursuivie par les assiduités d'un commis d'épicerie, tout était vital et joyeux et me réconciliait avec l'univers. Je restai un moment immobile sur le seuil de la taverne, m'étirai et respirai à pleins poumons. L'hypocras m'avait fait du bien, en dégageant un peu mon estomac. Je remontai la rue d'un pas plus léger. Croisant un fiacre en maraude, je l'arrêtai pour me faire conduire jusque chez moi, préférant ne pas m'y présenter à pied, déguisé encore comme je l'étais, et risquant d'attirer sur moi l'attention d'éventuels guetteurs.

Au moment où j'en descendais pour passer le portail de ma maison, je fus tout à coup pris d'un doute. Et si l'on m'observait ? Je me retournai et scrutai des yeux les fenêtres des demeures qui nous entouraient, mais je n'aperçus personne. Le garde qui était de surveillance sembla amusé de mon accoutrement. Gabrielle et les enfants dormaient encore. Je gagnai sans bruit ma chambre et m'effondrai sur le lit, épuisé par cette soirée et par cette nuit.

12

Dimanche 5 mars 1679

Je dormis ce jour-là jusqu'à midi, sans même me déshabiller. Quand je fus réveillé, je fis ma toilette, ôtai la teinture rousse de ma moustache et me changeai de pied en cap avant de descendre. Quand j'arrivai dans la salle à manger, Suzanne m'apprit que Gabrielle venait de sortir avec nos deux enfants et ses gardes du corps, et qu'elle ne rentrerait sans doute pas avant le milieu de l'après-midi. Je dînai seul d'un peu de poulet froid et de fromages, puis j'eus envie de relire *Les Provinciales* de Pascal, moins pour le débat qui y était proposé que pour leur style si étonnant de facilité. Accablé par la fatigue de ma nuit précédente, je ne fus pas capable d'en lire plus de quelques pages et dus me rendormir dans mon fauteuil, car ce sont les voix de mes enfants qui me réveillèrent. Poupotte était montée sur mes genoux et me tirait une oreille, tandis que Gabriel était en arrêt devant mon globe terrestre et le faisait tourner. Ma femme avait pénétré dans la pièce derrière eux.

— Vous dormiez encore ? me demanda-t-elle, l'air étonné.

Je répondis que j'avais dû m'assoupir sans m'en rendre compte, mais que ce n'était qu'une fatigue passagère due au fait que j'avais été obligé de veiller toute la nuit. Gabrielle dit aux enfants que, s'ils voulaient de la confiture de fraise, il fallait qu'ils aillent s'en faire servir par Suzanne dans la cuisine, car elle finissait de la mettre en bocaux, et ceux-ci seraient bientôt fermés et rangés hors de leur portée. Ils ne se le firent pas répéter et nous restâmes seuls. Gabrielle semblait mal à l'aise. Je lui demandai pourquoi. Elle me dit que, ne me voyant pas ce matin, elle avait fini par entrer dans ma chambre, de crainte que je n'eusse été saisi de quelque malaise, et qu'elle m'y avait trouvé endormi tout habillé, malgré l'heure.

— J'ai dû souper dehors pour les besoins de mon enquête, et cela s'est prolongé très tard. Vous avez dû voir, à mon accoutrement et au grimage de ma moustache, quel soin j'avais dû mettre pour me faire passer pour quelqu'un d'autre.

— Il est vrai que votre habit d'officier de police vous convient mieux.

— Est-ce à cause de cela que vous semblez si contrariée ?

— C'est plutôt parce que les habits que vous portiez ce matin sentaient le parfum. Un parfum de femme…

— Sans doute celui d'une de ces sorcières que je suis obligé de suivre et d'observer, avant de pouvoir l'arrêter.

Elle affichait une expression sceptique sur le visage.

— Ne vous méprenez pas, mon amie. Quoi qu'il puisse vous en paraître, je ne suis qu'à vous et à vous seule.

Elle tourna le dos et se dirigea vers la porte. Je cherchai à dire quelque chose qui pût la retenir, mais elle était déjà sortie.

Un peu plus tard dans la soirée, comme elle s'était enfermée dans sa chambre et ne semblait pas en humeur d'entendre mes explications, je me réfugiai dans la roseraie pour y continuer ma lecture des *Provinciales*, quand Suzanne surgit pour m'annoncer que le chevalier Hardouin demandait à me voir. Elle l'avait fait entrer dans la bibliothèque, où il m'attendait. Il était en nage, après avoir chevauché jusque chez moi pour me rendre compte de sa soirée de samedi. J'envoyai Suzanne chercher une bouteille et des verres. Je l'ouvris moi-même, nous servis et nous bûmes chacun une large rasade.

— Rien à voir avec le chablis que vous m'avez fait goûter l'autre jour chez vous, dis-je à Hardouin. Mais c'est le seul que j'ai au frais.

— Rassurez-vous, me dit-il. Je n'aime boire que ces vins légers qui ne portent pas à la tête. Des petits vins de soif sans prétention, comme ceux de Touraine, ou ces clairets de Bordeaux...

Nous finîmes nos verres et je nous resservis. Hardouin avait visiblement beaucoup à dire et cherchait par où commencer. Il se lança :

— Cette soirée d'avant-hier a été une rude épreuve, comme je m'y attendais. Il m'a fallu prêter serment avec les autres conjurés qui entouraient le marquis des Brisiers. Vous imaginez combien il peut être désagréable de se parjurer, pour un homme comme moi qui fait passer la loyauté au-dessus de toutes les vertus, même du courage...

— Je comprends, et vous en suis infiniment reconnaissant, autant que désolé de vous l'avoir demandé. Mais je n'avais guère d'autre solution, tant cette affaire me semble grave.

Il eut de la main un geste d'indifférence :

— Je vais aller droit au but : leur complot semble bien avancé, comme vous le pressentiez.

Hier soir, ils étaient une dizaine, réunis autour du marquis des Brisiers. Les plus notables sont le maréchal de Luxembourg, le duc et la duchesse de Bouillon...

— Et la comtesse de Lormont, j'imagine.

— Non, justement. Bien que la réunion eût lieu dans son hôtel, qu'elle partage avec son frère, elle avait refusé de se joindre à nous, et le marquis ne nous a pas caché que sa sœur était hostile à leur complot, et qu'elle œuvrait pour qu'il abandonnât ce projet.

J'étais surpris. Si l'opposition du maréchal de Luxembourg et du couple des Bouillon à la politique de notre roi était notoire, je n'aurais jamais imaginé qu'ils fissent eux-mêmes partie d'un complot aussi grave.

— Qui d'autre y avait-il, à cette réunion ?

— Quelques nobles de moindre importance. Mais tous n'étaient pas présents, et il fut prévu qu'il y aurait bientôt d'autres occasions pour se concerter davantage.

— Et l'homme dont vous m'avez parlé comme une sorte d'exécuteur de leurs basses œuvres ?

— Il était bien là, et se prénomme Jean-Baptiste. Son nom de famille n'a pas été prononcé, et il n'a pas parlé.

— Porte-t-il une cicatrice au visage ?

— Oui, et c'est lui qui est chargé de vous intimider en s'en prenant à vous ou à l'un des membres de votre famille.

— Je vois qui cela peut être. C'est un certain Morgeac. Nous avons gardé sa trace dans nos dossiers, au Châtelet. J'ai même un dessin de son visage. Il est soupçonné d'avoir déjà tué une dizaine d'hommes sans jamais avoir pu être confondu.

— Il semble en effet redoutable. Il porte aux flancs deux dagues, et j'ai cru en apercevoir une troisième accrochée à l'une de ses chausses. C'est probablement aussi un fin bretteur.

— Et en quoi leur complot vous semble-t-il particulièrement avancé ?

— Tout d'abord, parce qu'ils disposent de tout un réseau d'informateurs parmi les gardiens de la prison de Vincennes, et dans votre Conciergerie, qui les tiennent au courant de vos interrogatoires et des aveux qui vous sont faits. S'ils sentent qu'une indiscrétion livrée par une sorcière risque de toucher l'un ou l'autre des membres de leur complot, ces gardiens sont chargés de supprimer discrètement la prévenue, et de maquiller son assassinat en suicide.

— Sans que nous le comprenions ?

— Bien sûr. Les moyens ne manquent pas pour cela. Un étranglement opéré avec un foulard ou une ceinture appartenant à la victime, qu'on camoufle ensuite en laissant croire qu'elle s'est pendue ; un poison qu'elle serait censée avoir gardé sur elle et qu'elle préférerait absorber plutôt que de subir une nouvelle fois la question…

Je le coupai.

— Avez-vous eu connaissance de l'identité de ces gardiens ?

— Non. Le marquis des Brisiers semble le seul au courant, et s'occupe, par l'intermédiaire de ce Morgeac, de recueillir les informations auprès d'eux, de les récompenser et de leur donner des ordres.

Il s'arrêta de parler pour boire une gorgée.

— Continuez, je vous en prie !

— Le plus dangereux n'est pas là. Il est dans la menace qui pèse sur vous et sur le roi. Le duc de Bouillon est le plus hésitant à aller trop loin dans ce projet, mais le marquis des Brisiers l'a rassuré en lui promettant qu'il en ferait son affaire et qu'il n'y serait en rien mêlé. Luxembourg est très réticent, lui aussi, à l'idée de s'en prendre à vous, mais il est d'accord pour vous intimider. Un attentat contre le roi lui semble par contre une folie, le château de Saint-Germain étant à ses yeux mieux gardé qu'une forteresse.

— En savez-vous plus sur ce dernier projet ?

— Oui, toujours le poison.

— Mais par quel moyen ? Le roi a des goûteurs pour ses mets et pour ses vins, et ne touche à aucun avant d'être assuré qu'il n'est pas nuisible. Quant à son entourage immédiat, les services de Louvois se chargent d'examiner avec une attention scrupuleuse tout ce qui pourrait leur paraître suspect dans le passé de l'un ou de l'autre.

Hardouin me jeta un regard amusé :

— Même celui de ses maîtresses ?

— Je ne suis pas chargé de cet examen, mais j'imagine que Louvois ne le laisserait approcher par aucune femme qui pût être suspecte. Soupçonneriez-vous quelqu'un de précis ?

— La rumeur se plaît à accuser chaque femme délaissée de tous les désirs de vengeance contre l'amant qui l'a trahie. Il y aurait déjà eu trois tentatives contre notre souverain, d'après ce que j'ai compris. Et elles se seraient toutes déroulées de la même façon, c'est-à-dire les jours où notre roi sort sur la terrasse de Saint-Germain pour aller à la rencontre de ses courtisans ou des personnes autorisées à lui soumettre des requêtes. Et ces trois tentatives provenaient d'une seule et même personne, une femme dénommée la Voisin.

— Je connais cette femme de nom. Elle n'agit, à ce qu'on m'a dit, que si elle y a un intérêt financier. Il faut donc que quelqu'un l'ait payée pour qu'elle prenne un tel risque.

— C'est exactement cela. J'ai appris à mots couverts au cours de cette réunion que le marquis des Brisiers est celui des conjurés qui a le plus de rapports réguliers avec l'Angleterre. Outre les voyages qu'il y fait de temps à autre pour le commerce illégal de certaines denrées françaises interdites à l'exportation en Espagne du fait des hostilités, il est en contact épistolaire régulier avec l'opposition au roi Charles II. Il nous a laissé entendre à ce propos qu'un espion anglais de haute volée venait d'être envoyé en France par le parti whig, et que son rôle serait d'approcher des familiers de notre roi et de se servir d'eux, avec leur accord ou à leur insu, pour tenter de l'empoisonner. Il semblerait qu'il soit déjà venu en France à plusieurs reprises au cours des dernières années et qu'il aurait été l'amant de certaines femmes de la cour qui font partie du premier cercle du roi.

— Son identité ?

— Je ne la connais pas. Le marquis des Brisiers s'est bien gardé de nous la livrer. Il semble le seul des conjurés à avoir contact avec lui.

— Y a-t-il un rapport entre cet homme et les tentatives de la Voisin dont vous venez de me parler ?

— Précisément. Le marquis nous a appris qu'elle aurait agi, pour ses visites à la cour, à la demande d'un homme mystérieux qui serait venu la trouver masqué et sans se faire connaître, en lui promettant une forte somme si elle réussissait. Je n'ai pu savoir si ce mystérieux mandataire était ce fameux Anglais, mais le marquis semblait le laisser entendre…

— Cette femme Voisin est une sorcière et une faiseuse d'anges spécialisée dans le commerce des poisons. Elle fabrique elle-même ses remèdes avec l'aide d'un certain Lesage.

— Vous en savez donc autant que moi.

— Non, car je ne comprends pas de quelle façon cette Voisin aurait pu s'approcher aussi près du roi au château de Saint-Germain, et encore moins de quel moyen elle userait pour l'empoisonner.

— Voilà une chose que j'ai apprise hier soir, et qui m'a autant surpris que vous. Il s'agit d'un placet empoisonné par une poudre d'arsenic dont l'effet est assuré, pour peu qu'on l'ouvre et qu'on le garde un moment dans ses mains. La méthode pour le faire toucher par le roi est très simple. Il suffit de se placer sur son parcours et de le lui tendre, en espérant qu'il le prendra.

— Et n'avez-vous aucun indice quant à l'identité de ce donneur d'ordre masqué ?

— Malheureusement non, et je n'ai pu trop insister en posant des questions indiscrètes, de peur qu'on ne me soupçonnât de jouer le jeu que vous me faites jouer.

— Et sur la somme promise, en cas de réussite ?

— J'ai cru comprendre cent mille écus. Cinq mille à chaque tentative. Le reste, si l'une d'entre elles finissait par réussir.

— Quelle somme ! m'exclamai-je.

Puis, réfléchissant :

— Il est vrai que la vie d'un roi vaut bien ce prix-là.

— C'est plutôt sa propre vie que cette sorcière estime à ce prix. Car, si elle était prise, connaissant le sort qu'on réserve aux régicides, je n'ose pas imaginer ce qui lui arriverait…

Je restai un moment perplexe.

— Elle aurait déjà tenté cette manœuvre par trois fois, dites-vous ?

— Oui. Et, à chaque fois, un dimanche matin sur la terrasse du château de Saint-Germain.

C'est le jour où il est le plus aisé d'approcher le roi. Il suffit de se mettre sur son parcours, toujours le même, et de s'incliner devant lui lorsqu'il passe près de vous. Mais elle n'a pas encore eu la chance qu'il la remarquât et se saisît de son placet.

— Et elle n'a jamais été inquiétée avant d'entrer ? C'est étonnant.

— Détrompez-vous. J'ai constaté qu'on pouvait circuler à peu près comme on voulait au château de Saint-Germain. Les gardes se contentent de vérifier que vous ne portez pas d'armes. Mais si c'est un placet que vous souhaitez remettre au roi, ils vous laissent passer.

Comme je ne disais rien, il ajouta :

— Pensez aussi à vous. Votre maison est-elle bien protégée ?

— Des gardes s'y relaient à l'avant et à l'arrière.

— Combien au total ?

— Une douzaine.

— Et devant vos portes ?

— Deux à l'avant et deux à l'arrière.

— En permanence ?

— Certes.

— De jour comme de nuit ?

— Bien sûr.

Hardouin resta silencieux quelques instants, puis continua :

— Et vos murs sont-ils assez hauts pour protéger vos jardins ?

— Vous savez comme moi qu'aucun mur n'est infranchissable. Reste que si quelque malandrin s'introduisait dans mon jardin, il n'accéderait pas facilement à ma demeure, car sa protection en est assurée, comme celle des portes extérieures.

— Des rondes ?

— Deux hommes y patrouillent jour et nuit.

— Mais votre femme et vos enfants, lorsqu'ils sortent ?

— Toujours au moins deux gardes avec eux. Et s'ils s'aventurent au-delà de cent toises, ils ont ordre d'aller en quérir deux autres.

— C'est bien. Mais veillez à ce que ni votre femme ni aucun de vos enfants ni vous-même n'acceptiez aucun objet qu'on vous tendrait et dont vous ne connaîtriez pas la provenance. Ne buvez ni ne mangez rien dont vous ne soyez sûr de l'absence de danger.

Je me tournai vers lui, plaisantant à demi :

— Voulez-vous dire que vous nous conseillez aussi de ne plus vivre ?

— C'est un peu cela, répondit-il sur le même ton.

— Le jeu en vaut-il vraiment la chandelle ?

Il éclata de rire et choqua son verre contre le mien :

— C'est à vous d'en juger.

Nous restâmes un moment à finir le restant de la bouteille de clairet, en ne bavardant plus que de choses et d'autres. La situation que m'avait décrite Hardouin me paraissait nécessiter des changements dans l'organisation des journées du roi et un contrôle plus draconien de ceux ou celles qui pouvaient l'approcher. Faudrait-il lui interdire à présent le contact avec toute personne étrangère à son entourage le plus intime ? Et que faudrait-il entendre par « son entourage le plus intime » ? Sa femme et ses enfants ? Son frère, Philippe d'Orléans ? Ses maîtresses passées, actuelles et à venir ? Contre des attentats aussi aveugles qu'imprévisibles, tout le monde ne risquait-il pas de devenir un jour ou l'autre plus ou moins suspect ?

13

Dimanche 12 mars 1679

Lesage m'avait averti deux jours plus tôt, le vendredi 10 du mois, qu'il avait reçu quelque chose pour moi de la part de « qui je savais ». Son message m'était parvenu à la fausse adresse que je lui avais donnée, où l'un de mes hommes logeait en permanence et servait de paravent pour réceptionner les courriers confidentiels. J'avais répondu par un pli lui proposant de me rendre chez lui en fin de matinée le surlendemain dimanche, prétextant avoir été absent de Paris jusque-là pour mes affaires, et devoir m'occuper d'elles en priorité le lendemain samedi. J'avais besoin de ce délai de vingt-quatre heures pour mettre sur pied le coup de filet que je comptais refermer sur cette crapule et sur sa complice.

Lesage habitait une modeste maison sise dans une petite rue encore bordée par endroits de terrains vagues, qui grimpait vers la butte du Mont Orgueilleux. Par dérision, elle portait le nom de « Montorgueil », dû à ce que ladite butte était formée d'énormes amas d'immondices divers, qu'on y avait déversés depuis plusieurs siècles. Notre piège ne fut pas difficile à mettre en place, car le quartier était encore peu fréquenté, bien qu'il fût en train de se bâtir à grande vitesse. Mes archers dirigés par Lecoq s'étaient déguisés en ouvriers du bâtiment et répartis de chaque côté de la maison de notre prévenu, en faisant mine de déblayer des terrains vagues. Nous avions pris soin de vérifier qu'il ne pourrait pas non plus s'échapper par son jardin, dont l'extrémité donnait dans un cul-de-sac qu'il nous avait été facile de fermer par deux hommes déguisés, eux, en jardiniers.

Je m'étais de nouveau travesti en François Rocquencourt, avec un habit semblable à celui que j'avais porté pour le souper chez Mathilde, et j'avais remis ma perruque rousse, teint de nouveau ma moustache, et déformé mes joues par les prothèses dont j'ai déjà parlé, pour que l'homme ne se doutât de rien. J'avais prévenu Lecoq que je ressortirais dans le même costume pour regagner ma voiture, de façon à ce que Lesage ne me démasquât pas. Lecoq devrait m'attendre, caché dans ma voiture, et je lui donnerais mes instructions seulement à ce moment. Le fiacre que j'avais fait préparer était conduit par l'un de mes hommes, qui jouait le rôle du cocher. Il me déposa devant la maison de Lesage, sans que je prenne aucune précaution, car il me paraissait nécessaire de ne pas me cacher pour ne pas provoquer la méfiance de l'intéressé. Il était chargé de m'attendre pour me reconduire.

C'est une servante qui m'introduisit dans un petit salon qui servait aussi de bibliothèque, en me demandant de bien vouloir attendre quelques instants. Elle m'y laissa seul et je pus jeter un coup d'œil autour de moi. La bibliothèque me surprit par son abondance et sa qualité. Lesage possédait près d'une centaine d'ouvrages. Je m'en approchai et jetai un coup d'œil sur leurs titres. Ils étaient pour la plupart consacrés aux sciences occultes ou aux religions, à l'astrologie ou à l'alchimie, mais je fus surpris de voir que l'homme était aussi amateur de vraies sciences de la nature et ne donnait pas seulement dans les élucubrations magiques ou les tours de passe-passe. J'étais plongé dans l'examen de ses lectures, lorsqu'il entra dans mon dos et me salua. Je le félicitai pour la qualité de sa bibliothèque et lui dis que j'étais moi-même très amateur de livres sur les sciences, bien que je ne fusse qu'un béotien dans ce domaine.

— Vous avez lu des traités comme celui que vous tenez en main ? me demanda-t-il.

J'avouai que non, mais qu'on m'en avait beaucoup parlé.

— C'est très intéressant, et d'une lecture assez aisée. Je vous la conseille si vous vous intéressez à ces matières. Il s'inspire des travaux de l'Anglais Robert Boyle, mais il a élaboré une théorie passionnante des sept métaux et opéré une distinction entre les acides, les vitriols et les sels, dont nous pouvons toujours nous servir aujourd'hui.

Je lui demandai quelles nouvelles il voulait me communiquer.

— Suivez-moi, me dit-il, en se dirigeant vers une petite porte.

Il l'ouvrit et s'effaça pour me laisser entrer dans un cabinet contigu. La pièce était obscure et les rideaux tirés. J'aperçus, à la lueur d'une chandelle, de nombreux objets cabalistiques ou servant à la voyance posés sur un bureau, comme des pierres de pouvoir, une boule de divination ou des périaptes, et, accrochés aux murs, ce qui semblait être des talismans. Lesage avait ouvert le tiroir secret d'un secrétaire et en avait sorti une feuille de papier :

— Regardez. J'ai bien reçu la réponse de Satan.

Il me la tendit, et je fis mine d'être stupéfait.

— Mais c'est ma requête ! Celle que vous avez brûlée ! Comment se fait-il qu'elle soit intacte ?

— Satan l'a reconstituée et me l'a renvoyée. Sa réponse est écrite sur l'autre face.

Je retournai la feuille et vis deux mots écrits, semblait-il, avec du sang : « Le poison. » Je regardai Lesage :

— Le maître des enfers veut-il me signifier par là qu'il n'y a qu'une seule solution : empoisonner ma femme ?

— C'est sans doute qu'il la juge la plus sûre et la plus discrète. Votre demande et la réponse du prince des enfers sont si courantes que mon amie Catherine a déjà préparé pour vous une fiole. Avec trois gouttes tous les matins et tous les soirs, les soucis que votre épouse vous cause auront disparu d'ici trois mois.

Je regardai la fiole qu'il me montrait sur son bureau et fis mine de ne pas me décider à la prendre.

— Trois mois ! C'est bien long, soupirai-je.

— Nous n'en connaissons pas dont l'effet soit plus court pour un secret mieux gardé. D'ordinaire, il faut plutôt compter six ou huit mois, car un décès trop rapide peut attirer l'attention des médecins. Mais, devinant votre impatience, Catherine a dosé un remède plus puissant que les précédents, dont elle a déjà testé l'effet avec succès à deux reprises sur ses clients.

— Puis-je lui parler, pour en savoir davantage sur ses effets, et ne pas en être surpris lorsque je les verrai opérer sur ma femme ?

Il parut embarrassé :

— Vous ne la trouverez pas chez elle en ce moment. Le dimanche matin, elle a coutume de se rendre à la messe de l'église Notre-Dame-de-Bonne-Nouvelle. Pour elle, la religion passe avant toute autre chose.

J'affectai un air impressionné :

— J'admire infiniment les femmes pieuses, comme elle.

Lesage hocha la tête avec componction :

— C'est ce que je pense d'elle, moi aussi, et je ne doute pas qu'un jour, sa sainteté soit reconnue par l'Église.

Je me saisis de la fiole qui m'attendait :

— Combien lui dois-je pour ce remède à mes tourments ?

— Trente écus.

Je ne pus cacher ma surprise. Il crut nécessaire de se justifier :

— Ce sont des produits très chers à fabriquer. Et c'est aussi le prix de leur discrétion.

Je soulevai un pan de ma veste et sortis une bourse. Il aperçut mon pistolet à ma hanche et afficha aussitôt un visage méfiant.

— Pourquoi êtes-vous venu armé ?

J'essayai de me montrer rassurant :

— Oh, ne craignez rien, c'est seulement une habitude que j'ai prise. Je suis obligé de me déplacer avec cette arme, pour exercer mon métier. Les routes en France ne sont guère sûres, les rues de Paris à peine davantage, et les négociants comme moi sont des cibles de choix pour tous les voleurs, petits ou grands.

L'explication sembla lui convenir. Je sortis de ma bourse des écus et lui en comptai trente. J'avais fait en sorte qu'il pût voir que j'en possédais davantage, et il sembla intéressé, comme je l'avais espéré. Je fis mine de ne pas le remarquer et remis le restant d'écus dans ma bourse, tout en lui demandant :

— J'aimerais à présent que vous me rendiez la requête que j'ai écrite de ma main à Satan. Je ne peux la laisser dans d'autres que les miennes, fussent-elles de confiance comme les vôtres. Elle est trop compromettante pour moi.

— C'est malheureusement impossible.

— Pourquoi cela ?

— Satan ne supporterait pas que vous possédiez une lettre où il a écrit quelque chose.

Je restai silencieux, affichant ma contrariété :

— Brûlez-la devant moi, alors.

— Je ne peux pas non plus.

— Mais pourquoi, encore une fois ?

— Ce serait un sacrilège qui gâcherait tout.

Et, remettant la lettre dans le tiroir secret d'où il l'avait sortie :

— Ne vous inquiétez pas. Je la range ici, elle n'en bougera plus.

— Non, je préférerais que vous me la rendiez ou que vous la brûliez.

Et, faisant sauter ma bourse d'écus dans le creux de ma main :

— N'y a-t-il pas une solution pour convaincre Satan de m'y autoriser ?

Il sembla avoir compris le message :

— Si je la brûle, je peux essayer de calmer son courroux par quelques messes noires.

— Vous avez donc aussi ce pouvoir sur lui ?

— Oui. Mais cela sera très onéreux.

— Dites toujours.

Il sembla évaluer ce qui pouvait me rester.

— Trente autres écus.

Je fis mine d'hésiter, hochant la tête pour signifier que je trouvais la somme un peu lourde, mais il écarta les mains en signe d'impuissance et je lui réglai sa demande.

— Ce sera fait, soyez tranquille, me dit-il.

Je le saluai et sortis de sa maison pour regagner la voiture qui m'attendait. À l'intérieur, Lecoq me dit qu'il avait autour de lui la demi-douzaine de policiers déguisés en ouvriers et que l'opération serait simple, si j'avais décidé de l'arrêter. Je lui dis que c'était bien ce qu'il fallait faire, et qu'il devrait se saisir de cette crapule mais aussi de sa servante, dès que j'aurai quitté les lieux. Je ne voulais pas le faire moi-même, de crainte de mettre en danger Mathilde, par qui j'étais arrivé à le piéger. J'ajoutai qu'il devrait mener l'affaire le plus rapidement et le plus discrètement possible avec ses hommes, et conduire Lesage au Châtelet en prenant bien garde de le mettre au secret, tout comme sa servante, pour que ni lui ni elle ne puissent communiquer entre eux ou avec l'extérieur avant que je les interroge. La femme devait en savoir long sur son maître et pourrait nous fournir un témoignage précieux sur sa clientèle. Pour ma part, je partais chez la Voisin perquisitionner pour profiter de son absence. Par précaution, je lui dis d'envoyer un de ses hommes surveiller l'église de Notre-Dame-de-Bonne-Nouvelle, pour la suivre, au cas où elle en sortirait avant que j'aie eu le temps d'arriver et de l'appréhender. Lecoq descendit discrètement de ma voiture et je fis signe au cocher de se mettre en branle.

J'avais fait préparer un broc d'eau, un vase et un miroir grâce auxquels je modifiai mon visage pendant le trajet, pour lui faire retrouver mon apparence normale. Heureusement, la teinture de ma moustache était assez légère pour être enlevée rapidement. J'y changeai également d'habit et soupirai d'aise d'être enfin revenu à mon état normal de lieutenant général de la police.

Un quart d'heure plus tard, j'arrivai près de la maison de la sorcière, où Desgrez m'attendait avec quelques-uns de ses hommes. Je décidai de procéder au plus vite à l'arrestation des personnes que nous trouverions chez elle. Desgrez me demanda si le pistolet que je portais était la seule arme que j'avais à ma disposition. Et comme je m'étonnai de sa question, il me conseilla de prendre aussi une épée avec moi. Je lui demandai pourquoi.

— Nous avons aperçu à l'intérieur l'homme à la cicatrice, et un autre que nous ne connaissons pas. Ils ne se laisseront pas arrêter aussi facilement. S'ils vous attaquent, votre pistolet ne vous sera pas d'un grand secours, puisque vous hésiterez à tirer pour ne pas risquer d'en tuer un et de vous priver ainsi d'un témoin important.

J'en convins et me fis donner une épée par l'un de mes hommes. Nous étions six pour notre expédition, quatre autres de nos archers gardant les environs de part et d'autre de la maison. Nous nous approchâmes silencieusement et entrâmes, dès que j'en donnai le signal, avec tant de rapidité et de violence que l'effet de surprise fut total. Il n'y avait qu'un seul homme en bas, sans doute celui qu'avait déjà repéré mon adjoint. Il n'eut pas le temps de réagir et nous le maîtrisâmes rapidement. Je me précipitai avec deux de mes archers dans l'escalier et nous ouvrîmes l'une après l'autre toutes les portes du palier.

Le premier de mes hommes s'écroula en entrant dans l'une d'elles. Il venait de recevoir une dague dans le cou. J'y entrai à mon tour et aperçus Morgeac, complètement nu, sorti d'un lit dans lequel il était sans doute en train de faire l'amour avec la fille Voisin. Tout aussi nue que lui, elle était recroquevillée sur elle-même et se protégeait la poitrine de ses deux bras, l'air terrorisé. Morgeac avait dû utiliser la seule arme qu'il avait trouvée à portée de sa main. Il comprit qu'il n'avait plus le temps de courir jusqu'à ses vêtements pour s'en procurer une autre et préféra bondir vers la fenêtre ouverte et sauter du premier étage dans le jardin. Je me précipitai. Il s'était reçu sans dommage, s'était déjà relevé et s'enfuyait. Je tirai un coup de pistolet en direction de ses jambes pour tenter de l'arrêter, mais le ratai. En bas, j'aperçus l'un de mes policiers qui courait vers lui pour essayer de lui barrer la route et l'empêcher de s'enfuir.

— Occupez-vous de la fille ! criai-je à Desgrez, avant de ressortir de la chambre et de redescendre l'escalier quatre à quatre.

En déboulant dans le jardin, j'aperçus Morgeac qui s'était saisi d'une hachette sur un tas de bois et en menaçait l'archer qui voulait lui barrer le passage avec son épée. Je lui criai :

— Rends-toi, tu es cerné !

Morgeac lança sa hachette sur mon archer, qui réussit à éviter l'arme. Mais, déséquilibré par son mouvement de côté, il trébucha et s'étala de tout son long. Morgeac en profita pour faire un brusque écart, sauter par-dessus une haie et s'enfuir en contournant la maison par un champ. Bien qu'il fût nu-pieds, il courait très vite, indifférent à la douleur qu'il devait éprouver au contact du terrain accidenté. Je l'imitai, mais j'avais une bonne vingtaine de toises de retard sur lui. Il se dirigeait vers une rivière qui jouxtait l'arrière de la maison. Dès qu'il y arriva, je le vis plonger sans hésiter et nager rapidement vers l'autre rive. Sa nudité l'avait bien servi. Habillé et botté, je ne pouvais que renoncer à le suivre. Je restai impuissant à voir sa silhouette atteindre l'autre rive et disparaître dans la campagne.

J'étais fort mécontent de moi, lorsque j'arrivai trois quarts d'heure plus tard près de l'église Notre-Dame-de-Bonne-Nouvelle. J'avais rechargé mon pistolet, l'avais replacé à ma ceinture, et gardé par précaution l'épée qu'un de mes hommes m'avait prêtée. J'avais au moins mis la main sur la fille Voisin et sur l'un de leurs complices, mais je m'en voulais d'avoir laissé échapper cette crapule de Morgeac, une si grosse prise, et, qui plus est, d'après ce que Hardouin m'en avait dit, mon ennemi le plus acharné et le plus dangereux pour ma famille.

Je rejoignis les deux hommes que j'avais envoyés se poster en faction et qui m'attendaient près d'une voiture. Ils me dirent que la messe n'était pas encore terminée et que la Voisin était toujours à l'intérieur de l'église. J'attachai mon cheval à une barrière et attendis. Je m'étais écarté de mes hommes et m'abritai sous un porche en guettant la sortie des fidèles. Bientôt les cloches se mirent à sonner, et les portes s'ouvrirent sur la foule des paroissiens. J'aperçus la Voisin, qui s'était arrêtée sur le parvis et bavardait avec des connaissances.

Soudain, j'eus la surprise de voir la dame de compagnie de la marquise de Montespan, Mlle des Œillets, s'approcher d'elle. Après qu'elles eurent bavardé et ri un moment comme si elles avaient été les meilleures amies du monde, la Voisin tira quelque chose de sa poche, qu'elle lui remit. Des Œillets s'empressa de faire disparaître ce qu'on lui avait donné, sortit une bourse de sa robe et compta de l'argent. La Voisin l'empocha. Des Œillets la salua et s'éloigna vers un fiacre qui l'attendait. Elle y monta et la voiture partit aussitôt. Mais la Voisin n'en avait pas fini, et je la vis bavarder avec plusieurs personnes qui se pressaient autour d'elle. Elle se servait apparemment de ses visites à l'église pour faire son marché de clients.

Bientôt, elle resta seule. Constatant qu'il ne restait plus personne à qui vendre ses services, elle commença à s'éloigner. Elle marchait vers une rue latérale. Je sortis de sous mon porche et eus le temps de courir me placer de sorte qu'elle put croire que je venais à sa rencontre. Dès qu'elle reconnut mon habit, elle s'arrêta net et je sentis l'expression de son visage se durcir. C'était bien le signe qu'elle savait qui j'étais. Cela n'avait rien d'étonnant, puisque ma maison était surveillée depuis longtemps. J'allai vers elle en affichant un large sourire, et m'inclinai.

— Je suis le lieutenant général de police La Reynie, et j'ai le regret de vous annoncer que je vous arrête.

— C'est une plaisanterie ?

— Non, Madame. Je ne plaisante jamais pendant mon service.

J'écartai ma veste pour lui montrer le pistolet accroché à ma ceinture, et ajoutai :

— Ne m'obligez pas à sortir mon arme et suivez-moi sans discuter, cela vous évitera un scandale qui ne pourrait que vous nuire aux yeux de votre clientèle.

Encore stupéfaite, elle jeta un coup d'œil autour d'elle et vit qu'on nous regardait. Renonçant à protester, elle préféra se laisser entrainer vers la voiture qui nous attendait, tout en grommelant :

— Je connais des personnes qui pourront vous briser. Des personnes très haut placées. Des personnes de la cour.

— J'en suis ravi, lui dis-je, vous pourrez ainsi me donner tous leurs noms. Ils m'intéressent au plus haut point, s'ils ont été vos clients. C'est précisément pour cela que je vous emmène au Châtelet. Nous y aurons plus de commodités pour bavarder. En hiver, les cellules y sont un peu froides, mais il vous suffira de vous y faire porter quelques vêtements chauds.

Mon ironie la rendit rouge de colère. Je lui ouvris la portière arrière et la fis monter. Mes deux hommes s'installèrent de part et d'autre d'elle. Je leur dis de la faire garder à la Conciergerie jusqu'à ce que je revienne l'interroger, et qu'elle n'ait surtout contact avec personne, puis me penchai de nouveau vers elle :

— Vous allez retrouver votre fille et votre ami Lesage qui vous y attendent. Vous resterez ainsi en famille. Pas tout de suite, bien sûr, mais dès que vous nous aurez dit tout ce que vous savez. Reconnaissez que je fais tout pour vous rendre la vie agréable.

Je refermai la portière, fis signe au cocher de démarrer, et rejoignis mon cheval qui m'attendait bien sagement. J'avais eu beau ironiser, je sentais confusément que Mathilde était désormais très menacée, et je m'en voulais de l'avoir entraînée à monter ce piège du souper. Heureusement, Lesage, sa servante et la Voisin étaient à présent au secret et ne pourraient communiquer ni entre eux ni avec qui que ce soit de l'extérieur.

Je fus vite de retour devant la maison de la Voisin, que Desgrez et mes hommes avaient commencé à perquisitionner. Je m'enquis aussitôt de l'état de notre policier, blessé au cou par la dague, mais Desgrez m'apprit qu'on n'avait rien pu faire pour le sauver. L'homme était mort étouffé par son sang. Cela me mit en grande rage contre ce scélérat de Morgeac, que je me promis de châtier au plus tôt comme il le méritait. À présent que nous connaissions son identité, j'envoyai l'un de nos hommes au Châtelet pour qu'il lançât un avis de recherche dans tout Paris. Je demandai en même temps qu'on surveillât désormais jour et nuit l'hôtel de la comtesse de Lormont, de façon à interpeller ce Morgeac, s'il commettait l'imprudence de se rendre de nouveau à une réunion du marquis des Brisiers.

Ce que nous trouvâmes à l'intérieur de la maison de cette femme Voisin fut à l'égal de ce que j'en attendais et de ce qu'on m'en avait déjà dit. Il y avait là un véritable laboratoire, digne des meilleurs alchimistes, avec des cornues et des masques de verre, que la sorcière et ses assistants devaient sans doute porter sur le visage lorsqu'ils travaillaient, pour se protéger des éclats ou des vapeurs de leurs liquides en fusion. Sur les tables s'étalaient des préparations de toutes sortes, fort peu ragoûtantes : pattes de crapaud, sang coagulé, peaux de serpent, et une multitude de produits pour fabriquer des poisons. Dans des bocaux fermés hermétiquement, on pouvait voir fermenter des substances écœurantes, et dans l'un d'entre eux, j'aperçus même une main d'homme.

Mais le pire était ce que nous découvrîmes en fouillant le jardin. J'avais beau m'y attendre, j'eus un haut-le-cœur devant le spectacle d'une multitude de petits squelettes ou de cadavres en décomposition enveloppés dans des linges. C'était des enfants mort-nés, peut-être même des nourrissons vivants que la sorcière avait sacrifiés dans ses messes noires. Je me détournai, ne pouvant en supporter davantage et m'éloignai sous le couvert des arbres pour vomir sans être vu de mes hommes. Je restai le dos tourné à ces horreurs, le regard fixé sur la nature environnante. Les oiseaux chantaient, le ciel était d'un bleu limpide, au loin deux paysans travaillaient paisiblement derrière une araire tirée par un cheval. Le contraste était saisissant entre cette vision bucolique et les atrocités qui s'étaient déroulées dans le même décor, sans que personne semblât en avoir jamais rien su. Si l'enfer existait, pensais-je, il était dans les hommes, et seulement en eux.

Un sentiment de malaise continuait de m'habiter concernant Mathilde. Étais-je si certain que, même en les faisant mettre au secret, Lesage ou la Voisin ne parviendraient pas à communiquer avec des complices ? J'essayai de chasser de mon esprit ce mauvais sentiment, et pensai qu'il me suffirait de faire renforcer leur surveillance lorsqu'ils seraient au Châtelet, puis de les transférer au donjon de Vincennes et de les mettre à l'isolement total. Mais sans doute fallait-il aussi placer Mathilde sous plus haute protection. Je m'en occuperais dès que je serais de retour à mon bureau.

Je me retournai et aperçus au loin une foule de badauds qui s'étaient peu à peu rassemblés devant la maison, attirés par la présence d'un aussi grand nombre de policiers. En m'approchant, je fus pris d'un grand trouble, car je crus apercevoir ma femme Gabrielle descendre d'une voiture rangée un peu plus loin. Je m'arrêtai net. Que pouvait-elle être venue faire ici ? Je m'approchai et dus me résigner à admettre l'évidence : c'était bien elle. Elle ne m'avait pas vu ou pas reconnu.

Je la regardai s'avancer vers la maison, comme si elle avait été familière des lieux. Je contournai la petite foule en évitant qu'elle me voie, allai jusqu'à sa voiture et y montai, malgré la protestation du cocher. Comme il insistait pour me forcer à en redescendre, je me fis reconnaître comme chef de la police et menaçai de le faire conduire à Vincennes, s'il ne reprenait pas sa place. L'homme remonta sur son siège. D'où j'étais, je pouvais apercevoir Gabrielle en train de s'entretenir avec l'une des femmes qui s'étaient agglutinées parmi les badauds. Dès qu'elle en eut fini, elle revint vers la voiture. Je la vis lancer un coup d'œil vers le cocher, qui sauta de son siège et lui ouvrit la portière sans rien lui manifester. Quand elle y monta, elle ne put retenir un cri de surprise. Comme elle restait immobile, je la tirai par le bras et l'obligeai à s'asseoir sur la banquette qui me faisait face.

— Je suis surpris de vous trouver ici, lui dis-je. C'est une coïncidence bien troublante que de nous y croiser. Et d'abord comment avez-vous fait pour vous soustraire à la surveillance de mes gardes ?

Elle ne répondit pas.

— Que pouvez-vous être venue chercher chez une telle personne ?

Elle détourna le regard, mais répondit :

— Ce qui pourrait faire revenir en vous l'amour pour moi que vous semblez avoir perdu.

Je restai interdit, puis lui pris la main pour qu'elle me regardât :

— Vous a-t-elle jamais vue ?

Elle se tourna vers moi et secoua la tête :

— C'est la première fois que je viens ici.

— Elle ne connaît pas votre identité ?

— Je ne crois pas.

— Que voulez-vous dire, par votre « je ne crois pas » ? En êtes-vous certaine, ou non ? Si elle ne vous a jamais vue, elle ne peut pas connaître votre identité.

Elle eut l'air embarrassé :

— Suzanne est déjà venue chez elle une fois. Et je crains qu'elle ne se soit fait reconnaître.

— Vous avez envoyé votre propre femme de chambre !

Je pensai soudain que la Voisin connaissait mon identité depuis ce moment et avait peut-être observé elle-même ma maison de temps à autre. Abasourdi, je jetai un regard désolé à Gabrielle :

— Mais pourquoi ?

Elle baissa les yeux, confuse :

— Je voulais qu'elle se procurât pour moi un philtre d'amour.

— Vous m'avez donc déjà fait boire un philtre fabriqué par cette criminelle ! C'est insensé ! Je le devinais, mais ne pouvais y croire. C'est ainsi que vous espériez me redonner le désir de vous, alors que je ne l'avais jamais perdu ?

Je me détournai et essayai de me calmer. Dès que je me sentis davantage maître de moi, je la regardai droit dans les yeux :

— Mais c'est une sorcière ! Vous ne l'aviez pas compris ? Elle fabrique des drogues mortelles, elle assassine, elle jette des sorts, elle organise des messes noires en sacrifiant des nouveau-nés qu'elle fait égorger, elle avorte des femmes et enterre les cadavres de ses victimes dans son jardin… Supposez qu'il lui prenne l'idée de profiter de vous pour m'assassiner ? Qu'un de mes ennemis lui en ait confié la mission ? Vous devriez pourtant comprendre qu'en tant que chef de la police, je suis devenu l'une des cibles de ces criminels. Et voilà que vous vous rangez inconsciemment de leur côté !

Elle se cacha les yeux dans les mains et éclata en sanglots. Mais je n'éprouvai aucune compassion et ne fis rien pour la consoler, trop blessé pour songer à la calmer. Je restai immobile, à la regarder pleurer, puis descendis de la voiture sans un mot de plus et rejoignis mes hommes.

Le soir, lorsque je rentrai, je commençai par réunir mes gardes et par les sermonner d'avoir laissé ma femme sortir sans être accompagnée. Celui que je considérais comme leur chef me fit remarquer qu'il n'était pas de leur ressort de protéger ma femme contre elle-même, si elle avait décidé de les tromper. Sans doute était-elle sortie par le fond de la roseraie, alors qu'elle était hors des regards de la ronde des hommes affectés à la surveillance du jardin. Il y existait une porte dérobée solidement fermée, mais il lui avait suffi de s'en procurer la clé. Et comment auraient-ils pu la surveiller en tous moments et en tous lieux, si elle avait décidé de leur fausser compagnie ? J'admis qu'il avait raison et qu'il y avait une mesure à conserver dans leur surveillance, à moins que je ne considère désormais ma femme comme une prisonnière et non comme mon épouse.

Un peu plus tard, je rejoignis la salle à manger où Gabrielle avait dressé la table pour le souper. Les enfants étaient près d'elle et avaient déjà pris leurs repas. Je les embrassai, puis les confiai à Hortense. Dès qu'ils furent sortis, je jetai un coup d'œil à Gabrielle, qui s'était installée au bout de la table, sans doute intimidée à l'idée de se trouver près de moi après ce qui s'était passé. Notre maître d'hôtel Jean-François attendait pour nous servir le potage.

— Vous pouvez nous laisser, Jean-François, lui dit Gabrielle. C'est moi qui servirai Monsieur.

Il s'inclina et sortit. Gabrielle se leva et s'approcha de moi pour me servir. Je détournai le visage.

Elle s'immobilisa, désemparée, puis se ressaisit et emplit une première louche qu'elle voulut verser dans mon assiette, mais j'eus un mouvement pour l'en écarter. Elle avait parfaitement compris le sentiment que j'avais éprouvé et murmura :

— J'ai commis une faute grave, mais vous aurez compris, je l'espère, que c'était par amour pour vous, rien d'autre que cela.

Elle se servit à son tour et alla se rasseoir en face de moi. Je ne pouvais me décider à prendre ma cuillère, à la plonger dans cette soupe et à la porter à mes lèvres. Je sentais que mon visage était froid et que mon regard restait dur, mais j'étais incapable de m'en composer un autre, accablé par ce que je ressentais pour elle. Elle le comprit et me dit, d'un ton désespéré :

— Mangez, je vous en prie. Ne me torturez pas davantage.

Je pris ma cuillère, regardai mon assiettée, mais la reposai, me levai de table et sortis.

Tandis que je marchais dans la galerie, j'entendis Gabrielle courir derrière moi. Je me retournai. Elle s'arrêta net. Nous nous regardâmes. Mon cœur battait au point de m'étourdir. J'étais agité par une multitude de sentiments contradictoires. Je savais que j'aurais dû aller vers elle et la prendre dans mes bras, et que tout ce cauchemar que je vivais eût peut-être pu alors se terminer. Mais la rancœur que j'éprouvais contre elle était la plus forte. Je lui tournai le dos, pénétrai dans mon bureau et claquai la porte derrière moi.

Pendant la semaine qui suivit, Gabrielle et moi nous évitâmes. Je ne retournai chez moi que pour dormir, très tard le soir, ainsi étais-je certain qu'elle aurait déjà couché les enfants et se serait elle-même retirée dans sa chambre. Je dormais dans la mienne et en repartais à une heure trop matinale pour risquer de la croiser. Ne voulant pas rentrer chez moi de la journée, je fis en sorte de prendre mes repas au-dehors, au dîner comme au souper, seul ou en compagnie de l'un de mes adjoints.

Un soir pourtant, de retour plus tôt que d'habitude, je la trouvai qui m'attendait dans mon bureau. Elle m'annonça qu'elle avait décidé de se rendre dans notre propriété du Limousin, et d'y emmener nos enfants et leur précepteur. C'était surtout, me dit-elle, pour éviter qu'ils s'étonnent de ne plus jamais voir leurs parents ensemble et ne lui en demandent bientôt une raison qu'elle ne saurait leur donner. Je réfléchis quelques instants et approuvai sa décision d'un hochement de tête. Elle resta un moment immobile, comme si elle s'attendait à un geste de ma part, mais je demeurai silencieux. Elle me tourna le dos et ressortit, sans que nous ayons échangé un mot de plus.

14

Lundi 3 avril 1679

Elle partit le surlendemain, et je restai seul à Paris, absorbé dans mon enquête où je me jetais à corps perdu pour ne plus penser à la seule chose qui me souciait au point de me rendre malade : qu'allait-il advenir de notre couple ? Allais-je réussir à rester moi-même ? La vérité est que je me sentais aspiré par des sables mouvants. Le sol se dérobait sous mes pieds à mesure que les jours passaient. Toutes mes certitudes étaient ébranlées, à la fois par le comportement de Gabrielle et par la noirceur de ce que je découvrais de l'âme humaine en plongeant dans mes interrogatoires.

Je tenais à m'occuper personnellement de ceux de Lesage et de la Voisin, qui me semblaient constituer un rouage capital dans le trafic des poisons, le seul dont je disposais pour l'instant dans ma recherche de l'organisation éventuelle d'un complot d'État. Je décidai de différer encore le moment d'une confrontation, préférant les laisser quelque temps dans leurs cachots du donjon de Vincennes pour mieux émousser leurs résistances, après avoir vérifié qu'ils étaient bien au secret le plus absolu, et gardés par des hommes de confiance.

Dès que je revins au Châtelet après l'arrestation de la Voisin, je vérifiai auprès de Delamare si toutes les précautions de surveillance et de protection de Mathilde avaient bien été prises. Il m'assura que oui. Je lui demandai s'il avait de ses nouvelles. Il me répondit qu'elle lui avait dit préférer pour l'instant rester un peu à l'écart, pour pouvoir se consacrer de nouveau à son métier de comédienne, ce qui me rassura un peu et me réjouit pour elle. Quel bonheur si elle pouvait reprendre cette activité et renoncer à ses intentions de devenir un agent secret !

Je repris mes interrogatoires de Marie Bosse, qui moisissait dans une geôle de la Conciergerie et me semblait l'un des personnages les plus représentatifs de ces milieux. J'avais beau, depuis que j'exerçais mon métier, avoir été mis en face des pires turpitudes de l'âme humaine, jamais je n'avais éprouvé autant de dégoût et de frayeur devant le cynisme, l'absence totale de remords et la froideur d'une telle criminelle. Après avoir pendant longtemps nié en bloc tout ce qu'on lui reprochait, elle finit par avouer sa participation active à une multitude d'empoisonnements et ne se gêna plus pour me donner les noms d'autres empoisonneuses et me confier tout ce qu'elle savait sur elles. Espérait-elle s'attirer ainsi l'indulgence des juges, ou voulait-elle seulement éviter que je lui fisse appliquer la question ? Comme la plupart des inculpés, cette Marie Bosse était allée de la fabrication de fausse monnaie à celle de poisons, en se constituant peu à peu une clientèle parmi la bourgeoisie et l'aristocratie parisiennes comme diseuse de bonne aventure. Ses spécialités étaient l'arsenic, les infusions de ciguë et la poudre de crapaud au vert-de-gris.

L'effondrement de ma vie privée et de la confiance que j'avais jusqu'ici portée à ma femme, joint à l'absence de mes enfants et à la noirceur de ce que mes investigations me faisaient découvrir, tout contribuait à me plonger dans une mélancolie telle que je n'avais plus goût à rien. Je ne dormais que très peu, n'avais plus d'appétit, et ma morosité commençait à inquiéter sérieusement mes collaborateurs, au point que Delamare, avec qui je dînais un jour, me parla du souci que je leur causais à tous. Il ne mâcha pas ses mots et me fit comprendre que mes périodes d'abattement, qui duraient parfois plusieurs heures, ne nuisaient pas qu'à moi-même mais entravaient aussi très fortement la bonne marche de mes services.

Ce dernier argument me convainquit de réagir contre cette pesante mélancolie qui me transformait peu à peu en un autre homme. Malgré mon manque de goût pour la religion et ses serviteurs, je décidai de demander audience au père Pallu, un prêtre admirable, vicaire apostolique en Extrême-Orient, à qui j'avais déjà eu recours une dizaine d'années plus tôt, lorsque j'étais plongé dans le plus profond désespoir après la mort de ma première femme Antoinette. Je le savais de passage à Paris, et ce saint homme eut la gentillesse de m'accorder une audience dans son bureau de la rue du Bac quatre jours après la demande que je lui en avais faite.

Il m'accueillit avec sa chaleur habituelle, comme si nous nous étions quittés la veille. C'était un homme de grande taille, sec et légèrement voûté. Il me fit asseoir en face de lui et me considéra quelques secondes avec un léger sourire :

— Vous avez fait merveille pour rendre notre ville plus sûre, à ce qu'on m'a dit dès mon retour en France. J'ai d'ailleurs pu le constater par moi-même, et je vous en félicite.

— Je vous remercie, Monseigneur.

— Je préférerais « Mon Père ». J'ai du mal à supporter ce titre dont Notre Saint-Père m'a fait l'honneur de m'affubler.

Il semblait attendre que je lui parle de la raison de ma visite, mais je n'arrivais pas à regrouper mes esprits. Les idées se bousculaient dans ma tête, et je ne savais par où commencer. Il reprit la parole :

— Je connais votre peu de goût pour la pratique religieuse et pour ses rites. Je ne suis même pas convaincu que vous soyez un vrai croyant, mais l'estime que je vous porte me suffit pour vous entendre. J'imagine que vous n'êtes pas venu pour vous agenouiller avec moi dans un confessionnal, mais que vous préférez que nous nous parlions face à face dans ce bureau ?

Une vague d'émotion monta subitement en moi et j'éclatai en sanglots. C'était un flot de larmes brutal, irrépressible. Je portai la main devant les yeux pour m'en cacher, honteux de me laisser aller ainsi, mais incapable de me retenir. Il attendit que je me calmasse, puis me dit d'une voix très douce :

— Allons, mon enfant. Laissez aller votre cœur, simplement. Les choses viennent ainsi tout doucement, sans qu'on les y force.

Je retirai ma main de mes yeux et relevai la tête. La bonté de son regard me fit jeter en vrac devant moi, et d'un seul coup, tout ce qui me hantait : la trahison de ma femme, la peur de la destruction de notre couple, l'horreur de mon enquête et de ce que j'y découvrais de l'âme humaine. Je lui parlai des empoisonnements, des sorts jetés, des maléfices, des avortements, des nourrissons sacrifiés dans des messes impies destinées à satisfaire uniquement des vengeances personnelles, des ambitions de pouvoir ou des intérêts financiers… Je m'exprimai, les yeux dans les siens, avec une véhémence qui ne m'était pas habituelle, comme si j'avais voulu l'accuser lui, le représentant de Dieu, de ce que le monde et les hommes eussent été si mal conçus et comme jetés en pâture au démon. Je lui dis pour finir que je ne savais plus qui j'étais, et que je n'étais plus certain d'éprouver même l'envie de continuer à vivre. Puis je me tus et baissai la tête, incapable de soutenir son regard. Il réfléchit quelques secondes avant de me répondre :

— Ce que vous êtes en train de vivre, moi-même et beaucoup d'autres l'avons vécu. Notre souffrance déforme toute vision claire des choses. Le seul remède que je connaisse est de l'accepter au moment où elle frappe. Aussi étrange que cela puisse vous paraître, en ce moment où votre cœur est à vif, c'est grâce à la souffrance que nous avons une chance de trouver la beauté du monde et de rencontrer les autres…

Il s'arrêta et ferma les yeux. J'attendis, mais comme il continuait de se taire, je murmurai :

— Je ne comprends pas.

Il rouvrit les yeux.

— Reprenons chacun de vos exemples. Pour la noirceur des empoisonneuses et de ceux qui se servent d'elles, ils sont certes condamnables et il faut les combattre sans pitié, mais prenez un peu de recul et élevez-vous au-dessus de votre situation particulière. Prenez conscience que vous êtes un policier de Paris, en France, à une certaine époque, et pensez que l'infini du monde ne se résume pas à l'expérience que vous faites. Il est vaste, varié, complexe, contradictoire, aussi empli de sentiments nobles que de sentiments criminels, d'actions héroïques que de lâchetés, de générosité que de mesquinerie. C'est le monde dans son ensemble qu'il faut que vous arriviez à considérer, pour remettre votre vie et votre action à la place qu'elle occupe, un détail au regard de l'Univers et de l'Histoire.

— Je ne sais si le changement de perspective que vous préconisez parviendra à atténuer mes angoisses, mais j'essaierai de voir plus grand et plus large, comme vous me le suggérez, pour retrouver ce sentiment de la beauté du monde ou des êtres que j'ai perdu. Je ne sais cependant si cela m'aidera à retrouver mon couple.

— D'après ce que vous m'en avez dit, c'est pourtant la chose la plus aisée. Qu'a fait votre femme ? Essayer de regagner votre amour qu'elle croyait en train de s'éteindre. Elle n'a jamais pensé à vous empoisonner et l'a montré en buvant la même potion avec vous. J'y vois davantage une preuve émouvante d'amour qu'autre chose. Il ne vous faudrait pas prendre un grand recul pour admettre que vous avez votre part de responsabilité dans sa décision, et que, consciemment ou non, c'est vous qui l'y avez poussée, sans doute par votre froideur. Et qu'avez-vous fait ensuite ? Elle vous a demandé pardon, vous le lui avez refusé. Il n'y avait pourtant rien de plus aisé que de reconnaître vos torts, puisqu'elle avait reconnu les siens. Encore une fois, il vous suffit de prendre un peu de hauteur, en considérant que vous faites partie d'une entité plus large, votre couple, et au-delà d'elle, votre famille.

L'extrême bonté de son regard m'envahissait, et je me sentais comme transporté au-dehors de moi. Il avait raison. Ce que j'avais ressenti à l'égard de Gabrielle était finalement bien futile, et il était de la plus haute nécessité que je me réconciliasse avec elle. De la même manière, je devais reprendre mon travail d'enquêteur et punir les actes criminels qu'on m'avait chargé de poursuivre, sans me poser d'autres questions. C'était la seule façon que j'aurais de contribuer à rendre meilleur ce monde que je critiquais tant.

Nous restâmes encore plusieurs minutes à bavarder amicalement, mais tout avait été dit. Le père Pallu se leva.

— Pardonnez-moi si je ne peux rester avec vous plus longtemps, mais mes jeunes séminaristes m'attendent.

Il me tendit la main. Je m'inclinai devant lui, et je la baisai respectueusement en le remerciant pour ses précieux conseils.

Je rentrai chez moi et écrivis une longue lettre à Gabrielle pour lui demander de revenir. Quoi qu'il fût arrivé entre nous, je lui dis que j'avais besoin d'elle à mes côtés, que je l'aimais trop tendrement pour supporter cette séparation et que, même si j'avais pu me montrer déplaisant à son égard, elle pouvait être sûre que c'était à moi que j'en voulais, et à moi seul, car rien ne m'importait davantage que son bonheur et celui de nos enfants.

15

Mercredi 12 avril 1679

Je repris mes interrogatoires le lendemain, et décidai de commencer par la Voisin, espérant que l'attente que je lui avais imposée l'aurait mieux disposée à collaborer à mon enquête. Ce fut tout le contraire. Elle niait à présent toute accusation, même les plus évidentes. J'enrageai de la voir s'enferrer dans des mensonges aussi peu plausibles, et, comme elle me demandait combien de temps j'allais la garder ainsi, au secret, alors qu'elle n'avait rien à se reprocher, je lui répondis que je ne la libérerais pas tant que je n'aurais pas fini d'instruire les faits relevés contre elle, mais que j'étais prêt à me montrer indulgent et à ne requérir à son sujet qu'une peine minimale, si elle acceptait de parler de son plein gré.

Elle s'entêta :

— Je ne me cache pas d'avoir fabriqué certains remèdes que vous avez trouvés chez moi, mais ils étaient tous destinés à soulager les maux qu'on venait m'exposer. J'estime qu'ils sont bien supérieurs aux médecines que proposent vos hommes en noir, qui ont plus de morts à leur actif que celles que vous me reprochez.

— Et vos avortements ? Les qualifiez-vous aussi de « maux qu'on venait vous exposer » ?

— J'ai pratiqué des avortements, c'est vrai. Mais seulement à chaque fois qu'il s'agissait de tirer une pauvre femme du malheur où son imprudence avec un homme tel que vous l'avait jetée !

Son entêtement m'irritait de plus en plus, et je lui rappelai le poison que son ami Lesage m'avait donné de sa part pour assassiner ma femme, lorsque j'étais venu le voir en me faisant passer pour François Rocquencourt. Était-ce là encore un « mal dont elle voulait me soulager » ? Elle protesta qu'elle n'avait rien à voir avec la fiole que Lesage m'avait remise et qu'il avait dû se la procurer auprès d'une autre personne, car, si elle aurait volontiers aidé une femme à se débarrasser d'un homme, il était hors de question pour elle de procéder à l'inverse. Je lui fis remarquer que son ami l'avait formellement accusée. Elle haussa les épaules en répondant que ce serait parole contre parole.

— Ne me poussez pas à bout ! lui dis-je. Je pourrais bien vous faire appliquer la question, et vous n'y résisteriez pas.

— Sans doute, mais vous ne le ferez pas.

— Tiens donc ! Et pourquoi ?

— Parce que, si je n'y résistais pas, il pourrait sortir de ma bouche certains noms qu'il ne vous plairait guère d'entendre.

Je compris que sa menace visait Gabrielle. Je dus faire effort sur moi-même pour me calmer.

— Pour la dernière fois, je ne suis plus d'humeur à accepter vos faux-fuyants.

Elle eut un petit rire sarcastique :

— Il est vrai que je vous trouve le teint un peu cireux, et les traits bien tirés. J'ai l'habitude de ces figures, et lorsque j'en vois une comme la vôtre, je sens que celui qui la porte est en danger de mort. Vous devriez vous ménager davantage, et surtout surveiller ceux qui vous sont les plus proches. C'est le conseil d'une amie sincère que je vous donne.

Furieux, je ne pus me contenir :

— Il suffit, maintenant ! Je vous ai pourtant assez prévenue ! Vous irez donc à la question.

— Dans ce cas, il ne sortira de ma bouche aucun autre nom que le seul dont je me souvienne, et malheureusement pour vous, ce sera celui de votre femme.

Je sentis le sang se retirer de mon visage :

— Vous mentez !

— Bien sûr que non, et vous le savez ! Rappelez-vous mon conseil : ménagez-vous davantage ! La vie n'est pas si longue ! Et que deviendront ceux qui vous sont chers, si vous n'êtes plus là ?

Elle éclata de rire en voyant mon visage se figer. Je ne pouvais en entendre davantage. Je sortis rejoindre Lecoq et Desgrez qui m'attendaient dans mon bureau. Je m'assis et les fixai tour à tour, incertain sur la décision à prendre la concernant.

— Lecoq a raison, me dit Desgrez. Nous sommes en face d'une prise d'importance. Cette femme est probablement au centre de tout. Nous ne pouvons pas manquer une telle occasion d'en savoir davantage. Il semble évident qu'elle ne nous livrera rien par les interrogatoires habituels, ni même par des promesses en échange. Les procédés de la question sont le seul moyen de la faire parler. Il est rare que quiconque y résiste.

Je refusai encore une fois, moins pour protéger Gabrielle que pour la répugnance que j'éprouvais à utiliser une torture aussi barbare.

Deux jours plus tard, je me rendis à Versailles à la demande de Louvois pour faire au roi, qui y séjournait cette semaine-là, mon compte rendu habituel. Quand nous pénétrâmes dans la partie consacrée à ses appartements, une double porte s'ouvrit, et Louvois en sortit, en compagnie de la marquise de Montespan.

— Ah, monsieur de La Reynie. Approchez-vous, s'il vous plaît.

Il fit un geste à ses gardes qui s'éloignèrent d'une dizaine de pas.

— Mme de Montespan se plaint de ne pas vous connaître autant qu'elle le souhaiterait. Elle dit ne vous avoir croisé qu'une fois en compagnie du roi, et ne s'être jamais entretenue en privé avec vous.

Je m'inclinai devant elle.

— En effet, répondis-je, et je le regrette fort, Madame.

Elle me sourit.

— Sa Majesté et le marquis de Louvois me disent le plus grand bien de vous, et j'avais hâte de trouver une occasion de vous rencontrer plus longuement. M'accorderiez-vous un entretien ?

— Bien volontiers, Madame. J'en serais très honoré.

— Rejoignez-moi alors dans mes appartements, si vous le voulez bien.

— C'est que je dois m'entretenir avec le roi et M. de Louvois.

— Eh bien, dès que vous en aurez fini avec M. le Ministre et Sa Majesté, si vous voulez bien. Je vous y attendrai.

Elle tourna le dos et s'éloigna. Je la vis rejoindre une jeune femme et pénétrer avec elle dans un appartement. Une fois de plus, j'étais ébloui par la grâce de cette femme, son air d'intelligence, le charme qu'elle savait transmettre en vous regardant droit dans les yeux, et je pouvais aisément comprendre comment elle avait pu tenir aussi longtemps notre souverain follement amoureux d'elle. J'avais cru reconnaître aussi la jeune femme qu'elle avait rejointe avant de disparaître dans ses appartements. Je me tournai vers Louvois :

— N'est-ce pas Mlle des Œillets avec qui Mme de Montespan vient de sortir ?

— Oui, c'est l'une de ses dames de compagnie. Ou plutôt : c'était, car elle a quitté son service depuis plusieurs mois. Mais la marquise ne peut pas se passer d'elle, et cela agace prodigieusement le roi. Il soupçonne cette femme de la pousser à continuer de fréquenter, malgré son interdiction, les officines de diseuses de bonne aventure.

Je me souvins de sa rencontre avec la femme Voisin près de l'église Notre-Dame-de-Bonne-Nouvelle et de son échange d'une fiole contre de l'argent. Ce rendez-vous avec Mme de Montespan tombait bien, j'allais essayer d'y éclaircir le rôle joué par cette Des Œillets. Louvois me prit par le bras et m'entraîna.

— Le roi est souffrant ce matin, La Reynie, il n'a pas pu vous prévenir à temps et ne pourra pas vous recevoir aujourd'hui. Il s'en trouve désolé, mais les médecins lui ont ordonné de garder la chambre.

— Quand voudra-t-il me recevoir ?

— Dans quelques jours, car il doit s'absenter demain. Mais j'ai chargée d'écouter votre rapport, et de vous donner mon sentiment.

Il m'entraîna vers son bureau. Quand nous fûmes installés, je lui résumai l'avancée de mes arrestations et de mes interrogatoires. Il attendit que j'aie fini, resta un moment silencieux, l'air préoccupé, puis me déclara sur un ton de reproche :

— Je vais aller droit au but, La Reynie. Tout ce que vous me rapportez est fort bien, mais ni le roi ni moi-même ne comprenons pourquoi vous tardez tant à déférer devant la Chambre de l'Arsenal certains nobles que vous avez arrêtés et interrogés. J'admets encore moins pour ma part que vous ayez pu en élargir d'autres. Ils ont pourtant été formellement dénoncés par ces sorcières.

— Monsieur le Ministre, une dénonciation ne constitue pas une preuve suffisante pour une mise en accusation devant une Chambre de justice de personnes aussi honorablement connues et jusqu'à présent irréprochables.

— Certains de ces nobles, d'après vos propres dires, ont été cités non pas par une seule d'entre elles, mais par deux, parfois même trois. N'est-ce pas là un début de preuve ?

— Non, Monseigneur. Il règne dans nos prisons une telle connivence entre leurs prisonniers que ces sorcières auraient très bien pu s'entendre pour compromettre les mêmes gens, et pour nous égarer.

— Et pour quelle raison ?

— Il y en a de multiples, mais la principale consiste à leur permettre de retarder l'instruction de leurs propres affaires. Elles souhaitent éviter ainsi que je poursuive leur interrogatoire dans d'autres directions, qui pourraient se révéler plus compromettantes...

Il me coupa, d'un geste agacé :

— Eh bien, ils se défendront, s'ils sont innocents.

— Sans doute. Mais l'arrestation d'innocents causera un tort considérable à leur réputation, même s'ils ne sont pas reconnus coupables. Cela me semble aussi injuste que destructeur.

Louvois me lança un regard accusateur :

— Ne serait-ce pas aussi parce que votre épouse elle-même a été mise en cause par cette femme Voisin ?

Je sentis le sang me monter au visage.

— Je ne sais qui vous a rapporté cette calomnie, mais je ne peux croire ma femme coupable d'avoir voulu m'empoisonner. Vous avez là un parfait exemple de comment ces crapules procèdent. En la proférant, on aura voulu me discréditer, afin de mieux détourner l'attention des vrais coupables que les sorcières ne dénonceront pas, parce qu'elles les craignent davantage encore que notre justice.

Louvois insista :

— On m'a dit que votre femme avait quitté Paris pour votre demeure du Limousin, en emmenant vos enfants. Cela n'était guère opportun, admettez-le, et ne fait qu'entretenir les rumeurs la concernant.

— Décidément, monsieur le Marquis, vous connaissez tout de ma vie. Y voyez-vous un aveu de culpabilité de sa part ?

Louvois sentit qu'il était allé trop loin.

— Bien sûr que non. Je pense, moi aussi, qu'on aura voulu se venger de vos investigations. Mais il y a ce que je pense, et il y a les rumeurs qu'il faut éteindre.

— Sachez que j'ai mandé à ma femme, pas plus tard qu'hier, de revenir à Paris, pour couper court à toutes ces insinuations.

Louvois semblait embarrassé.

— Vous avez bien fait, La Reynie, même si ce n'était pas nécessaire pour me convaincre de sa parfaite innocence. Je voulais juste vous mettre en garde contre ces ragots qui vous portent tort.

— Je partage votre point de vue, Monseigneur. Et, puisque vous faites état de doutes qu'on pourrait avoir sur l'intégrité de ma famille, je vous propose une solution bien meilleure, en vous priant d'accepter ma démission et de bien vouloir me décharger de cette enquête.

Il me jeta un regard effaré :

— Quelle mouche vous pique, La Reynie ? Vous déraisonnez !

— Pendant le cours de ces procès, je veux pouvoir être libre de me défendre si l'on s'attaque à mon honneur ou à celui de ma femme.

— Non, je vous dis ! Non, non et non ! Je n'accepterai pas votre démission. Et le roi encore moins.

— Je ne saurais pourtant être à la fois juge et partie.

— Qu'est-ce que vous me chantez là ? Vous êtes juge, et non point « partie » ! Personne ne peut conduire cette instruction mieux que vous. Vous vous grandiriez en ne tenant nul compte de cette calomnie. Je saurai désormais vous en protéger, et faire punir sévèrement ceux qui oseraient encore la colporter.

Il se tut quelques secondes en me fixant, puis :

— Reste une chose, cependant. C'est qu'il faut que vous frappiez, et que vous frappiez fort.

— Qu'entendez-vous par là, Monseigneur ?

— Le roi, tout comme moi, souhaite que vous hâtiez vos interrogatoires.

— Je ne peux aller plus vite.

— Il y a pourtant des solutions pour cela. On me dit que vous répugnez à appliquer la question.

— Mon opinion est que c'est un procédé barbare et qu'il est indigne de notre époque…

Il me coupa de nouveau :

— Vous avez l'âme trop sensible, monsieur le Lieutenant général. Le roi exige désormais que vous la fassiez appliquer. Aussi bien l'ordinaire que l'extraordinaire. Il nous faut des noms, à présent ! N'avez-vous pas laissé entendre que notre souverain serait menacé dans sa vie ? Nous savons par d'autres sources que des espions anglais sont sur notre territoire et que, chez eux, une partie de l'opposition à leur roi, inquiète de le savoir favorable à notre pays et surtout au catholicisme, soupçonne un complot papiste de vouloir l'assassiner pour le remplacer par son frère Jacques, de confession catholique.

— C'est fâcheux pour notre alliance, en effet, mais quel rapport avec notre roi ?

— Il n'est pourtant que trop évident : nous soupçonnons le parti protestant whig, qui vient d'obtenir la majorité des sièges à leur Chambre des communes, de fomenter un complot, non seulement chez eux, mais aussi chez nous pour assassiner notre roi. Vous garderez cette information pour vous, mais elle vous expliquera pourquoi nous voulons que vous hâtiez votre procédure en usant de la question.

Je restai un moment silencieux, réfléchissant à ce qu'il venait de m'apprendre. Cette information, provenant de toute évidence de nos services secrets, pourrait rejaillir sur mon enquête, mais il était encore trop tôt pour que j'en tire profit.

— Alors, La Reynie ? J'attends !

Je revins au problème de la question, et lui demandai s'il avait lui même assisté à l'un de ces supplices, celui de l'eau par exemple. Il eut l'air surpris :

— Ce n'est pas du ressort d'un ministre de la Guerre. Et ce n'est pas ce qui me fera changer d'avis sur la nécessité de l'employer.

— Permettez-moi quand même de vous le décrire. On fait asseoir l'accusé sur un tabouret de pierre ; on lui attache les poignets à deux anneaux de fer fixés à un mur, distants l'un de l'autre, derrière son dos ; puis les deux pieds à deux autres anneaux qui tiennent à un autre mur devant lui ; on tend toutes les cordes avec force ; et lorsque son corps commence à ne plus pouvoir s'étendre, on lui passe un tréteau sous les reins et on tend encore les cordes jusqu'à ce que le corps soit à l'extrême limite de sa tension. L'homme chargé de lui appliquer le supplice tient alors d'une main un entonnoir qu'il lui a enfoncé de force dans la gorge, et de l'autre lui fait avaler quatre pintes pour la question ordinaire et huit pintes pour…

Louvois se leva brusquement, avec un soupir d'exaspération :

— Il suffit, La Reynie. Je suis débordé de travail et je ne vous ai pas convoqué pour que vous me donniez un cours d'instruction criminelle. Contentez-vous d'appliquer les directives que je vous ai transmises au nom du roi. Ce sont des ordres, m'avez-vous compris ?

Je savais qu'il n'y avait plus de discussion possible. Si cette affaire touchait à présent de près ou de loin à la sûreté de l'État, il n'y avait plus qu'à m'incliner et obéir.

Je m'apprêtai à sortir, quand il me rappela :

— Et ne faites pas attendre la marquise. C'est une excellente occasion pour vous d'en savoir davantage sur cette Des Œillets dont elle est fort entichée. Elle sera sans doute encore en sa compagnie, et je suis certain que cette femme peut nous apprendre beaucoup.

Quand j'entrai dans les appartements de la marquise, elle était en effet en train de jouer aux dés avec Des Œillets. Elles se levèrent fort aimablement et je les saluai.

— Ainsi, monsieur de La Reynie, après avoir éclairé les rues de Paris et nettoyé ses nuits des truands qui les infestaient, vous voici chargé de vous attaquer à ses devineresses et ses magiciennes ? Rassurez-moi : ne sera-t-il plus possible de nous faire dire les tarots, lire les paumes des mains ou le marc de café sans passer pour des possédées du Démon ou de dangereuses criminelles ?

— Il conviendra de ne pas se tromper de personne ou d'adresse.

— Et qui nous en dressera une liste sûre ?

— Votre serviteur, avec l'aide de la Chambre de l'Arsenal.

Les deux femmes se lancèrent un regard qui me parut chargé d'inquiétude. J'étais de nouveau impressionné par la grâce de la marquise. Sa vivacité d'esprit et son intelligence aiguë étaient connues dans tout Paris comme à Versailles ou à Saint-Germain, et plus d'un courtisan avait essuyé ses traits mordants. Elle avait un art extrême pour imiter les façons de se mouvoir ou l'intonation de ceux dont elle voulait se moquer, et cela n'avait pas été l'un de ses moindres atouts pour séduire le roi que d'avoir su le faire rire avec ses imitations. Mais il y avait évidemment eu une contrepartie à ce talent : celle de lui avoir constitué au fil des années une véritable armée d'ennemis.

Je me demandai avec une nuance d'inquiétude comment elle saurait m'imiter auprès de lui, dès que je serais sorti. Mais peut-être le roi ne s'amusait-il plus à ces jeux, désormais. Après dix ans de cette liaison, dont il avait eu sept enfants, il n'avait plus d'yeux que pour sa nouvelle conquête, une demoiselle de Fontanges qui avait vingt ans de moins que la marquise, et il avait fait d'elle officiellement sa deuxième favorite. Cette Fontanges était d'une grande beauté, les cheveux châtain très clair tirant sur le roux, un teint de lait, les yeux bleu-gris, la taille flexible et un port de tête digne de séduire tous les puissants de ce monde. On disait que c'était Mme de Montespan elle-même qui l'avait présentée à son royal amant, espérant ainsi le détourner de la marquise de Maintenon, qui commençait à retenir ses faveurs. Mais il n'en avait rien été, et la marquise enrageait d'avoir à présent deux rivales au lieu d'une.

— À quoi songez-vous, monsieur de La Reynie ? Vous ne semblez pas avec nous…

Mme de Montespan me tira de la rêverie dans laquelle j'étais tombé. Je n'eus pas le temps de répondre, car elle enchaîna :

— Vous êtes un honnête homme et je vous fais confiance. Tâchez seulement de vous montrer un peu indulgent et de permettre aux innocentes comme Mlle des Œillets et moi-même de croire encore aux divinations comme à la puissance des astres. Vous nous trouvez sans doute bien naïves ou bien sottes, mais que pourrait valoir notre présent, si nous devions nous résigner à ne rien connaître de notre avenir ?

Je souris devant ce mot.

— J'y veillerai d'autant mieux, Madame, que c'est vous qui me le demandez avec l'esprit qui vous est coutumier.

Elle s'approcha de moi si près que nos visages n'étaient plus qu'à une coudée à peine. Tout en elle dégageait une telle sensualité que je me sentis soudain aussi désarmé qu'un jeune garçon qui découvrirait le pouvoir des femmes. Elle murmura :

— Dites-moi quand même encore quelque chose, si vous le permettez. On me dit que les sorcières que vous interrogez ne cessent de vous livrer des noms haut placés de la cour. Je m'inquiète qu'elles n'aient poussé leur insolence jusqu'à citer le mien ou celui de mon amie Mlle des Œillets. Pouvez-vous nous rassurer à ce sujet ?

J'avais du mal à me dégager de l'emprise qu'elle venait de prendre sur moi, et balbutiai presque :

— Il n'a jamais été question de vous dans aucun de leurs interrogatoires. Et, si cela devait advenir, votre parole me suffirait.

Elle se dégagea en se tournant vers Des Œillets :

— Vous voyez bien, Claude, que nous avions tort de nous inquiéter.

Je m'étais ressaisi et repris :

— M'assurez-vous, de votre côté, n'avoir jamais rencontré une certaine Catherine Montvoisin, qu'on surnomme la Voisin, que j'ai arrêtée et qui me semble propre à vouloir compromettre le plus de monde ?

— Je peux vous l'assurer, Monsieur. C'eût été grand injure que j'eusse faite au roi, puisqu'il me l'avait interdit.

Je jetai un coup d'œil vers Mlle des Œillets :

— J'aurais la même question à poser à votre amie.

Les deux femmes échangèrent un nouveau regard.

— Eh bien, parlez, Claude, insista la marquise, et répondez franchement à la question que vous pose M. le Lieutenant général.

Des Œillets prit un air embarrassé :

— Il m'est arrivé de rencontrer cette femme. Elle m'avait été recommandée comme une faiseuse de remèdes. Elle est réputée pouvoir guérir toutes sortes de petits tracas que nous autres femmes sommes seules à connaître.

— Malheureusement pour elle et pour certains de ses clients, sa réputation s'étend aussi à des médecines beaucoup moins innocentes, qui soulagent un tout autre genre de tracas.

La marquise vola au secours de son amie :

— Nous l'avons entendu dire, en effet. Mais la calomnie et la persécution n'ont-elles pas toujours été le lot des personnes d'exception qui dérangent les opinions toutes faites ?

— Certes, c'est arrivé plusieurs fois pour certains savants en avance sur leur temps. Mais votre mot de « persécution » est bien disproportionné, tout comme celui de « personne d'exception » à son propos. Sachez que j'ai visité sa demeure et son jardin, et je vous épargnerai la description des horreurs que j'ai pu y trouver. Si cette personne est d'exception, comme vous dites, ce serait plutôt dans le domaine du crime organisé que dans celui de la science.

Je me tournai de nouveau vers Des Œillets :

— Quand l'avez-vous vue pour la dernière fois ?

— J'avais rendez-vous avec elle à la sortie de la messe, un dimanche, devant l'église Notre-Dame-de-Bonne-Nouvelle. C'est le jour où vous l'avez arrêtée, je crois.

— Vous êtes bien renseignée, je vous en félicite.

— Je n'y ai pas de mérite, car la nouvelle s'en est répandue aussitôt dans toute la cour, et plus d'une personne se trouve consternée d'être privée de ses services, lorsqu'ils lui étaient utiles.

— Elle vous a remis quelque chose, n'est-ce pas ?

— Une fiole, oui.

— Puis-je vous demander ce qu'elle contenait ?

— Un remède contre les cors aux pieds.

Je ne pus retenir un sourire, croyant qu'elle se moquait :

— Est-il possible ! J'avais toujours pensé jusqu'à présent qu'une telle affection ne touchait que des personnes arrivées à un certain âge, qui n'est certes pas le vôtre.

Elle hocha la tête négativement, de l'air le plus contrit du monde.

— Eh bien non, Monsieur. Cela provient des chaussures que nous portons, qui ne sont pas faites pour éviter ces inconvénients. La hauteur de leurs talons et l'étroitesse de leurs embouts en sont les causes.

Je jetai un coup d'œil vers la marquise. Elle me paraissait inquiète de l'interrogatoire que je faisais subir à sa dame de compagnie.

— Pourrais-je voir cette fiole ?

— Je pense l'avoir jetée après en avoir fait l'usage.

— Vous le pensez, ou vous en êtes sûre ?

— J'en suis sûre.

La marquise intervint, affectant un ton ironique :

— Je ne sais, Monsieur, si Mlle des Œillets avait de plus noirs desseins que celui de soigner ses cors aux pieds, mais je peux me porter garante qu'elle est bien affectée de ce mal et qu'il m'arrive d'en souffrir aussi, comme presque toutes les femmes de la cour.

Je lui jetai un regard surpris :

— Très bien, Madame. Quelle meilleure caution votre amie pourrait-elle trouver que la vôtre !

Nous restâmes un moment les yeux dans les yeux, comme deux adversaires destinés à nous retrouver dans un combat plus difficile. Je ne doutai pas que j'aurais alors affaire à forte partie et qu'il faudrait que j'assure fortement mes assises si je voulais espérer lui tenir tête.

16

Dimanche 15 avril 1679

À la mi-avril 1679, la Chambre de l'Arsenal commença à fonctionner, et son Président me manda de lui transmettre les dossiers que j'estimais prêts à être jugés. La Bosse fut l'une des premières inculpées. Tout au long de son procès, elle fut impressionnante de calme et d'impassibilité, opposant aux juges une sorte d'indifférence ironique, parfois même une franche insolence et même du mépris. Le 10 mai 1679, elle fut condamnée à mort en même temps que quelques autres empoisonneuses de moindre acabit.

Elle était considérée comme une spécialiste de l'empoisonnement par des chemises. Le procédé en était aussi efficace que difficile à détecter. En imprégnant le tissu d'une chemise d'arsenic, son contact avec la peau de la victime provoquait la mort dans un délai de quelques semaines. Cela me confirma ce que j'avais appris des placets empoisonnés, à savoir qu'il n'était nul besoin d'ingestion par voie orale pour être atteint mortellement. La Bosse eut droit au bûcher. Pour parfaire son mépris de la religion, alors que le prêtre venait lui présenter le crucifix, elle cracha sur le visage du Christ, et cria à l'homme en noir :

« Dis plutôt à ton Dieu de prier pour lui-même, il en a plus grand besoin que moi. »

La mise en place de ces procès, des exécutions qui s'ensuivaient, et la poursuite de mes nouvelles investigations, m'avaient détourné de la pensée de Mathilde, d'autant que mon entrevue avec le père Pallu m'avait décidé à tout faire pour remettre mon couple sur pied. Je sentais bien que la reprise de mes rapports avec Mathilde, même s'ils étaient restés professionnels, continuait de me troubler, et je me demandais s'il ne faudrait pas que je cessasse définitivement de la voir. D'un autre côté, je devais continuer de la protéger, puisque c'était moi qui l'avais mise en danger.

Bien que j'eusse fait porter la lettre à ma femme par un messager à cheval, et non par une poste, je savais qu'il faudrait à mon homme quatre jours pour atteindre notre château en Limousin. Le temps que Gabrielle me réponde, il se passerait trois ou quatre jours de plus. Si elle accédait à mon désir, il lui faudrait organiser son retour et voyager en coche avec nos enfants pendant une bonne semaine. Je ne m'attendais donc guère à la revoir avant la fin du mois ou au début du suivant. Il serait temps, d'ici là, de mettre au clair mes rapports avec mon ancienne maîtresse et de sortir de mes ambiguïtés. J'en étais là dans mes réflexions, quand mon adjoint Delamare me dit que Mathilde avait de nouveau demandé à me voir, ayant d'autres informations à me donner.

Je la retrouvai dans la même auberge et la même chambre, quelques heures plus tard. J'avais hâté notre rencontre, car j'étais impatient de la revoir et comptais en profiter pour vérifier qu'elle était bien en sécurité et n'avait ressenti aucun danger contre elle depuis notre souper avec la Voisin et Lesage. Elle commença par me révéler qu'elle avait pénétré le cercle des amis de la comtesse de Lormont, et mieux encore, celui de son frère, le marquis des Brisiers. Je compris à demi-mot qu'elle avait accordé ses faveurs à cet homme, et ne pus m'empêcher de ressentir un pincement de jalousie. Je m'efforçai de rester impénétrable et l'écoutai me rapporter ce qu'elle avait appris de lui.

Il semblait que les arrestations et les perquisitions que j'avais fait opérer depuis un mois provoquaient une certaine inquiétude dans le petit groupe de conjurés qui entouraient le marquis. Je lui demandai si elle avait assisté à des réunions de ces conspirateurs, mais elle me dit qu'elle n'y avait jamais été admise, bien qu'elle eût manifesté au marquis sa sympathie pour leurs idées. D'après ce qu'elle en savait, aucune femme n'y était présente, et surtout pas la comtesse de Lormont qui les désapprouvait. Celle-ci aurait même été jusqu'à menacer son frère de le chasser de son hôtel, s'il continuait à comploter, pour qu'il ne la compromît pas aux yeux de la cour. Chacun savait en effet qu'elle entretenait elle-même une liaison avec le marquis de Louvois.

— Avez-vous entendu Brisiers parler de contacts qu'il aurait pu avoir avec des Anglais ?

— Je sais qu'il se rend parfois en Angleterre pour ses affaires et qu'il reste en contact avec des marchands, mais rien de plus.

— N'a-t-il pas évoqué la visite en France de certains d'entre eux ?

— En effet. Il a parlé devant moi d'un commerçant en draperies et tissus qui devait venir examiner les marchandises que le marquis se proposait de lui vendre afin qu'il lui servît d'intermédiaire pour contourner le boycott que la France impose au commerce avec l'Espagne, du fait des hostilités.

Je renonçai à lui dévoiler les soupçons que Louvois m'avait exposés concernant des espions que le parti whig enverrait en France pour aider d'éventuelles conspirations criminelles. Ce marchand pouvait en être un, mais je ne souhaitais pas pousser Mathilde à en savoir davantage, craignant qu'elle ne commît une erreur et s'exposât à être découverte comme l'une de mes informatrices. Cette fois, je n'étais pas disposé à lui faire prendre le moindre risque.

Elle m'apprit que la Voisin avait compris le rôle qu'elle avait joué. Un concours de circonstances avait voulu qu'elle fût venue faire son rapport à Delamare le jour où ses gardiens emmenaient la Voisin de sa cellule du Châtelet au donjon de Vincennes. La porte du bureau de Delamare donnant sur le couloir étant restée entrouverte, la Voisin l'avait aperçue, réussi à échapper à son escorte et s'était jetée sur elle, folle de rage. Les archers avaient eu beau se précipiter pour la contenir, elle lui avait saisi le cou à deux mains et fait tomber à la renverse sous le choc. Sa force décuplée par la rage, elle avait commencé à l'étrangler, et sa prise était si puissante qu'il avait fallu plusieurs policiers pour parvenir à les séparer.

Tandis qu'ils l'emmenaient, la Voisin avait continué de se débattre entre leurs mains comme une démente, en criant dans sa direction : « Sale chienne, tu paieras ! Tu m'as trahie, tu paieras pour tout ! » Mathilde m'avoua avoir eu la plus belle peur de sa vie. Je m'inquiétai des blessures que l'assaut de cette méchante femme avait pu lui causer. Elle me répondit qu'elle en était restée choquée pendant deux jours et n'avait pas quitté son lit, à cause de fortes douleurs dans son dos dues à sa brutale chute en arrière, mais que cela s'était atténué peu à peu et qu'elle ne gardait plus à présent que quelques marques autour du cou.

Je demandai à les voir. Elle entrouvrit légèrement le ruban qui masquait sa gorge et que j'avais pris pour une coquetterie de parure. La malheureuse avait en effet les traces des mains de l'empoisonneuse toujours imprimées sur sa peau. J'eusse mieux fait de ne pas lui demander de se découvrir, car cela provoqua en moi le souvenir de son corps et raviva encore plus fortement mon désir pour elle, que je m'efforçais pourtant de combattre. Elle le comprit sans doute à mon regard, car elle se recouvrit aussitôt.

Je restai affreusement mal de me sentir responsable de son agression, et j'étais en même temps furieux d'être toujours troublé par elle. J'essayai de la rassurer en lui déclarant que j'avais mis au secret la Voisin, sa fille et Lesage, et sélectionné les gardiens chargés de les surveiller, mais je ne cessai de penser que Morgeac m'avait échappé au moment de notre perquisition, et qu'il avait forcément compris, lui aussi, ce qui s'était passé. Comment et quand la Voisin avait-elle réalisé que Mathilde m'avait aidé à lui tendre un piège, et reconnu pour qui j'étais ? Elle ne m'avait pourtant vu que séparément sous mon déguisement de commerçant, ou sous mon habit de lieutenant de police. J'étais à peu près sûr aussi de n'avoir pas été suivi à ma sortie du souper que Mathilde avait donné chez elle, mais elle avait peut-être eu d'autres occasions pour imaginer qu'un piège lui avait été tendu. Elle pouvait aussi n'avoir tout découvert que d'un seul coup, en l'apercevant assise dans le bureau de Delamare comme si elle était familière des lieux.

La voix de Mathilde me tira de ces pensées :

— Remettez-vous, mon ami. Vous semblez si inquiet que vous ne pouvez que me faire peur, au lieu de me rassurer.

Je lui demandai si Delamare avait bien pris les mesures que je lui avais demandées pour la protéger. Elle me dit qu'il avait mis un de ses hommes à sa disposition pour garder l'hôtel où elle habitait. Je me mis en colère, car je lui avais prescrit de lui en accorder au moins deux. Elle m'assura qu'il n'y était pour rien, et que c'est elle-même qui avait souhaité le plus possible de discrétion pour ne pas effrayer le propriétaire qui lui louait les lieux et eût pu s'en étonner, peut-être même lui donner son congé. Elle jugeait aussi inopportun qu'on la protégeât dans son travail de comédienne, craignant de devoir répondre aux questions de ses partenaires et que cela ne les décourageât de l'employer, s'ils s'étaient mis à redouter un incident pendant une représentation. Je haussai les épaules, furieux. C'était de la folie qu'elle s'exposât ainsi, lorsqu'elle allait à son théâtre ou en revenait, et elle aurait déjà pu, dans ces conditions, se faire agresser mille fois. Elle monta de ton, elle aussi, et me dit qu'après tout, c'était sa vie, et pas la mienne. Je ne répondis rien, mais décidai de prendre à son insu toutes les mesures que je jugeais indispensables pour sa sécurité.

Comme je m'étonnais pour finir que Delamare ne m'eût pas mis au courant de l'incident qui était survenu, elle me dit que c'est elle aussi qui l'avait exigé. Elle avait préféré la plus grande discrétion, même à mon égard, pour ne pas nuire à son crédit d'agent secret, qui nécessitait le plus grand anonymat.

— Décidément ! soupirai-je, faisant mine de me résigner.

Elle me sourit, comme attendrie par mon obstination de policier. Plus je la regardais, plus je me sentais incapable de rompre l'attachement que j'éprouvais pour elle. Je ne sus que me plaindre qu'elle m'ait tenu à l'écart de tout, aussi bien des menaces qui pesaient sur elle que de la reprise de son métier de comédienne.

— Je n'ai pas commencé à jouer, répondit-elle. Pour l'instant, nous ne faisons que répéter, et je ne suis pas certaine d'être choisie pour interpréter le rôle que je travaille. Il s'agit, je vous l'ai dit, du *Tartuffe* de Molière, et je suis pressentie pour le personnage de Marianne.

— Il vous ira fort bien.

— J'en suis moins sûre que vous. Je me trouve un peu âgée, et j'eusse préféré jouer Elmire, si la place n'était prise par Armande Béjart, qui y excelle et avec laquelle je ne puis songer à rivaliser.

Je restai silencieux, torturé par le désir que j'éprouvais de la prendre dans mes bras, autant que par la jalousie de savoir qu'elle se donnait au marquis des Brisiers, qui représentait tout ce que j'étais chargé de combattre. Et, par une ironie du destin, c'était à ma propre demande qu'elle le faisait. Elle continuait de parler, mais je ne l'écoutais plus, ne pouvant m'empêcher de l'imaginer nue en train de jouir entre les bras de cet homme que je haïssais de toute mon âme. Comment la prenait-il ? Qu'exigeait-il d'elle dans l'amour ? Était-il caressant ou brutal ? Je me sentais me consumer de douleur des pieds à la tête, et m'en voulais en même temps d'éprouver ces sentiments, alors que j'aimais Gabrielle, et que j'enrageais d'impatience de son retour. Pourquoi étions-nous ainsi faits que nous pouvions éprouver en même temps deux affections sincères et deux désirs pour deux femmes différentes, sans avoir le sentiment de les tromper ?

— Vous la remplacerez donc ? lui demandai-je, ne sachant plus où elle en était de ses explications sur son métier de comédienne.

Elle sourit, amusée par ma distraction évidente.

— Je viens de vous le dire : seulement si la fragilité de leur enfant l'oblige à rester près de lui plus que de coutume.

— Je comprends, je comprends, répétai-je stupidement, la tête ailleurs, vagabondant dans la pensée de son corps nu.

Le temps de nouveau s'éternisait entre nous, sans que nous pussions parvenir à détacher nos regards l'un de l'autre. Elle semblait attendre que je fasse un geste vers elle, mais j'en étais incapable, mesurant d'avance où cela nous conduirait, tant la grâce de ses yeux me laissait entendre qu'elle éprouvait autant de désir pour moi que j'en ressentais pour elle. Elle se détourna et soupira :

— Je crois que je vous ai tout dit et qu'il ne reste plus qu'à nous séparer. Ou plutôt non, une chose encore : j'ai oublié de vous parler d'un certain Romanelli. Le connaissez-vous ?

— Bien entendu, s'il s'agit du chemisier auprès duquel il arrive au frère du roi et au Dauphin de se fournir de temps à autre, et probablement, j'imagine, d'autres courtisans de la cour ?

— C'est cela. Il lui arrive en effet de fournir également le marquis des Brisiers et d'autres nobles de son entourage.

— Vous l'avez constaté par vous-même en examinant de près les vêtements du marquis, j'imagine ?

Elle esquissa un sourire :

— Un matin où je me trouvais dans son intimité, ce Romanelli est venu en effet lui livrer quelques chemises, qu'il lui a fait essayer devant moi.

« Dans son intimité » ! Je venais de recevoir un nouveau coup de couteau dans le cœur et l'atroce brûlure de la jalousie m'avait repris. J'avais de nouveau l'impression de la voir dans la chambre du marquis, au lever du lit après une nuit d'amour, peut-être même encore dans ses draps, et cela m'était intolérable. Je me tournai vers la fenêtre pour m'évader en pensée au-dehors, mais ces images ne quittaient pas mon esprit.

Elle poursuivit :

— Il faut convenir que son idée de remplacer les cols à rabat par des cravates fait fureur à la cour…

Je me retournai et la coupai sèchement :

— Je ne suis pas venu vous écouter me donner un cours de mode, ni me vanter l'élégance de votre marquis.

— Je veux seulement attirer votre attention sur le fait que de nombreux membres de la cour, et peut-être l'un des chefs d'une conspiration contre le roi, disposent du même fournisseur pour leurs chemises. Est-ce que cela ne vous fait pas réfléchir ?

— Quoi d'étonnant ? N'est-ce pas le but suprême des lanceurs de mode que de se faire adopter par les familiers du roi, puis par le roi lui-même, pour être suivi par tous les courtisans, comme un berger l'est par son troupeau ?

— Je m'étonne que votre instinct de policier ne vous avertisse pas au moins d'un danger.

— Venant de ce Romanelli ?

— Eh bien, oui. Connaissant les procédés dont usent parfois les sorcières en passant les chemises de leurs victimes à l'arsenic, j'ai soudain éprouvé un soupçon…

— Romanelli, un empoisonneur ? Ce petit homme, qui pue la flagornerie et la lâcheté du courtisan ? Ce n'est qu'un aventurier sans envergure, qui a exercé un peu tous les métiers. Je me demande d'ailleurs comment il a pu acquérir aux yeux de certaines dames de la cour cette réputation de chemisier, qui lui a valu la faveur du roi.

— D'après ce que j'en ai entendu, ce serait grâce à Mlle de Fontanges. Comme les tissus qu'il lui avait présentés lui avaient plu, elle se serait fait tailler dedans des robes, et le roi les aurait remarqués. Romanelli aurait alors estimé qu'il serait sot de ne fournir que des tissus, et c'est là qu'il aurait décidé de se lancer lui-même dans la confection de chemises. Il n'a eu pour cela qu'à s'entourer de bons coupeurs.

J'étais surpris qu'elle en sût autant sur ce petit personnage, et voulus savoir de qui elle avait obtenu tous ces renseignements.

— N'est-ce pas le rôle d'une bonne espionne de se renseigner sur tout et sur chacun sans rien négliger ? me répondit-elle.

Je me contentai de hausser les épaules.

— N'importe ! Je n'arriverai jamais à croire qu'un si petit personnage pût caresser des desseins aussi grands que l'assassinat d'un roi.

— Tant pis si je vous choque, mais je vous trouve bien imprudent. Tout ce que vous venez de me dire de son passé ne peut-il justement vous faire soupçonner qu'il est homme facilement achetable ? Ses chemises sont un véhicule de choix pour commettre un assassinat.

— Il serait démasqué aussitôt par l'analyse de ses tissus.

— Il pourrait prétendre qu'ils ont été empoisonnés à son insu, par un commis de son atelier ou par un livreur.

Les hypothèses qu'elle suggérait étaient plausibles, mais je rechignais à l'admettre, comme un maître jaloux des intuitions et des succès de sa disciple.

— Encore faudrait-il qu'il fût acquis aux idées de nos comploteurs…

— D'après ce que j'ai pu comprendre, ce semblerait le cas.

— Vous en avez trop dit, Mathilde. Il faut que vous précisiez.

— Romanelli est aussi un sujet de moquerie pour le marquis, qui aime comme vous le traiter en dérision. Il n'empêche que, lorsqu'il essayait ses chemises, tous deux désapprouvaient d'une même voix que le roi eût écarté la noblesse du pouvoir.

— Une façon pour lui de flatter les idées de votre nouvel amant, en faisant mine de les partager, comme il doit sans doute le faire avec tous ses clients ?

Mathilde avait réagi au terme de « nouvel amant » en haussant simplement les sourcils. Venant de moi, elle avait senti qu'il était fait pour la blesser, et elle n'avait pas tort, car je l'avais émis sans le vouloir d'un ton méprisant.

— Mais non ! Cela va plus loin, me dit-elle. J'ai appris que Romanelli participait parfois aux réunions des comploteurs, dans l'hôtel de Lormont. Il semble être l'un de leurs alliés les plus convaincus. Pour le vérifier, peut-être pourriez-vous établir une surveillance autour de son atelier de fabrication ?

Elle manifestait incontestablement un vrai talent pour l'enquête et la déduction, joint à un courage physique tout aussi indéniable. Elle avait, quoi qu'il m'en coûtât, toutes les qualités pour devenir une espionne hors pair. J'encaissai, beau joueur :

— Avez-vous d'autres suggestions à me faire ?

— Oui, toujours la même : vous protéger le mieux possible, vous et votre famille. Soyez persuadé que ces comploteurs vous haïssent.

— J'y veillerai, soyez-en sûre, et je vous remercie de vous mettre à ma place. Mais reprenez la vôtre et appliquez-vous vos conseils, car je suis mieux protégé que vous. Delamare a l'ordre de vous satisfaire en toute occasion, quoi que vous lui demandiez.

Le malaise que je ressentais était tel que je n'avais désormais plus qu'une hâte, la quitter.

— Il me semble que nous nous sommes tout dit ?

Elle hocha la tête affirmativement. Avant de sortir, je ne pus m'empêcher de me retourner.

— Souvenez-vous d'une chose : prenez garde à votre personne. Je tiens à vous autant qu'à moi-même.

Elle ne m'avait pas quitté du regard. Son sourire avait disparu et je crus voir des larmes percer dans ses yeux.

17

Lundi 8 mai 1679

Dès le lendemain, je demandai à Delamare de poster un homme supplémentaire en faction discrète devant l'hôtel où demeurait Mathilde, et d'en affecter un troisième à la surveillance de ses trajets jusqu'au théâtre sans se faire reconnaître d'elle. J'exigeai aussi que l'un d'entre eux lui fasse un rapport chaque soir. Je ne pus m'empêcher d'ajouter à quel point j'étais mécontent de l'incident survenu au Châtelet et de la faute insensée que lui-même ou ses services avaient commise en permettant à la Voisin d'apercevoir Mathilde. Je me dis très mécontent aussi qu'il ait accepté de se soumettre aux désirs de cette dernière de ne pas être protégée autant que je l'avais demandé, et, pire encore, de ne rien m'avoir dit de l'incident qui s'était produit et aurait pu coûter la vie à notre informatrice. Delamare encaissa sans répondre, car il se savait dans son tort.

Je m'enfermai dans mon bureau et laissai se calmer la mauvaise humeur que je ressentais contre lui, avant de le rappeler pour lui dire que j'avais décidé de faire établir une étroite surveillance autour de Romanelli, de ses employés et de son atelier de confection parisien qui se trouvait rue Neuve-Saint-Honoré, et de le suivre dans tous ses déplacements et ses rencontres. Il eut l'air surpris par cette décision, mais ne fit aucun commentaire et ne m'en demanda même pas la raison.

Comme lui, cela ne laissait pas de m'étonner qu'un homme d'aussi peu d'envergure pût être assez dangereux pour mériter un tel déploiement, mais deux précautions valaient mieux qu'une, et, après tout, Mathilde avait peut-être raison de penser que l'homme était moins anodin qu'il ne paraissait. Ce Romanelli n'avait-il pas été assez habile pour obtenir les fonds nécessaires à son établissement ? Cela demandait beaucoup de complicité avec ses bailleurs qui ne pouvaient être que des hommes fortunés ou bien placés, et peut-être était-il plus engagé que je ne le pensais avec ceux qui lui avaient rendu ces services ?

Ayant été tancé par Louvois au sujet de mon dégoût pour l'exercice de la question, je décidai de laisser les mains libres à Desgrez et Lecoq pour choisir les sorcières à qui les appliquer. De dénonciation en dénonciation, d'arrestation en arrestation, nous avions fini par mettre la main sur un grand nombre de leurs complices et de leurs fournisseurs, des droguistes pour la plupart, dont les sources étaient constituées de bergers ou de paysans installés aux lisières de la capitale. La recette pour empoisonner leurs victimes par les vêtements était simple : on mélangeait un morceau de savon noir gros comme une noix avec trois ou quatre fois autant d'arsenic, on battait bien le tout, et l'on frottait de cette mixture le bas des chemises, sur le devant et le derrière. Il fallait prendre pour cela des précautions afin de ne pas risquer de s'empoisonner soi-même. Pour les placets, c'était avec de l'arsenic réduit en poussière qu'on saupoudrait la missive. Là aussi, il fallait que le criminel, homme ou femme, prît garde de ne pas y toucher lui-même autrement qu'avec des gants, et surtout de ne pas respirer la poussière qu'il y avait répandue.

Du fait des remontrances de Louvois et de l'impatience du roi, nous en étions arrivés, à la mi-mai 1679, à près de deux cents décrets de prises de corps. La moitié à peine avait été suivie d'effet et abouti à une mise sous écrou, l'autre ayant réussi à prendre la fuite. Ce bilan donne une idée des difficultés que nous rencontrions, faute de moyens en hommes et en matériel. Nous manquions par exemple de véhicules assez rapides ou de cavaliers pour rejoindre les fugitifs, car, le temps de lancer un avis de recherche et qu'il parvînt aux agents de nos frontières, il était facile à nos suspects de passer à l'étranger sans être inquiétés.

Quelques jours plus tard, alors que je travaillais dans mon bureau, Delamare vint m'apporter quelques feuillets qu'il déposa devant moi :

— Ce sont les aveux d'une sorcière nommée Trianon obtenus sous la question extraordinaire. Ils lui ont été extorqués par Lecoq. Vous verrez qu'elle y avoue des crimes atroces : des empoisonnements, mais aussi des messes noires où l'on aurait égorgé des enfants.

— Mort-nés, j'imagine ?

— Non. Vivants, pour que leur sang puisse couler sur le ventre de la personne demandeuse.

— Mon Dieu ! murmurai-je. Comment se les procurait-elle ?

— Elle les faisait enlever ou les achetait chez ceux ou celles à qui les parents en avaient confié la nourrice.

— Qu'en disaient les parents ?

— Elle leur faisait croire qu'ils avaient disparu. Mais parfois, ce sont eux-mêmes qui les leur vendaient lorsqu'ils avaient besoin d'argent.

— Quelle monstruosité ! Et qui officiait en tant que prêtre, dans ces messes sataniques ?

— Un certain père Guibourg. C'est le nom qu'on nous a souvent donné, quelle que fût la personne que nous interrogions. Il s'était visiblement fait une place de choix sur ce marché des horreurs.

— Vous l'avez arrêté ?

— Je préfère le faire surveiller, lorsqu'il se rend chez l'une ou l'autre des personnes qui font appel à ses services. Il semble avoir ses entrées à la cour et mieux vaudrait le prendre sur le fait pour l'arrêter.

— Ce serait donc un vrai prêtre ?

— Il a été vicaire à Saint-Jacques-de-l'Hôpital, et desservirait même l'autel Saint-Marcel de la basilique royale de Saint-Denis.

Je serrai les dents pour réprimer le mélange de dégoût et de fureur que cela m'inspirait. J'avais déjà entendu des horreurs de la bouche de certaines prévenues, et j'avais pu constater, en fouillant le jardin de la Voisin, le grand nombre de petits cadavres en bas âge qui y étaient enterrés, mais je n'avais jusqu'alors jamais pensé qu'ils eussent été sacrifiés vivants, ni que ce fût un vrai prêtre qui les eût égorgés pour faire couler leur sang sur le ventre de celles qui venaient supplier Satan d'exaucer leurs désirs. Je survolai l'interrogatoire de cette Trianon, mais m'arrêtai et me tournai vers Delamare :

— Avez-vous obtenu qu'elle cite les noms des clients qui lui commandaient ces messes noires ou ces poisons ?

— Si vous allez jusqu'au bout de son interrogatoire, vous en trouverez plusieurs, et des plus connus. Mais aucun qui puisse vous intéresser dans votre recherche d'un complot. Ce sont plutôt des noms habituels de la haute bourgeoisie ou de la noblesse de robe, comme ceux qui nous ont été livrés par la Bosse. Des petits poissons aussi, qui fréquentent Saint-Germain ou Versailles, et ne sont venus trouver ces sorcières que pour régler des conflits banals d'ordre privé : intérêt, jalousie, frustrations ou désirs contrariés, cocufiage…

Je jetai un regard accablé à mon adjoint et soupirai :

— Ce Guibourg sera un témoin capital pour notre enquête. Gardez-le sous surveillance, si vous estimez qu'il nous est plus utile en liberté, mais faites en sorte qu'il ne vous file pas entre les doigts, ou qu'il ne profite pas de cette liberté pour commettre de nouveau l'irréparable.

— Comptez sur moi, monsieur le Lieutenant général.

— Merci, Delamare. Ce sera tout.

Il allait sortir, quand une question me traversa l'esprit :

— Au fait, nous n'avons pas parlé d'elle depuis un moment, avez-vous des nouvelles de Mathilde ?

— Non. Je ne l'ai pas vue depuis plusieurs jours.

— Est-ce habituel ?

— Oui. Elle ne demande à me voir que si elle a du nouveau.

— Et avez-vous bien placé à sa surveillance deux nouveaux gardes ?

— Bien sûr.

— Vous font-ils un rapport régulier chaque soir ?

Delamare sembla changer de visage et murmura :
— Non, pas depuis deux jours.

Je me levai brusquement de mon bureau et criai :

— Vite, Delamare ! Vite ! Et quatre archers avec nous, tout de suite.

Un quart d'heure plus tard, nous étions devant le portail de l'hôtel dont Mathilde louait le deuxième étage. Aucun des deux gardes n'était présent. Nous nous précipitâmes dans l'escalier que nous montâmes quatre à quatre, accompagnés de deux de nos archers, en laissant deux autres devant la porte pour prévenir toute fuite éventuelle. Je frappai, mais personne ne répondit. J'insistai à plusieurs reprises, tambourinant violemment, et, comme cela restait sans réponse, je jetai un coup d'œil sur Delamare. Il était aussi blême que moi. Me tournant vers nos deux gardes, je leur fis signe d'enfoncer la porte.

Dès que nous entrâmes dans l'appartement, une forte odeur de décomposition nous saisit, et nous sortîmes tous d'un même mouvement un mouchoir de nos poches pour nous en couvrir les narines. Le cadavre de la jeune femme qui servait de femme de chambre à Mathilde gisait sur le sol dallé, entouré d'un nuage de mouches. En la retournant, Delamare me fit constater qu'elle avait été égorgée. Son visage baignait dans une flaque de sang. Je courus vers la chambre de Mathilde et y trouvai le même spectacle d'horreur. Elle était à demi nue sur le lit. Sans doute avait-elle été violée avant d'être égorgée à son tour. Ses yeux grands ouverts étaient révulsés, et c'est Delamare qui les lui ferma, car je me sentais si mal qu'il me fallut m'asseoir pour ne pas tomber.

Comme dans un brouillard, j'entendis la voix de mon adjoint murmurer aux gardes qui lui montraient quelque chose qu'ils avaient saisi avec un de leurs mouchoirs près de son cadavre :

— C'est sa langue ! On la lui a coupée.

La voix d'un garde commenta :

— C'est la coutume, chez les truands, pour désigner que leur victime était une mouche et signer la raison de leur assassinat.

Deux jours plus tard, on retrouva dans des ruelles de Paris les cadavres égorgés des trois policiers chargés de surveiller Mathilde, jetés parmi des ordures.

18

Lundi 15 mai 1679

La mort tragique de Mathilde restait imprimée en moi. Ces yeux grands ouverts et horrifiés, cette bouche sanglante après cette horrible mutilation, cette gorge entaillée, ces jupes retroussées sur son intimité, ce spectacle d'épouvante était, de jour comme de nuit, un ineffaçable reproche. Delamare lui aussi était effondré d'avoir laissé passer deux jours sans se soucier de ses nouvelles. J'étais si bouleversé par cette découverte macabre, que je renonçai à l'enfoncer davantage dans ses erreurs. Il semblait lui-même si affecté des fautes qu'il avait commises dans son service qu'il m'offrit sa démission. Je la refusai et lui donnai mes instructions pour qu'il trouve le moyen de faire enterrer Mathilde dans le cimetière de l'abbaye de Saint-Germain-des-Prés. Je me sentais incapable d'y assister, ni de retourner à mon travail pour reprendre mes responsabilités de lieutenant général, encore moins celles d'Instructeur auprès de la Chambre Ardente chargée de juger ces crimes.

C'était une partie de moi-même qui m'avait été arrachée, et je bus plus que de coutume pour essayer de calmer la douleur que j'en éprouvais. Mathilde était la seule femme que j'avais aimée autant qu'Antoinette et Gabrielle, mes deux épouses légitimes, les mères de mes enfants. Je m'en voulais terriblement d'avoir eu l'idée de tendre ce piège à la Voisin et à Lesage. Cette idée m'était d'autant plus insupportable que j'eusse dû lui enjoindre, dès le début, de renoncer à ses projets d'agent secret, et de ne plus se consacrer qu'à son métier de comédienne, où elle excellait si fort. Je pensai en même temps que j'exposais mes enfants et Gabrielle aux mêmes risques que ceux que j'avais fait subir à Mathilde, et qu'il se pouvait bien que j'en fusse un jour cruellement puni. Faute de pouvoir s'en prendre directement à moi, du fait de la protection dont je disposais, il était plus simple pour ceux qui me haïssaient de s'attaquer à ceux qui m'étaient les plus chers.

Pendant ces huit jours où je ne fus plus moi-même, je songeai à quitter mon métier et à me réfugier pour toujours dans ma demeure familiale du Limousin, de façon à cesser tout contact avec le crime et les criminels et à fuir la colère que le roi ne manquerait pas d'éprouver à mon égard, si j'obligeais Louvois à accepter ma démission. Car, dans l'état de fureur et de haine que j'éprouvais contre ces monstres de sorcières, de magiciens ou de faux prêtres, retourner à Vincennes pour continuer à les interroger me paraissait insupportable. Pis : je craignais de prendre plaisir à leur appliquer les tortures de la question dans leurs plus grandes rigueurs, et à devenir aussi monstrueux qu'ils l'étaient eux-mêmes. Outre le dégoût que j'eusse éprouvé pour ce que je serais devenu, ne leur aurais-je pas accordé une victoire, en devenant le même qu'eux ?

Je tournais et retournais ces idées noires dans ma tête, inconscient de la grossièreté avec laquelle je traitais sans ménagement les domestiques qui osaient venir interrompre la fureur galopante de ma mélancolie. Ils me montaient mes repas dans ma chambre, et je refusais d'en sortir ou de recevoir quiconque se présentait à la porte de ma maison. C'est ainsi que mon valet de chambre éconduisit mes adjoints Delamare, Desgrez et Lecoq, qui se présentèrent pour demander de mes nouvelles. Je poussai même un jour l'insolence, à ce qu'on me raconta lorsque je fus dégrisé, jusqu'à invectiver depuis une fenêtre de ma chambre, en tenue débraillée et dans un discours incohérent, le Président Boucherat de la Chambre Ardente, venu s'inquiéter de mon absence aux procès et me demander une explication.

Le soir d'une dernière crise d'alcool, je reçus une lettre de Gabrielle, qui se disait désolée d'avoir tardé à me répondre. Elle était allée avec nos enfants passer une dizaine de jours dans la propriété d'une voisine de nos amies, et n'avait eu connaissance de ma missive qu'avec beaucoup de retard. Elle semblait bouleversée par ma lettre, me disait sa reconnaissance de lui avoir pardonné, et se sentait folle de bonheur à l'idée de me retrouver, après ce que je lui avais écrit. Il lui faudrait cependant différer son départ d'encore quelques jours, car des ouvriers travaillaient sur notre toiture endommagée par de fortes grêles pendant l'hiver, et elle ne pouvait pas confier la surveillance de ces travaux à notre intendant, car il venait de s'absenter pour se rendre au chevet de sa mère, gravement souffrante. Mais les couvreurs en auraient fini d'ici quelques jours, et elle prendrait aussitôt la route pour Paris. En comptant le délai qu'avait pris sa lettre pour m'arriver, celui que prendraient sans doute les travaux de couverture et celui de son voyage de retour, il me restait, d'après mes calculs, au moins deux bonnes semaines à l'attendre. Je bénis le destin de m'avoir accordé ce délai pour essayer de me refaire un autre visage et une autre humeur après le coup qui m'avait été asséné.

Dès que je fus à jeun et propre, j'allai au Châtelet où Delamare m'apprit que, ne sachant comment joindre la famille de Mathilde ni même si elle en avait une, il s'était occupé de ses obsèques comme je le lui avais demandé. Elle avait été inhumée religieusement dans l'enceinte de l'abbaye de Saint-Germain-des-Prés, grâce à l'autorisation qu'en avait donnée son supérieur, l'abbé Mabillon. Je m'y rendis aussitôt en compagnie de Delamare, pour le remercier de sa complaisance. Ce brave homme d'Église avait fait mine de croire à la déclaration de Delamare qui lui avait présenté Mathilde comme une marchande, connue pour sa piété et donatrice à l'Église de nombreux cadeaux anonymes. Sa profession de comédienne lui eût sinon interdit d'être enterrée chrétiennement, encore l'une des hontes de notre époque.

Delamare me remit quelques objets personnels et papiers qu'il avait trouvés chez elle, en fouillant son appartement. Il n'y avait là rien que de très banal : des correspondances, des billets d'admirateurs, les ustensiles habituels au maquillage de scène et à ceux de la ville, quelques bijoux et deux petits coffrets en bois précieux, renfermant des souvenirs personnels, des miniatures d'hommes et de femmes, peut-être ses parents, peut-être des amoureux ou des amies chères ? Mais aucun signe, aucun nom, aucune date à leur envers. Je constatai avec dépit que je ne figurai nulle part, pas un papier, pas une lettre, pas un seul souvenir de moi. Parmi ses papiers personnels, un poème attira mon attention, bien que je n'en comprisse pas le sens :

La lune est parfois rousse
Ocre par-dessus les toits
Rouge pour qui la voit
Malgré son ivresse douce

Onyx et chat zébré
Ne sont que les signes vains
Tracés pièges divins
En noirs chatons calibrés

Suivez donc plutôt celle
Tôt ou tard qui passera
Le masque elle prendra
Aussi l'épée de la nuit

Tout est ainsi changeant
En homme ou femme selon
Tendances ou passions
Et si l'on est noir ou blanc

Était-ce un poème qui lui avait plu et qu'elle avait recopié ? Il évoquait l'inspiration de certains de nos poètes baroques du début du siècle, comme Jean de Sponde ou Saint-Amant, dont je la savais friande. Était-il de son invention ? Le lui avait-on adressé ? Je le rendis à Delamare pour qu'il en fît analyser l'écriture, vérifiât s'il était ou non de la sienne, et cherchât à voir s'il avait un sens au-delà de ses images, puis nous mîmes sous scellés toutes les affaires que nous avions saisies chez elle et qui lui appartenaient.

Comme on peut le deviner, et bien que j'eusse arrêté de boire, je payai chèrement cette semaine d'ivresse, et continuai de plus belle à traverser une crise de fatigue morale, aggravée par l'usage immodéré que j'avais fait de l'alcool. Aussi, quand je sortis de ma visite de politesse à l'abbaye de Saint-Germain-des-Prés, ne pus-je trouver encore la force de reprendre immédiatement mon poste au Châtelet. Pris d'un étourdissement et d'une faiblesse dans mes jambes qui s'étaient remises à flageoler, je demandai à Delamare de me ramener chez moi. Il le fit et poussa même l'attention jusqu'à me raccompagner à ma chambre en me soutenant dans l'escalier, puis à m'aider à m'allonger dans mon lit, où je m'endormis quelques heures.

À mon réveil, je décidai de rester encore plusieurs jours à l'écart de mon enquête, pour n'y revenir que lorsque j'aurais tout à fait récupéré mon calme et ma neutralité. Je passai alors l'essentiel de mon temps dans ma bibliothèque, avec mes livres pour seuls amis. Ce séjour au milieu d'eux fit plus que n'importe quel réconfort humain pour me remettre d'aplomb. Mieux qu'aucune médecine, il me débarrassa de mes nausées et de mes faiblesses de jambes. Je retrouvai même assez de vigueur pour reprendre mes assauts d'escrime à domicile avec mon maître d'armes Gontran de la Meule.

Je n'en oubliais pas pour autant la douleur atroce que j'avais éprouvée, ni l'abomination de la mort brutale de ma chère Mathilde, mais mes lectures d'auteurs anciens comme le poète Horace ou le philosophe Épicure me renvoyèrent à la certitude aiguë qu'il fallait prendre la vie comme elle venait, et s'efforcer de vivre le plus possible au temps présent en cessant de se projeter dans la nostalgie du passé ou l'attente du futur. Certes, il n'est pas aisé de mettre en pratique le célèbre *carpe diem* des Odes du poète, si l'on veut éviter de tomber dans l'interprétation vulgaire que certains en font, car il ne s'agit en aucun cas de s'adonner à une jouissance immédiate ou à une vie de licence désordonnée et sans morale, mais d'en inventer une autre, ce qui n'est pas, on s'en doute, la chose du monde la plus rassurante ni la plus aisée.

19

Mercredi 24 mai 1679

Gabrielle et mes enfants furent auprès de moi le 24 mai 1679. Ils arrivèrent en milieu d'après-midi, et je sentis que j'étais sauvé du pire. Dès que mon épouse descendit de la voiture dans laquelle elle avait voyagé, nous nous jetâmes dans les bras l'un de l'autre, comme deux jeunes amoureux privés quelque temps de se voir, et qui n'en pourraient plus du désir de se retrouver. Notre Poupotte et notre petit Gabriel gambadaient joyeusement autour de nous, puis partirent en courant vers la roseraie du fond du jardin, où ils savaient pouvoir trouver Clément, l'un de nos plus vieux jardiniers, qui les avait vus naître et aimait à jouer avec eux comme s'il était un enfant de leur âge.

Tout occupé que je fusse par mon travail, j'étais plus attentif à Gabrielle et à nos enfants. Je prenais le temps de jouer avec eux lorsque je revenais du Châtelet, autant que possible avant le souper, mais je ne parvenais pas à rétablir entre Gabrielle et moi cette confiance qui avait existé avant le drame que nous venions de vivre. Quelque chose semblait s'être brisé en elle dans son désir pour moi, et elle m'avait fait comprendre à plusieurs reprises qu'elle ne souhaitait pas pour l'instant reprendre nos rapports conjugaux ni m'accepter dans sa chambre. J'avais fait quelques tentatives pour lui montrer à quel point je la désirais, mais elle m'avait repoussé à chaque fois avec douceur, en me disant, pour justifier son refus, qu'elle ne se sentait pas encore prête à répondre à mes gestes. J'en éprouvais une grande timidité lorsque je l'approchais et n'osais plus esquisser aucun geste amoureux vers elle, de crainte de l'indisposer.

Une nuit où, n'arrivant pas à dormir, je travaillais dans ma bibliothèque, je me mis à chercher un livre de Droit dont j'avais besoin pour m'expliciter un terme d'une ordonnance de justice. Un fort volume m'échappa des mains. L'énorme ouvrage, outre le bruit de canon qu'il fit en tombant, entraîna dans sa chute un vase qui se brisa en morceaux. Il était trois heures du matin, et je craignis d'avoir réveillé Gabrielle ou nos enfants. Après avoir réparé les dégâts que ma maladresse avait causés, je montai à l'étage et jetai un coup d'œil dans la chambre de nos deux petits. Ils dormaient profondément. Rassuré, j'allai voir s'il en était de même pour Gabrielle. J'ouvris la porte de sa chambre en catimini. Quelle ne fut pas ma surprise de la trouver debout devant moi, un tisonnier à la main, prête à m'en frapper de toutes ses forces. Fort heureusement, un rayon de lune qui tombait de la fenêtre sur mon visage me fit reconnaître, et elle laissa retomber son bras. Comme elle restait hébétée, le regard encore empli de peur, je murmurai :

— Pardonnez-moi. En travaillant, j'ai laissé tomber un gros volume sur un vase qui s'est brisé. J'étais venu vérifier que je ne vous avais pas réveillés, vous et nos mignons.

Gabrielle s'était remise de son émotion :

— Vous l'avez échappé belle ! J'allais vous frapper, si je ne vous avais pas reconnu. Ce fracas m'a fait craindre qu'un rôdeur n'ait réussi à s'introduire dans la maison sans se faire surprendre par nos gardes, et que vous ne dormiez trop profondément pour vous en être aperçu.

— Rassurez-vous, mon amie. Il faudrait une escouade d'hommes très aguerris pour y pénétrer. C'est au-dehors qu'il faut que vous preniez les plus grandes précautions, et je vous promets que cet état de défiance perpétuelle ne durera pas éternellement.

Elle se tut et nous restâmes à nous regarder sans savoir quoi nous dire ni comment nous quitter. Je la trouvais follement attirante avec ses cheveux défaits, dans sa tenue de nuit qui dévoilait la courbure de ses hanches et le galbe gracieux de ses seins. Sans doute lut-elle dans mes yeux la lueur du désir qui m'habitait.

Elle rompit le silence en murmurant à voix basse :

— Voulez-vous dormir avec moi ? J'ai besoin de votre présence cette nuit, pour me rassurer tout à fait.

Pris de court, je demeurai sans réponse, mais elle m'attira contre elle brusquement et m'embrassa. Nous restâmes enlacés un long moment, à nous caresser, emplis tous deux de la même fièvre amoureuse. Cette nuit-là, notre couple se reforma vraiment.

Beaucoup de choses avaient avancé durant mon absence au travail. Delamare avait pu placer quelques mouches auprès de la marquise de Montespan, de Mlle des Œillets et de Romanelli. Pour ce dernier, nous disposions d'un espion au cœur même de son atelier : son meilleur coupeur, un homme d'origine italienne comme lui, du nom d'Antonio, que nous tenions pour quelques petites escroqueries dont il s'était rendu coupable et que nous avions fait mine d'oublier tant qu'il nous fournirait des renseignements sûrs. Auprès de la marquise, l'une de ses femmes de chambre surnommée la Catau avait accepté de travailler pour nous moyennant une rémunération discrète et nous renseignait sur ses allées et venues. Restait Mlle des Œillets, que je soupçonnais de ne pas m'avoir dit la vérité sur ses contacts avec la femme Voisin.

Depuis qu'elle avait quitté son service à la cour, de son vrai nom Claude de Vin des Œillets, elle habitait rue du Regard, paroisse Saint-Sauveur, dans un quartier qui était justement celui des empoisonneuses les plus notoires. Elle y louait un vaste appartement dans une maison appartenant à un certain Sieur Leroy, et disposait d'une assez confortable fortune en biens mobiliers et immobiliers, dont une partie était due à sa mère, une comédienne qui avait été très réputée, l'autre aux largesses du roi, lorsqu'elle avait été sa maîtresse. Elle ne couchait alors avec lui qu'occasionnellement, lorsque Mme de Montespan était enceinte ou indisposée, mais cela n'avait rien de secret. Tout se passait au contraire comme s'il y avait une entente amicale entre les deux femmes pour organiser du mieux possible les besoins sexuels du roi, et surtout détourner son attention d'autres conquêtes possibles, en particulier celle de Mme de Maintenon, la gouvernante de ses enfants.

À partir du moment où le roi avait commencé à s'intéresser plutôt aux charmes de Mlle de Fontanges, il devenait clair que la Maintenon n'était plus à craindre, et qu'il devenait impossible de détacher le roi de sa nouvelle et appétissante nouvelle proie. Des Œillets n'avait donc plus grand rôle à jouer à Versailles. La marquise de Montespan, approchant la quarantaine et ayant déjà donné sept enfants au roi, ne songeait plus à enfanter de nouveau, si bien que, ne servant plus à occuper notre souverain pendant ses grossesses, la Des Œillets ne pouvait que s'ennuyer et éprouver la nostalgie de sa fille, qu'elle avait dû mettre en nourrice pour travailler à la cour.

Le personnage m'intriguait assez pour que je fisse inventorier discrètement ses revenus par mes services. Je pus ainsi constater que son train de vie était assez cossu pour lui permettre d'avoir à son service trois domestiques, trois chevaux et deux carrosses. Sa garde-robe était abondante et de qualité, ses bijoux témoignaient de son aisance, et l'appartement qu'elle louait était richement meublé. Tous ces renseignements nous avaient été donnés par son cuisinier, un certain Morard, entré secrètement à notre service depuis quelques mois. Employé d'abord comme valet au château de Saint-Germain, c'est lui qui nous avait appris que la comtesse de Lormont était la maîtresse de Louvois.

Avant de passer définitivement au service de Mlle des Œillets, Morard était toujours en place auprès du ministre, lorsqu'il apprit qu'après une dispute plus grave que les précédentes, la comtesse avait mis son frère à la porte de son hôtel où elle l'hébergeait, mettant ainsi sa menace à exécution. Il nous apprit également que la duchesse de Bouillon et le maréchal de Luxembourg s'inquiétaient fort que leurs noms eussent pu être cités par certaines sorcières. Leur inquiétude était même si grande que le duc de Bouillon aurait songé à se réfugier avec sa femme à l'étranger, mais le maréchal de Luxembourg l'avait convaincu de tenir tête à la justice, si celle-ci osait s'attaquer à lui, pour ne pas paraître coupable. Désireux d'en savoir plus sur ces conspirateurs, je fis dire à Hardouin que je désirais le voir d'urgence.

Il vint me trouver au Châtelet dès le surlendemain, et me confirma ce que Morard nous avait dit. Le marquis des Brisiers avait bien été mis à la porte par sa sœur et, après avoir circulé un moment de l'appartement d'une maîtresse à celui d'une autre, il avait fini par demander l'hospitalité au maréchal de Luxembourg. Tous deux, ainsi que le duc de Bouillon, continuaient à venir s'entraîner chez lui de temps à autre au couvent de Malassise, mais il commençait à s'inquiéter de la pression qu'ils exerçaient sur lui pour l'entraîner dans leurs complots, et il était en train de chercher un prétexte pour quitter la région et échapper à leur contact. Je lui dis que j'en serais fort ennuyé, car il était l'un de mes seuls moyens d'approcher leur conspiration du dedans. Je le remerciai cependant pour ce qu'il avait fait pour nous jusque-là et lui laissai prendre congé.

20

Lundi 12 juin 1679

Dans le courant du mois de juin, de nombreuses sorcières et quelques-uns de leurs complices avaient été jugés et condamnés, et certaines d'entre elles étaient mortes sous la torture. La femme la Bosse et quelques autres avaient été brûlées vives, et certains de leurs complices roués. À chaque fois, ces exécutions avaient lieu en place de Grève et provoquaient, comme celle de la Brinvilliers, de grands attroupements de population. Nous avions toujours dans nos geôles la Voisin et son complice Lesage. Mes adjoints Desgrez et Delamare me poussaient à leur appliquer la question, mais je me contentai de les maintenir au cachot en prenant soin de leur appliquer la plus grande rigueur possible d'isolement, pour qu'ils ne pussent communiquer. Je comptai sur le temps passé en cellules pour les amollir, et les faire baisser leur garde, à force de solitude, d'ennui et d'incertitude quant à leur avenir.

Le matin du 12 juin, je me rendis au Châtelet pour assister à l'interrogatoire par Desgrez d'une sorcière qui venait d'être arrêtée et dont on attendait quelques révélations importantes sur la duchesse de Bouillon et le maréchal de Luxembourg qu'elle avait très clairement accusés. Cette fois, il ne s'agissait plus de rumeurs ou de suspicions sans preuves, mais de franches et claires accusations. Ils lui auraient acheté des poisons, en venant la voir de la part de la Bosse, et elle les avait décrits avec précision. Au moment où je m'apprêtai à l'interroger avec Desgrez, l'un de mes gardes surgit dans mon dos, venant de l'extérieur, et m'interpella :

— Monsieur le Lieutenant général !

Je me retournai, étonné de cette interruption. L'homme était blême, tremblant d'émotion. Il répéta :

— Monsieur le Lieutenant général !

— Eh bien, parlez !

— Votre fille a été enlevée.

Cette nouvelle tomba sur moi comme un coup de massue. Le sang se retira de mon visage, et je dus paraître si blême aux yeux de Desgrez qu'il me demanda si j'avais besoin d'aide. Je tournai le dos sans répondre et revins au plus vite chez moi, où je trouvai Gabrielle, qui s'effondra dans mes bras :

— C'est de ma faute, me dit-elle. J'aurais dû vous écouter et prévoir de sortir avec deux gardes. Mais la course que j'avais à faire n'était pas longue, j'ai pensé que cela amuserait notre Poupotte de m'accompagner, et je n'ai pas cru nécessaire de distraire pour cela deux hommes de la garde de notre maison.

Elle me raconta qu'ayant laissé notre petit Gabriel à la surveillance d'Hortense, elle était sortie avec Poupotte et un seul de nos agents, le jeune Sébastien, encore bien trop novice à mon goût. Distraite un moment par un marchand de rubans et de broderies, elle n'avait pas remarqué le manège qui s'était ensuivi. Quand elle s'était retournée, le jeune garde n'était plus auprès d'elle et Poupotte avait disparu.

Ce souvenir la fit fondre en pleurs :

— Je ne l'ai pourtant pas quittée des yeux plus d'une minute. Il aura fallu que quelqu'un l'enlevât… Elle ne se serait pas écartée de moi sans ma permission !

En interrogeant mes hommes, qui s'étaient répandus autour du lieu de sa disparition, j'appris qu'on avait retrouvé notre jeune garde Sébastien assommé dans une ruelle adjacente, à vingt pas de l'endroit où l'attention de Gabrielle avait été détournée par ce marchand de rubans. La rapidité de toute cette action était diabolique et témoignait de la précision de bandits endurcis. Cette évidence ne faisait qu'accroître davantage ma crainte de ce qu'ils pourraient faire subir à notre malheureuse enfant.

Je me rendis aussitôt au chevet de Sébastien. Bien qu'il fût gravement touché par le coup violent qu'il avait reçu au crâne, il était en état de parler. Il m'apprit que son attention avait été détournée par un homme qui lui avait demandé s'il était bien policier, et, comme Sébastien acquiesçait, il lui avait désigné du doigt, dans une ruelle adjacente, le corps d'un homme allongé. Sébastien avait fait quelques pas dans cette direction pour voir de quoi il s'agissait, et c'est alors qu'il avait été brutalement assommé. Je lui demandai s'il avait remarqué quelque chose d'inhabituel, chez l'homme qui l'avait abordé. Il me répondit que son visage portait une balafre profonde sous l'œil gauche. Morgeac était donc sans doute celui qui avait réussi à enlever Poupotte.

Toute la journée se passa en perquisitions et rafles que nous fîmes à grande échelle parmi tous les quartiers parisiens. Je savais que si j'avais réussi à réduire le champ d'action de la cour des Miracles et de la racaille qui y sévissait, il en subsistait quelques îlots entre l'arrière des bâtiments et des jardins du couvent des Filles de Dieu et la rue Royale-Saint-Martin, près de la Porte Saint-Denis. Cet espace était un entrelacs de ruelles insalubres et puantes, difficiles à contrôler, encore fâcheusement connu pour être un territoire de non-droit où il était difficile à des représentants de l'autorité de pénétrer sans se faire rouer de coups. Un espace de repli pour les gueux qui y trouvaient refuge et protection, après leurs mauvais coups. Il y avait encore là près d'un millier de familles chargées d'un nombre considérable de petits enfants en haillons, installés dans des logis bas, enfoncés et obscurs, dont certains n'étaient faits que de terre, de paille et de boue.

Si j'avais dû laisser les choses en état dans cet espace, après avoir réduit presque à néant le corps essentiel de la délinquance du centre de la capitale, c'était qu'il eût fallu détruire tous ces logis misérables qui ressemblaient plus à des cavernes qu'à des habitations d'êtres humains, et les promettre ainsi à une misère encore plus grande. Cette armée de misérables ne cessait de se reconstituer sous l'effet des disettes et même des déserteurs qui quittaient les champs de bataille pour s'y réfugier. J'avais arrêté, puis fini par libérer celui qu'on surnommait le roi des Gueux, appelé aussi le Grand Coësre. En échange, j'avais passé avec lui un accord pour qu'il maintînt son peuple de voleurs, de mendiants et de faux infirmes dans un relatif équilibre. Il se chargeait d'exercer un contrôle sur ses troupes, que je n'aurais pu effectuer sans me démunir exagérément de mes hommes, et il m'avait à plusieurs reprises permis de mettre la main sur de dangereux malfaiteurs qui menaçaient son autorité.

Cette fois, emporté par ma fureur qu'on ait osé s'attaquer à ceux qui m'étaient le plus cher, je décidai une expédition punitive dans ses « terres ». Mobilisant une cinquantaine d'hommes et aidé par Desgrez et Lecoq, je cernai les lieux à l'aube naissante et y pénétrai de force, faisant fouiller tous les bouges, réduits et cloaques, tirant de leurs lits les malandrins et les pouilleux qui y croupissaient avec leurs compagnes ou leurs putains, espérant obtenir un renseignement sur Morgeac, peut-être même mettre la main sur lui, s'il avait commis l'imprudence d'y trouver refuge. Je parvins ainsi jusqu'au Grand Coësre, et comme il faisait mine de s'indigner de cette intrusion si matinale dans son repaire alors qu'il venait à peine de s'endormir, je lançai sur lui Lecoq qui se chargea à ma place de le clouer contre un mur d'un coup de poing en pleine figure qui lui fit exploser le nez. Le sang gicla de son visage, il tomba sur les genoux en gémissant, puis se mit à hurler vers moi :

— Vous êtes fou ! Qu'est-ce qui se passe ?

Je l'attrapai par son pourpoint crasseux et le fis se relever :

— J'ai des questions à te poser, et j'espère que tu sauras y répondre.

Je le projetai sur un fauteuil qui lui servait habituellement de trône, d'où il dirigeait ou jugeait les hommes de son milieu. La violence de ma projection fit se briser deux des pieds du fauteuil qui s'écroula. Sans le laisser se relever, je lui montrai le dessin de Morgeac :

— Regarde bien, et fais effort pour te souvenir : as-tu vu cet homme récemment sur ton territoire ?

Sentant qu'il n'était pas l'heure de discuter, le Grand Coësre jeta un coup d'œil sur le dessin, tout en pressant un linge répugnant sur son nez pour endiguer son saignement :

— Je ne le reconnais pas.

Persuadé qu'il me mentait, je fis un signe à Lecoq, qui l'attrapa par les cheveux pour le mettre debout et lui appliqua aussitôt une paire de gifles qui laissèrent sur ses joues la marque de ses doigts. Il jeta sur moi un regard effaré et me cria :

— Mais dites-lui d'arrêter ! Qu'est-ce qui lui prend ?

Je me tournai simplement vers Lecoq :

— Aide-le à se rasseoir.

Lecoq s'exécuta en le soulevant du sol pour le projeter sur un tabouret, qui s'effondra à son tour sous la violence du choc.

Je m'approchai de son visage.

— Tu commences à être vieux. Tu as sûrement mauvaise vue. Mais tu es bien toujours le roi des Gueux, n'est-ce pas ? Et tu te souviens aussi qu'on est amis, tous les deux ?

— Je ne le remarque pas trop, pour l'instant, Monseigneur.

— Eh bien, il ne tient qu'à toi que notre amitié se prolonge, ou qu'elle s'arrête net par ta disparition dans la Fosse à laquelle je t'ai déjà fait goûter, tu te souviens ? Alors, tâche de me renseigner…

Je lui braquai de nouveau le dessin sous les yeux. Il regarda de plus près, et admit :

— Ça pourrait être un certain Morgeac. Une vraie crapule ! Mais votre dessin n'est pas très ressemblant, et je ne peux pas vous le certifier. Il est plus laid que cela. Si c'est à lui que vous pensez, je peux vous dire qu'il ne met plus les pieds sur mon territoire depuis que je l'en ai fait chasser, il y a six mois, peut-être davantage. Il aurait voulu prendre ma place. C'est moi qui lui ai fait la couture que vous voyez sur sa joue, après l'avoir fait rosser par mes hommes et prévenu que, s'il remettait les pieds par ici, cette fois il ne s'en sortirait pas vivant. On l'a jeté par-dessus le mur du couvent des Filles de Dieu comme un paquet d'ordures, et on ne l'a plus jamais revu depuis...

— Où est-il, à présent ?

— Vous ne pensez tout de même pas que je m'occupe de lui ! Il ne se risque plus par ici, et moi, je ne sors jamais.

Je me fis de nouveau menaçant :

— Attention à ce que tu dis, si tu me mens ! Et rappelle-toi nos accords. Ton rôle est de connaître les noms de tous tes gueux pour les contrôler... pas de les couvrir ! Ne m'oblige pas à me fâcher !

— Mais je vous dis que je n'en sais rien ! C'est un solitaire, il travaille pour son compte, il n'admet l'autorité de personne. Je regrette maintenant de ne pas l'avoir fait tuer, au lieu de le chasser. C'est un serpent ! Qu'est-ce qu'il a fait pour que vous soyez après lui comme ça ? Si je peux vous renseigner, je le ferai avec plaisir !

Je haussai les épaules et jetai un coup d'œil à Lecoq et Desgrez. Sans que nous échangions un mot, je me rendis compte que tous deux étaient du même avis que moi : le roi des Gueux était sincère et n'aurait pas hésité à nous livrer Morgeac, s'il l'avait pu.

— Pour l'instant, je te crois. Mais s'il arrivait qu'il revînt sur ton domaine, tu le feras saisir par tes sbires, mais tu ne le tueras pas et tu m'enverras prévenir immédiatement, sinon je tiendrai la promesse dont je viens de t'assurer. Et si tu apprends quelque chose sur lui, tu agiras de même. J'ai besoin de l'interroger et je veillerai à lui ménager moi-même le sort qui lui convient le mieux. Préviens tes hommes les plus sûrs pour qu'ils passent tes rues et tes bouges au peigne fin, et qu'ils te rapportent tout ce qu'ils y apprendront. As-tu compris ?

— Bien sûr. Vous savez que j'ai toujours été loyal.

Je fis signe à mes hommes de me suivre.

Une fois dans la ruelle puante où nous nous trouvions, je leur déclarai :

— Si Morgeac s'était caché dans ce cloaque, il a dû s'enfuir depuis longtemps. Mais nous allons tout retourner de fond en comble, pour leur donner à tous un avertissement. Vous arrêterez une douzaine d'entre eux, ceux qui vous paraîtront les plus suspects. Peut-être obtiendrons-nous d'eux un renseignement inattendu ?

Je restai encore un moment à regarder Desgrez et Lecoq fouiller tous ces bouges insalubres et faire irruption dans ces lieux d'une pauvreté et d'une crasse inouïes, laissant s'enfuir des hordes de rats devant eux, tirant de leurs paillasses infectes hommes et femmes à demi nus, certains couverts de croûtes ou de gale, qui y dormaient avec leurs enfants. Je leur faisais confiance pour ouvrir les placards, renverser les meubles, arracher les tentures et faire sortir de leurs trous ceux qui n'avaient pas d'autre endroit pour dormir que cette terre battue recouverte d'un peu de paille. Je les vis en embarquer certains dans des charrettes et rouer de coups ceux qui protestaient.

Lassé du spectacle de cette misère et de cette truanderie que je n'avais pas su réduire totalement, je retournai vers le quartier autour de ma maison, pour poursuivre mes investigations sur les passants et les commerçants qui pouvaient s'y trouver lorsque ma Poupotte avait été enlevée. Je ne pus remettre la main sur le marchand qui avait détourné l'attention de ma femme, et les questions que nous posâmes aux commerçants restèrent sans réponses. Certains connaissaient de vue le dénommé Morgeac dont je leur montrais le dessin, mais tous déclaraient ne pas l'avoir vu ce jour-là. Ils prétendirent ne pas connaître non plus de marchand de rubans et de broderies opérant dans ce quartier. Était-il complice ou avait-il disparu, pris de peur qu'on l'accusât ? Je penchais pour la première hypothèse, mais rien ne me permettait d'en faire la preuve. Après tout, c'était ma femme qui était venue vers lui, attirée par les broderies qu'il vendait, et non pas lui qui avait cherché à la distraire.

Je me rendis également questionner la femme Voisin, sa fille et son ami Lesage dans leurs cellules, mais n'en tirai rien. J'eus même le sentiment qu'ils étaient aussi surpris que moi de ce qui venait d'arriver à mon enfant. Cela renforça le soupçon que j'avais d'un complot conduit par des gens plus haut placés qui cherchaient à se servir de cet enlèvement pour m'intimider. Jusqu'où oseraient-ils aller avec ma pauvre petite ?

À l'issue de cette journée de frayeur mortelle, je rassemblai autour de moi, dans mon bureau du Châtelet, Desgrez, Delamare, Lecoq et une demi-douzaine de mes policiers les plus compétents pour faire le point sur nos investigations. Il était onze heures du soir, et nous fûmes obligés de constater que nous n'étions arrivés à rien. Aucune trace de ce Morgeac ni d'un quelconque homme dont l'allure eût paru suspecte et qu'on eût pu croiser depuis en compagnie d'une petite fille de quatre ans. Je remerciai les six policiers et restai seul avec Delamare, Desgrez et Lecoq. Delamare soupira vers moi :

— Cette fois, cela sonne comme une déclaration de guerre.

Je restai un moment silencieux, essayant de calmer la rage qui m'avait saisi. Quelles étaient les personnes d'importance que je n'avais pas encore inquiétées, et qui pouvaient se sentir menacées par les révélations qu'aurait pu me donner Mathilde, si elle avait vécu ? La duchesse de Bouillon, le maréchal de Luxembourg, le marquis des Brisiers faisaient assurément partie d'elles. Depuis l'arrestation de la Voisin, de sa fille et de Lesage, ces trois-là devaient craindre de plus en plus sérieusement que je les fisse citer, et, si j'hésitais pour le moment à les appréhender, c'était par crainte de ne pas disposer d'assez de preuves contre eux pour les faire condamner à coup sûr.

Je me tournai vers Delamare et murmurai :

— Pour l'instant, je ne peux qu'attendre un signe de la part de ces scélérats. Il m'est impossible de risquer le moindre faux pas qui pourrait mettre ma petite en danger.

Delamare hocha la tête, pour me montrer qu'il m'approuvait et ne voyait rien à ajouter. Je me tournai vers Desgrez et Lecoq, les remerciai et décidai de rentrer chez moi et d'essayer de calmer la douleur que Gabrielle devait ressentir.

Il était minuit lorsque ma voiture passa le portail de ma maison. J'avais à peine mis le pied dans la première cour, qu'Hortense sortit et se précipita vers moi en criant :

— Poupotte vient d'être retrouvée. Elle est là-haut, avec Madame !

Je grimpai l'escalier quatre à quatre pour débouler dans le salon. Gabrielle était assise dans un fauteuil et serrait contre elle notre petite fille qui portait un bonnet. Je m'approchai, sans pouvoir retenir mes larmes, les serrai toutes deux dans mes bras et couvris Poupotte de baisers. Mon regard tomba sur un sac entrouvert par terre, empli de cheveux blonds qui s'étaient répandus sur le sol. Je me tournai vers Gabrielle :

— Qu'est-ce que c'est ?

Gabrielle murmura, bouleversée :

— Ses cheveux. Ils les lui ont coupés.

Incrédule, je me penchai et touchai les cheveux blonds et bouclés dans le sac. Puis je regardai Poupotte et compris que son bonnet camouflait son crâne rasé. Elle suçait son pouce, à demi endormie, la tête enfouie dans la poitrine de sa mère. Gabrielle me montra une feuille de papier ouverte, posée sur un fauteuil, en face d'elle.

— Il y avait cette lettre, dans le sac.

Je me levai, allai la prendre et lus : « *Prenez garde, pour la prochaine fois : les cheveux repoussent, pas les doigts ni les mains.* » J'observais Gabrielle. Son regard me renvoya la terreur qu'elle continuait d'éprouver. À présent que Poupotte était saine et sauve et hors de leur portée, j'étais décidé à frapper plus fort, comme Louvois me l'avait demandé. Ceux qui voulaient m'abattre n'obtiendraient de moi que le contraire de ce qu'ils espéraient. Malgré mon dégoût pour de telles pratiques, je n'hésiterais plus à leur appliquer la question. Ils voulaient une guerre, ils l'auraient. J'étais aussi capable qu'eux de créer l'enfer sur terre.

21

Vendredi 17 novembre 1679

Il me faut dire quelques mots de cette Chambre Ardente que le roi avait décidé de créer pour pallier les insuffisances de la justice du Parlement, qu'il estimait trop favorable à la noblesse, et soustraire à l'étalage tous ces crimes odieux qui agitaient à l'excès la curiosité malsaine de la population. Aussitôt connue, sa création souleva la protestation indignée des parlementaires, qui envoyèrent leur Président Guillaume de Lamoignon à la tête d'une délégation s'en plaindre auprès du roi.

Issu d'une grande famille nobiliaire, Lamoignon avait fait partie de la Fronde parlementaire avant de se rallier à la Régence, et ne disposait guère de la faveur du souverain. Il me connaissait comme un défenseur acharné de la légitimité royale et ne me portait pas dans son cœur, car il eût fort souhaité que je rejoignisse le clan de ceux qui la contestaient. Il vint à Versailles en grande pompe, drapé dans sa toge rouge doublée d'hermine et coiffé de sa toque noire, défendre la cause de l'institution qu'il représentait, et sa justice qu'il prétendait « immaculée ». En présence de Colbert et de Louvois, le roi l'écouta, mais resta insensible à ses plaintes. Lamoignon repartit bredouille et furieux, en aussi grande pompe qu'il était venu.

Cette Chambre, dite « Ardente », avait établi son siège dans les bâtiments de l'ancien Arsenal royal. Ce surnom lui venait du souvenir des juridictions médiévales qui délibéraient dans une salle tendue de noir, éclairée seulement de torches et de flambeaux, pour inspirer la peur à ceux qui y étaient jugés et donner davantage de solennité aux débats qui s'y déroulaient. Ce sinistre décor ne fut heureusement pas reconstitué et la Chambre tint ses sessions dans une salle majestueuse, mais sans apparat particulier. Son Président Louis Boucherat, comte de Copans, avait pris pour greffier, avec ma permission, mon secrétaire Jean Sagot, et s'était entouré, également sur mon conseil, d'experts en la personne de deux médecins et de deux apothicaires. Tous quatre étaient réputés pour leurs connaissances et la modération qu'ils avaient manifestées à l'occasion d'autres affaires criminelles.

De multiples jugements, relaxes ou condamnations se succédèrent, du mois de juillet au mois de novembre, sans apporter d'éléments qui m'eussent permis de mettre en cause les figures de la noblesse que je soupçonnais de comploter l'assassinat du roi. L'accusation que je comptais porter contre elles était trop grave pour que je pusse me contenter de les livrer à la justice sans avoir davantage de preuves ou de témoignages pour les confondre. D'autant que c'était parmi elles que je devais chercher le probable responsable de l'enlèvement de ma petite fille. Même si j'étais persuadé que le marquis des Brisiers en avait donné l'ordre à Morgeac, à quoi aurait-il servi que je le fisse mettre en accusation, s'il parvenait aisément à se disculper et tournait la justice et moi-même en ridicule ?

À mesure que les jours passaient, j'avais le plus grand mal à résister à la pression de Louvois et du roi, désireux d'obtenir des résultats par des coups d'éclat capables de mettre un terme à l'atmosphère délétère qui minait la cour et, au-delà d'elle, au sentiment général d'insécurité qu'éprouvait le pays. À chaque réunion que je tenais avec eux à Saint-Germain ou à Versailles, ils me reprochaient d'être trop indécis, de prendre trop de précautions avec les formes de la justice ou de trop hésiter à employer la manière forte pour obtenir les aveux des prévenus. Ces accusations m'irritaient, car je les estimais infondées. N'étais-je pas le mieux placé, à la fois comme policier, instructeur et rapporteur, pour juger du rythme auquel je devais mener mon enquête ? À deux reprises, fatigué par les critiques que je recevais, la pression du danger que je continuais de sentir peser sur ma famille, et la quantité inhumaine de travail auquel j'étais soumis, je présentai de nouveau ma démission à Louvois, qui de nouveau s'en indigna et la repoussa.

Parmi les nombreuses prévenues accusées d'empoisonnements que j'interrogeai, l'une d'entre elles, la femme Vertemart, était l'épouse d'un huissier honorablement connu de la Chambre des comptes. Lesage l'avait accusée d'être venue trouver la Voisin, non seulement pour se procurer de quoi empoisonner son mari, mais aussi – et cela m'intéressa davantage – pour lui demander de l'aider à s'introduire auprès de Mme de Montespan. Ce dernier point tendait à prouver que la marquise et la Voisin, contrairement à ce que m'avait assuré la première, se connaissaient suffisamment pour que cette dernière pût recommander quelqu'un à la favorite du roi. C'était intrigant.

Un soir après souper, éprouvant le besoin de parler à quelqu'un de confiance, je ne pus m'empêcher de partager mes soucis avec Gabrielle. C'était la première fois que je la tenais informée des détails de mon enquête, et je la sentis heureuse de l'attention que je lui manifestais. Lui demandant ce qu'elle pensait de cette femme Vertemart, dont je savais qu'elle avait fait la connaissance lors de salons tenus entre femmes de hauts fonctionnaires, elle me dit qu'elle la trouvait de conversation agréable. Je lui fis part de mes soupçons, et, à ma grande surprise, ils ne parurent pas l'étonner.

— Son esprit est très acerbe contre les hommes, me dit-elle, mais elle est bien l'exemple d'une femme qui aurait des excuses à songer à un tel crime, car son mari l'a plus d'une fois rouée de coups sans raison, au point de la faire s'aliter plusieurs semaines. Vous aurez sans doute remarqué qu'elle boite de la jambe droite. C'est lui qui la lui a cassée, dans l'un de ses accès de colère aussi imprévisibles qu'injustes et irraisonnés.

Je restai saisi, car je n'aurais jamais pensé qu'un homme à l'air aussi pondéré que ce Vertemart pût s'adonner à de tels accès de violence.

Mon étonnement la fit sourire.

— Je vous l'ai pourtant souvent affirmé, me dit-elle, il est des femmes qui subissent un tel calvaire avec leurs pères, leurs frères ou leurs époux, qu'on ne peut guère s'étonner qu'elles essaient de s'en défendre par le moyen du crime, puisqu'elles n'en ont pas d'autre pour rompre leurs liens familiaux ou matrimoniaux.

— Vous trouvez donc normal que la Brinvilliers, par exemple, ait tué son père, ses frères, son époux ?

— Normal n'est pas le mot qui me viendrait à l'esprit. Mais est-il plus anormal que leur comportement à son égard, eux qui l'ont tous l'un après l'autre violée depuis son enfance, rouée de coups, battue et humiliée du matin au soir ?

Je sentais en mon for intérieur que j'étais d'accord avec elle.

— Dites-m'en donc un peu plus sur cette Vertemart.

— Je n'ai pas l'intention de charger cette femme sans avoir davantage que des impressions sur elle.

— Croyez-vous que je sois homme à accuser quelqu'un sans preuve ? Vos impressions m'aideront peut-être à avancer dans d'autres directions, surtout si cela touche à la sécurité du roi.

Elle eut l'air embarrassé.

— Eh bien, cette femme Vertemart est la sœur d'un sommelier de la « paneterie bouche » de la cour, du nom de Philippe Lemaire.

Cette révélation, que j'aurais dû découvrir par moi-même, me causa un choc. Ce lien de parenté lui permettait d'avoir accès aux cuisines royales. En entrant au service d'un personnage comme La Montespan, aussi proche de notre souverain, la femme Vertemart aurait-elle pu faire partie du complot que je soupçonnais ? À moins que ce ne fût Mme de Montespan, et non le roi, que quelqu'un aurait eu le projet d'empoisonner par son intermédiaire ?

— Gabrielle, vous venez de me donner un renseignement précieux.

Elle gardait un visage soucieux.

— Promettez-moi de ne rien faire contre cette femme sans que vous ayez une preuve formelle de ses intentions criminelles. Après tout, personne n'est maître de ses liens de parenté.

— Je vous le promets, mon amie. Tout comme je vous promets de vous tenir informée de ce que je serai tenté de faire à son égard.

Dans les deux cas, l'accès aux cuisines du roi ou à la Montespan, peut-être tenais-je un élément qui pouvait me conduire à une preuve d'un complot dont cette femme Vertemart pouvait n'être qu'un chaînon. Je tournai et retournai ces idées dans ma tête. Pendant quelques jours, je ne pensai plus qu'à cela, et m'occupai exclusivement de l'interroger. Elle nia obstinément avoir voulu entrer au service de Mme de Montespan et objecta fort judicieusement en riant que, pour ce faire, il eût au moins fallu qu'elle sût travailler et broder, ce qui n'était pas son cas. Quel piège avait donc voulu me tendre Lesage, s'il avait chargé à tort cette femme ? Quand je l'interrogeai à ce sujet, il ne revint pas sur ses affirmations, mais convint que la négociation n'avait peut-être pas eu lieu directement entre la Voisin et la marquise, mais chez la Des Œillets, qui fréquentait la sorcière.

Pour tirer la chose au clair, il eût fallu que je pusse interroger celle-ci, mais j'avais besoin pour cela d'un accord de Louvois, car je touchais à un personnage trop proche du roi, puisqu'elle avait été sa maîtresse et avait même eu une fille de lui. Louvois hésita quelques jours, puis me dit de renoncer pour l'instant à poursuivre plus avant mes recherches dans cette direction. Le roi avait-il peur que ne se découvrissent des choses embarrassantes pour deux personnes de son entourage le plus proche, et qui étaient encore – ou avaient été – l'une comme l'autre ses maîtresses ? En ce qui concernait les liens de parenté entre cette Vertemart et un sommelier de la paneterie de bouche du roi, elle ne le nia pas, mais dit que son mari et elle-même étaient fâchés avec lui depuis plus de dix ans et n'avaient plus aucun rapport. Inquiet malgré tout de ce que je ne cessais de découvrir sur la pénétration des sorcières dans tous les milieux de la cour, je fis renforcer auprès du roi les mesures de sécurité, notamment en ce qui concernait tout ce qui relevait des offices de bouche, et le priai de ne plus toucher à aucun mets ni aucune boisson qui n'eût été préalablement goûtés par l'un de ses officiers chargés de sa nourriture ou de ce qu'il buvait. C'était déjà le cas, du moins en principe, mais sa gourmandise naturelle lui faisait commettre bien des écarts à cette règle lorsqu'il n'était pas en représentation de table.

Cet épisode de la Vertemart avait une fois de plus déçu mes espérances de trouver une piste qui pût me conduire à des personnages plus haut placés que ceux à qui j'avais affaire depuis près d'un an. Il m'avait par contre fait trouver une complicité inattendue avec Gabrielle, et donné envie de discuter davantage avec elle de l'avancée de mon enquête, de mes soupçons et des questions que je me posais. Jamais auparavant il ne me serait venu l'idée de l'associer à mon travail, c'est en cela sans doute que je ressemblais à tous les autres hommes à qui étaient confiées des fonctions importantes. La plupart d'entre nous n'avaient jamais l'idée de confier à nos épouses leurs soucis quotidiens. À mesure de nos discussions, Gabrielle me parut incroyablement fine et perspicace, plus avisée que moi et plus prudente. Un soir, j'eus même la naïveté de m'en étonner, et lui exprimai mon admiration devant la logique de ses déductions et la tempérance de ses jugements.

— Vous auriez fait un bien meilleur policier que moi ! m'écriai-je, alors que nous discutions d'une hypothèse, et qu'elle m'avait convaincu de ses conclusions.

Elle me sourit et répondit modestement :

— Beaucoup de femmes sauraient mieux que moi égaler dans n'importe quel domaine leurs pères, leurs frères ou leurs maris, si on leur en donnait seulement l'occasion et les moyens.

— Quels moyens ? demandai-je.

— Ceux de l'éducation qui n'est réservée qu'à vous.

— Vous avez sans doute raison, convins-je. Eh bien, faisons en sorte de donner à notre petite Poupotte tous les moyens dont vous parlez, pour qu'elle ne soit en rien inférieure par l'esprit et les connaissances à son frère Gabriel.

L'épisode de cette Vertemart eut aussi pour moi un avantage inattendu, celui de décider enfin la Voisin et Lesage à me faire des révélations. Sans doute encouragés par cette affaire qui, pour la première fois depuis plusieurs mois, les avait fait sortir de leurs cellules pour être interrogés, ou peut-être simplement parce qu'ils avaient fini par se lasser d'attendre que je m'occupasse de leur sort, ils me firent dire l'un comme l'autre, qu'ils étaient prêts à me parler et qu'ils auraient des choses décisives à me révéler.

Lesage faisait triste figure, lorsque je le revis pour la première fois depuis quelques mois. Il avait terriblement maigri, sous l'effet de la mauvaise nourriture de Vincennes. Sa voix avait changé et me sembla comme obscurcie. Il parlait de façon saccadée, se répandait dans de longues phrases qu'il ne concluait qu'avec peine, puis s'arrêtait soudain, comme si cet effort l'avait épuisé. Pendant quelques secondes, il semblait alors absent au monde, et il fallait que j'insistasse à plusieurs reprises pour qu'il se décidât à reprendre la parole et à continuer ses phrases interrompues. Son principal souci était de se disculper en chargeant autant qu'il le pouvait Catherine Montvoisin, son ancienne maîtresse et complice. Il acceptait volontiers de reconnaître avoir commis quelques escroqueries sur des gens trop crédules, mais leur stupidité lui paraissait leur faire amplement mériter leur sort, et il s'en disait plutôt fier. « Ne sont trompés que ceux qui veulent bien l'être », répétait-il. Et il ajoutait : « On pourrait même dire que ne sont trompés que ceux qui souhaitent l'être, comme s'ils étaient pris d'un besoin irrépressible de se punir. »

Cette dernière assertion m'amusa, car elle me sembla renfermer une grande vérité. Il niait farouchement avoir été mêlé aux crimes commis par la Voisin, qu'il prétendait n'avoir connus que partiellement et n'avoir découverts dans toute leur effroyable ampleur qu'en même temps que moi. Je lui rappelai qu'il s'était pourtant démasqué en me fournissant une fiole de poison destinée à ma femme supposée, lorsque je jouais le rôle de Roquencourt.

— Mais ce n'était qu'une boisson sans danger ! s'exclama-t-il. De l'eau, du sucre et du citron, uniquement destinée à vous tromper et vous soutirer de l'argent.

— Vous aurez du mal à soutenir cet argument devant vos juges, lui fis-je remarquer, car j'ai fait analyser le produit en son temps par mes services, et il s'est bien révélé contenir de l'arsenic.

Comme il ne savait que répondre, je poursuivis :

— Allons, Lesage, décidez-vous ! Mieux vaudrait que vous me donniez de votre plein gré quelques informations utiles. Ce serait la seule façon pour vous d'obtenir une certaine indulgence de ma part. Si vous vous y refusez, je n'hésiterai pas à vous confier à mon adjoint, qui saura vous faire parler d'une tout autre manière.

Comprenant qu'il était pris au piège, et qu'il ne pouvait espérer échapper à la question qu'en collaborant avec moi, il se débonda :

— Je vais vous dire quelque chose que je sais de la Voisin, et qui vous intéressera au plus haut point, mais je souhaiterais pour cela obtenir en échange quelque faveur de votre part.

— Tout dépendra de ce que vous espérez obtenir de moi, et j'en jugerai moi-même d'après ce que vous me révélerez.

— Il ne s'agit de rien que vous ne puissiez satisfaire. Je voudrais simplement que vous donniez l'ordre qu'on me servît une meilleure nourriture, en quantité et en qualité. Celle qu'on dispense ici est si infecte, qu'il m'arrive de préférer jeûner plusieurs jours que d'y toucher. Cela explique le caractère émacié qu'ont pris mes bras et mes jambes. J'aimerais aussi avoir un usage quotidien de vin, rouge de préférence. Il me manque terriblement, à la fois comme plaisir et comme médication pour soigner ma digestion.

— Cela, je puis vous l'obtenir, en effet.

— Et aussi que vous me fassiez parvenir quelques livres dont je vous donnerai les titres et que vous pourriez faire chercher dans ma bibliothèque.

— C'est entendu.

— J'allais oublier une chose importante, pour finir : je vous serais reconnaissant de faire prendre chez moi quelques vêtements chauds, car vos cellules sont froides, et je ne cesse d'enchaîner catarrhes sur catarrhes.

Il me jeta un regard ironique, en poursuivant :

— C'est aussi un service que je vous rends, car il ne serait sûrement pas opportun pour vous que je trépassasse d'une affection pulmonaire avant d'avoir pu être mis en présence de mes juges. Qu'en pensez-vous ?

Je souris, et lui accordai cette faveur avec les autres.

— C'est à vous maintenant de me dire ce que vous m'avez promis et qui m'intéresserait si fort.

— Eh bien, à plusieurs reprises, Catherine Montvoisin a effectué de mystérieux voyages à Saint-Germain, où elle a rencontré Mlle des Œillets, qui était alors au service de la marquise de Montespan.

— Pourquoi mystérieux ?

— Parce qu'il s'agissait de lui confier des poudres, dans lesquelles il y avait des cantharides. Ce sont des mouches d'origine espagnole. Connaissez-vous l'usage qu'on peut en faire ?

— Je crois savoir qu'on fabrique de la poudre avec une substance qu'elles sécrètent, et que cette poudre peut être un aphrodisiaque assez puissant.

— C'est bien cela. La substance dont vous parlez se nomme la cantharidine. À faibles doses, elle a l'effet que vous dites, mais à d'autres, elle devient un poison violent, qui provoque des brûlures de la peau, l'inflammation de l'urètre, des vomissements et des douleurs abdominales. À plus forte dose encore, elle peut devenir mortelle.

— Voulez-vous dire que Mlle des Œillets aurait servi d'intermédiaire à Mme de Montespan pour faire absorber cette poudre à notre souverain ?

— À lui ou à qui lui aurait semblé bon. C'est à vous d'en juger. Ce n'est pas moi qui conduis votre enquête.

Puis il ajouta, avec un nouveau petit sourire ironique :

— Mais votre hypothèse me paraît la plus plausible.

Je n'insistai pas davantage ce jour-là pour l'interroger plus avant, et revins terriblement troublé au Châtelet. Avait-il dit la vérité ? M'avait-il livré une partie seulement de ce qu'il savait ? D'ores et déjà, l'accusation était si grave que j'hésitais à la faire figurer dans le rapport officiel que je remettais régulièrement au Procureur. Pouvais-je, de ma seule initiative, faire éclater un scandale qui ternirait à jamais l'image de celle qui était la mère de six enfants que le roi avait reconnus et titrés ? J'en discutai avec Gabrielle, qui me conseilla une fois de plus de demander une audience au roi lui-même pour lui en parler. C'est ce que je fis.

Il me l'accorda deux jours plus tard, le dimanche 19 novembre. Sur la route qui conduisait au château, le ciel noir pesait comme une menace, et la pluie qui se mit soudain à tomber en cataracte me donna le sentiment qu'elle cherchait en vain à laver la Terre de tous les péchés qui s'y étaient commis. Lorsque j'arrivai dans son bureau, le roi était en compagnie de Mme de Maintenon. Je n'avais eu que très rarement l'occasion de la croiser dans les couloirs de Saint-Germain et je ne lui avais jamais parlé. Après m'être incliné respectueusement, Mme de Maintenon m'adressa quelques mots flatteurs sur mon action pour l'assainissement de Paris.

— J'espère, me dit-elle, que vous parviendrez aux mêmes succès pour assainir notre cour des ravages que lui cause l'usage de ces drogues ou de ces sortilèges qui sont une insulte à la religion, sans même parler des impiétés qui sont commises par ces officines et qui nous déshonorent tous autant qu'ils déshonorent le visage du Christ.

Tandis que le roi avait l'amabilité de lui parler de moi avec des mots flatteurs, je pensai en la regardant que, sans être une beauté comme sa rivale Mme de Montespan, son regard et l'harmonie de ses traits dégageaient un charme puissant, sans doute dû à l'éclat d'intelligence et de profondeur qu'ils révélaient. C'est à cela et à une certaine qualité de sentiments, dégagés de tout désir de briller au détriment des autres, que le roi avait sans doute été sensible. Je fus interrompu dans mes pensées par l'adresse qu'il me fit :

— Monsieur de La Reynie, je sens que votre esprit s'est mis à s'échapper pour fuir les compliments que je vous décerne. Revenez à vous, s'il vous plaît, et expliquez-moi pourquoi vous avez insisté si fort pour me voir aujourd'hui.

Je jetai un coup d'œil embarrassé vers Mme de Maintenon, puis m'inclinai de nouveau légèrement en direction du roi :

— J'ai en effet, Majesté, des choses confidentielles à vous dire, car elles relèvent du cours de mon instruction et ne peuvent être révélées qu'à vous, étant tenu par le secret le plus total.

Mme de Maintenon avait compris que je la jugeais de trop, et s'empressa de s'incliner elle aussi vers le roi avec un sourire :

— Il me faut rejoindre les enfants de Sa Majesté, à qui j'ai promis de leur lire une histoire de fées et de chevaliers. Mlle de Nantes et Mlle de Tours surtout en sont très friandes.

Elle me salua, et je m'inclinai encore devant elle, avant qu'elle ne nous tournât le dos. Je restai seul avec le roi, et pus lui exposer les faits sans témoins ni prendre de précautions. Il me laissa parler sans m'interrompre. Quand j'eus fini, je lui demandai si je devais rendre compte à la Chambre de ce que je découvrais de jour en jour, comme je le faisais jusqu'à présent, ou s'il fallait au contraire que je prisse certaines précautions, et lesquelles ? Il resta un moment silencieux, les yeux baissés, visiblement affecté par ce qu'il venait d'apprendre. Je pensai qu'il était en train de vivre le même drame que celui que j'avais subi quelques mois plus tôt, lorsque j'avais découvert que ma femme avait voulu me faire boire un liquide peut-être empoisonné. Il releva la tête et me sourit, car il venait sans doute d'avoir la même idée :

— Eh bien La Reynie, il me semble que nous voilà devenus bien proches, tous les deux, et que je suis sujet aux mêmes tourments que vous avez dû l'être.

Je lui fis remarquer que ces accusations pouvaient se révéler fausses, et que, même si elles étaient avérées, elles ne prouvaient pas non plus que Mlle des Œillets n'ait pas voulu se procurer ces substances pour son propre usage, avec un projet que nous ne connaissions pas. Il sembla sceptique. J'ajoutai que, même si ces drogues lui étaient destinées, rien ne prouvait non plus qu'il s'agît d'un poison. Le roi me regarda droit dans les yeux. Il avait repris la maîtrise de lui-même et rien dans son expression ne pouvait désormais laisser transparaître ce qu'il ressentait. Il était redevenu l'homme d'État qui parlait froidement, et non plus l'homme privé qu'il avait laissé apparaître quelques instants.

Après avoir réfléchi un court instant, il me dit qu'on ne pouvait soupçonner la femme de César, et qu'il fallait tenir rigoureusement secrète ma procédure, dès qu'elle toucherait à sa personne ou à celle de ses proches. La Chambre Ardente ne devait pas avoir communication de ces interrogatoires, même si nous exigions d'elle qu'ils soient couverts par le secret, car il y aurait nécessairement des fuites, et nous ne pouvions non plus demander le huis clos pour certaines séances, puisque cela ferait soupçonner que nous cherchions à disculper certaines personnes en fonction de leur rang, et c'est précisément ce qu'il ne voulait à aucun prix. Il fallait plutôt poursuivre au plus vite tous les interrogatoires qui me paraîtraient nécessaires, et notamment celui de ce Lesage. Je devrais à partir de ce jour lui en rendre compte personnellement dans des rapports séparés, où je lui résumerais les questions que j'aurais posées aux prévenus et les réponses qu'ils m'auraient faites, dès qu'il s'agirait de la personne que je savais, ou d'autres qui le toucheraient de près. Je m'assurai qu'à ses yeux ces précautions valaient aussi à l'égard de M. de Louvois ou de M. Colbert. Il me répondit qu'en effet, ils ne devaient être mis au courant que par lui, s'il le jugeait bon. Il me mit en garde de n'informer ni M. de Bezons, qui n'était pas fiable à ses yeux, ni aucun de mes collaborateurs, même ceux qui m'étaient les plus fidèles comme Delamare ou Desgrez, qu'il appréciait pourtant tous deux autant que je les appréciais moi-même.

— Si ces criminels commencent à se débonder, on ne sait pas jusqu'où les torrents de boue qu'ils vont déverser sur ma personne peuvent aller. Il faut à tout prix que de telles accusations échappent à la malveillance de mes ennemis, et j'en ai jusque dans la Chambre Ardente ou dans mon entourage. Songez aussi que les puissances étrangères avec lesquelles je suis actuellement en guerre ne doivent en aucun cas en avoir connaissance. Elles s'en serviraient contre nous en reprenant les pires calomnies sur notre cour jusque dans nos armées, pour défaire le moral de nos soldats.

Il me fit signe d'un mouvement des doigts qu'il en avait fini et, comme je me levai pour sortir, me sourit plus aimablement.

— Je ne saurais trop vous remercier, La Reynie, de la diligence et des qualités exceptionnelles dont vous faites preuve. Sachez que j'ai conscience de l'ampleur du travail que je fais peser sur vos épaules, et de ce que je vous en ajoute encore un peu plus. Mais sachez que je vous suis infiniment reconnaissant du dévouement dont vous faites preuve, et que je saurai m'en souvenir.

— Merci, Majesté. Tous mes actes ne procèdent que du désir de vous servir du mieux que je le puis.

— Je le sais, La Reynie. Je le sais..., soupira-t-il. Et c'est bien pour cela que je vous estime si fort.

Je me levai, m'inclinai et sortis rapidement. Pour la première fois depuis que je le servais, j'avais l'impression d'avoir eu avec lui pendant un court moment un rapport d'homme à homme. Je me levai et allai pour sortir lorsqu'il me rappela encore une fois :

— Restez encore un instant, La Reynie. Je veux vous soumettre une grave question.

Il me fit signe de me rasseoir en face de lui, puis commença :

— Comme vous devez l'avoir entendu dire, la montée du protestantisme en Angleterre ne cesse de prendre une ampleur qui nous inquiète, Louvois et moi. Le parti whig, qui est notre adversaire le plus acharné, est devenu très puissant, au point qu'il a obtenu la majorité des sièges à la Chambre des communes. Je suis bien obligé de constater mon impuissance à aider Charles II à lutter contre son opposition, mais ce n'est pas ce qui me préoccupe le plus. Nous sommes davantage inquiets, Louvois et moi, des conséquences que cette montée de la religion réformée chez nos voisins provoque chez nous. Incontestablement, et malgré certaines mesures que j'ai cru bon de prendre contre eux, nos propres protestants en prennent de plus en plus à leur aise dans de nombreuses provinces où ils sont très puissants comme en Aunis, en Poitou ou dans les Cévennes, pour ne citer qu'elles. Les interdictions que je leur ai faites, comme celles d'exercer certaines charges ou certains enseignements ne semblent plus suffire à contenir leur influence sur notre société, au détriment de notre religion catholique, la seule que nous reconnaissons comme religion officielle de notre pays. La France est la fille aînée de l'Église, il ne faut pas l'oublier, et Sa Sainteté Innocent XI se charge de nous le rappeler presque tous les jours. Aussi avons-nous été contraints d'étudier l'hypothèse de révoquer l'édit de Nantes qu'avait signé notre ancêtre Henri IV pour calmer la guerre civile d'où il sortait à peine et qui continuait de menacer. Nous sommes aujourd'hui dans un tout autre contexte, et c'est cet édit qui menace à présent la paix civile au lieu de la protéger. Qu'en pensez-vous ?

Je me sentais embarrassé, et finis par émettre timidement :

— Majesté, pardonnez les erreurs ou les maladresses que je pourrai faire en m'aventurant sur ce terrain qui n'est pas le mien, mais j'ai le sentiment que la révocation d'un édit aussi bénéfique pour la paix civile risque de provoquer des tensions qui menaceront notre ordre public. Cela signifierait une reprise des conversions forcées, des persécutions, et nos extrémistes des deux bords en profiteraient pour commettre contre leurs rivaux les pires exactions.

Le roi soupira :

— Je reconnais bien là votre goût immodéré pour la tolérance, mais beaucoup de personnages de mon entourage pensent le contraire, et je me demande si elles n'ont pas raison. Songez tout de même, pour calmer vos inquiétudes, que nous disposons de forces de police ou militaires suffisantes pour calmer les velléités d'émeutes qui pourraient se produire dans les provinces dont je vous ai parlé.

— Peut-être, Majesté. Vous mesurez ces forces mieux que moi. Je ne fais qu'appréhender la menace que des désordres intérieurs liés au heurt de ces croyances font peser sur l'unité et la paix de notre pays, qui me semble le bien à préserver entre tous.

— Rassurez-vous, La Reynie, ce n'est encore qu'une hypothèse, et j'attends d'avoir avancé davantage dans mes opérations militaires à l'extérieur pour prendre une décision aussi grave. Mais Sa Sainteté, qui est déjà très mécontente de l'extension de nos impôts sur les bénéfices de ses évêchés, me presse d'affirmer plus fort mon engagement pour le catholicisme. Mme de Maintenon est elle aussi favorable à la révocation. En attendant, elle souhaiterait que j'interdise désormais à tout catholique de se convertir au protestantisme, et que je donne des encouragements aux protestants qui se convertiraient au catholicisme.

— N'a-t-elle pas été elle-même très liée à la religion protestante ?

Le roi sembla amusé par ma réflexion :

— C'est exact, La Reynie. Elle l'a été par son père, Constant d'Aubigné. Mais lui-même avait abjuré sa foi avant la naissance de sa fille, et elle a eu pour marraine Mme de Neuillant, dont la réputation de catholique n'est plus à faire. Que vouliez-vous dire par là ?

— Qu'il est fréquent, lorsqu'on veut se défaire d'une réputation, qu'on se montre encore plus rigide dans sa foi…

— Il est vrai qu'elle s'est convertie au catholicisme tardivement. Voulez-vous mettre ainsi en doute l'objectivité de ses jugements ?

Je sentis que j'étais allé trop loin :

— Non, Majesté. Je veux dire simplement qu'il est bon de soupeser, comme vous le faites, des avis contraires. En ce qui concerne le mien, je ne peux que vous affirmer une fois encore qu'en révoquant cet édit que votre aïeul a eu la sagesse de signer, vous exposerez le royaume à des troubles dont on ne peut deviner l'ampleur.

— Merci, La Reynie. Vous m'avez donné votre avis sincère, et c'est ce que je voulais entendre. Vous pouvez disposer.

En remontant en compagnie de mes gardes la galerie qui me ramenait vers la cour de marbre où m'attendait ma voiture, je pensai que Mme de Maintenon, comme toutes les converties qui ne veulent pas paraître donner des gages aux tenants de leur ancienne religion, se montrait plus dure et plus cruelle que tout autre envers les calvinistes. Je pressentais qu'un caractère tranchant et sans doute intransigeant jusqu'au fanatisme se camouflait sous ses dehors tempérés et raisonnables, et qu'il était à craindre que ce caractère aurait des occasions de se manifester à mesure que son emprise sur le roi deviendrait plus forte.

22

Lundi 20 novembre 1679

Un froid de glace était brusquement tombé sur Paris ce matin du 20 novembre et il était difficile de circuler sur les pavés gelés. Les chevaux dérapaient et plusieurs voitures avaient versé depuis l'aube, encombrant davantage encore la circulation. Je m'apprêtais à sortir avec ma garde pour me rendre à Vincennes, lorsque j'eus la surprise de voir arriver le chevalier Hardouin, qui sauta de sa monture en s'excusant de ne pas avoir pu me prévenir à temps de sa venue. Pouvais-je le recevoir, malgré tout, quelques instants ? Cette visite inattendue me dérangeait, mais je pris sur moi de différer mon départ, donnai des ordres en ce sens et rentrai avec lui dans ma demeure pour l'écouter.

Nous nous installâmes dans la bibliothèque où Baptiste avait préparé une flambée, et nous assîmes devant la cheminée. La lumière bleue et froide qui tombait par les fenêtres y créait une atmosphère mystérieuse, et j'attendais qu'il se décidât à parler. Hardouin me dit que des événements fâcheux étaient venus se précipiter dans sa famille du Béarn. Il y a deux jours, il avait appris que son père était tombé gravement malade, et sa mère le priait de revenir au plus vite s'il voulait avoir encore une chance de le revoir et de lui parler, car les médecins ne lui donnaient guère plus de deux ou trois semaines à vivre. Il était en train de perdre à vue d'œil l'usage de la parole et de l'écriture. Cette sinistre nouvelle avait décidé Hardouin à accepter une offre qu'un acheteur lui faisait depuis déjà quelques mois pour sa Commanderie.

L'homme, un riche marchand anglais d'étoffes, qui venait fréquemment en France pour ses affaires, souhaitait y installer sa famille à demeure et en faire pour lui-même une résidence qu'il gagnerait de temps à autre lorsque la marche de son commerce le lui permettrait. Je lui demandai son nom, et il me le désigna pour un certain Lord Douglas Appletown. Par la même occasion, il m'annonçait qu'il faisait ses bagages et comptait partir le lendemain pour rejoindre sa propriété familiale de Gascogne et remplacer son père à la direction de son domaine. Je lui fis mes condoléances et lui demandai s'il était formé pour la nouvelle tâche qui l'attendait. Il me répondit qu'il ne comptait conserver de la propriété familiale que la partie proprement viticole, qui était la seule pour laquelle ses compétences lui semblaient suffisantes, et qu'il la développerait peu à peu sur les terrains jusque-là réservés à l'agriculture en y plantant de nouvelles vignes.

Je ne pouvais que me montrer beau joueur et le félicitai. Après tout, n'avait-il pas le droit d'être lui-même et d'échapper au rôle que je lui avais fait jouer contre son gré ? Je l'assurai de mon amitié et me déclarai certain de pouvoir toujours compter sur lui si j'avais besoin de son témoignage, tout comme il pourrait compter sur moi si je pouvais un jour lui être utile en quoi que ce soit. Je lui posai encore quelques questions sur ce qu'il pouvait avoir appris de plus sur le marquis des Brisiers, le maréchal de Luxembourg ou le duc de Bouillon, lorsqu'ils venaient s'entraîner chez lui. Il me dit simplement que le frère et la sœur étaient fort fâchés depuis qu'elle l'avait mis à la porte de chez elle, que la comtesse désapprouvait fortement les agissements de son frère, mais qu'il n'avait rien appris de plus.

Lorsque j'arrivai au Châtelet, je demandai à Delamare d'enquêter sur la véracité de l'activité et de l'identité de ce « Lord Appletown ». C'eût été normalement plutôt du ressort du marquis de Louvois de prendre cette affaire en main, mais je préférais la garder pour moi, la sentant liée à ma propre affaire. Cet Appletown était-il vraiment un marchand anglais venu s'installer en France, ou l'un de ces espions envoyés chez nous par le parti whig pour aider à un complot contre notre roi ?

Une heure plus tard, j'étais rendu au donjon de Vincennes pour reprendre l'interrogatoire de Lesage. Je demandai aux gardes qui m'accompagnaient de me laisser seul avec lui et pénétrai dans la salle où je l'avais fait amener. Il s'exclama aussitôt avec amusement :

— Vous voilà donc revenu, monsieur de La Reynie ! Je me doutais que vous ne pourriez plus vous passer trop longtemps de moi.

Je lui tendis les livres qu'il m'avait demandés et qu'il caressa avec une émotion non feinte.

— Quel bonheur d'avoir enfin un peu de compagnie ! Je vous remercie infiniment. Tout comme je vous remercie d'avoir fait améliorer la nourriture qu'on me donnait. J'ai eu droit, par exemple, pour mon souper hier soir, à une cuisse de poulet et à un quart de vin. Vous ne pouvez savoir à quel point cela peut changer votre humeur.

Il me dit être prêt à continuer son grand déballage, et s'y être préparé depuis que je l'avais quitté :

— Je peux vous assurer que nombre de ces commères qui entouraient Catherine Montvoisin avaient déjà cherché, bien avant elle, à faire entrer cette femme Vertemart au service de Mme de Montespan.

— De quelles commères voulez-vous parler ?

— La Bosse ou la Vigoureux, pour ne citer qu'elles.

— Et avec quelle intention, selon vous ?

— Sans doute parce que c'est une bonne place, bien rémunérée et qui confère du prestige. Et puis aussi parce qu'elle permet d'obtenir des informations qui peuvent être utiles à celle qui vous l'aura procurée. Pour finir, cela peut être le moyen d'empoisonner sans être découvert une personne qu'on vous aurait désignée.

— Désignée par qui ?

— Nous voilà précisément au cœur de votre recherche. Si je le savais, je vous prie de croire que je vous le dirais volontiers... à condition, bien sûr, que vous m'accordiez en échange une autre faveur.

— Laquelle ?

— Ma liberté.

J'insistai, du même air que lui :

— Êtes-vous bien sûr que vous ne le savez pas ?

— Pour mon malheur, oui.

— Pas même un indice ?

— Le seul que je puisse vous donner est que Catherine m'a avoué, un jour où elle était plus ivre que d'ordinaire, que quelqu'un était venu la trouver pour lui promettre une somme énorme si elle trouvait le moyen d'empoisonner le roi.

— Quelqu'un ?

— Oui, quelqu'un.

— Et vous n'en savez pas plus ?

— Je n'en sais pas plus.

— Vous n'avez aucun soupçon ?

— Pas le moindre.

Je renonçai à continuer sur ce ton, où il serait toujours victorieux, et changeai de méthode.

— Et elle ?

— Elle non plus, je crois. Mais c'est à vous de le vérifier. Voilà plusieurs semaines maintenant que je m'interroge comme vous sur la noirceur de son âme, et que je ne parviens plus à discerner quand elle fut sincère avec moi, quand elle me mentit, ou quand elle me cacha simplement les choses que j'aurais pourtant dû savoir.

— Ne l'avez-vous pas poussée plus avant, pour la forcer à sortir de ses retranchements ?

— Si, bien sûr. Comme j'étais ce soir-là un peu moins ivre qu'elle, j'ai insisté pour qu'elle m'en dît davantage, mais elle m'a répété que ce quelqu'un était venu la trouver dans une calèche, que c'était visiblement une personne d'importance, à en juger par sa voiture et par les bagues qu'elle lui avait vues aux doigts, mais qu'il était resté camouflé derrière un rideau et s'était contenté de passer la main par la portière pour lui tendre un papier sur lequel était écrit quelque chose. Une demande, un peu comme celle que vous m'avez faite à l'intention du diable, le soir de notre dîner chez votre amie. Au moment où il a soulevé le rideau, elle a réussi à entrevoir que ce quelqu'un était masqué d'une cagoule, mais il n'a pas ouvert la bouche.

— Et que demandait ce papier ?

— La mort du roi contre une forte récompense, si elle réussissait.

Un frisson me parcourut. Étais-je en train d'approcher ce que je recherchais confusément depuis le début de mon enquête ? Était-ce cet espion anglais que je soupçonnais d'avoir emprunté la fausse identité d'un marchand pour s'introduire dans notre pays ? Cela aurait crédibilisé l'hypothèse qu'il n'eût jamais prononcé un mot pour ne pas se dévoiler par son accent… Mais peut-être Lesage essayait-il encore une fois de me berner en me lançant sur une fausse piste ?

— Qu'a-t-elle répondu ?

— Elle a d'abord pris peur et dit que c'était impossible. Qu'on lui demandait là de s'attaquer à un trop haut personnage. Qu'elle ne pourrait pas même l'approcher…

Lesage sembla lui-même soudain pris de frissons, au souvenir de cette évocation.

— Continuez, je vous écoute.

— J'ai soif, murmura-t-il.

Puis, me jetant un regard rusé :

— J'ai besoin d'un petit encouragement pour que ma gorge ne se dessèche pas autant.

Je me levai et allai demander à l'un de mes gardes d'aller nous chercher une carafe de vin et deux gobelets.

— On va nous l'apporter, lui dis-je. Maintenant, continuez.

Il reprit d'une voix plus basse, en jetant des coups d'œil autour de lui, comme s'il craignait que quelqu'un d'autre que moi l'entendît :

— Alors, il lui a tendu une bourse. Il y avait dedans cinq mille écus. Un simple acompte, si elle acceptait d'essayer. Catherine a hésité, mais la tentation était trop forte. Elle a dit à l'homme que sa vie – elle voulait parler de la sienne – valait bien plus que cela.

Il s'était arrêté, de nouveau. Je le pressai :

— Comment l'homme a-t-il réagi ?

Lesage allait répondre, quand il fut interrompu par le garde qui nous apportait ce que je lui avais demandé. Il jeta un coup d'œil satisfait sur le carafon, tandis que l'homme ressortait. Je servis les deux gobelets et nous bûmes ensemble une gorgée. Il claqua de la langue.

— Pas mauvais ! Il me semble même un peu meilleur que celui qu'on m'a servi hier soir, avec ma cuisse de poulet.

Comme il tardait à parler, je m'impatientai :

— J'attends que vous repreniez où vous nous avez laissés.

— Où en étais-je ? Ah oui. Catherine avait eu peur, malgré la bourse qu'on lui avait jetée. L'homme a entrouvert le rideau et lui a lancé un regard interrogatif. Elle a hésité, puis a dit que, si elle réussissait, il lui faudrait fuir la France et assurer sa sécurité et celle de sa famille. Qu'elle serait aussi privée de son travail, et ne serait pas certaine de pouvoir l'exercer à l'étranger. Tout cela avait donc un prix. De ce fait, une affaire comme celle-ci valait bien à ses yeux cent mille écus. Dans la pénombre de sa voiture, l'homme à la cagoule avait hoché la tête pour signifier qu'il était d'accord. Il avait frappé avec le pommeau de sa canne contre la cloison qui le séparait du cocher. La voiture s'était ébranlée et avait disparu.

Je restai sceptique :

— Il y a toujours des armoiries ou des signes sur une voiture, surtout si elle est d'une personne de qualité.

— C'est ce que j'ai dit, moi aussi, à Catherine, mais elle a prétendu que la voiture en question avait été maquillée et peinte tout en noir, pour qu'on ne pût reconnaître à qui elle appartenait.

— N'avez-vous rien de plus à me révéler ?

Lesage sembla hésiter puis reprit :

— Si. La personne en question lui aurait confié avant de la quitter une enveloppe contenant un mot et une bague qui serait un signe de reconnaissance, au cas où quelqu'un viendrait la trouver pour lui demander quelque chose. À cette bague, elle pourrait être sûre qu'il s'agisse d'un émissaire en qui elle pourrait avoir confiance.

— Avez-vous pu voir de vos yeux la bague que la Voisin prétend avoir reçue de ce mystérieux homme masqué ?

— Oui. Je peux même vous la décrire avec précision, car elle est assez frappante. C'est une bague au chaton noir, rayée d'une zébrure en forme d'éclair. La pierre en est sans doute un simple onyx, d'après ce que j'ai pu voir, et il est assez rare qu'elle puisse être rayée de blanc. Il aura donc fallu qu'elle soit gravée ainsi tout exprès.

— Très bien, lui dis-je. Si vous avez dit vrai, je tiens cette information pour importante et vous en serai reconnaissant. Mais continuez de m'apprendre ce que vous savez.

— Commençons alors par le maréchal de Luxembourg. Cela vous étonne-t-il que je puisse le connaître ?

— Un peu… Mais je vous écoute.

— Vous n'allez pas en croire vos oreilles. Figurez-vous que ce brave homme, au passé si glorieux et dont l'honneur semble immaculé, est venu me trouver pour communiquer avec le diable, tout comme vous l'avez fait quand vous m'avez joué.

— Chez vous ?

— Non, c'était dans le salon d'une de ses amies, la marquise du Fontet, rue de Montmartre, en face de l'église Saint-Joseph. Que pensez-vous qu'il souhaitait obtenir, par ce billet ?

— Je n'en ai pas la moindre idée.

— Eh bien, il faisait au Maître des enfers la même demande que vous m'avez faite.

— De le débarrasser de sa femme ?

— Exactement. Sauf qu'il était plus gourmand que vous. Il voulait aussi obtenir pour son fils le mariage avec Mlle de Louvois, et pour lui-même l'amour de sa belle-sœur, la princesse de Trigny, en supprimant son rival, le maréchal Créqui.

— Rien que cela ! m'exclamai-je, n'arrivant pas à y croire.

— Eh bien non. Il y ajoutait la demande d'un talisman pour pouvoir remporter des victoires militaires.

— Une demande vraiment chargée ! Et… difficile à croire.

— Eh bien ne me croyez pas si vous le voulez, mais je vous certifie que ce maréchal est un glouton qui veut tout, l'amour, la gloire, la fortune, la position sociale… À un point tel que, même pour un homme comme moi qui ne suis pas un modèle de vertu, c'en est presque écœurant.

Lesage semblait sincère.

— Serez-vous prêt, là aussi, à en témoigner devant la Chambre ?

— De cela, et de bien d'autres choses. Car nous avons tout notre temps pour nous revoir, j'imagine ? Je me sens un peu fatigué, et je préférerais que nous remettions à plus tard mes autres révélations. Il ne faut pas gâcher tous les plaisirs en même temps, et j'ai besoin d'un peu de temps pour me souvenir, car ma mémoire est fort encombrée.

Je commençais moi-même à avoir satiété de cette conversation, et préférai le quitter. J'appelai son gardien pour qu'il le ramène à sa cellule, en lui laissant son carafon de vin. Cet homme-là avait parfois des réflexions qui me plaisaient. Il m'avait également confié une information capitale, qui m'avait troublé dès que je l'avais entendu la formuler : le mystérieux homme masqué avait donné à la Voisin une bague dont le chaton était un onyx noir. Ces mots avaient immédiatement résonné en moi comme ceux du poème trouvé dans les papiers de Mathilde. Avait-elle découvert qui se cachait derrière ce masque, et son texte contiendrait-il un message plus important, qu'il nous fallait déchiffrer ? Je me souvenais d'une « lune rousse », d'une « épée de la nuit », mais n'y avais sans doute pas prêté une assez grande attention.

Je passai par le bureau de Delamare, et lui demandai si nos services avaient examiné l'écriture des papiers trouvés chez elle. Il me dit que le poème était bien de son écriture, mais qu'aucun enseignement qui pût nous être utile n'y avait été décelé. Je décidai de l'emporter et d'y réfléchir plus à l'aise chez moi.

Le lendemain, lorsque je me rendis au château de Versailles faire mon rapport régulier à Louvois, qui y séjournait avec le roi et le Gouvernement, j'évoquai ce que Lesage m'avait confié au sujet du maréchal de Luxembourg, me gardant de lui parler pour l'instant de ce mystérieux « quelqu'un » venu trouver la Voisin, avec pour projet l'assassinat de notre souverain. J'avais l'intention d'explorer cette piste avant d'en faire état, de crainte qu'en la révélant trop tôt, je risque une fausse manœuvre des services de Louvois, en l'habileté desquels j'ai suffisamment dit que je n'avais guère confiance.

Le ministre exulta quand je lui racontai ce que Lesage m'avait confié sur le maréchal de Luxembourg. Les deux hommes se détestaient, et Louvois était fort jaloux des succès militaires obtenus par son rival durant ses campagnes, comme pendant sa gouvernance des pays occupés. Dès que je lui appris ce que Lesage m'avait révélé, Louvois voulut se rendre à Vincennes pour lui en demander davantage. J'essayai de le retenir, craignant sa maladresse légendaire, qui risquait de renforcer mon prévenu dans son sentiment d'importance, mais il n'y eut rien à faire. Il exigea de s'enfermer seul, lui aussi, avec Lesage dans une salle du deuxième étage du vieux donjon, et lui promit la vie sauve, tout comme je l'avais fait, s'il lui confessait tout ce qu'il savait.

Je ne saurais dire ce qu'ils échangèrent comme propos durant l'heure où ils furent ensemble, mais je pus constater que Louvois en ressortit fort dépité. Il me dit que les promesses qu'il avait faites à Lesage n'avaient servi de rien, que l'homme n'était « qu'un voyou insolent » et qu'il s'était obstiné à « jouer au plus fin » avec lui et à ne vouloir se confier qu'à moi. Il ajouta d'un ton menaçant et sans réplique que, s'il persistait à se taire, il devrait tenir pour nul tout ce qu'il lui avait promis.

Quand je rapportai à Lesage la colère du ministre, il fit mine de s'en étonner et déclara qu'il était tout à fait prêt à continuer de collaborer, du moment que ce fût avec moi.

— Voyez-vous, ajouta-t-il, ce marquis de Louvois est sans doute compétent comme ministre de la Guerre, mais pas comme enquêteur, car il a une façon si maladroite de vous interroger et de vous promettre des choses dont vous sentez qu'il ne les tiendra pas qu'il ne vous donne qu'une envie, celle de vous taire.

Ce Lesage, avec son flegme apparent et son humour caustique, avait décidément le don de m'amuser. J'éprouvais même une certaine forme de respect pour un homme qui se plaisait à lire pour se détendre des œuvres métaphysiques de Descartes ou des ouvrages scientifiques de haut niveau. Qui plus est, la méfiance immédiate qu'il avait éprouvée en face de Louvois me confortait dans l'idée que j'avais bien fait de ne rien divulguer pour l'instant à celui-ci de l'épisode de l'homme masqué et de sa bague.

Je décidai de poursuivre son interrogatoire sans me soucier d'autre chose, d'autant que Lesage se montrait peu avare de révélations plus étonnantes les unes que les autres. Il mit ainsi en cause plusieurs autres femmes de qualité qui auraient, d'après ses dires, toutes cherché à obtenir par le poison la mort de Mlle de la Vallière, lorsqu'elle était la favorite du roi, avant que la Montespan ne la remplaçât. La première d'entre elles, la comtesse de Soissons, était la surintendante de la reine. De sa naissance Olympe Mancini, troisième nièce de Mazarin, elle avait rêvé, vingt ans plus tôt, de devenir reine de France, mais son oncle, dédaignant pour une fois ses intérêts familiaux, avait décidé de marier le futur roi à l'infante d'Espagne, Marie-Thérèse d'Autriche, afin d'assurer à la France une paix durable avec Philippe IV. Depuis, ne pouvant se résigner à n'être plus le centre d'intérêt du monarque, elle s'était rendue chez la Voisin, pour obtenir les moyens de se défaire de sa rivale…

Je passerai sur les autres noms qui sortirent de la bouche de Lesage. À vrai dire, j'aurais sans doute pu faire arrêter à peu près toutes les femmes de la cour, tant il était notoire qu'il n'en était pas une qui n'aspirât aux caresses du roi.

Lorsqu'il eut pris connaissance de l'ensemble des rapports que je lui avais remis, le roi me convoqua à Saint-Germain, où il était retourné. En arrivant devant la porte de son bureau, je croisai Mme de Maintenon qui en sortait. Nous nous saluâmes et échangeâmes quelques mots de politesse, avant qu'elle ne s'éloignât. Je sentais que son influence auprès du roi grandissait, et me mis à craindre qu'il ne lui révélât quelques secrets de mon instruction, si elle les lui demandait. Je redoutais, comme je l'ai dit, que son apparente franchise et sa réserve affichée ne cachassent quelque caractère plus cruel.

Le roi me reçut seul. Il me somma une fois de plus d'arrêter sans hésiter dès à présent toute personne de son entourage que je soupçonnais d'avoir eu affaire au commerce des poisons, même si je ne disposais pas encore des preuves suffisantes pour les inculper.

— Il importe que vous n'ayez de ménagement d'aucune sorte pour qui que ce soit, me répéta-t-il, et que vous ne preniez, comme je vous l'ai déjà dit, aucune précaution particulière quant à la notoriété de la personne, à sa condition ou à son sexe.

— Même pour un homme comme le maréchal de Luxembourg ?

— Même pour lui.

Comme je lui faisais valoir que je courais le risque de voir la Chambre libérer ces suspects tant que je n'aurais pas rassemblé davantage d'éléments à charge contre eux, il se mit en colère :

— En voilà assez, La Reynie ! Je vous dis que je ne veux plus attendre. Les preuves que vous cherchez, ils vous les donneront eux-mêmes, si vous savez leur arracher des aveux. Et, s'ils ne vous les donnent pas et que la Chambre les élargit malgré nos présomptions, je suis prêt à user de lettres de cachet pour les faire enfermer. Il faut en finir avec toutes ces intrigues qui se trament dans mon dos, et que mes services de police ou de justice se révèlent incapables de démêler et de réduire à néant, au nom du droit ou de je ne sais quelle morale.

Je lui demandai ce qu'il attendait dans ce cas de mes comptes rendus d'interrogatoires, lorsque j'y soumettrais des personnes aussi en vue, en particulier si elles se mettaient à me dénoncer d'autres personnes, proches de Lui.

Le roi explosa :

— Êtes-vous devenu fou, La Reynie ? Pour celles dont vous voulez parler, je préfère toujours pour l'instant éviter tout scandale, cela ne ferait qu'aggraver nos problèmes et encourager ceux qui veulent notre ruine politique. Comment pouvez-vous me poser une telle question ?

— Pensons-nous bien, Majesté, aux mêmes personnes ?

— Évidemment. Lorsqu'il y sera question de la marquise de Montespan ou de son entourage, vous continuerez de ne les donner à lire qu'à moi seul. Il en sera de même pour quiconque toucherait à ma famille ou mes enfants. C'est moi seul qui jugerai s'il me paraît opportun ou non de les communiquer à la Chambre.

Après cette entrevue, je me rendis chez Louvois, et lui demandai l'autorisation officielle de procéder à l'arrestation de la comtesse de Soissons, de la duchesse de Bouillon, du maréchal de Luxembourg et du marquis des Brisiers, qui me paraissaient les quatre personnalités les plus intéressantes à interroger en priorité. Désormais, la lutte promettait d'être sérieuse. Je pressentais que l'année 1680 resterait dans ma mémoire comme celle où cette affaire des Poisons pourrait me faire tout gagner, ou tout perdre.

23

Mardi 23 janvier 1680

Lorsque j'allai chercher les ordres de réquisition que la Chambre avait préparés, le Président Boucherat demanda à me voir en privé. Il me reçut avec simplicité, sans aucun des attributs de sa fonction. J'ai déjà dit l'estime que je lui portais, et j'avais la sensation, au ton qu'il employait pour s'adresser à moi, qu'il éprouvait les mêmes sentiments pour ma personne. Je croyais discerner de sa part quelque chose comme une vraie affection, celle d'un ami très cher qui aurait souhaité me protéger, ou d'un père conseillant son fils.

— Monsieur le Lieutenant général, commença-t-il, la cour a décidé d'accéder aux requêtes de prises de corps que vous avez soumises au roi, mais je voulais m'assurer que vous êtes bien conscient de lancer une véritable déclaration de guerre à la noblesse ?

— Monsieur le Président, je n'agis qu'en accord avec Sa Majesté. Comme vous le savez, elle est exaspérée par les développements de cette affaire qui lui paraît pourrir dangereusement l'atmosphère du pays, et c'est elle qui a décidé de frapper une bonne fois pour toutes les esprits, et le plus vite possible.

Il me désigna un fauteuil, puis s'assit en face de moi, sans prendre place derrière son bureau, comme pour une conversation amicale.

— J'imagine que vous estimez détenir des preuves suffisantes pour faire inculper ces hauts personnages ?

— Les faire inculper, certainement. Les condamner, ce sera à la cour d'en juger.

— Vous ne m'avez pas vraiment répondu.

J'hésitai à lui avouer mes incertitudes, mais je finis par m'y résigner, confiant dans sa discrétion.

— J'ai déjà exposé au roi mes doutes à ce sujet. J'aurais souhaité disposer de plus de temps pour consolider mes charges contre les personnes en question, mais Sa Majesté ne veut plus attendre et considère, à la lecture de mes rapports, que j'ai réuni assez de témoignages qui les accablent.

— Vous savez comme moi, monsieur de La Reynie, combien les témoignages peuvent prêter à discussion. C'est souvent parole contre parole, et il n'est pas moyen, pour nous autres juges, d'en sortir pour avancer vers la plus petite certitude.

— C'est vrai. Mais quand plusieurs témoignages concordent pour mettre en cause la même personne, et que les témoins n'ont pu se concerter, la suspicion est apparue suffisamment étayée aux yeux de Sa Majesté et de M. le marquis de Louvois.

Il eut un léger sourire.

— N'est-ce pas plutôt que M. de Louvois jubile de voir inculper certaines personnes ?

— À qui pensez-vous ?

— Allons, La Reynie ! Chacun sait que notre ministre de la Guerre ne porte guère d'estime ni d'amitié au maréchal de Luxembourg, et que la perspective de voir son vieux rival militaire passer quelques jours en prison ne doit pas être pour lui déplaire. Et il ne manquerait pas de pavoiser davantage encore s'il le voyait condamné.

— Sans doute, monsieur le Président, mais ce n'est pas ce qui a guidé la décision du roi, ni provoqué son impatience.

Le Président semblait évaluer pour moi les risques qu'on me faisait prendre. Sa main droite s'était mise à jouer nerveusement avec l'un des ferrets qui terminaient ses aiguillettes.

— Pensez-vous qu'un juge de bon sens puisse accorder foi à leurs dires plus qu'à ceux d'un homme qui s'est autant couvert de gloire pour le service de la France ?

— Je vais peut-être vous choquer, monsieur le Président, mais je suis obligé de vous répondre par l'affirmative. Le rôle d'un enquêteur est de se méfier de tout le monde.

— On ne connaît pourtant que trop les manœuvres dilatoires qui permettent aux accusés de se servir de leurs aveux pour retarder ou empêcher leur propre jugement.

— Je sais tout cela, et je l'ai fait valoir au roi et à M. de Louvois, mais j'ai reçu de Sa Majesté un ordre formel, et ne puis m'y soustraire. C'est mon honneur de policier et ma fidélité de serviteur qui y sont engagés.

— Et ce sera votre honneur, et non pas le sien ni celui du marquis de Louvois, qui en subira les conséquences, si vous êtes désavoué par notre Chambre.

Je n'avais rien à répondre. Il soupira, comme peiné pour moi :

— En conscience, La Reynie, qu'en pensez-vous ?

J'hésitai à répondre, puis m'y décidai sans grande conviction :

— Votre cour en jugera, mais je les crois tous coupables d'avoir, pour certains, fréquenté les officines de ces sorcières afin de s'y procurer des poisons, pour d'autres d'avoir commis des actes plus graves, afin que Satan exauçât leurs vœux criminels.

Le Président resta un moment pensif, comme soupesant les arguments qui se pressaient dans son esprit, puis il reprit :

— Disposez-vous de motifs plus graves à leur encontre ?

— Qu'entendez-vous par là ?

— Un complot qui ne serait pas d'ordre privé, mais qui viserait le sommet de l'État. Chacun sait que c'est une véritable obsession dans l'entourage de notre roi. À la cour de Saint-Germain comme à celle de Versailles, la rumeur ne parle que de cela.

— C'est sur ce chapitre qu'il eût fallu précisément qu'on m'accordât plus de temps pour me laisser réunir des preuves concluantes.

Le Président Boucherat baissa les yeux sur ses doigts qui continuaient à pétrir son ferret, puis continua :

— C'est entendu, alors. Je vous laisse lancer vos poursuites, mais vous ne m'avez pas rassuré. Sachez cependant que, si la cour a admis la nécessité de l'arrestation de la comtesse de Soissons, du maréchal de Luxembourg et du marquis des Brisiers, elle souhaite juger par elle-même et après audition de l'opportunité d'inculper ou non la duchesse de Bouillon et plusieurs autres noms que vous nous avez livrés. Vous ne les assignerez pour l'instant qu'à se rendre devant nous pour y répondre à nos questions. Nous aviserons nous-mêmes s'il est judicieux ou non de les emprisonner.

— Bien, monsieur le Président.

Boucherat me considéra d'un air contrit.

— Il va vous falloir beaucoup de courage pour affronter les colères que vous n'allez pas manquer de provoquer chez ces personnes, lorsque vous les aurez arrêtées et fait conduire dans leurs cellules, j'espère que vous vous y êtes préparé…

— Je m'y suis préparé, monsieur le Président.

— À ce propos, où comptez-vous les interner de préférence ?

— La forteresse de la Bastille me paraît la plus propre à recevoir des personnes de leur importance.

— J'ai entendu dire que de nombreuses cellules y étaient assez confortables, et qu'on pouvait presque s'y sentir comme chez soi. Cela atténuera un peu leur fureur, qui va être extrême.

Il m'adressa un sourire bienveillant.

— Je sais l'épreuve que vous avez subie avec l'enlèvement de votre petite fille et tiens à vous exprimer toute ma solidarité à ce sujet. Mais la justice est la justice, et c'est elle qui primera avant toute autre considération. Si les charges ne nous paraissent pas suffisantes, les prévenus seront relâchés et vous vous serez fait quelques ennemis de plus.

— Je m'y attends, monsieur le Président.

— J'ajouterai même : quelques ennemis mortels.

— J'avais bien compris.

Il se leva pour me faire savoir qu'il en avait fini et m'accompagna jusqu'à la porte.

Avant que je sorte, il me posa une main sur l'épaule :

— Pardonnez-moi de vous conseiller ce que vous savez déjà, mais n'eût-il pas mieux valu pour votre femme et vos enfants qu'ils s'éloignassent un moment de la capitale, le temps que ces procès se terminent et que les esprits s'apaisent ?

— C'est ce qu'ils ont fait au printemps dernier en allant passer quelque temps dans notre propriété familiale du Limousin.

— Et pourquoi n'y sont-ils pas restés ?

— C'est moi qui leur ai demandé de revenir, pour ne pas entretenir la rumeur qui courait, selon laquelle j'aurais exilé ma femme pour la faire échapper aux accusations dont elle aurait pu être l'objet.

— J'ai eu ouï-dire des insinuations que cette méprisable Montvoisin portait contre elle. Vous pouvez rassurer votre femme : tant que je serai Président de cette Chambre, elle ne sera jamais convoquée devant nous pour répondre à de telles accusations.

— Je vous remercie pour elle, monsieur le Président.

— Cela prouve que certains n'hésiteront pas à employer contre vous les moyens les plus vils pour vous éloigner de cette affaire. La vérité est qu'ils vous craignent, car ils vous savent un instructeur aussi incorruptible qu'efficace.

Deux heures plus tard, je commençai mes prises de corps en me rendant à l'hôtel du maréchal de Luxembourg. Quand j'y parvins, il m'attendait déjà dans la cour, en compagnie du duc de Noailles, maréchal de France lui aussi et capitaine d'une compagnie de gardes du corps du roi. Je compris aussitôt que des fuites avaient eu lieu, et qu'il avait été prévenu par Noailles de son arrestation. Peut-être celui-ci était-il même venu lui suggérer de quitter le pays avant qu'il ne fût trop tard.

Le maréchal m'accueillit avec un sourire ironique :

— Vous voilà enfin, monsieur de La Reynie ! Vous avez bien failli me faire attendre.

Je fis mine de ne pas m'étonner qu'il connût déjà ma visite :

— J'en suis désolé, monsieur le Maréchal. Comme vous le savez, nos rues de Paris, malgré les travaux que j'y ai engagés, sont très encombrées et ne favorisent pas la ponctualité. Voici la lettre qui vous concerne et que vous semblez attendre.

Je lui tendis sa lettre de cachet. Il la repoussa avec mépris :

— Vous pouvez la garder, je vous fais confiance.

— Puis-je vous demander de monter dans ma voiture ?

— Et moi de ne pas y monter ? Je souhaite me rendre à la Bastille dans mon carrosse, et sans votre escorte. Si j'avais voulu m'enfuir, j'aurais pu le faire aisément. Mais, pour moi, un homme d'honneur se doit de répondre aux questions de la justice quand on l'accuse, et je n'y manquerais en aucun cas. J'ajouterai que, s'il m'était arrivé d'être aujourd'hui à l'étranger pour l'exercice de mes fonctions, je me serais hâté de revenir pour savoir de quoi l'on m'accuse.

Son insolence affichée et son apparente confiance en lui m'amusaient. Un échange de regard me convainquit qu'il était de bonne foi et que je n'avais pas à craindre de tromperie de sa part.

— Je me range à votre désir, monsieur le Maréchal, mais permettez-moi, si je ne vous fais pas escorter, de pouvoir au moins vous suivre jusqu'à la citadelle dans ma voiture.

— J'accepte, mais à condition que cela soit à plus de cinquante pas et que nul ne puisse soupçonner que vous m'arrêtez.

— Soyez sûr que je respecterai votre désir.

Il fit ses adieux au duc de Noailles, monta dans son carrosse, et nos voitures s'ébranlèrent.

Pendant tout le trajet, je veillai à ce que mon cocher respectât la distance souhaitée par le maréchal. À la Bastille, nous fûmes reçus par le Gouverneur, François de Montlezun, un brave homme sans envergure, qui avait été capitaine des gardes sous Mazarin. Il fut stupéfait de lire la lettre de cachet que je lui tendis et de se trouver mis en face d'un prisonnier de l'importance du maréchal. Celui-ci, amusé de constater sa stupeur, lui demanda, comme on parle à un aubergiste, s'il voulait bien lui accorder pour quelque temps le gîte et le couvert. Montlezun lui offrit aussitôt sa propre chambre, qui était fort spacieuse et disposait d'une agréable vue sur la capitale. Je ne fis rien pour m'opposer à ce traitement de faveur.

Le Président Boucherat avait donc bien raison de penser que certains détenus pouvaient parfois être traités à la Bastille comme chez eux. Malheureusement pour le maréchal, lorsque je rapportai par la suite à Louvois les conditions de confort dont disposait son ennemi juré, il le fit immédiatement transférer dans un cachot long seulement de six pas et doté d'une étroite fenêtre donnant sur un fossé fangeux et puant, avec ordre formel de le mettre lui aussi au secret pour qu'il ne pût communiquer avec personne.

Tandis que j'arrêtais moi-même le maréchal, j'avais envoyé Delamare et Desgrez en faire autant avec le marquis des Brisiers, dont nous savions qu'il était occupé à s'entraîner dans une salle d'armes, qui avait remplacé pour lui la Commanderie de Hardouin où il ne pouvait plus prendre ses leçons. Delamare et Desgrez me rapportèrent qu'il avait protesté avec fureur, mais que leur escorte l'avait rapidement maîtrisé. Il avait lancé injures et menaces contre moi, et promis qu'il se vengerait, en se débattant comme un diable. Cela m'engagea à ne pas tenir, en ce qui le concerne, la promesse que j'avais faite au Président Boucherat. Je le fis mettre au secret total dans le donjon de Vincennes, et l'entourai de gardiens dont j'étais sûr. Restait à m'assurer de la comtesse de Soissons et de la duchesse de Bouillon.

Je me rendis chez la première, et constatai avec surprise qu'elle avait disparu, prévenue sans doute elle aussi par une fuite dont je n'eus pas de mal à deviner l'origine. Le roi, quand je lui rendis compte de mon échec, m'avoua avec un peu de gêne que c'était bien lui, comme je le pensais, qui lui avait conseillé de quitter le pays. Sans doute cette clémence était-elle due au souvenir de leurs amours passées et au fait qu'elle était la surintendante de la reine, ce qui eût été compromettant pour la couronne. Il lui avait envoyé un messager pour lui donner le choix entre la prison ou l'exil et lui conseiller vivement de se résoudre à ce dernier. La comtesse, à la différence du maréchal, avait aussitôt fait ses bagages, emporté bijoux et fortune, et dit adieu à sa famille et à ses gens.

Pour ne pas choquer les juges de la Chambre Ardente, s'ils en venaient à soupçonner comme moi les origines de cette fuite, le roi me fit donner l'ordre de lancer à la poursuite de son carrosse deux de mes gardes, tout en me laissant entendre qu'il me serait reconnaissant si je leur recommandais de ne pas le rattraper. Je ne sais si le Président Boucherat fut dupe de ce que deux hommes chevauchant des montures rapides n'aient pas pu rejoindre un lourd carrosse, mais il ne fit aucun commentaire quand on lui rapporta par la suite que la comtesse avait franchi la frontière et disparu.

Je finis ma journée en me présentant chez la duchesse de Bouillon. Je la dérangeai au milieu d'un groupe d'amies, et la priai de bien vouloir m'accorder un aparté. À contrecœur, elle accepta de passer avec moi dans un petit salon où je pus lui signifier la raison de ma venue chez elle et lui remettre la lettre qui l'assignait.

Elle s'indigna, tout comme le marquis des Brisiers, qu'on osât convoquer une personne de son rang devant une Chambre qui flairait la roture, et prétendit que son rang le lui interdisait, n'étant justiciable que du Parlement. Je lui fis remarquer que cette lettre d'assignation était signée par le roi et qu'elle ne pouvait s'opposer à sa volonté. Submergée par sa fureur autant qu'agacée par mon calme, elle me souffleta.

Je fis effort pour ne pas m'emporter :

— J'essaierai d'oublier votre geste, madame la Duchesse. Sachez cependant que je ne l'estime pas digne d'une personne de votre rang. Je vous conseille de mesurer vos humeurs, lorsque vous vous trouverez devant la Chambre. Elles risqueraient de vous porter tort.

Sans ôter mon chapeau, je lui tournai le dos et sortis.

Les conséquences de cette journée d'assignation et d'arrestations furent considérables. À la cour du roi, la nouvelle se répandit comme un incendie de forêt et provoqua autant de stupeur que d'indignation parmi la noblesse. Arrêter un maréchal de France ? Et qui plus est, couvert de gloires récentes en Hollande, à Maastrich, et, plus récemment, à la tête de l'armée du Rhin. Une atmosphère de crainte se répandit, c'était désormais à qui redoutait le plus d'être le prochain suspect arrêté. Mon nom était devenu la cible de la colère générale, comme l'avait bien pressenti le Président Boucherat.

Pour autant, je décidai de ne rien changer à mon comportement, et affectai de paraître indifférent aux affronts que certains pensaient me faire en se détournant ostensiblement de moi. Gabrielle fut l'objet du même opprobre. Nombre de ses amies se détournaient d'elle et refusaient ses invitations pour des parties de cartes, mais elle fit mine, elle aussi, que tout cela lui était indifférent. Comme je m'inquiétai de ce qu'elle ressentait, elle m'affirma être très fière d'être associée à l'action de son mari. Ainsi, la vindicte dont j'étais l'objet nous rapprocha-t-il l'un de l'autre plus que jamais.

24

Jeudi 25 janvier 1680

L'année 1680 fut bien celle où mon enquête bascula dans une autre dimension, atteignant chaque jour davantage les plus hautes sphères de la cour, comme une tache qui se répandrait sur une nappe lentement, sans qu'on pût l'arrêter. Parmi les principaux prévenus que j'avais poursuivis, la Chambre Ardente avait décidé de convoquer en premier la duchesse de Bouillon et de l'entendre avant de prendre quelque décision que ce soit la concernant. Force m'est de reconnaître que son arrivée devant l'Arsenal, le 25 janvier 1680, ne manqua pas d'un certain panache.

Alors que je l'accusais d'avoir voulu empoisonner son mari, le duc de Bouillon, pour épouser son amant, le duc de Vendôme, elle entra au bras des deux hommes. La duchesse était une belle femme, vive, jolie et hardie, et ses yeux pouvaient prendre une dureté un peu froide, lorsqu'elle était en fureur, ce qui était évidemment le cas ce jour-là. Elle pénétra dans la Chambre comme une reine outragée, ne me jeta pas un regard, s'assit rapidement sur le siège qui lui était destiné, puis, sans même attendre que je l'interroge, exigea qu'un greffier prît en note la déclaration qu'elle avait à faire. Le Président Boucherat commença par refuser une telle entorse à la procédure qu'il était censé diriger, mais fut obligé d'accepter cette demande incongrue, car la duchesse s'obstinait à refuser de dire un seul mot tant qu'elle n'aurait pas obtenu satisfaction.

Un greffier se chargea donc de rédiger ce qu'elle lui dicta : elle affirma alors n'avoir accepté de se présenter devant cette Chambre que par respect pour l'ordre du roi et nullement pour répondre de ses actes devant une instance qu'elle ne reconnaissait pas comme habilitée à la juger. Elle prétendait ne pas déroger au privilège des gens de sa qualité, d'être jugés par le Parlement, et aucune autre Cour de justice.

Après avoir ôté son gant et fait voir une fort belle main, elle se tourna alors vers le Président et lui signifia d'un geste, comme à un valet, qu'il pouvait commencer. Il se tourna vers moi et m'invita à poser les questions que je souhaitais. Après les quelques renseignements d'usage exigés par la procédure, je lui demandai si elle avait connu une sorcière du nom de Catherine Montvoisin, qu'on nommait aussi la Voisin.

— Oui, répondit-elle sans un mot de plus.

À ce laconisme affiché et au soutien inconditionnel que lui apportait l'assistance composée pour la plus grande part de sa cour de familiers qui avaient investi la salle, je compris qu'il me serait difficile d'obtenir d'elle les renseignements auxquels je serais parvenu si j'avais pu l'interroger en tant qu'inculpée et dans l'isolement.

— Qu'alliez-vous donc chercher chez elle ?

— On me l'avait recommandée pour ses qualités de voyante. J'avais hâte de connaître le destin que me prévoyaient les lignes de ma main et sa connaissance des astres.

— Voulez-vous dire que vous étiez ignorante qu'elle fabriquait aussi et vendait des drogues empoisonnées pour que les femmes pussent se débarrasser de leurs maris, sans en être soupçonnées ?

— J'avais surtout entendu parler de remèdes qu'elle fabriquait contre certains maux et qui produisaient parfois le meilleur effet... Mais ce ne fut pas là l'objet de mes visites, car ma bonne santé naturelle fait que je n'en souffre d'aucun.

— J'en suis enchanté pour vous, madame la Duchesse, mais plusieurs témoignages vous accusent de vous avoir vue en compagnie de votre sœur, la comtesse de Soissons, venir demander chez elle un remède contre une autre sorte de maux.

— Quelle autre sorte, s'il vous plaît ?

Je ne pus me retenir de sourire, en lui répondant :

— Les maux que les maris procurent à leurs femmes.

J'avais à peine prononcé cette phrase qu'un murmure désapprobateur parcourut fortement les bancs des spectateurs. Le Président Boucherat dut exiger à plusieurs reprises le silence pour que nous pussions continuer plus avant.

La duchesse attendit que le public se tût :

— Puis-je savoir quels sont les noms des personnes qui m'accusent ?

— Vous les connaîtrez, Madame, si la cour juge bon de vous confronter à elles. Mais pour l'instant, vous n'êtes ici qu'en tant que témoin, pour déposer, et rien d'autre.

— Attendons alors que je sois mise en face de juges dignes de mon rang, si toutefois ils jugent bon de m'entendre.

Le Président Boucherat rappela la duchesse à l'ordre, en lui faisant remarquer que, si elle était venue ici par respect pour l'ordre du roi, elle se devait de témoigner le même respect à la cour qu'il présidait, car c'est le roi aussi, et le roi seul, qui l'avait instituée. Il ajouta que les inculpations, les condamnations ou les relaxes que la cour prononcerait valaient autant pour la noblesse que pour la bourgeoisie ou pour le peuple, et que nul ne pouvait s'y soustraire. Mais la duchesse se replia de nouveau dans un silence buté. Impatient d'en finir avec cette palinodie, je décidai d'accélérer mes questions :

— Si vous n'avez cherché qu'à vous faire dire l'avenir, il est étonnant que vous ayez proposé à la Voisin une telle somme d'argent.

— De quelle somme parlez-vous ?

— De la cassette pleine que vous lui avez promise, comme vous en accusent les mêmes témoins qui vous ont reconnue et ont vu cette cassette de leurs yeux.

— Vous préférez donc croire ces témoins, dont vous me cachez les noms et contre lesquels je ne puis me défendre ?

— Je ne cherche, Madame, que la vérité. Quant aux témoins dont la présence vous manque, sachez que c'est pour votre protection que la justice vous en dispense tant que vous n'êtes pas inculpée.

— Dans ces conditions, je ne vois guère de quoi je pourrais vous répondre.

Elle fit mine de se lever pour partir. Je l'arrêtai d'un geste :

— Je n'en ai pas fini, Madame, car ils prétendent aussi que vous avez participé avec eux à des messes sataniques, où vous auriez conversé avec le diable.

— Converser avec le diable, moi ? Comment le voulez-vous, puisqu'il ne m'a pas été présenté ? Ce serait inconvenant.

Par cette réplique, elle mit le public un peu plus de son côté. Bien que j'en fusse la principale victime, je ne pouvais m'empêcher d'admirer la drôlerie et l'insolence qu'elle manifestait, sans avoir l'air de se soucier des périls judiciaires qui la menaçaient.

— Vous niez donc avoir cherché à rencontrer le diable en personne ?

Sa réplique fut aussi cinglante que la précédente :

— Point n'eût été besoin pour moi d'aller chez cette sorcière pour le rencontrer. Je le vois en ce moment qui se tient en face de moi et le trouve fort laid. Il s'est déguisé en inquisiteur pour me torturer.

Son trait déclencha les rires des spectateurs et, je dois l'avouer, m'amusa, même si c'était moi qui faisais les frais de son mordant. Le Président Boucherat eut le plus grand mal à rétablir le silence dans la salle. J'attendis qu'il y soit parvenu pour reprendre :

— Je vous remercie de la comparaison, madame la Duchesse. C'est à la fois très insultant et très flatteur de ressembler au Maître de quelque chose, fût-ce des enfers. Et vous prétendez n'avoir jamais eu le désir de vous défaire de votre mari pour épouser votre amant ?

— Me défaire de lui ? Vous n'avez qu'à lui demander. Il m'a donné la main jusqu'à cette chaise. Quant à l'homme que vous appelez mon amant, n'est-il pas venu en sa compagnie ? Croyez-vous que nous pussions former un aussi joyeux ménage à trois, sans nous accorder ? Et si tel était le cas et que mon mari le supportât, pourquoi eussé-je donc voulu me débarrasser de lui ?

Je me savais impuissant à aller plus loin, car il eût fallu que la Chambre l'inculpât pour que je pusse la pousser dans ses retranchements, et surtout la confronter à des témoins et la mettre en face de faits avérés. Mais c'était à la Chambre Ardente d'en juger, et je ne pouvais qu'attendre sa décision.

— Je vous remercie, Madame, j'en ai fini pour l'instant.

Elle parut déçue. Sans doute s'était-elle prise au jeu et voulait-elle continuer à s'amuser à mes dépens :

— Eh bien, monsieur de La Reynie, est-ce là tout ce que vous aviez à me demander ?

— Oui, Madame. En êtes-vous déçue ?

— Pour vous, certainement. C'est vous être donné beaucoup de mal pour très peu de chose, et à moi et à mes amis grand dérangement.

Elle se leva et se tourna vers l'assemblée avant de sortir :

— Vraiment, je n'eusse jamais cru que des hommes réputés pour sages pussent demander tant de sottises à des gens de bien.

Ses amis, parents et admiratrices qui l'attendaient lui firent un cortège d'honneur, de la sortie de la Chambre jusqu'à la porte de l'Arsenal, devant laquelle stationnaient leurs carrosses. Après avoir délibéré, les juges, sous la Présidence de Boucherat, rejetèrent, comme je m'y attendais, ma demande d'inculpation. Les motifs qu'ils alléguèrent furent ceux que je redoutais et dont m'avait à l'avance prévenu leur Président : un manque de preuves et de fiabilité des témoignages que j'avais recueillis contre elle.

Dès le lendemain, la duchesse, exaltée par son triomphe, commit la bêtise de demander qu'on me destituât et menaça même stupidement de faire imprimer le récit de sa visite à la Chambre et de le diffuser partout, en France comme à l'étranger. Cela mit notre souverain dans une grande colère. Ce triomphe, dont il se sentait responsable pour ne pas m'avoir laissé le temps d'enquêter, l'exaspéra si fort qu'il convoqua la duchesse et lui signifia qu'il ne voulait plus la voir, ni à Saint-Germain ni à Versailles, et qu'il l'exilait, pour son insolence envers sa justice, dans sa propriété de Nérac, où elle serait contrainte de rester pendant quinze mois sous surveillance, afin d'éviter qu'elle n'en profitât pour prendre la fuite à l'étranger.

Cette audition compliqua ma tâche et me fit encore une fois douter de moi. La comtesse de Soissons enfuie, la duchesse de Bouillon en exil sur ses terres sans avoir été inculpée, il ne me restait sous la main, parmi les personnages de haut rang, que le maréchal de Luxembourg et le marquis des Brisiers. Mais il était trop tôt pour les déférer l'un comme l'autre devant la Chambre, car je manquais encore de preuves. Je décidai de ne me consacrer, pour l'instant, qu'au procès de la Voisin devant les juges. Elle m'en avait assez dit pour que je l'y déférasse. Une nouvelle exigence du roi vint cependant déranger une fois de plus mon travail d'enquêteur.

M'ayant fait venir quelques jours plus tard, le dimanche 28 janvier, alors qu'il séjournait au château de Versailles, j'assistai avec lui à une messe que célébrait ce jour-là en la chapelle du château l'évêque de Meaux, Monseigneur Jacques Bénigne Bossuet.

Ce grand prêtre, réputé pour la qualité littéraire de ses sermons et son génie de la prédication, impressionnait tellement le roi qu'il n'hésitait pas, m'avait rapporté Louvois, à le sermonner lorsqu'il lui parlait en privé, et même à lui promettre les flammes de l'enfer s'il continuait à mener une vie de débauches et surtout d'adultère aggravé, car, en trompant sa femme légitime, la reine Marie-Thérèse, avec Mme de Montespan qui était toujours mariée, il commettait un double adultère. Or, à mesure qu'il vieillissait, le roi devenait de plus en plus fervent de religion, et sa terreur d'une punition céleste s'était aggravée depuis qu'il fréquentait Mme de Maintenon.

Ce dimanche-là, j'écoutai donc le grand prédicateur, en présence du roi, de la reine et d'une grande partie de la cour. Sitôt la messe terminée, le roi me convoqua avec Louvois dans son cabinet privé. Bossuet y était déjà et l'entreprit devant nous dès que la porte se fut refermée :

— Majesté, ce jour n'est pas un jour de joie, comme je vous l'ai exprimé dans mon sermon. J'ai appris en effet que des pratiques sacrilèges auraient été commises dans Paris, et même ici, dans votre château de Saint-Germain, sous la conduite de prêtres impies.

Le roi parut surpris :

— Que voulez-vous dire, Monseigneur ? On aurait osé ? Ici même, sous mes yeux ? Vous avez dû entendre de méchants ragots.

— Appelez cela comme vous le voulez, Majesté, mais le bruit court qu'on y aurait célébré des messes noires et parodié les gestes saints à la gloire de Satan.

Le roi se tourna vers Louvois, qui était responsable des services secrets du château. Le marquis se tourna lui-même vers Bossuet :

— Pouvez-vous, Monseigneur, nous donner plus de précision ?

— Le secret de la confession me l'interdit. Mais je l'ai entendu de la bouche d'un prêtre, qui lui-même avait reçu la confession d'une femme qui l'aurait appris d'un faux prêtre qui s'y serait livré.

Le roi s'adressa à moi :

— Avez-vous entendu parler de telles profanations, monsieur le Lieutenant général ?

— Oui, Majesté. Mais sans en avoir aucune preuve formelle.

— Comment cela ? Dans mon propre château ?

— Non, Majesté. Il ne s'agissait pas de votre château de Versailles, ni de celui de Saint-Germain, mais d'une demeure de particulier, à Paris. Rien n'empêcherait cependant que cela ait pu exister ici aussi, malgré la surveillance que le marquis de Louvois y exerce si diligemment. On ne peut contrôler avec certitude toutes les personnes qui y pénètrent, en particulier la nuit.

— Il le faudrait, pourtant ! me coupa le roi.

Et toisant le marquis de Louvois :

— Vous disposez de tous les moyens pour me garder à l'abri d'intrusions, me semble-t-il... Qu'avez-vous à répondre à Monseigneur, monsieur le Marquis ?

Louvois se tourna vers Bossuet :

— Sauf votre respect, Monseigneur, cela fait tout de même beaucoup d'intermédiaires, avant d'en arriver jusqu'à vous. Quelqu'un aurait dit à quelqu'un, qui aurait dit à quelqu'un... Pensez-vous qu'on puisse vraiment se fier à de tels propos ?

— J'ai toute confiance dans le prêtre qui m'en a fait état.

— Je n'en doute pas. Mais lui-même n'aurait-il pu être abusé ?

— Pourquoi voudriez-vous que quelqu'un se vantât de telles horreurs ? C'est plutôt l'effroi que certaines personnes ont éprouvé en les entendant qui les a fait se confier à des hommes d'Église.

Louvois renonça à discuter avec l'évêque et hocha la tête gravement. Il profita cependant que le roi et Bossuet s'étaient détournés pour me lancer un regard et lever les yeux au ciel d'un air excédé. Bossuet avait repris, pour le roi :

— Je demande à Votre Majesté de prendre toutes les mesures nécessaires pour rétablir la sainte autorité de l'Église, et faire punir ceux qui se sont adonnés à des actes sacrilèges aussi odieux !

Le roi s'empressa de répondre :

— Monseigneur, vous pouvez compter sur nous pour répondre à la légitime indignation que vous exprimez au nom de Notre Sainte Mère l'Église.

— Je vous remercie, Majesté.

Le roi prit la main de l'évêque et la porta à ses lèvres, pour baiser son anneau. Bossuet inclina la tête, puis se tourna vers nous, salua et sortit. À peine fut-il dehors que le roi se tourna vers moi :

— Monsieur de La Reynie, j'ai décidé d'élargir les pouvoirs dont vous disposez sur les affaires de poisons à tous les crimes religieux, puisqu'ils leur sont liés.

Je me sentis soudain glacé.

— Majesté, en ai-je vraiment les compétences ?

— Quand aurez-vous fini de sans cesse vous diminuer ? Croyez-vous que je serais assez sot pour vous confier cette responsabilité, si je n'étais pas certain que vous les eussiez ? Ils tomberont désormais sous la juridiction de la Chambre des Poisons.

Puis, s'adressant à Louvois :

— Monsieur le Marquis, vous veillerez avec M. de La Reynie à ce que la surveillance du château soit renforcée. En particulier de nuit. Je ne veux plus qu'il puisse s'y produire à mon insu des actes aussi sacrilèges… Je compte sur vous, pour que tout ce qui est nécessaire soit bien mis en place avant mon départ pour l'inspection de mes armées dans les Flandres et en Franche-Comté.

Il revint vers moi :

— L'audition de la duchesse de Bouillon a-t-elle vraiment tourné à son avantage, comme elle s'est tant plu à nous le rapporter ?

— Malheureusement oui, Majesté. Les charges dont je disposais contre elle étaient insuffisantes aux yeux de la Chambre, comme je le craignais. Vous connaissez l'intelligence et l'esprit de la duchesse. On ne peut guère lui reprocher de s'en être servie.

— Eh bien, moi, je le lui reproche. Je trouve même cela très fâcheux. Les opposants à notre Chambre Ardente vont en profiter pour la critiquer davantage. Et cela se retournera contre moi.

Le roi était visiblement très contrarié. Il nous fit signe qu'il en avait fini et nous tourna le dos sans nous adresser un regard. Nous restâmes seuls et sortîmes dans la galerie qui jouxtait son bureau. Nous y étions à l'abri des oreilles indiscrètes, car elle était interdite aux courtisans.

Louvois soupira :

— Tout cela est fort préoccupant, car je manque d'hommes au château pour couvrir mes besoins de surveillance, surtout la nuit. Et je ne peux continuer à accroître le nombre de mes agents secrets, ils finiraient par ne plus l'être du tout…

Je hochai la tête, pour lui signifier que je le comprenais, mais en moi-même, je pensais qu'il disposait d'une caisse noire fort bien pourvue et qu'il n'avait qu'à y puiser l'argent nécessaire, au lieu de le consacrer à ses menus plaisirs.

Louvois reprit soudain :

— Pourriez-vous mettre une vingtaine des vôtres à ma disposition ? Eux n'auront pas à se cacher d'être des gardes ou des archers. Ils resteraient bien entendu sous votre autorité.

— Mes crédits sont malheureusement plus réduits que les vôtres, monsieur le Marquis. Je manque moi-même cruellement de personnel pour la surveillance des rues de Paris.

Il parut contrarié :

— Vous communiquerez à mon secrétaire la somme dont vous avez besoin pour accroître vos effectifs. Mais faites en sorte de m'envoyer vos hommes dès que possible. Le roi part dans quatre jours, et il veut que tout soit mis en place d'ici là, vous l'avez entendu.

M'apprêtant à sortir du château pour rejoindre ma voiture, j'eus la surprise d'être salué par un capitaine des gardes du roi, qui me pria de bien vouloir le suivre jusqu'à la reine, qui demandait à me voir. J'en fus très étonné, car Sa Majesté ne venait presque jamais à Versailles, à ma connaissance, ou, lorsque cela lui arrivait, ne s'y attardait pas. Je fis signe à mes hommes de m'attendre et suivis l'escorte qu'on m'avait envoyée. Il me dit qu'il nous faudrait marcher un peu car la reine m'attendait dans son carrosse qui stationnait un peu plus loin dans une allée du parc, supportant mal le bruit et la poussière que dégageaient les travaux.

Trois carrosses étaient en effet à l'arrêt à plus de deux cents toises, entourés de gardes et de courtisans des plus divers : je distinguais des robes de moines et quelques individus. Je n'avais à vrai dire jamais eu l'occasion d'avoir un entretien avec la reine. Elle avait la réputation d'être aussi austère que portée sur la religion, bien plus encore que Mme de Maintenon. Le capitaine m'amena jusqu'à son carrosse et en fit ouvrir la portière, avant de m'inviter d'un geste à y monter. Je m'exécutai et me trouvai en face de la reine, que je saluai respectueusement.

— Monsieur de La Reynie, je vous remercie d'être venu me voir, commença-t-elle dans un français parfait quoique avec un assez fort accent. Asseyez-vous, s'il vous plaît.

Elle me désigna un siège en face d'elle, congédia les deux suivantes qui étaient à ses côtés et fit refermer les portières.

— Connaissez-vous la boisson de chocolat ? me demanda-t-elle.

— Oui, Majesté. Il m'est arrivé d'en boire.

— Eh bien, ceci est du chocolat que certains confiseurs savent à présent fabriquer en pâte.

Elle me montra une petite barre d'une pâte noire dont elle cassa un morceau, et me le tendit. Je ne pouvais refuser, bien que je n'aimasse guère cette sucrerie, trop amère à mon goût.

— Je vous remercie, Majesté, lui dis-je en m'inclinant.

Elle brisa pour elle-même un autre morceau et le porta à sa bouche. J'en fis autant, et nous restâmes à nous regarder sans un mot, croquant notre chocolat. Elle me parut plus jolie qu'on ne me l'avait dit. Sans être d'une grande beauté, elle avait de beaux yeux, un regard droit et amusé, et les traits de son visage étaient fins.

— J'ai beaucoup entendu chanter vos louanges, monsieur de La Reynie. D'après les personnes qui vous apprécient, vous êtes attaché à la Justice, et votre seul défaut serait de ne pas avoir de religion.

— Je suis flatté, Majesté, qu'on vous ait parlé de moi favorablement quant à ma moralité professionnelle. Mais je ne sais pas qui a pu vous dire que je n'avais pas de religion, protestai-je. J'assiste très régulièrement aux messes de mon église de Vaugirard et je communie chaque dimanche comme tout pécheur.

Elle étouffa un petit rire :

— À quoi bon protester ainsi, Monsieur ? Ce n'est pas un crime de douter, et il n'y a que vous qui en serez la victime, quand le jour sera venu de vous justifier devant l'Éternel. Ne pas croire ne donne pas forcément de vices, et moi-même, qui suis une fervente croyante, j'en ai bien un…

Je souris.

— Un vice, Majesté ? Vous ?

— Oui, le jeu. Ne le saviez-vous pas ?

Je fis signe que non, mais je mentais. Il était notoire que le roi lui-même avait dû intervenir pour la retenir dans ses excès, lorsqu'elle perdait trop d'argent. Elle craqua un autre morceau de chocolat qu'elle me tendit. Je fis effort pour le sucer sans afficher une grimace de dégoût, et jetai un coup d'œil par la portière, constatant qu'un homme en tenue de moine s'était approché d'assez près, sans doute pour essayer d'entendre ce que nous disions.

— Monsieur de La Reynie, reprit-elle, si je vous ai fait quérir, c'est que j'ai une chose fort délicate à vous demander.

Elle vit que je jetais des coups d'œil inquiets audehors et aperçut comme moi le moine qui nous écoutait. Elle frappa contre la vitre. L'homme se tourna vers elle, et elle lui fit signe de s'écarter.

— C'est mon confesseur, murmura-t-elle. Il est affreusement curieux de tout ce que je peux faire ou dire.

Dehors, le moine s'était éloigné.

— Saurez-vous taire ce que je vais vous demander ?

— Majesté, je n'ai pas l'habitude de rapporter à quiconque ce qu'on m'a demandé de garder pour moi.

— Me donnez-vous votre parole ?

— Je vous la donne. Comme je vous assure que je répondrai à toutes vos questions, s'il est en mon pouvoir de leur apporter une réponse.

— Vous n'ignorez pas que, depuis la fuite de la comtesse de Soissons, je ne dispose plus de surintendante, puisqu'elle tenait ce rôle. Le roi envisage de confier ce poste à Mme de Montespan.

— J'étais au courant pour la comtesse de Soissons, Majesté, puisque c'est moi qui devais l'arrêter. Mais en quoi pourrais-je vous être utile au sujet de Mme de Montespan ?

— À me dire la vérité sur les rumeurs la concernant qui courent au château et ont pénétré jusqu'aux gens de mon entourage.

— Quelles sortes de rumeurs, Majesté ?

— On la soupçonnerait d'avoir cherché à empoisonner Mlle de Fontanges. Vous vous doutez que je n'ai pas de sympathie particulière pour cette petite oie… Mais je ne voudrais pas que se déclenchât un scandale pour ma Maison, si vous étiez amené à inculper la marquise. Je peux encore faire en sorte que le roi confie les soins de cette charge à une autre personne.

— Je n'ai jusqu'à présent aucune raison de soupçonner Mme de Montespan de forfaits aussi abominables.

— Qu'entendez-vous par là ?

— La justice, comme vous le savez, est affaire de preuves, et je n'en dispose d'aucune contre elle.

— Pourquoi alors circule-t-il autour de moi le bruit que des sorcières ou des magiciens que vous avez arrêtés l'auraient chargée ?

— Majesté, je ne peux en aucun cas violer le secret de mon instruction. C'est à la Cour de justice que le roi a instaurée qu'il revient de juger si les rapports que je lui remets font office de preuves. Je suis loin d'avoir terminé mon enquête, mais au stade où je me trouve, je n'en vois toujours pas.

— Je comprends. Mais un proverbe de mon pays dit pourtant qu'il n'y a pas de fumée sans feu.

— Ce n'est qu'un proverbe, Majesté.

— Oui, mais ils disent souvent la vérité, car ils expriment le bon sens populaire.

— Ma charge de policier m'a toujours obligé à me méfier de ce bon sens. La voix populaire a souvent fait condamner des innocents sous l'effet de la colère ou de l'envie. La calomnie est un art très répandu, car chacun cherche à se faire une place au détriment de ceux ou celles qui sont déjà installés.

La reine gardait un visage préoccupé.

— Vous avez peut-être raison. Cette pauvre Demoiselle de Fontanges semble au plus mal. Ses terribles pertes de sang l'ont affaiblie au-delà de toute raison. Il est tout de même surprenant que la médecine ne puisse rien pour elle. Elle est encore si jeune… Cela ne vous fait-il pas soupçonner quelque complot criminel contre elle ?

— Mon rôle est certes d'avoir des soupçons, mais le soupçon est une chose, la preuve en est une autre. Et, encore une fois, je n'en dispose d'aucune contre Mme de Montespan.

— Pas même cette Demoiselle des Œillets, qui a été sa femme de chambre et qui est restée son amie, dont on dit qu'elle fréquentait beaucoup les officines que vous poursuivez ?

Je ne pus retenir un sourire :

— Les rumeurs les plus sordides se répandent décidément avec une facilité déconcertante. Dans le cas de Mlle des Œillets, je n'ai aucune raison de douter de sa parole lorsqu'elle m'assure n'être allée consulter l'une de ces guérisseuses que pour se procurer un remède contre ses cors aux pieds…

La reine ne put se retenir de rire :

— Ses cors aux pieds ! Je comprends que vous ne m'en direz pas plus.

— Non, Majesté. Et je vous prie même de conserver cette information secrète, car elle relève de mon instruction !

Elle enchaîna rapidement :

— Monsieur de La Reynie, je vous remercie pour tout ce que vous m'avez dit et que je saurai taire comme je vous l'ai promis. Notre entretien m'a permis de constater que tout ce qu'on m'avait rapporté à votre propos était exact. Vous êtes bien l'homme droit et intègre dont on vous fait réputation.

Je m'inclinai et la remerciai pour ses compliments. Quinze jours plus tard, j'appris que le roi avait bien confié la charge de surintendante de la Maison de la reine à Mme de Montespan.

25

Vendredi 23 février 1680

La Voisin continuait de me causer de nombreuses difficultés. Contre toute évidence, elle niait avoir fréquenté la Des Œillets ou quelque personne que ce fût liée à la cour. J'eus beau lui affirmer que je l'avais vue lui donner une fiole devant l'église Notre-Dame-de-Bonne-Nouvelle le jour de son arrestation, elle soutenait à présent qu'elle ne connaissait pas l'identité de la Des Œillets et qu'elle n'avait fait que satisfaire à la requête d'une cliente anonyme, en lui remettant un remède pour ses cors. De la même façon, dès que les interrogatoires que je lui faisais subir touchaient de près à des personnes haut placées, elle se taisait ou protestait ne pas les connaître. Avait-elle reçu des instructions de l'extérieur, malgré toutes les précautions que j'avais prises ? Et de qui, si c'était le cas ? Le mystérieux homme masqué ? Une haute personne de la cour ?

Je lui rendis visite la veille du jour où je devais l'interroger devant la Chambre. Elle fit mine d'être surprise :

— N'êtes-vous pas un peu en avance, monsieur de La Reynie ? Je croyais n'avoir à faire avec vous que demain…

— Ma conscience professionnelle m'oblige à vérifier que vous n'avez rien d'autre à me confier, ou que vous ne souhaitez pas vous rétracter des crimes que vous m'avez déjà fait connaître.

— Ne vous suffit-il pas de le savoir demain, devant la Chambre ?

— Je préférerais en être informé le premier, si c'était le cas.

— Tout ce que je vous ai dit, je le maintiens. Et je maintiens aussi tout ce que je ne vous ai pas dit.

Je souris, amusé par sa formule.

— Très bien, Madame. Je vous accuserai donc d'avoir pratiqué plusieurs centaines d'avortements. Vous considérez-vous bien toujours responsable de ces crimes ?

— Pour le nombre, je ne sais pas, car je ne les ai pas comptés.

— Je vous accuserai aussi d'avoir fourni régulièrement du poison pendant des années à une dizaine de vos consœurs, ce qui fait de vous un maillon important de la chaîne de vendeurs de ces produits.

— Elles en ont bien profité, et je dois reconnaître que moi aussi.

— Vous avez avoué également avoir fait célébrer des messes noires chez vous ou en d'autres domiciles.

— S'il y a assez d'imbéciles pour s'en remettre à un Satan que nous leur inventons, pourquoi m'en serais-je privée ? Mais, pour l'occasion, je n'étais que loueuse des lieux où elles se pratiquaient, ou fournisseuse des produits nécessaires. Pour l'aspect religieux de la messe, il faut que vous voyiez pour cela les prêtres qui y officiaient, comme l'abbé Guibourg, qui était le plus coté.

— Vous avez parlé de « produits nécessaires ». Qu'entendez-vous au juste par « produits » ?

— Eh bien, des nourrissons qu'il fallait sacrifier, ou, quand je n'en disposais pas, des poulets. Mais les nourrissons étaient plus intéressants pour moi, car ils rapportaient davantage. Ajoutez à cela un décor approprié suggérant des pratiques sataniques, et d'effroyables crapauds morts, leur gueule grande ouverte dans des bocaux. Cela a toujours fait un certain effet aux esprits crédules.

— Des nourrissons morts ou vivants ?

— Des deux sortes, mais un nourrisson vivant présente l'avantage que son sang puisse couler quand on l'égorge au-dessus de la personne venue quémander une faveur au Maître des enfers. Il est plus recherché et rapporte davantage. C'est un enfant de cette sorte que je fournissais, chaque fois que le marché me le permettait.

Je fermai les yeux quelques secondes pour m'évader de cette vision d'horreur. Je croyais avoir eu le temps de m'habituer à ces crimes commis sur de si jeunes êtres innocents, mais ce n'était pas le cas. La noirceur diabolique de l'âme humaine m'épouvantait, à chaque fois qu'elle venait imposer ses conséquences à mon esprit. Cette femme Voisin, dans son domaine, avait au moins, il fallait le reconnaître, le mérite de la franchise.

— Allons, monsieur le Lieutenant général, un homme de votre position ne va tout de même pas faire un malaise devant une prévenue ! l'entendis-je murmurer.

Elle me considérait avec intérêt, comme si elle était fière d'avoir imposé un instant sur moi son pouvoir maléfique.

Je repris :

— Avez-vous conscience que ces crimes étaient les plus condamnables d'entre tous ?

— Pourquoi cela ?

— Mais parce qu'ils horrifient la conscience humaine.

Elle pouffa :

— La conscience humaine ? J'ai bien du mal à imaginer ce que cela peut être. Est-ce que vous le savez vous-même ? Dites-m'en alors quelques mots pour m'éclairer.

Et, comme je me taisais, incapable de lui répondre :

— Vous voyez bien ! Croyez-vous qu'un nourrisson qu'on égorge souffre davantage qu'un adulte qu'on empoisonne ? Moi qui connais bien les deux sortes de morts, je peux vous garantir le contraire.

N'y avait-il vraiment aucune faille humaine chez cette femme, aucun petit doute ou remords quant aux actes qu'elle avait commis ? Elle me regardait d'un œil ironique, comme si elle était de plus en plus satisfaite de m'impressionner.

— Je ne peux prêter crédit à cette apparence d'impassibilité que vous m'opposez, lui dis-je. Vous avez été une mère, vous avez eu pour votre fille des sentiments. Vous continuez à en avoir, je l'ai bien vu lorsque nous avons dîné chez mon amie. Il est impossible que vous n'ayez pas conscience de l'atrocité qu'il y a à se servir d'un petit enfant pour de telles pratiques auxquelles vous ne croyez même pas.

Elle réfléchit un instant, puis approuva :

— Vous avez raison. C'est curieux, n'est-ce pas ? Je ne ressens rien, c'est vrai. Et je n'ai pas à forcer ma nature pour cela. Pas plus que je ne ressens de regret d'avoir aidé plus de cent personnes à se débarrasser qui de son conjoint, qui de son père ou de son frère, qui d'un homme qui l'assujettissait. C'était là l'essentiel de mon commerce, et j'en suis fière, si j'ai pu aider quelques femmes à se libérer des chaînes que des hommes faisaient peser sur elles, ne vous l'ai-je pas déjà dit ?

— Vous vous sentez donc un peu comme une héroïne digne qu'on la félicite pour sa vie exemplaire ?

Elle éclata de rire :

— Oui, c'est un peu cela. Je suis une héroïne. Au moins pour la cause des femmes ! Je mérite, à ce titre, de laisser mon nom dans l'Histoire.

— Vous essaierez de développer ces arguments devant vos juges demain. Peut-être y seront-ils sensibles et décideront-ils de vous élever une statue. Mais maintiendrez-vous les faits que je viens de vous énumérer, et pour lesquels vous êtes passible de la peine capitale ?

— Je les ai déjà reconnus, pourquoi ne les reconnaîtrais-je plus ?

— Continuez-vous par contre de nier avoir porté des poudres à Saint-Germain ou à Versailles pour l'usage qu'en auraient voulu faire des gens de la cour ou des familiers du roi ?

— Oui, dussé-je vous décevoir, puisque vous y tenez tant. Je le regrette, d'ailleurs, car cela m'eût permis sans doute de toucher gros.

— Vous avez pourtant fini par avouer être allée trois fois au château de Saint-Germain pour vous mettre sur le trajet du roi et essayer de lui donner en mains propres des requêtes sous forme de placets.

— Ah, ça, c'est autre chose, monsieur le Lieutenant général. J'ai bien essayé en effet de lui remettre des placets, mais ce fut sans succès, car il passa près de moi sans même me jeter un regard. Sans doute n'étais-je pas assez bien mise pour Sa Grandeur.

— Qu'y avait-il dans ces placets ?

— Des requêtes très modestes, comme d'être exemptée de certains impôts, ou d'être mieux protégée des cambrioleurs qui sévissaient dans mon quartier. Sauf votre respect, monsieur le Lieutenant général, et bien que vous ayez fait beaucoup pour la sécurité, votre police protège encore très mal les braves citoyennes comme moi.

Elle continuait de prendre plaisir à se moquer.

— Vous êtes donc la cible, vous aussi, de voleurs ?

— Imaginez ce que peut représenter aux yeux des malandrins une maison dans laquelle ils auraient appris que se trouvent entreposées de grandes quantités de poisons ? Comment pourraient-ils ne pas être tentés d'y pénétrer pour les voler ? Je suis aussi menacée qu'une échoppe d'apothicaire. Aussi est-ce la raison pour laquelle je m'efforce d'avoir toujours un ou deux hommes à mon service. Vous avez pu le constater, lorsque vous êtes venu perquisitionner chez moi.

Je fis mine de m'apitoyer :

Pardonnez-moi. J'oubliais que vous êtes aussi une victime.

— Je ne vous le fais pas dire.

— Revenons à nos placets. Outre les requêtes qu'ils contenaient, n'étaient-ils pas aussi enduits de poudres ?

— À quelles poudres pensez-vous ?

— Des poudres empoisonnées, bien entendu. C'est l'une de vos spécialités, m'a-t-on dit.

— On vous aura trompé. Pour tuer quelqu'un, je me sers seulement d'arsenic liquide. J'en badigeonne des chemises que je lui fais offrir, mais je ne saurais comment procéder avec du papier.

— Votre amant Lesage l'a pourtant prétendu.

— Celui-là ! Il n'a plus arrêté de baver sur moi, depuis que vous l'avez arrêté. Quand je pense à tout ce que j'ai fait pour lui ! Mais ainsi sont les hommes, ce n'est pas une surprise.

— Qu'avez-vous donc fait pour lui ?

— Je lui fournissais ce dont il avait besoin, pour sa clientèle.

— Il est pourtant formel, au sujet de ces placets.

— Il ne cherche qu'à se faire valoir. Il ne connaît rien aux poisons, c'est un fanfaron. En cela comme en d'autres choses, d'ailleurs.

— Quelles autres choses ?

— Toutes sortes, des petites jusqu'aux grandes.

— Dites toujours.

— Eh bien, il se disait très bon amant, et il ne l'était pas. Vous savez comment sont les hommes, dès qu'il s'agit de vanter leurs exploits au lit. C'est à qui se prétendra le mieux pourvu. Mais il dispose d'un membre assez peu vaillant, et très vite las à la besogne, comme la plupart d'entre vous, je peux vous le certifier.

Elle éclata de rire, en me voyant aussi stupéfait qu'amusé de sa verve vengeresse et permanente contre la gent masculine tout entière.

Avant de la quitter, je lui fis réitérer les réponses qu'elle m'avait données au sujet de ses rapports avec la favorite du roi :

— Vous avez prétendu n'avoir jamais eu commerce avec Mme de Montespan, ni avec sa dame de compagnie Mlle des Œillets ou sa femme de chambre Mlle Catau, comme certains l'ont affirmé. Maintiendrez-vous vos affirmations devant la cour ?

Elle sembla brûler soudain de me dire toute la vérité :

— Pour Mme de Montespan, je n'ai jamais eu l'honneur de lui être présentée. Je vous l'ai dit et je vous le répète. Pour Mlle des Œillets, je dois vous avouer que je vous ai menti, car je l'ai bien rencontrée à deux ou trois reprises et lui ai fourni quelques poisons fort efficaces, en toute conscience de qui elle était. Et vous avez raison, quand vous alléguez m'avoir vue devant l'église Notre-Dame-de-Bonne-Nouvelle lui remettre une fiole, le jour de mon arrestation.

— Se présentait-elle au nom de Mme de Montespan ?

— Bien sûr que non. Mais je l'avais déjà aperçue au château auprès d'elle et du roi, lorsque j'étais allée présenter mes placets.

— Saviez-vous à quel usage ces poisons étaient destinés ?

— Mlle des Œillets a prétendu qu'il s'agissait de son propre usage, mais je peux en douter, comme vous. La différence entre nous est que cela m'est complètement égal, du moment que mes clients me paient la somme que je leur demande. Tandis que vous, mon pauvre ami, vous voilà obligé de continuer vos investigations !

Je renonçai à poursuivre, persuadé qu'elle disait la vérité et que je n'en tirerais désormais rien de plus que des moqueries. Au moment où j'allai pour partir et lui avais déjà tourné le dos, elle me rappela :

— Comptez-vous me poser ces questions demain devant la cour, je veux parler de celles sur Mme de Montespan ou Mlle des Œillets ?

Je me retournai :

— Je ne crois pas que cela sera nécessaire.

Elle éclata de rire. Elle avait compris combien le roi trouvait cette partie de mon enquête embarrassante pour lui, et qu'il m'avait ordonné que ni les juges ni les spectateurs du procès ne fussent mis au courant.

— Et vous, lui demandai-je, comptez-vous en parler sans que je ne vous demande rien ?

— Non... Si toutefois vous m'accordez une faveur.

— Dites toujours.

— Eh bien non, pas maintenant. J'ai confiance en vous, car vous êtes un honnête homme et vous tiendrez parole. Je ne dirai donc rien qui puisse vous embarrasser au sujet de qui nous venons d'évoquer, et je vous demanderai en échange de m'accorder la faveur que je souhaite le jour de mon exécution, si vous voulez bien venir me trouver dans ma cellule.

— Je ne peux m'engager sans savoir.

— Eh bien moi, si, vous voyez !

Elle plastronnait encore. Je la saluai et sortis. Je m'en voulais de ne pas lui avoir posé la question qui me préoccupait : était-ce elle qui avait donné l'ordre d'exécuter ma chère Mathilde ? À plusieurs reprises, j'en avais brûlé d'envie, mais quelque chose de trop douloureux pour moi m'avait retenu. Je me promis de ne pas y manquer, lorsque je reviendrais la voir, le jour de son exécution.

Le procès eut lieu le lundi 19 février et déplaça, comme on peut l'imaginer, une foule gigantesque, dont seule une partie infime put entrer dans la salle. Il neigeait et j'avais déployé des policiers en nombre devant le bâtiment de l'Arsenal, pour empêcher que la foule qui se pressait devant lui ne forçât les barrages et ne pénétrât dans le Tribunal. Quand la voiture dans laquelle j'amenai la Voisin s'arrêta, nous eûmes le plus grand mal à en sortir et à fendre cette foule haineuse, qui criait des injures, comme elle l'avait fait pour la Brinvilliers, le jour de son exécution. « *Tu vas brûler, l'avorteuse !* », « *Va rejoindre Satan !* », « *Au bûcher, sale chienne !* ».

J'avais tenu à être moi-même à ses côtés, espérant que ma présence éviterait le pire. Je la tenais par le bras et nous avancions lentement, encadrés d'une haie de gardes armés qui repoussaient les spectateurs à coups d'étuis de sabre. Je pensais que, parmi ces visages qui criaient, certains avaient probablement fait partie un jour ou l'autre de ses clients. Soudain, elle se dégagea de mon bras et se tourna vers les badauds qui l'insultaient. La force que dégageait sa seule présence était telle que son regard glaçant fit taire d'un seul coup leurs injures, comme s'ils avaient peur d'elle. Bien campée sur ses jambes, les poings sur les hanches, un sourire de mépris se dessina sur son visage, et elle cracha sur la foule, par-dessus les gardes. Puis elle reprit mon bras, l'air content d'elle, et nous continuâmes notre marche sous le flot des injures qui s'étaient remises à fuser de plus belle dès qu'elle avait tourné le dos.

Lorsque j'entrai avec elle dans la salle, je fus surpris de la voir remplie de personnes de qualité. On aurait presque pu croire que toute la cour de Saint-Germain s'était donné le mot pour s'y retrouver comme à l'Opéra. Je m'amusai de voir toutes ces dames parées comme des comédiennes sur une scène, les buscs à baleines faisant bondir leurs tétons, les mouches répandues sur leurs visages, la *majestueuse* au milieu du front, la *passionnée* au coin de l'œil, *l'effrontée* au bout du nez.

Le procès commença. Le Président posa à l'inculpée les mêmes questions que je lui avais faites la veille dans sa cellule et obtint d'elle les mêmes réponses. Comme elle me l'avait assuré, la Voisin n'évoqua à aucun moment Mme de Montespan ou Mlle des Œillets, et reconnut tous les crimes qu'on lui reprochait. Ses avortements ? Une façon d'aider de malheureuses femmes à sortir d'une situation où des hommes cyniques, brutaux ou imprévoyants les avaient jetées. Ses empoisonnements ? La seule manière, là aussi, d'aider des victimes à se débarrasser du pouvoir tyrannique de leurs pères, de leurs frères ou de leurs maris.

Et, comme le Président lui demandait si elle n'éprouvait pas, avec le recul du temps, des remords pour ses crimes, elle haussa les épaules.

— J'en éprouverais plutôt de n'avoir pu aider toutes les femmes à se venger de vous, les hommes. Vous n'imaginez sans doute pas, monsieur le Président, les horreurs qu'elles ont pu me montrer sur leurs corps outragés et meurtris par les coups de leurs maris, de leurs frères ou de leurs pères. Certaines portaient de graves blessures, d'autres avaient la marque de brûlures atroces, j'en ai même vu à qui leurs maris avaient parfois coupé un doigt ou brisé un poignet, un bras ou une jambe et qui en étaient restées infirmes pour la vie. Les paysans traitent mieux leurs bêtes de somme, les cavaliers prennent plus de soin de leurs chevaux, et les bouchers des porcs ou des poulets qu'ils égorgent. Mais là ! Ce qui se passe dans le secret de vos demeures, où vous enfermez vos femmes, est horrifiant. Quel plaisir pouvez-vous prendre à torturer vos épouses, vos sœurs ou vos filles ? À moins que vous ne nous considériez pas comme des êtres humains, ni même comme des animaux utiles à autre chose qu'à votre reproduction ? Non, monsieur le Président, je n'éprouve aucun remords à avoir aidé certaines de ces malheureuses à se débarrasser de leurs bourreaux, et je me serais méprisée de ne pas le faire.

La déclaration était si violente qu'un silence de mort s'était abattu sur la salle, qui n'en revenait pas d'une telle franchise. Sans doute nombre de ces femmes qui plastronnaient si fort et faisaient montre de tant d'élégance déplacée avaient-elles subi sans jamais l'avouer les mêmes sévices de la part des hommes de leur famille ? Visiblement remué par ces paroles si crues, le Président hésita à commenter ces propos.

— Vous plaiderez tout cela devant l'Éternel, puisque vous allez bientôt lui être confrontée. Peut-être vous écoutera-t-Il ? Mais vous pardonnera-t-Il vos messes noires et vos sacrifices d'enfants ?

La Voisin, comme avec moi, nia toute participation à des messes, car elle avait, affirma-t-elle, le plus grand mépris pour la religion et les choses sacrées, fussent-elles tournées à l'envers en direction de Satan au lieu de Dieu. N'avait-elle pourtant pas fourni des nouveau-nés à des prêtres pour qu'ils les égorgeassent ? C'était leur affaire et pas la sienne. Elle était une commerçante comme une autre, et il fallait bien qu'elle fît tourner son commerce. Tous ces propos épouvantèrent évidemment les juges et le Président Boucherat. L'extrême cynisme et la sincérité de la Voisin ne pouvaient être simulés par simple bravade. Ils éprouvèrent qu'ils étaient pour la première fois en face d'une criminelle qui disait froidement la vérité, sans chercher aucune excuse.

Ces braves magistrats, si tranquilles dans leurs vies et si sûrs de leur bon droit, sentaient, pour la première fois de leur existence, passer sur eux le souffle glacé et ricanant de la mort… ou du diable pour ceux qui y croyaient. Bref, ils étaient mis en contact avec la réalité des horreurs de l'âme humaine, celles que je fréquentais avec un dégoût grandissant depuis que j'exerçais ma fonction de policier. J'en éprouvais presque un sentiment de reconnaissance envers cette femme, pour leur en avoir fait prendre conscience.

Il fut bientôt temps pour eux de délibérer. Des gardes emmenèrent la Voisin dans une salle de détention pour qu'elle y attendît son jugement. Une demi-heure plus tard, les huissiers firent revenir le public dans la salle de la Chambre. On appela la Voisin et on lui annonça qu'elle était condamnée à être brûlée vive, après qu'on lui aurait appliqué la question. Elle ne manifesta aucune réaction quand elle apprit que l'exécution était fixée trois jours plus tard, sur la place de Grève. Se tournant vers le chef des gardes chargés de l'accompagner, elle dit simplement :

— Ramenez-moi au plus vite dans ma cellule, je ne voudrais pas rater les fêtes que je compte y donner dès ce soir.

Elle tourna le dos à ses juges et à la salle, et alla pour ressortir, encadrée par ses gardes. En passant le long du premier rang, où étaient installées quelques femmes de l'aristocratie, elle leur jeta un regard méprisant, s'arrêta soudain devant la duchesse de Bouillon et se pencha dans sa direction en lui faisant une horrible grimace et en agitant les mains comme si elle voulait lui jeter un sort. Les gardes la retinrent, mais elle ne faisait que jouer, et ils n'eurent aucun mal à la contenir. La duchesse, par contre, poussa un cri d'effroi et se renfonça sur sa banquette, terrorisée. La Voisin éclata d'un rire tonitruant, fort contente d'elle, puis reprit sa marche. J'éprouvai une grande satisfaction, car elle m'avait pour ainsi dire vengée des sarcasmes que la duchesse m'avait adressés. J'appris que, le soir même, la Voisin avait trinqué et soupé copieusement avec ses gardes, et que, comme l'un d'eux s'en étonnait, elle aurait répondu :

— Comment cela ! On voudrait, en plus de ma condamnation, que je ne fasse pas *médianoche* ?

Elle s'enivra fort et chanta jusqu'à minuit des chansons à boire ou obscènes, et continua de multiplier en riant les accusations qu'elle avait déjà lancées contre son amant Lesage et d'autres sorcières. Certains policiers présents tentèrent de se servir de sa bonne humeur pour lui en faire dire plus sur la Montespan ou la Des Œillets. Ils en furent pour leurs frais, car elle n'avait nulle intention de leur lâcher quelque nouvelle révélation qui compromît l'une de ces dames.

Elle ne dessoûla pas pendant les deux jours qui suivirent. Des prêtres vinrent pour lui en faire honte, lui affirmant qu'elle ferait mieux de chanter un *Ave Maria Stella* ou un *Salve* que toutes ces chansons blasphématoires, mais elle les tourna tous en ridicule, puis mangea, bu et chanta de plus belle. Le 22 février, elle refusa de recevoir le confesseur que nous lui avions choisi et promit de repousser de la même façon « tout nouveau corbeau qu'on lui enverrait ».

Le jeudi 23 février, quand je vins la voir le matin de son exécution, accompagné de Desgrez et d'un prêtre, je les priai de me laisser seul avec elle, comme je le lui avais promis.

— Quelle faveur aviez-vous donc à me soumettre ? lui demandai-je lorsqu'ils furent sortis.

— Je vous supplie d'être indulgent avec ma fille Marie-Marguerite. Je voudrais que vous ne lui appliquiez pas la question.

— Pourquoi ne pas me l'avoir demandé plus tôt, lorsque vous en avez été tentée ?

— J'ai préféré attendre d'être sûre du jugement du tribunal. J'ai pensé que ma condamnation vous aiderait à l'épargner, elle.

— La torture n'est pas de mon goût, je vous l'ai déjà dit.

— Elle ne sait rien et ne peut rien vous apprendre. Je vous parle en connaissance. Ce qui se trame autour du roi lui est totalement étranger. C'est une fille un peu simple d'esprit qui ne saurait pas distinguer un cheval d'une jument, ni un ministre d'un gratte-papier. Elle n'est pas non plus très courageuse, et, si vous lui appliquez vos atroces procédés, elle avouera tout ce que vous voudrez sans que cela vous renseigne en rien. Elle ne connaît pas la politique et a hérité cette ignorance de son père, un ivrogne avec lequel j'ai eu la faiblesse de coucher un soir, parce que j'étais plus soûle que lui.

— Vous venez de dire qu'elle ne savait rien. À quoi pensiez-vous, avec ce « rien » ?

Elle sourit, montrant ainsi qu'elle m'avait bien caché jusque-là un complot plus grave. Et, comme elle se taisait en me regardant avec ironie, je continuai :

— Que voulez-vous dire par « ce qui se trame autour du roi » ?

— Les crimes pour lesquels vous m'avez fait condamner au bûcher ne sont que menue monnaie, eu égard à ceux qui se préparent. Ils dépassent de loin tout ce que ma pauvre simplette de fille peut être capable de comprendre.

J'avais deviné ce qui l'avait conduite à ne rien dévoiler devant les juges au sujet des personnes plus importantes de la cour, compromises dans des affaires plus graves que des empoisonnements... On l'avait menacée, sans doute depuis l'extérieur, de s'en prendre à sa fille si elle parlait.

— Parlez à présent, si vous savez quelque chose, avant qu'il ne soit trop tard. Donnez-moi des noms, si vous en connaissez ! À quoi sert-il que vous les emportiez avec vous ? C'est pour vous le moment de décharger votre conscience.

Elle ricana :

— Vous n'avez donc pas encore compris que je me soucie bien peu de décharger ma conscience ? Je ne crois ni au paradis, ni à l'enfer. Cela n'a-t-il pas été clair, pendant mon procès ? Quand je serai morte, il ne restera plus rien de moi, voilà ma seule croyance. Quant au complot dont vous voudriez connaître les acteurs, je sais seulement que des personnes puissantes combinent leurs efforts pour attenter à la personne du roi, et que celui qui les dirige m'a proposé une grosse somme d'argent pour l'empoisonner. À partir de là, je ne sais plus rien. Ils n'ont pas commis l'imprudence de me donner leurs noms ni de se découvrir à moi d'aucune façon. Qui est l'homme venu me voir ? Qui sont les membres du complot ? C'est le même mystère pour moi que pour vous.

Au frémissement de sa voix, je crus sentir qu'elle en savait plus qu'elle ne le prétendait. Elle s'arrêta de parler pour boire une gorgée de vin, puis reprit :

— J'ai été honnête avec vous, soyez-le avec moi. Promettez-moi à présent de m'accorder la faveur que je vous ai demandée.

— Pas avant que je ne vous pose une dernière question.

— Je crois la connaître, votre question. Eh bien, non, ce n'est pas moi qui ai demandé à

Morgeac d'assassiner votre maîtresse. Vous me croirez si vous voulez, mais il en a pris l'initiative de lui-même, et cela m'a fort fâchée contre lui, car j'ai toujours en horreur qu'un homme s'en prenne à une femme, fût-elle mon ennemie.

— Vous l'aviez pourtant agressée, lorsque vous l'avez aperçue au Châtelet et que vous avez compris que c'était elle qui m'avait permis de vous arrêter. Vous l'auriez même étranglée, si des gardes ne vous avaient pas séparées.

— Ce jour-là, j'ai été prise de fureur. Il m'arrive de céder à mes colères, car je suis d'humeur chaude. Mais je me suis vite calmée. Encore une fois, je ne peux rester longtemps fâchée contre une femme, quel que soit le mal qu'elle m'a fait, et je finis toujours par comprendre les raisons qui l'ont fait agir comme ceci ou comme cela.

Je restai silencieux, la fixant les yeux dans les yeux. Elle ne détourna pas le regard. J'avais interrogé des centaines de criminels, et je commençais à savoir distinguer entre la vérité et le mensonge.

— Je vous crois, soupirai-je.

Elle parut soulagée.

— Accéderez-vous à la faveur que je vous ai demandée ?

— J'y accéderai si je le peux, je vous l'ai déjà dit.

— Je vous en prie ! Épargnez les douleurs de la question à Marie-Marguerite, elle ne les mérite pas et elles vous seront inutiles.

Comme je ne disais rien, elle fouilla dans ses sous-vêtements et en sortit un objet qu'elle me tendit :

— Tenez ! Je ne voulais pas me résoudre à vous la donner, mais si cela peut vous convaincre d'accéder à ma demande, prenez-la.

Elle avait posé une bague dans le creux de ma main. Un frisson me parcourut. C'était une bague au chaton d'onyx noir zébré de blanc. La même dont m'avait parlé Lesage et dont parlait le poème de Mathilde. Je lui jetai un regard interrogatif. Elle y répondit :

— C'est le signe distinctif des membres du complot. Pour se reconnaître entre eux, ils portent tous la même bague à un doigt. Seul leur doigt diffère, à cause de la largeur de l'anneau.

Elle n'eut pas le temps de poursuivre plus avant, car la silhouette de Desgrez se découpa dans l'encadrement de la porte :

— Monsieur le Lieutenant général, nous devons emmener la condamnée à la question. On vient de me rapporter que la foule se presse sur la place, malgré la froidure, et que nos hommes ne pourront bientôt plus la contenir. On m'a rapporté que le bourreau s'impatiente aussi et qu'il a hâte que nous arrivions.

Je me tournai vers la Voisin, comme pour l'inviter une dernière fois à parler. Elle fit mine d'ignorer mon regard, et se leva d'elle-même.

En traversant avec moi le couloir de la prison pour se rendre à la salle de la question, elle jeta un coup d'œil vers une fenêtre munie simplement de barreaux et derrière laquelle on voyait tomber quelques flocons de neige, et déclara :

— J'ai de la chance, aujourd'hui. Leur bûcher me réchauffera.

Et, comme je lui jetais un regard surpris par tant de détachement, elle éclata de nouveau de son grand rire. Arrivés dans la salle de torture, je décidai de lui épargner tous ces supplices que je réprouvai si fort. Je dis à Desgrez que tout cela était inutile, car la condamnée m'avait dit tout ce qu'elle savait. Il me demanda d'un air de reproche si j'étais certain de prendre la bonne décision. Je lui répondis que j'étais seul maître en ce domaine. Il n'insista pas et s'éloigna. Je restai seul encore un moment avec la Voisin et lui demandai aussitôt :

— Dites-m'en plus sur cette bague que vous m'avez remise.

— Je vous ai dit tout ce que je savais.

— Mais qui vous l'a donnée, pour commencer ?

— L'homme masqué venu me trouver avec mission de tuer le roi.

— Et que vous a-t-il dit, pour expliquer cette bague ?

— Il n'a jamais prononcé une parole. Il ne communiquait avec moi que par des messages écrits, qu'il demandait de détruire aussitôt lus. Dans celui qui accompagnait cette bague, il écrivait qu'elle était le signe distinctif du complot, et que je pouvais avoir confiance en toute personne qui la porterait. Allez ! Je vais vous remercier de m'avoir épargné votre horrible question et ses instruments. Il a quand même prononcé les mots : « Oui, c'est cela », à une question que je lui posais, et il m'a semblé avoir un léger accent.

— Quel genre d'accent ? Un accent d'une de nos provinces ?

— Non. Un accent étranger. Cela m'a rappelé un riche marchand de la Compagnie des Indes orientales, qui était venu me trouver, il y a une dizaine d'années, pour que je l'aide à supprimer l'un de ses rivaux.

— Un Anglais, alors ?

— Peut-être, mais je ne saurais l'affirmer.

Desgrez était revenu sur ses pas pour me presser. Il n'était plus possible de faire attendre la foule plus longtemps. La place allait bientôt tourner à l'émeute. Je fis revêtir à la condamnée la robe habituelle de drap grossier et la conduisis au tombereau qui l'attendait. Elle y monta sous la protection d'une garde, que j'avais fait doubler par rapport à l'exécution de la Brinvilliers, tant ma crainte était grande de la voir mise en pièces par la foule hurlante avant qu'elle n'arrivât au lieu de l'exécution.

Quand elle fut sur l'estrade où était dressé le bûcher, j'y montai avec elle et un dernier prêtre, mais elle repoussa le crucifix avec mépris et cracha au visage du Seigneur, comme l'avait fait avant elle la femme Bosse.

Et, se tournant vers moi :

— Je vous quitte sans regret, mais sans plaisir particulier non plus, car vous fûtes finalement un bon adversaire, et j'eusse aimé continuer à vous fréquenter. Saluez de ma part votre femme, et dites-lui qu'elle n'a pas eu trop de malchance en vous rencontrant, car il y a bien pire que vous, et j'ai été bien placée pour l'affirmer. Et, s'il vous plaît, songez à ma petite faveur.

— Je vous promets de tout faire pour lui épargner cette souffrance.

En redescendant de l'estrade, je glissai discrètement une pièce d'or dans la main du bourreau. L'homme savait ce que cela voulait dire : c'était une façon de lui demander qu'il brisât discrètement la nuque de la suppliciée dès qu'il l'aurait attachée, entourée de bottes de paille, et allumé le feu, de façon qu'elle n'en subît pas les douleurs extrêmes. C'était une pratique assez courante, lorsque les condamnés en avaient les moyens, et qui présentait l'avantage que le public ne le remarquât pas.

26

Mardi 14 mai 1680

Delamare et moi continuions à nous tenir informés de ce qui se passait chez Mme de Montespan grâce à sa femme de chambre, la Catau. Mais tout ce qu'elle nous rapportait se résumait à nous confirmer jour après jour que la favorite du roi était de plus en plus menacée par les faveurs que son royal amant accordait à Mlle de Fontanges et à la Maintenon. Comme Louvois, se méfiant d'elle, avait pris soin de lui assurer une garde permanente, sous prétexte de protéger sa sécurité, elle en était fort encombrée dans ses mouvements et il lui était difficile de sortir et de se promener librement.

Nous suivions aussi de près les agissements du chemisier Romanelli, grâce à son coupeur Antonio, mais il n'y avait rien, là non plus, à signaler pour le moment. Quant à la Des Œillets, c'était son cuisinier Morard qui nous renseignait. Il semblait qu'elle continuât de fréquenter officines de devineresses et d'empoisonneuses, et j'attendais le moment où je pourrais la prendre sur le fait, si elle s'avisait de faire entrer au château des produits illicites.

Dans mes moments d'insomnie, j'avais tourné et retourné dans ma tête les vers du poème de

Mathilde, que je finissais par connaître par cœur, mais je ne trouvais aucune solution à ses formules comme : « Tout est ainsi changeant / En homme ou femme » ou « Prendra aussi l'épée de la nuit »… Je repoussai sa résolution à plus tard, à supposer qu'elle eût un sens et que Mathilde ne se fût pas simplement amusée à composer un poème pour son plaisir. J'avais fort à faire pour me préparer à l'audition du maréchal, que j'appréhendais avec inquiétude. Contre lui, je ne disposais que de peu d'éléments à charge. Qui plus est, à l'annonce de son arrestation, sa famille était aussitôt accourue en hâte à Paris afin de soutenir sa cause.

Il y avait parmi ses proches quelques personnes de très haute importance, familières du roi, comme sa mère, la comtesse de Bouteville, ou sa sœur, la duchesse de Mecklenburg. Les gazettes, par contre, ne lui étaient pas favorables, tant l'opinion est friande de scandale et toujours prête à accabler celui qui est à terre. Je soupçonnais Louvois de faire entretenir par ses hommes les rumeurs colportées par ces feuilles contre son vieil ennemi. Il ne faisait guère de doutes que le maréchal avait fréquenté des devineresses, mais qu'en était-il vraiment des charges d'empoisonnement ou de messes sacrilèges qui pesaient sur lui ?

Tout cela n'eût été que de peu d'intérêt, si Lesage n'avait pas continué, du fond de sa prison, à lancer ses accusations contre lui. Pour ma part, je continuais de le soupçonner de participer au complot contre le roi avec le marquis des Brisiers. Mais, malgré quelques visites que je fis à ce dernier dans son cachot de la Bastille, où je l'avais fait transférer, je ne pus rien obtenir de sa bouche qui pût accuser celui qui était son ami.

Le 5 mai, j'avais repris mes interrogatoires du maréchal à l'intérieur de la Bastille, et crus détenir enfin une preuve grâce à un prétendu pacte qu'il aurait signé avec le diable. La signature semblait authentique et lorsqu'on la lui présenta, il ne put que la reconnaître. Alerté cependant par le contenu qu'on lui en lut, il demanda à l'examiner de plus près, et se récria qu'il n'avait jamais écrit cela. Pour lui, plusieurs phrases dudit pacte auraient été ajoutées au-dessus de sa signature à son insu.

Je le confrontai avec son intendant, un certain Bonnard, qui l'avait accusé, lui aussi. L'homme venait de passer six semaines dans un cachot de Vincennes et était en piteux état. Lorsqu'il le reconnut, le maréchal tonna : « Oserez-vous, misérable, m'accuser en face ? Ai-je jamais fabriqué de la fausse monnaie ? Ai-je jamais fait dire des messes noires ? Vous ai-je jamais ordonné de faire ce pacte avec Satan ? » L'autre convint qu'il n'en était rien, éclata en sanglots et se jeta à ses pieds pour lui demander pardon.

J'appris par la suite que ce coup de théâtre inattendu avait été monté de toutes pièces par l'avocat qu'avait choisi pour sa défense le maréchal. Ce geste théâtral fut une idée de génie, car il fit sur les juges une impression si forte qu'il rendait ensuite tout réquisitoire difficile à soutenir. Tous les témoins que j'amenai contre le maréchal se rétractèrent de la même façon, comme s'ils s'étaient donné le mot, ou qu'on leur avait enjoint de le faire. Un prêtre, qui l'avait chargé, prétendit soudain ne pas le connaître. Quant à Lesage, ses accusations parurent si embrouillées qu'il ne convainquit personne.

Lorsque le maréchal comparut devant la Chambre, assemblée en séance solennelle, il fit une déclaration qui impressionna davantage encore ses juges.

— Messieurs, leur dit-il, je me suis rendu volontairement à la Bastille pour me justifier des accusations fausses, horribles et absurdes intentées contre moi par M. le Lieutenant général. Si vous trouvez que je ne les ai pas détruites d'une manière victorieuse, je n'ai qu'une grâce à vous demander : c'est de m'interner aussi longtemps qu'il le faudra pour que toute la Nation se convainque que je n'eus jamais de faiblesses indignes d'un homme de mon rang envers les misérables avec lesquels on m'a accusé de commercer.

Bien que personne n'eût très bien compris ce que le maréchal avait voulu dire dans ce style si alambiqué, les juges en furent émus, la cour délibéra et le Président revint annoncer sa décision :

— La Chambre constate que, si le maréchal de Luxembourg a bien fréquenté des devineresses, aucune charge d'empoisonnement ou d'acte sacrilège ne peut être retenue contre lui. L'instruction du lieutenant général a montré qu'il a été pour l'essentiel la victime de son intendant le Sieur Bonnard, qui a reconnu l'avoir chargé faussement, ou de témoignages qui se sont rétractés lorsqu'ils furent prononcés devant nous. En conséquence de quoi, la Chambre met un terme à toutes ses poursuites et relaxe le prévenu.

Le Président et les magistrats se levèrent d'un même mouvement et s'inclinèrent devant le maréchal, avant de sortir de la salle sous les applaudissements du public, presque tout entier favorable à l'accusé. Luxembourg quitta sa place et vint jusqu'à la mienne.

— Monsieur de La Reynie, je me doute que les accusations portées contre moi et qui vous ont fait m'arrêter n'ont pas été suscitées par vous, mais par M. de Louvois, qui a toujours été jaloux de ma gloire militaire. Mais sachez que je trouve fâcheux que l'instruction d'affaires aussi graves soit confiée à des hommes comme vous, qui ne se rendent pas compte qu'ils sont manipulés !

Je dus supporter cet affront sans répondre. Il sortit, et Desgrez et moi le suivîmes.

Dans l'antichambre, une petite assemblée de nobles attendait avec impatience l'arrivée de leur héros. Le maréchal marqua un temps d'arrêt avant de passer le seuil de la porte. Le dos tourné à moi, il ouvrit les bras théâtralement et annonça devant ses proches :

— La Justice est reconnue ! Je sors d'ici libre et lavé de tout soupçon.

L'assemblée exulta, hurlant ses félicitations, tandis qu'il recevait les accolades de ses pairs. Parmi eux, il y avait naturellement la duchesse de Bouillon, qui me lança un regard ironique, lorsque je passai devant elle.

Tandis que nous regagnions notre voiture qui nous attendait au-dehors pour nous ramener au Châtelet, Desgrez me demanda :

— Des quatre nobles que nous avons inculpés avec l'accord du roi, il ne nous reste plus entre les mains que le marquis des Brisiers. Que comptez-vous faire, si nous sommes obligés de le relâcher, lui aussi ?

— Offrir au roi ma démission…

Et j'ajoutai :

— Une fois de plus !

Quelques jours après l'acquittement du maréchal de Luxembourg, j'appris que le roi avait signé sa lettre d'élargissement, mais lui avait ordonné de se retirer dans l'une de ses propriétés, avec interdiction d'approcher de la capitale à moins de vingt lieues. Sans doute voulait-il éviter qu'il ne proclamât partout sa victoire et ne s'en servît pour désavouer la justice royale et mettre en cause la bonne marche de la Chambre Ardente. Peut-être était-ce aussi un signe de gratitude à mon égard, pour que je ne me sentisse pas trop contredit par ce jugement, puisque c'était moi qui passais aux yeux de l'opinion pour celui qui avait réuni les charges visant à l'inculper.

27

Dimanche 23 juin 1680 –
Dimanche 7 juillet 1680

Depuis que j'avais mis en place avec Delamare des « mouches » auprès des personnes que nous voulions surveiller, nous n'en avions obtenu aucune information intéressante. Mais la Catau, qui nous renseignait sur sa maîtresse, Mme de Montespan, nous fit part un jour d'une conversation qui venait d'avoir lieu et dont elle avait été témoin entre celle-ci et son ancienne femme de chambre, Mlle des Œillets.

Toutes deux avaient parlé librement devant elle des inquiétudes que la marquise éprouvait au sujet de la passion du roi pour Mlle de Fontanges. En janvier, celle-ci avait accouché d'un enfant mort-né, et la Montespan avait poussé un soupir de soulagement, car rien ne lui faisait davantage craindre la défaveur royale qu'une nouvelle paternité. Ces inquiétudes venaient de s'aggraver par la vision que Mme de Montespan avait eue, depuis sa fenêtre, du souverain très empressé auprès de sa nouvelle favorite, dont les seins gonflés et le ventre arrondi rendaient évidente l'attente d'un enfant pour la deuxième fois.

Bouleversée, presque en larmes, elle se serait écriée : « Si cette petite est de nouveau enceinte de lui, je suis perdue ! » La Des Œillets aurait essayé de la calmer en lui assurant que la Fontanges n'avait pas assez d'esprit pour conserver longtemps l'attention du monarque, mais la Montespan lui aurait répliqué que l'esprit n'avait rien à voir là-dedans, et que seuls les enfants qu'elle avait eus du roi et qu'il avait reconnus avaient fait sa force.

S'ajoutait pour elle un autre souci : celui de voir la Maintenon encourager les penchants du roi vers sa rivale pour mieux le détacher d'elle. Pour la calmer, Des Œillets lui aurait fait remarquer que le roi allait partir pour plusieurs semaines dans les Flandres afin de vérifier si le traité de Nimègue était correctement appliqué, et que la Fontanges était loin d'accoucher. Il pouvait se passer, aurait-elle dit, mille et un aléas avant l'événement, ajoutant qu'elle connaissait un prêtre qui pourrait officier pour faire exaucer un vœu. La Montespan se serait écriée qu'elle était folle de lui suggérer une telle chose. Bossuet avait condamné à l'enfer les actes sacrilèges, et elle ne pouvait pas sortir du château sans être accompagnée d'au moins quatre gardes. « Je ne suis plus sa maîtresse, avait-elle conclu, mais je suis toujours sa prisonnière. »

La Des Œillets lui aurait alors suggéré de faire venir ledit prêtre de nuit au château et qu'il pourrait y officier secrètement dans les appartements de la marquise sans que personne n'en sût rien. Elle prétendait que de telles cérémonies avaient déjà eu lieu au château de Saint-Germain et que nul ne s'en était jamais douté. Elle ajouta que la garde se relâchait considérablement autour d'elle dès après-souper, et qu'il ne restait plus qu'un seul homme somnolent, devant sa porte. Il serait possible de faire pénétrer le prêtre par le petit corridor de derrière dont un escalier secret donnait sur le jardin et n'était jamais surveillé. La Catau avait vu la Montespan hésiter et lutter contre l'envie qui la tenaillait. « Mais si j'étais surprise ? » avait-elle objecté. La Des Œillets lui avait alors répondu qu'elle pourrait prétendre avoir éprouvé le besoin impérieux de se confesser. « Et à quel prêtre pensez-vous pour une telle entreprise ? » Des Œillets aurait réfléchi, et suggéré que le plus apte aux invocations de cette espèce lui semblait être l'abbé Guibourg.

Lorsque la Catau nous rapporta ce nom, je me souvins avec un profond dégoût que la Voisin me l'avait déjà cité comme un spécialiste des messes noires avec sacrifices de nouveau-nés. Je décidai pour le moment de ne pas en parler au marquis de Louvois, et de ne compter que sur mes hommes. J'en avais une vingtaine à la disposition du château. Ils avaient l'avantage sur ceux du marquis d'y être invisibles, car j'avais pris soin qu'ils n'apparussent que sous des déguisements de jardinier, de laveur de carreaux, d'aide-cuisinier, ou de quelque fonction domestique.

Lorsque arriva la nuit prévue pour l'office souhaité par la marquise, je fis resserrer la surveillance autour de Des Œillets, dont il était prévu, d'après la Catau, que c'était elle qui irait chercher l'abbé Guibourg à l'une des entrées les moins gardées du château. J'avais moi-même tendu ce piège, en proposant à Louvois, pour le soulager de ses gardes nocturnes, de placer deux de mes hommes à la grille au fond de la grande terrasse reliant le château à celui du val longeant la Seine. J'en avais disposé une dizaine d'autres tout au long de cette terrasse, avec pour mission de ne pas se faire voir et de n'intervenir que sur le sifflet de l'un d'entre eux, au cas où le prêtre que nous voulions appréhender s'enfuirait avant d'avoir officié.

Tout se passa comme nous l'avions prévu.

Des Œillets descendit discrètement jusqu'à cette entrée sans rencontrer personne. De l'autre côté de la grille qui n'était pas fermée, un homme en capuchon, couvert d'un long manteau et porteur d'une valise en osier et d'un panier recouvert d'un tissu opaque, l'attendait. Une voiture l'y avait déposé et s'était abritée derrière d'épais feuillages pour l'y attendre, lorsqu'il reviendrait par le même chemin. L'homme remonta jusqu'au château, la Des Œillets le fit entrer par l'escalier dérobé qui menait aux appartements de la marquise et l'y fit entrer. La Catau était restée et put nous raconter la suite.

Après avoir ôté sa capuche, l'homme salua Mme de Montespan. Le personnage était plutôt repoussant. Il avait environ soixante-dix ans, était très maigre, chauve, et avait l'œil gauche recouvert d'une taie blanche. Des Œillets le présenta comme le père Guibourg, sacristain à l'église Saint-Marcel de Saint-Denis. Il retira son manteau, qu'il plia soigneusement avant de le déposer sur un fauteuil. Il était en habit de prêtre, et demanda à la marquise de lui payer sa messe d'avance, car c'était ainsi qu'il fallait pratiquer, si l'on voulait être entendu du Maître des ténèbres à qui il allait s'adresser pendant son office.

Une fois payé, Guibourg alla s'assurer que les portes de l'appartement étaient bien closes, avant de revenir ouvrir la valise en osier qu'il avait apportée. Elle contenait ses ustensiles de messe, calice, ciboire et hosties consacrées, qu'il étala sur un guéridon. Il y avait en sus, dans le panier, une cage avec deux pigeons vivants, qui se mirent à roucouler dès qu'il ôta le voile noir qui les plongeait dans l'obscurité.

Guibourg demanda alors à Mme de Montespan de bien vouloir s'allonger sur son lit, les jupes relevées, le ventre dénudé jusqu'à la taille, un linge sur le visage, puis se mit à célébrer au-dessus d'elle une messe à l'envers en hommage à Satan. Récitant en latin un morceau de *L'Évangile des rois*, il mélangea des poudres dans un calice, l'éleva au-dessus du ventre de la marquise et prononça un texte incantatoire. Quand il en eut fini, il saisit l'un des deux pigeons et l'égorgea. Le sang coula lentement sur le ventre de la marquise. Quand le filet devint trop ténu, il fit un signe à Des Œillets, qui lui apporta une tablette et un couteau très effilé. Il déposa le pigeon mort sur la tablette, lui ouvrit le ventre et lui retira son cœur. Il le tendit à Des Œillets qui tenait un petit vase et l'y déposa. Le prêtre l'éleva au-dessus du ventre de la marquise en prononçant le vœu qui était l'objet de cette messe : empêcher Mlle de Fontanges de poursuivre sa grossesse jusqu'à son terme.

Au-dehors, mes hommes attendaient la sortie de cet infâme personnage. Il redescendit seul la terrasse du château par le chemin qu'il avait emprunté avec la Des Œillets, sans se douter un instant qu'il était observé de toutes parts. Lorsqu'il arriva près de la grille du château derrière laquelle son cocher l'attendait, mes hommes sortirent de l'ombre et se saisirent de lui. Je le fis aussitôt incarcérer au donjon de Vincennes. Satan exauça-t-il vraiment les vœux de la marquise, ou une fragilité de Mlle de Fontanges en fut-elle seule la cause ? Celle-ci fit une fausse couche deux jours après cette messe, pendant que le roi était parti inspecter ses armées. Un médecin ou une servante lui avaient-ils fait absorber une substance dangereuse ? Nul n'en sut rien, comme nul, à part le roi, ne sut qu'elle avait été enceinte pour la deuxième fois. Elle perdit beaucoup de sang, et son mal s'aggrava encore lorsque, quelques semaines plus tard, le roi voulut la soustraire aux regards et aux ragots de Saint-Germain en la ramenant avec lui à Versailles.

Malgré les réticences que j'en éprouvais, il fallut bien que je l'informasse de ce qui s'était produit pendant son absence. Je me rendis au château, après lui avoir demandé audience, et lui rapportai ce que j'avais appris et l'arrestation de Guibourg. Le roi convoqua aussitôt la marquise dans son bureau et me confronta à elle. Je répétai ce que je savais. La marquise n'émit aucune dénégation, et j'assistai contre mon gré à une colère froide, où il s'en prit à sa maîtresse :

— Vous vous couvrez de honte, Madame ! Les hommes que M. de La Reynie avait mis en place autour du château l'ont vu : un prêtre est venu de nuit vous visiter dans vos appartements.

La marquise s'effondra :

— Je ne l'ai jamais nié, Sire. Je nie seulement avoir fait dire une messe noire pour obtenir de Satan que Mlle de Fontanges ne fût pas enceinte de vous.

— Elle l'était, vous le saviez bien. Je vous soupçonne donc de bien pire que cela. Si ce n'était pas le cas, que serait d'ailleurs venu faire ce prêtre chez vous, de nuit, et secrètement ?

Tête baissée, Mme de Montespan murmura :

— Je l'ai mandé pour qu'il me confessât et pût dire des prières en ma compagnie.

— Vous pouviez vous confesser tout à loisir à la chapelle du château. Le curé de Versailles y officie régulièrement.

— Il ne m'est pas familier.

— Prétendez-vous que cet infâme prêtre le fut ?

— Il m'avait été recommandé.

Le roi se tourna vers moi :

— Dites-lui donc, La Reynie, à qui elle a eu affaire.

— Je crains, Madame, que ce Guibourg ne soit un abject personnage, aussi apostat que criminel. Il m'a avoué qu'il avait bien donné une messe noire dans vos appartements avec un sacrifice de pigeon.

La marquise s'effondra devant le roi, à genoux et en larmes.

— Vous me torturez, Sire ! Les prières que je lui faisais dire ne cherchaient qu'à faire revenir sur moi l'amour que vous m'avez ôté !

Son désespoir était si sincère que le roi en sembla touché. Gêné sans doute tout à coup qu'une telle scène eût lieu devant moi, il finit par murmurer, sans me regarder :

— Laissez-nous seuls un moment, La Reynie, et attendez-moi dans l'antichambre. Je vous y rejoindrai, dès que j'en aurai fini.

Il se passa un bon quart d'heure, puis la porte s'ouvrit sur Mme de Montespan, qui sortit et passa devant moi sans me saluer. Alors qu'elle m'avait tourné le dos et qu'elle s'éloignait, elle se retourna et me lança, assez fort pour être entendue des gardes qui se tenaient dans le couloir :

— Vous direz à la vieille garce hypocrite qui vous envoie qu'elle n'a pas encore gagné.

Elle visait évidemment la Maintenon, croyant que j'étais à son service. Satisfaite de m'avoir invectivé, elle me tourna le dos, s'éloigna et disparut. Le roi sortit presque aussitôt à son tour et m'entraîna dans une galerie, vide de tout courtisan. Son visage portait les traces de son agitation. Dès que nous fûmes parvenus, il fit signe à son escorte de se tenir à l'écart. Nous étions devant une fenêtre. Le soleil commençait à se coucher et les ombres des arbres s'étendaient jusqu'au Grand Canal. La lumière qui baignait son visage semblait le rasséréner peu à peu.

Quand son expression fut redevenue impassible, il se tourna vers moi :

— Je suis bien aise de votre travail, monsieur de La Reynie. Vos rapports sont remarquables de précision, et vos initiatives le sont tout autant. La rigueur de vos enquêtes fait mon admiration, et vous en avez toute ma reconnaissance.

— Je vous remercie, Majesté.

— Vous comprendrez cependant sans peine que, dans ces conditions, et compte tenu des circonstances si délicates que nous venons de connaître, je souhaite soustraire désormais à l'instruction de la Chambre des Poisons tous les interrogatoires où apparaîtraient les noms de Mme de Montespan ou de Mlle des Œillets.

— Voulez-vous dire, Majesté, que je ne pourrai plus poursuivre mes investigations, dès lors que leurs noms seront mis en cause ?

— Bien au contraire. Il faudra que vous poussiez vos recherches au plus loin que vous le pourrez. J'ai simplement dit que je serai le seul à qui vous en ferez rapport. Je vous l'avais déjà demandé pour les comptes rendus que vous transmettriez à la Chambre, mais à présent, je vous le demande pour tout rapport où apparaîtraient leurs noms, même s'il devait rester interne à vos services. S'il y a lieu ou non de poursuivre, c'est moi et moi seul qui en déciderai.

— J'ai compris, Majesté.

Il me scruta un moment :

— Vous semblez mécontent. Auriez-vous quelque chose à y redire ?

— Non, Sire, puisque c'est votre volonté.

Il sembla sentir la nuance d'insolence que j'avais mise dans ma réponse et détourna son visage vers le parc :

— Vous pouvez disposer, monsieur de La Reynie.

Je m'éloignai à grands pas vers l'autre extrémité de la galerie, si bien que les deux gardes qui m'étaient affectés furent obligés de courir pour me rejoindre.

En revenant vers ma voiture, je croisai dans la cour Mme de Maintenon qui revenait d'une promenade dans le parc en compagnie de deux des filles du roi. Je la saluai, hésitant à m'arrêter pour lui parler, mais je me repris et continuai mon chemin. Qu'aurais-je pu lui dire ? Alors que ses deux rivales s'enlisaient de plus en plus, elle avait su se mettre à l'abri de tout soupçon, et il devenait de plus en plus clair à mes yeux que c'était elle qui finirait par l'emporter et devenir la maîtresse des lieux.

28

Lundi 8 juillet 1680 –
Mercredi 10 juillet 1680

La découverte que le roi avait faite des incantations au diable de Mme de Montespan avait ruiné sa confiance en elle. Bien qu'il continuât de se montrer à ses côtés lors des manifestations officielles ou des divertissements, je savais par Louvois et par mes hommes qu'ils n'avaient plus aucun rapport d'aucune sorte, pas même de conversation ou de jeux de salon. Dès qu'il était à l'intérieur du château, le roi lui tournait le dos et semblait éprouver comme un dégoût pour celle qui était la mère de ses enfants. La Catau me confia qu'il avait même songé à les écarter d'elle et l'en avait menacée, mais avait renoncé, de peur de créer un scandale encore plus grand en laissant la cour en deviner la cause.

Une autre source de ressentiment du roi contre Mme de Montespan vint de la dégradation continuelle de la santé de Mlle de Fontanges. Depuis sa deuxième fausse couche restée secrète, elle ne quittait que rarement sa chambre, perpétuellement entourée de la noria habituelle des médecins de la cour, dont presque aucun n'était du même avis quant au traitement à lui appliquer. Je songeai qu'il y avait quelque chose de féroce dans la prodigieuse ascension de cette très jeune femme, puis dans sa tout aussi rapide descente eux enfers. La faveur passionnée que lui avait témoignée le roi pendant les premiers mois de leur liaison lui avait tourné la tête. Sans doute était-elle trop jeune pour résister à l'impression de toute-puissance que peut donner la vision du monde entier qui se prosterne à vos pieds.

La cour de Saint-Germain était à cet égard un terrible révélateur des lâchetés et de la servilité des hommes, qui affectent d'adorer ceux qui leur paraissent plus puissants, et qui les rejettent et les écrasent de leur mépris aussitôt qu'ils connaissent un échec ou une disgrâce. Dans le cas de Mlle de Fontanges, on peut dire qu'elle avait accumulé toutes les erreurs imaginables de qui croit détenir une parcelle de pouvoir, blessant beaucoup de courtisans et vexant plus d'une femme par son étourderie, son arrogance, son orgueil et ses continuels manquements aux règles élémentaires de la politesse ou de la simple courtoisie. Elle avait de surcroît choqué beaucoup de membres de l'entourage du roi en dépensant des sommes folles au jeu ou par des libéralités dont elle abreuvait ses proches parents ou ses amis.

Pour se faire une idée du statut que le roi lui offrait, il est bon de remarquer que la reine habitait onze pièces au deuxième étage du château de Saint-Germain, tandis que la Fontanges en disposait de vingt au premier ! Ajoutons qu'elle affectait d'ignorer la reine et la saluait à peine. Si Marie-Thérèse la traitait avec le mépris qui lui convenait, on comprendra qu'elle ait pu déclencher des haines féroces chez ses rivales, et surtout chez la première d'entre elles, Mme de Montespan.

Mais le vent s'était mis à tourner et le roi commençait à se lasser des prétentions et des caprices de cette petite dinde. Il venait de lui offrir le titre de duchesse, et cela sonnait comme un cadeau d'adieu, bien qu'elle ne s'en rendît pas compte. Mme de Montespan, à ce qu'on disait, en avait fait une véritable maladie, elle qui n'avait jamais eu droit à ce titre, ni au « tabouret » auquel il permettait d'accéder, c'est-à-dire au privilège de pouvoir s'asseoir en présence de la famille royale. Reste que cette nomination permettait à Mlle de Fontanges de toucher une rente de vingt mille écus, ce qui n'était pas mal, au regard de son peu d'intelligence et de mérite.

Ayant soudain réalisé à quel point son entourage le plus immédiat était susceptible d'être pénétré, malgré toutes les précautions, par des éléments étrangers au château qui auraient pu lui être hostiles, le roi fit redoubler de surveillance les hommes chargés de le protéger contre les risques d'empoisonnement par la nourriture. J'obtins de Louvois que les plats et les boissons n'arrivassent plus de l'office jusqu'à sa table qu'encadrés par des gardes pour éviter toute manipulation ou tout ajout discret en cours de route. Un gentilhomme servant préparait alors des mouillettes de pain que l'on appelait des essais. Elles étaient présentées devant lui, qui, sans y toucher, désignait les différents plats qu'il souhaitait consommer. Après quoi, ces mouillettes étaient confiées aux officiers qui avaient apporté les plats, et qui passaient ainsi du rôle de gardes à celui de goûteurs.

Tout ce cérémonial se déroulait en présence du premier médecin du roi, qui disposait du droit de refuser l'un ou l'autre des mets choisis, s'il le jugeait néfaste pour sa santé du moment. Le souverain se résolut également, à ma demande, à ce que la présence de d'Aquin auprès de lui fût désormais continuelle. Il était à son chevet depuis son lever, vers sept heures trente du matin, et la journée commençait par une prise de pouls et le choix d'un bouillon ou d'une tisane comme seule collation en début de matinée. Puis d'Aquin ne le quittait plus, l'accompagnant jusque dans ses déplacements à l'étranger et même dans ses campagnes militaires. Il ne se couchait qu'après que le roi se fut mis au lit pour la nuit, c'est-à-dire jamais avant onze heures.

Tout comme pour les boissons et les mets, les visiteurs étaient désormais passés au crible des regards suspicieux des gardes chargés de sa sécurité. Il arrivait même que certains d'entre eux fussent palpés au corps et invités à se défaire pour vérifier qu'ils n'étaient porteurs d'aucune arme, ni d'aucun produit suspect lorsqu'ils devaient approcher le roi. Ses sorties au milieu des courtisans ou des quémandeurs étaient soigneusement encadrées, et il n'était plus de mise qu'il se saisît lui-même d'un placet ou de tout autre objet qu'on eût pu lui tendre.

Toutes ces mesures que j'avais préconisées et auxquelles le roi avait accepté de se soumettre avaient alourdi l'atmosphère du château. Son arrivée dans une galerie était toujours précédée par l'annonce d'un huissier et provoquait un silence absolu parmi les courtisans, au lieu du brouhaha habituel. Malgré sa petite taille, grâce à ses hauts talons et à sa perruque, il paraissait plus grand d'un bon pied, ce qui lui donnait une allure aussi grandiose que solennelle. Le respect qu'il imposait d'emblée allait même jusqu'à provoquer chez certains une sorte de terreur.

Et j'avais pu remarquer que, sans égaler celle que suscitait l'arrivée du souverain, mon passage dans les couloirs ou les galeries du château déclenchait à présent de la crainte autant que de la haine, sans doute parce que chacun se sentait susceptible d'être mis en cause par l'enquête que je menais.

Le 8 juillet 1680, quelques jours à peine après l'incident de la messe noire donnée au château chez Mme de Montespan, je commençai mes interrogatoires de Marie-Marguerite Montvoisin, la fille de la Voisin. La révélation qu'elle me fit d'emblée me pétrifia : contrairement à ce qu'avait toujours affirmé sa mère, elle prétendit que celle-ci m'avait menti et qu'elle avait été en rapport étroit, et depuis bien longtemps, avec la marquise de Montespan. Elle aurait même laissé donner des messes noires chez elle avec le prêtre Guibourg, une douzaine d'années plus tôt, lorsque la favorite du roi était en rivalité, non pas avec Mlle de Fontanges, mais avec Mlle de La Vallière. Interrogé de son côté, le prêtre Guibourg me fit la même déclaration. La Montespan l'avait connu bien avant cet épisode du château de Saint-Germain, et il me décrivit trois messes en offrande au diable qu'il aurait données sur son corps dénudé.

— Comment saviez-vous qu'il s'agissait bien de Mme de Montespan ? lui demandai-je.

— Parce que c'est pour elle et en son nom qu'on m'avait sollicité.

— Qui cela ?

— Un nommé Leroy, qui était gouverneur des pages de la Petite Écurie. On m'avait promis cinquante pistoles et un bénéfice de deux mille livres, si la conjuration aboutissait.

— Avez-vous reconnu la femme, lorsque vous l'avez vue ?

— Non, ses coiffes baissées lui cachaient le visage et la moitié du sein.

— Avez-vous sacrifié sur elle un enfant nouveau-né ?

— Oui, je l'avais payé un écu et je l'ai offert au diable. Son cœur et ses entrailles m'ont servi à faire des poudres destinées au roi, pour Mme de Montespan.

Avant de poursuivre plus loin, je ne pus m'empêcher de lui demander s'il était conscient de l'horreur que je pouvais ressentir à entendre ce qu'il m'avouait. Il me répondit qu'il l'était, comme il était à présent désireux d'être soumis à la question, de souffrir mille morts et d'être brûlé vif, et que tous ceux qui avaient participé à ces crimes le fussent, eux aussi, après lui.

— Quelles invocations avez-vous faites au diable, lorsque vous avez pratiqué cette offrande d'un enfant en l'égorgeant ?

— Celles que je fais habituellement.

— C'est-à-dire ?

— Vous voulez que je vous la récite ?

— Absolument. Et d'un bout à l'autre, s'il vous plaît.

Il se concentra, puis commença :

— Pour la première messe, je lui ai dit, de la part de celle pour qui j'officiais : « Grand Maître des Enfers, je Te conjure d'accepter le sacrifice que je Te présente de cet enfant pour les choses que je Te demande, qui sont que l'amitié du roi et de Monseigneur le Dauphin me soient continuées, et être honorée des princes et des princesses de la cour, que rien ne me soit dénié de tout ce que je demanderai au roi, tant pour mes parents que pour mes serviteurs. »

— Et votre seconde messe ?

— Elle eut lieu dans une masure de Saint-Denis, sur le corps de la même femme et selon le même rituel.

— Qui l'avait organisée ?

— La femme Voisin avec l'aide de l'une de ses amies, à qui appartenait cette masure.

— Et la troisième ?

— À Paris. On m'avait donné rendez-vous sous l'arcade de l'Hôtel de Ville. Un carrosse vint me chercher. On me banda les yeux, et un gentilhomme me ramena au même endroit, lorsque la chose fut faite.

— Vous ne savez donc pas où vous êtes allé ?

— Non, mais je pense qu'il s'agissait de la maison qu'habitait à l'époque la femme Voisin, dans la rue de Beauregard.

— Et vous avez, à chaque fois, sacrifié un enfant ?

— Bien sûr. Et avec le même bénéfice prévu en cas de réussite.

— Vous rappelez-vous les dates de ces trois messes ?

— Je pense que tout cela a eu lieu il y a dix ou douze années environ, pour les deux premières. Plutôt douze que dix, tant cela me paraît loin. Mais la troisième est plus récente et a eu lieu il y a un an.

— Avec toujours les mêmes demandes ?

— On y ajouta une fois le vœu que la reine fût stérile. Une autre fois, qu'on pût assister aux conseils du roi et savoir ce qui s'y passait. Et à une autre que le roi se détournât de Mlle de La Vallière et qu'elle ne portât plus d'enfant de lui ou le perdît. Pour la dernière, cela concernait la Fontanges, et non plus La Vallière.

— Y avait-il d'autres personnes présentes à ces messes ?

— La femme de chambre de Mme de Montespan, Mlle des Œillets. Pour le philtre que j'ai fabriqué, j'ai mélangé un peu du sang menstruel de Mme de Montespan, de la poudre de sang de chauve-souris, et le jus des entrailles et du cœur du nouveau-né. Le tout fut emporté dans une petite fiole.

— N'y avait-il personne d'autre lors de cette cérémonie ?

— Il y avait en effet un autre homme, un ami de Mlle des Œillets. Un homme à l'accent étranger. Je n'ai échangé que quelques mots avec lui, mais cela m'avait fait impression.

— Quelle sorte d'accent ? Allemand ? Espagnol ? Italien ?

— Plutôt anglais, je crois.

J'interrogeai aussitôt la fille Voisin qui me confirma bien la troisième, à laquelle elle aurait, elle aussi, assisté. C'est même elle qui aurait aidé sa mère à préparer le décor pour cette cérémonie : juste un matelas sur des sièges et deux tabourets aux extrémités desquels avaient été dressés des chandeliers. Je lui demandai de me rapporter tout ce dont elle se souvenait. Elle me confirma la présence de Mlle des Œillets et d'un Anglais à cette messe noire, et qu'il s'agissait bien d'officier sur le corps de Mme de Montespan, pour obtenir l'échec de la grossesse de Mlle de Fontanges.

— Un Anglais ? Quelle sorte d'homme ? Un gentilhomme ?

— Oui, absolument. Un Milord. Il avait un drôle d'accent et c'est ma mère qui m'a dit ensuite de quel pays il venait.

— Comment sais-tu que c'était un Milord ?

— C'est ma mère qui me l'a dit. Qu'est-ce que c'est, un Milord ?

Elle semblait aussi sincère qu'innocente, et sa mère avait eu raison de me dire qu'elle ne saurait pas distinguer un cheval d'une jument.

— En sais-tu plus sur son compte ? continuai-je malgré tout.

— Ma mère m'a dit qu'il était l'amant de Mlle des Œillets, et que c'était un marchand venu faire du commerce en France. La seule chose qui intéressait ma mère, c'est qu'il la payait bien. Elle ne désirait pas en savoir plus, de peur de se compromettre davantage. « Moins on en sait, mieux on se porte », m'a-t-elle conseillé un jour.

— Comment sais-tu que la femme sur qui s'est célébrée votre messe était bien Mme de Montespan ? As-tu vu son visage ?

— Non, mais c'est ce que ma mère m'a dit.

— Connaissais-tu déjà le père Guibourg ?

— Oui. Il était souvent venu chez elle pour se procurer des remèdes ou des philtres pour ses paroissiens.

— Décris-moi comment cela s'est passé.

— La dame est entrée, accompagnée d'une femme et de cet Anglais, et elle s'est mise nue jusqu'au bas-ventre. Elle a seulement gardé sur la tête un voile qui lui couvrait le visage et les seins. Ma mère l'a fait s'allonger sur le matelas, et le père Guibourg est venu ensuite.

— Il était habillé en prêtre, ou en civil ?

— En prêtre, avec une chasuble blanche, brodée de pommes de pin noires.

— Raconte-moi la suite.

— Ma mère lui a présenté l'enfant.

— Mort ou vivant ?

— Il était né avant terme, mais il vivait encore, parce qu'il bougeait ses petites mains.

— Alors ?

— Le père Guibourg l'a mis dans un bassin, et il l'a égorgé.

— Ça ne t'a pas fait peur ?

— Non, parce qu'il n'a pas crié. Il n'a sûrement pas eu mal, ma mère m'a dit qu'il était trop petit et qu'à cet âge, on ne pouvait rien sentir.

— Continue.

— Le père Guibourg a versé son sang dans un calice, l'a consacré et a fini sa messe au-dessus du ventre dénudé de la femme. Après, il a ouvert le ventre du nouveau-né, a pris ses entrailles et son cœur, et les a donnés à ma mère, avec un peu de sang menstruel qu'elle avait apporté, et aussi du sperme du Milord anglais dans une éprouvette.

Je m'étonnai :

— À ta mère ! Pourquoi à ta mère ?

— Parce qu'elle devait distiller tout ça et en faire un liquide que la femme devait faire quérir le lendemain.

Cette accumulation d'horreurs avouées avec un calme stupéfiant avait de quoi glacer le sang. Elle me confirmait la présence de ce mystérieux Anglais dont la liaison avec la Des Œillets laissait penser qu'il avait su s'introduire dans l'entourage du roi, et qu'il ne venait pas qu'en spectateur curieux, puisqu'il avait donné de son propre sperme pour fabriquer une mixture. Si le roi avait bien avalé à l'époque de telles boissons à son insu, on ne pouvait guère s'étonner qu'il en fût tombé malade !

Je décidai de consulter d'Aquin, son premier médecin, pour qu'il me communiquât le registre que tenait son prédécesseur, Antoine Vallot, sur l'évolution de la santé du roi et de ses maladies, qui avaient été nombreuses depuis le début de son règne. J'en demandai l'autorisation au roi, qui me l'accorda sous le sceau du secret.

Vallot n'avait malheureusement pas tenu un journal de santé aussi détaillé que celui continué par la suite par d'Aquin. Il se contentait de résumer brièvement ce qui s'était passé au cours de l'année achevée, sans donner de grandes précisions, ni sur la durée des affections, ni leur date exacte. Il faisait par contre une description de la composition des remèdes qu'il appliquait. En parcourant rapidement les années 1667 à 1668, c'est-à-dire l'époque où Mme de La Vallière avait peu à peu perdu les faveurs du roi pour être remplacée par la marquise de Montespan, je découvris qu'en 1668, il avait été particulièrement incommodé, vers la fin du mois de mars, par ce que Vallot appelait une « syncope stomachique » qui lui était survenue pendant la nuit.

Ce vocable signifiait qu'il avait été pris cette nuit-là d'un flux de ventre fort grand et fort extraordinaire, comme si ses viscères avaient été emplis d'une matière muqueuse âcre et putride. Ce malaise n'avait été arrêté que par un lavement détersif, de l'eau minérale en grande quantité et des remèdes diaphorétiques pour le faire exsuder le plus possible et permettre à sa fièvre de tomber. Pour finir, Vallot lui avait appliqué l'un de ses purgatifs habituels, fait d'électuaire lénitif, de miel violet et d'huile d'amande douce.

Bien que je n'eusse aucun moyen d'en avoir la preuve formelle, il semblait possible que cette affection eût correspondu à l'une des deux premières messes noires données par la Montespan chez la femme Voisin, et à un empoisonnement des intestins du roi dû à son absorption de l'infecte mixture qu'on lui avait préparée à cette occasion. La magie avait-elle eu l'effet escompté ? C'est en tout cas en juillet 1668, trois mois à peine plus tard, à l'occasion du « Grand divertissement royal » donné en célébration du traité d'Aix-la-Chapelle, que le souverain sembla officialiser la position de Mme de Montespan comme favorite, en lui accordant un appartement à peu de distance du sien.

La sensible duchesse de La Vallière ne fut pas la dernière à s'apercevoir qu'elle n'occupait plus seule le cœur de Louis. Bientôt elle devait perdre définitivement ses faveurs, puis, après une fausse couche, quitter la cour pour se réfugier au Carmel. Je ne trouvais cependant rien de ce genre pour les deux dernières années du journal, à part ses indispositions intestinales habituelles. Si je pouvais, pour ma part, ne pas être dupe un instant de la relation de cause à effet entre l'invocation de Satan par un prêtre dévoyé et la réussite de Mme de Montespan dans son désir d'obtenir les faveurs du roi, j'étais par contre persuadé que ses malaises et ses maladies digestives de l'année 1668 avaient pu être les conséquences des potions qu'elle lui avait fait absorber à son insu, si elle était bien la personne sur qui Guibourg avait officié.

Fallait-il pour autant en conclure à une tentative d'empoisonnement du roi, dont Mme de Montespan aurait été inconsciente, croyant seulement lui faire absorber un philtre d'amour ? Et aurait-elle récidivé récemment pour s'en prendre à la Fontanges ?

Le lendemain du jour où j'avais consulté les journaux de santé du roi, je me rendis à Vincennes pour reprendre mon interrogatoire de la fille Voisin. J'avais interdit à Desgrez de lui faire subir la question, mais je l'avais autorisé à lui en montrer les instruments, et même à lui faire croire qu'il allait s'en servir contre elle, en l'attachant comme pour le supplice. Lorsque j'arrivai, toujours encadré par mes gardes du corps, Desgrez se précipita à ma rencontre :

— Monsieur ! La fille Voisin a parlé.

— Qu'a-t-elle dit ?

— Elle a confirmé que sa mère avait été engagée sur une grosse affaire, juste avant que vous ne l'arrêtiez. Une affaire qui devait lui rapporter beaucoup d'argent.

— Sa mère nous l'avait déjà dit, et Hardouin me l'avait rapporté. Ce qui nous importe, c'est de savoir qui l'avait contactée pour cette mission. En savait-elle davantage ?

— Je n'ai pas pu l'interroger, car elle s'est évanouie de frayeur à la vue des pinces que j'ai promenées sur ses tétons en faisant mine d'être prêt à les lui arracher si elle ne parlait pas. Si bien que j'ai préféré la ramener dans sa cellule, en attendant votre retour.

Lorsque j'entrai dans la cellule de la fille Voisin, elle était étendue sur sa paillasse, et semblait encore choquée par les menaces de tortures corporelles que Desgrez lui avait fait entrevoir. Je demandai aux gardes de nous laisser seuls.

— Rassure-toi, lui dis-je. J'ai promis à ta mère de t'épargner si tu me dis tout ce que tu sais. Mais si tu me caches la moindre chose et que je m'en aperçoive, je n'hésiterai pas à te renvoyer à la question et à te livrer à mes adjoints, qui sont d'une nature moins accommodante que moi, tu as pu t'en apercevoir.

Elle eut l'air terrorisé et me confirma tout ce que j'avais déjà appris, à savoir l'homme cagoulé, la communication par billet, l'absence de signe distinctif sur son carrosse, et la récompense promise de cent mille écus, si l'affaire réussissait. Je scrutai son visage, essayant de deviner si elle en savait plus que ce qu'elle prétendait, quand soudain, sans que je ne lui demande rien, elle se retourna et fouilla sous sa paillasse. Elle en ressortit la même bague au chaton serti d'une pierre noire sur laquelle était incrusté comme un éclair de tonnerre et me la tendit.

Je la pris et fis l'innocent en lui jetant un regard interrogatif :

— Qu'est-ce que c'est ?

— Une bague que cet homme lui a donnée à mon intention, au cas où elle devrait se servir de moi comme émissaire. Ma mère en possédait une autre, pour les mêmes raisons. Nous devions obéir aux ordres de quiconque nous aborderait, porteur du même bijou.

Je pris la bague et la fis tourner en tous sens, pour voir si je n'y décèlerais pas un autre signe, mais il n'y avait rien de gravé à l'intérieur ni à l'extérieur de l'anneau. Je lui demandai si sa mère lui en avait dit plus sur la réussite éventuelle de sa mission. Elle me confirma qu'elle avait dit qu'il leur faudrait s'exiler en Angleterre, et très vite, car leur sécurité en France serait par trop menacée. Je lui demandai si elle était consciente de la gravité d'un tel projet qui ne relevait plus seulement des crimes de droit commun, mais d'un crime d'État. Elle me fit signe que non, d'un air hébété. Je lui expliquai que c'était des actes plus graves, et que ceux qui les commettaient ou en étaient complices étaient condamnés à des peines horribles. On leur faisait subir le supplice de la roue en les écartelant, ou on les éventrait en public, et on les laissait mourir, avec leurs entrailles à l'air. Je m'en voulais d'affoler ainsi la pauvre fille, mais il le fallait pour être sûr qu'elle ne me cachait rien.

— Mais je n'ai rien fait ! cria-t-elle.

— Si tu me donnes un autre détail qui puisse m'aider dans mon enquête, je te promets d'adoucir les peines contre toi.

— Je ne sais rien de plus que ce que je vous ai dit, et je ne comprends rien à tous vos mystères. Je n'ai fait qu'obéir à ce que ma mère me demandait et suivre son conseil de ne jamais chercher à en savoir plus que ce qu'on me confiait. Épargnez-moi, s'il vous plaît !

Je restai un moment silencieux, faisant tourner la bague dans le creux de ma main. Tout semblait confirmer l'idée que le complot contre notre roi ne concernait pas seulement la noblesse de notre pays. Cette hypothèse était renforcée par le fait que sa mère avait parlé de se réfugier en Angleterre une fois son crime effectué, une preuve de plus que la commande provenait bien de l'extérieur de la France. Les recherches que j'avais confiées à Delamare sur le mystérieux Lord Appletown n'avaient encore abouti à rien, mais nous n'avions sans doute pas assez œuvré en ce sens.

Je mis la bague dans ma poche et me tournai vers la fille :

— Dis-moi encore autre chose : ta mère s'est bien rendue plusieurs fois à Saint-Germain, pour lui remettre un placet, n'est ce pas ?

— Oui. Elle m'a même emmenée une fois avec elle parce que je mourais d'envie d'apercevoir le roi, et aussi qu'elle pensait que je lui porterais chance.

— Sais-tu si quelqu'un était intervenu pour lui obtenir le privilège de se poster sur le trajet du roi ?

— Oui. Françoise Filastre, une de ses amies, qui avait des connaissances au château.

Elle prit de nouveau un air suppliant :

— Je ne retournerai pas à la question, n'est-ce pas ?

— Seulement si tu m'as vraiment dit tout ce que tu sais.

— Je vous le jure ! Françoise Filastre saura vous renseigner bien mieux que moi sur toutes ces affaires.

— J'ai encore une question. Je sais que mes adjoints te l'ont déjà posée et que tu as répondu par la négative. Mais fais un effort pour te souvenir. Quand je suis venu vous arrêter, ta mère et toi, un homme qui couchait dans ton lit s'est enfui et a disparu. C'était ton amant ?

— J'ai couché avec lui quelquefois, mais il ne vivait pas avec nous.

— Tu connais son nom ?

— Morgeac. Jean-Baptiste. Je l'ai déjà dit à vos adjoints. Il portait, lui aussi, la même bague que celle que je vous ai donnée.

— Sais-tu où il habite ?

— Non. La dernière fois que je l'ai vu, il prétendait avoir trouvé un bon emploi auprès d'une personne importante, un noble, mais il ne m'a pas dit son nom.

— Prends garde à ne pas me mentir, car je finirai par le savoir.

— Je vous le jure ! Je ne suis jamais sortie avec lui en dehors de la maison. Il ne me parlait jamais de lui. Il venait me voir lorsque l'envie le prenait de coucher avec moi. C'était quelqu'un de très silencieux. Je n'aurais pas osé lui poser de questions, il me faisait peur.

Je me levai, convaincu que je ne tirerais plus grand-chose de cette malheureuse, entraînée à son insu et sans rien y comprendre dans une histoire qui la dépassait.

— Pour l'instant, je te crois. Je garde la bague, elle pourra me servir, mais je reviendrai sûrement t'interroger, si j'en apprends davantage. D'ici là, ne réponds à aucune question et ne confie à personne ce que tu m'as dit. Essaie de retrouver si tu ne te souviens de rien d'autre. Et si je suis sûr que tu ne m'as rien caché, je te promets que je donnerai l'ordre qu'on ne t'inflige pas la question.

Je sortis rapidement, pour ne pas avoir à subir encore une fois l'air éploré de cette fille, dont la seule vue m'inspirait à présent un mélange de pitié et de dégoût.

Après avoir fait le point avec Desgrez et Lecoq dans mon bureau du donjon, je décidai de profiter de ce que j'étais à Vincennes pour interroger la femme Filastre, dont personne ne s'était occupé depuis son arrestation. Je demandai au greffier de venir avec moi pour nous enregistrer, car il était prouvé qu'elle s'était rendue coupable d'avortements, d'infanticides, de satanisme et de plusieurs empoisonnements.

Lorsque j'arrivai devant sa cellule, elle était en train de se débattre comme une tigresse entre trois gardiens qui essayaient de l'attacher à un anneau rivé dans un mur nu, suintant d'humidité et de crasse. Elle était apparemment d'une force peu commune, donnait des coups et poussait des ruades terribles, mordant ou griffant ce qui pouvait passer à portée de ses dents ou de ses ongles. Quand ils finirent par parvenir à l'attacher, je leur fis signe de sortir, et demandai à Desgrez de me laisser seul avec le greffier. Celui-ci commença à installer son attirail d'écriture sur le trépied qu'il portait avec lui, tandis que je m'asseyais sur un tabouret.

— Pourquoi vous débattiez-vous aussi furieusement ?

— L'un de ces hommes a essayé de me prendre de force et il n'y est pas parvenu. C'est pourquoi ils ont décidé de m'attacher à l'anneau, pour me punir comme on fait d'une bête.

— Savez-vous qui je suis ?

— Bien sûr. Tout le monde vous connaît dans Paris. Vous êtes le lieutenant général de police La Reynie, et je ne vous félicite pas pour l'état de vos prisons. On y traite les prisonnières comme des catins, et on les laisse croupir dans une fange répugnante sans jamais laver leurs cellules.

Je jetai un coup d'œil autour d'elle et ne pus que convenir de l'état épouvantable des lieux. Le sol était fait d'un mélange de paille et de boue séchée ou encore humide par endroits. Cette litière était à peine digne d'un animal de ferme et fourmillait probablement de vermine. Il se dégageait de cet endroit une puanteur indicible, mais j'y étais habitué, par ma fréquentation du donjon de Vincennes ou des prisons du Châtelet. Quand le greffier fut prêt, je me tournai vers elle :

— Quel est votre nom ?

— Vous le connaissez parfaitement.

— Ce sont les formes obligées de l'interrogatoire. Mon greffier doit tout noter dans les règles.

Elle soupira :

— Françoise Filastre. Née à Gannat en 1649. Femme de chambre de Mme Madeleine Chappelain, puis de Mlle de Fontanges jusqu'à ce que vous m'arrêtiez.

— Je vous conseille de me répondre franchement et du mieux que vous pourrez aux questions que je vais vous poser. Vous pouvez aussi vous taire, mais sachez que, dans ce cas, je n'hésiterai pas à vous envoyer à la question, et que là, vous parlerez...

Je sentis, à son regard qu'elle ne me cacherait rien de ce qui ne risquait pas de la faire condamner au bûcher. Pour le reste, ce serait à moi de la pousser dans ses retranchements. J'avais l'espoir qu'elle me fournisse une preuve d'un complot contre le roi.

— Je sais, par la fille Voisin, que c'est vous qui avez permis à sa mère de se poster à une place de choix sur le trajet du roi, pour lui remettre un placet. Je voudrais que vous me disiez ce qu'il y avait dedans.

— Si je parle librement, jurez-vous de m'épargner la question ?

— Cela dépendra de vos réponses.

— C'était un placet en faveur d'un homme emprisonné. Catherine était de ses amies et voulait attirer l'attention du roi sur son sort. J'avais des entrées au château, pour l'aider à se poster sur son chemin.

Je ne croyais tellement pas à sa réponse que je fis mine de me lever et de sortir sans continuer mes questions plus avant.

— Attendez !

Je me retournai. Elle reprit en soupirant :

— C'était un placet empoisonné par une poudre.

— Et c'est vous qui lui aviez fourni le poison ?

— Bien sûr que non ! Je n'étais au courant de rien et ne l'ai appris qu'ensuite, quand elle s'en est vantée auprès de moi, un soir où nous avions un peu trop bu. Elle ne me l'avait pas appris avant de s'y rendre, pour ne prendre aucun risque. Je pensais de bonne foi qu'elle voulait intervenir en faveur de son ami Lesage, rien d'autre.

Je revins vers le tabouret et me rassis.

— Me prenez-vous pour un imbécile ? Comment une femme aussi intelligente que vous semblez l'être aurait-elle pu penser que le roi fût intervenu en faveur d'un homme que son lieutenant général de police avait fait interner ? Pouviez-vous croire qu'il m'eût désavoué, parce qu'une femme qu'il ne connaissait pas davantage le lui aurait demandé ?

— Je vais vous dire toute la vérité. Catherine est allée régulièrement porter des poudres à Mme de Montespan ou à sa femme de chambre, Mlle des Œillets. Mais elle n'avait pas un accès direct au roi. C'est pourquoi elle a fait appel à moi.

— Vous voilà devenue plus raisonnable ! Continuez, je vous trouve à présent plus crédible.

— Je vous jure encore qu'elle ne m'avait jamais dit que son placet serait empoisonné. Si je l'avais su, je n'aurais pas pris ce risque.

— Et que deviez-vous recevoir, en échange de votre service ?

— Dix mille écus, si elle parvenait à le lui remettre en mains propres.

— Une somme, pour un aussi petit service que sauver son amant !

Elle étouffa un sourire.

— Il est des hommes qui le méritent.

— Peut-être. Mais de tels sacrifices financiers ne proviennent pas de femmes comme elle. Je gagerais que vous aviez compris que le placet servirait à tout autre chose… Savez-vous au moins combien on avait promis à la femme Voisin pour cette entreprise ?

— Cent mille écus. Elle avait commis la bêtise de s'en vanter. C'est pourquoi je lui en ai demandé le dixième.

— Et savez-vous qui était le commanditaire d'un tel acte, ou au moins qui était venu la trouver pour lui proposer ce marché ?

— Non. Et je pense qu'elle ne l'a jamais su non plus.

Je sortis alors de ma poche l'anneau au chaton zébré d'un éclair que la fille Voisin m'avait confié.

— Avez-vous déjà vu un tel anneau ?

La femme Filastre le prit dans sa main avec précaution, comme s'il pouvait la brûler, et l'examina de près.

— Oui, j'ai vu le même au doigt de l'amant de sa fille, et aussi à celui de Catherine.

Ce misérable tueur à gages pouvait avoir servi de messager au fameux homme masqué. Il fallait que j'aille rapidement interroger le marquis des Brisiers, qui croupissait à la Bastille, puisqu'il avait été son employeur. Et que j'interrogeasse sans délai la des Œillets sur son mystérieux amant anglais. La Filastre ne m'intéressait déjà plus.

Je me levai, mais elle me retint :

— En m'annonçant cette somme de dix mille écus, Catherine m'a dit : « Tu vois comme ce peut être une belle chose qu'un dépit amoureux ! »

— Et que croyez-vous qu'il ait fallu entendre par là ?

— C'est vous, le policier, pas moi. Mais chacun sait bien que la Montespan était jalouse comme une tigresse des faveurs que le roi avait reportées sur la petite demoiselle de Fontanges, et qu'elle était prête à tout pour se venger de lui !

— Ce que vous dites n'est pas vraisemblable. Il n'était pas de son intérêt d'attenter à la personne du roi, car sa position à la cour ne provenait que de lui, et sa disparition aurait annoncé sa perte.

Cette fois, elle ne put retenir un petit rire :

— Vous connaissez bien mal les femmes, monsieur le Lieutenant général. Il est dans leur nature de faire passer leur désir de vengeance au-dessus de leur propre intérêt, lorsque leur orgueil est blessé.

— Mme de Montespan est loin d'être aussi sotte que les femmes auxquelles vous pensez. Quand bien même le roi l'eût disgraciée, elle y eût trouvé plus d'avantages qu'à sa mort.

Je me tournai vers le greffier :

— Vous vous dispenserez, je vous prie, de noter dans votre rapport ma dernière réponse.

Je sentais que cela suffisait pour aujourd'hui, et qu'il me serait plus profitable de la laisser m'avoir attendu en vain, lorsque je reprendrai mon interrogatoire. Je me levai et fis signe au greffier :

— Vous pouvez ranger vos affaires. Ce sera tout pour l'instant.

La femme Filastre eut l'air déçu. Je me retournai juste avant de passer le seuil de la cellule, comme si j'avais oublié quelque chose :

— Vous m'avez dit avoir vu cette bague au doigt de l'amant de la fille Voisin. Savez-vous où je pourrai le trouver ?

Elle haussa les épaules.

— Je ne l'ai croisé que deux fois chez Catherine, et l'homme n'avait pas un visage assez agréable pour me donner envie d'en savoir plus sur son compte. À en juger par la cicatrice qu'il porte à la joue, il est vraisemblable que c'est dans les tripots de jeux que vous le trouverez, plutôt que dans les salons de la société que vous avez l'habitude de fréquenter.

29

Lundi 8 et mardi 9 juillet 1680

Lorsque je rentrai le soir, j'étais de nouveau préoccupé par le poème de Mathilde. Je décidai une fois de plus de confier mes soucis et mes interrogations à Gabrielle. Pendant notre souper, je lui expliquai tout ce qui concernait cette mystérieuse bague au chaton orné d'un onyx noir zébré, et lui parlai du poème que nous avions découvert dans les affaires d'une de nos « mouches » infiltrée dans l'intimité du marquis des Brisiers que je considérais comme l'un des principaux initiateurs du complot contre notre roi.

Elle ne savait rien de Mathilde, et je me gardai bien entendu de la mettre dans la confidence de ma liaison passée avec elle. Gabrielle lut le poème et le trouva joliment tourné. Elle me dit qu'elle allait y réfléchir, et qu'elle me poserait sans doute d'autres questions pour essayer d'élucider ses obscurités. Elle s'était amusée, lorsqu'elle était enfant, à ces jeux de décryptage sur des billets que ses amies et elle-même s'envoyaient, lors de chasses au trésor. Peut-être cela lui servirait-il à comprendre si ce texte cachait ou non un message secret ?

Pendant la nuit, je fus si agité par mes pensées que je ne parvins pas à trouver le sommeil. Avec d'infinies précautions pour ne pas la réveiller, je me levai et emportai mes habits pour les revêtir dans mon bureau. Une fois installé, alors que je n'avais pas encore allumé de chandelier, j'aperçus par la fenêtre les silhouettes de deux hommes qui observaient le porche de notre hôtel depuis une boutique de la rue. J'allai me saisir d'une jumelle, et m'approchai de la fenêtre, tout en faisant de sorte qu'ils ne pussent me voir.

Lorsque j'eus fait le point, j'aperçus un homme dont l'oreille droite était coupée, et à côté de lui, reconnaissable à sa cicatrice, se tenait Morgeac, qui semblait lui donner des ordres. Je me précipitai aussitôt vers mon portemanteau où étaient accrochées mes armes. J'attrapai un pistolet que je savais chargé, et sortis de mon bureau en courant. Je dévalai l'escalier, débouchai comme un fou dans la cour et criai à deux de mes gardes les plus proches :

— Avec moi, tous les deux, vite !

J'ouvris le lourd portail et nous jaillîmes dans la rue. Morgeac et l'homme à l'oreille coupée nous aperçurent et comprirent aussitôt qu'ils étaient découverts. Ils s'enfuirent à toutes jambes. Nous nous ruâmes à leur poursuite, mais ils avaient dix bonnes toises d'avance. Je m'arrêtai et visai les jambes de Morgeac, mais il faisait de brusques écarts et je le ratai à chaque fois. Nous continuâmes à les pourchasser. C'était l'heure où les commerçants commençaient à sortir leurs étals. La chaussée était encombrée de chariots et de marchandises entassées dans des sacs. Cela rendait difficile notre course, nous obligeant à bousculer les passants qui se mettaient involontairement sur notre chemin, et à prolonger notre course en zigzag.

Arrivés au croisement de deux ruelles, ils disparurent en prenant celle de droite. Quand nous eûmes rejoint l'endroit où nous les avions perdus de vue, il me sembla illusoire de poursuivre plus loin, tant il devenait difficile de deviner par où ils s'étaient enfuis, la ruelle où ils étaient entrés étant elle-même entrecoupée de plusieurs passages. Nous revînmes bredouilles à mon hôtel.

Quand nous franchîmes le portail, j'aperçus Gabrielle, qui était descendue dans la cour intérieure et m'y attendait, l'air inquiet.

— Que se passe-t-il, mon ami ?

Je la pris dans mes bras :

— J'ai cru voir l'homme qui a enlevé notre Poupotte rôder autour de notre maison. Il s'est sauvé et nous n'avons pas réussi à le rattraper.

— Oh, mon ami, j'ai peur.

Je rentrai dans la maison avec elle et m'efforçai de la rassurer du mieux que je pus. Cette présence était bien le signe que la conspiration n'avait pas cessé après les arrestations auxquelles j'avais procédé, bien au contraire. Les hommes qui en étaient les instigateurs cherchaient toujours à m'atteindre, un signe de plus que mes enquêtes et mes soupçons les inquiétaient assez pour qu'ils veuillent tenter un coup de force contre ma famille ou contre moi.

En fin de matinée, lorsque je fus rendu au Châtelet, j'y trouvai Desgrez et Lecoq en compagnie d'Antonio, le premier coupeur du chemisier Romanelli. L'homme ne nous avait pas donné signe de vie depuis que nous l'avions débauché pour notre compte. Ce jour d'hui, il prétendait avoir quelque chose d'important à nous révéler. Étant venu au château de Saint-Germain quelques jours plus tôt prendre les mesures exactes du Dauphin afin de lui couper des chemises commandées à son patron, il avait assisté à une conversation entre celui-ci, son père et le marquis de Louvois, qu'il avait tenu à nous rapporter.

Dans un salon spécialement consacré au billard, les trois hommes étaient en train de se livrer à ce qui était l'un des plaisirs préférés du roi, bien davantage que les cartes. Il adorait faire passer sa bille sous la petite arcade de fer, et y témoignait d'une grande adresse, autant que pour pousser de sa crosse la bille de son adversaire dans l'un des six trous placés aux angles et au milieu de la table. Le Dauphin, qui avait perdu la partie, regardait le roi et le marquis continuer de s'affronter, tandis qu'Antonio lui faisait essayer une chemise qu'il avait apportée comme modèle.

En se redressant après un coup raté, le roi lui jeta un coup d'œil, puis s'approcha et tâta le tissu :

— Je trouve ce tissu fort beau, mais c'est surtout sa coupe qui rend cette chemise si admirable.

— Elle le sera encore plus, Majesté, lorsqu'elle sera à vos mesures précises, dit Antonio.

Le Dauphin fit alors remarquer à son père qu'il lui avait déjà parlé de l'homme qui les avait conçues et les faisait fabriquer. Il cita le nom de Romanelli, et le roi hocha la tête en convenant qu'il avait déjà entendu ce nom cité par la duchesse de Fontanges, qui se fournissait chez lui comme de nombreuses dames de la cour, mais qu'il n'y avait pas pris garde, car il s'agissait, lorsqu'il les avait remarqués, de chemisiers de femme. Après avoir demandé à son fils de se tourner, il l'examina de tous côtés, et conclut qu'il se ferait volontiers couper lui aussi des chemises chez ce confectionneur, mais qu'il faudrait alors qu'il en ait l'exclusivité. Et, se tournant vers Antonio, il lui demanda de bien vouloir prendre ses mesures, lorsqu'il aurait fini sa partie.

Tandis que le roi continuait de jouer avec le marquis de Louvois, le coupeur termina son travail. Cela prit encore un bon quart d'heure avant que la partie fût achevée et que le roi commençât à se déshabiller avec l'aide de son fils et d'Antonio, pour que ce dernier pût prendre ses mesures. Pendant l'essayage, leur conversation fut la suivante :

— Puisque vous êtes de si bon conseil sur la question des chemises, commença le souverain en direction de son fils, je voudrais vous en demander un autre, sur un sujet moins frivole.

Et, comme le Dauphin s'inclinait, il continua, d'un ton moins affable :

— J'entends dire que vous raillez, avec des gens de votre entourage, les difficultés que la Chambre des Poisons rencontre à condamner certaines personnes que M. de La Reynie a fait arrêter. Pensez-vous, malgré cela, que je fais bien d'agir ainsi avec ma noblesse ?

— Je raille moins que je ne m'inquiète, aurait répondu le Dauphin avec embarras. L'acquittement de la duchesse de Bouillon, l'élargissement du maréchal de Luxembourg, la fuite à l'étranger de la comtesse de Soissons, ne laissent-ils pas penser que le lieutenant général eût mieux fait de se dispenser de les poursuivre ?

La réponse de son fils sembla mettre le roi de fort méchante humeur. Sèchement, il lui avait rétorqué que c'était exactement la réponse qu'il attendait de lui, et que malheureusement son fils se trompait une fois de plus, comme à chaque fois qu'il lui avait demandé quoi que ce fût en politique. Le fils incompétent d'un roi n'avait pas à juger de procédures pénales auxquelles il n'entendait rien, et devait apprendre, avant de régner un jour, que tous les États étaient égaux devant la Loi, la noblesse comme le clergé, la bourgeoisie comme le peuple.

Le Dauphin avait rougi, et Louvois tenté d'atténuer le reproche en faisant remarquer à Sa Majesté que tout cela ne provenait que de sa jeunesse et de son manque d'expérience. Mais le roi, au lieu d'adoucir ce qu'il avait dit, s'était montré plus cinglant encore. Sans un regard pour son fils, il avait fait remarquer à son ministre qu'il lui avait pourtant fait donner les meilleurs maîtres, rappelant que celui-ci avait eu pour gouverneur le duc de Montausier que chacun considérait comme l'un des hommes les plus savants, les plus éclairés et les plus vertueux de la cour, et qu'il l'avait de plus fait élever à la fois dans la connaissance de la religion, avec l'aide de l'évêque de Meaux. La gouvernance d'un peuple et le sens de l'État n'ont finalement que peu de chose à voir avec la culture ou l'éducation, ajouta-t-il, et c'est bien fâcheux. La vérité est que tout n'est qu'affaire d'instinct et de caractère, non de connaissances.

Puis, se tournant vers son fils, il avait précisé qu'il faudrait désormais qu'il mesurât un peu mieux la chance qu'on lui avait donnée en l'ayant fortifié dans les principes de la langue latine, en lui faisant lire les bons auteurs, et en l'instruisant dans l'étude de l'histoire ancienne et moderne. Croyait-il que lui, son père, avait pu disposer dans son enfance d'autant de soins d'éducation, ballotté qu'il avait été avec sa mère d'un endroit à l'autre, craignant à tout moment que le vent de dissidence que faisait souffler une noblesse avide de pouvoirs ne mît fin à leur règne, ou, pis encore, à leurs vies ?

Et, comme le Dauphin baissait piteusement la tête sans oser répondre, le roi avait continué à l'humilier, ajoutant pour finir que son fils se permettait de lui faire des réflexions sur les désavantages de poursuivre la noblesse, alors qu'elle n'avait cessé de comploter contre tous les rois, à toutes les époques, pour en tirer le maximum de profits, de puissance ou d'avantages.

Le Dauphin se taisait et encaissait les coups que lui portait son père. Tout à sa rage contre lui, le souverain se serait encore une fois tourné vers Louvois et lui aurait intimé de bien signifier à la duchesse que, si elle s'avisait de publier un seul libelle contre la Chambre, comme elle continuait d'en faire courir le bruit dans les salons parisiens, il la ferait arrêter sur-le-champ et qu'elle irait finir de répandre ses ragots dans la forteresse de Belle-Île-en-Mer, sous les fers et au milieu de la vermine et des rats.

Le roi s'était alors adressé au Dauphin, et lui avait demandé de le laisser seul avec son ministre. Son fils l'avait salué et était sorti. Antonio avait continué son travail, dans le silence le plus épais. Le marquis avait repris la parole pour demander au roi ce qu'il comptait faire du dernier des apprentis frondeurs encore en prison, dont le procès devant la Chambre devait survenir un jour ou l'autre. Le roi, d'une humeur noire, sembla peiner à se souvenir de qui Louvois voulait parler.

Cela lui revint tout à coup et sembla le mettre en joie :

— Ah, vous voulez parler du frère de la comtesse de Lormont, ce jeune imbécile de marquis des Brisiers !

Louvois avait acquiescé et plaidé pour lui, comme il avait essayé de le faire pour l'inconscience de la jeunesse du Dauphin. Tandis qu'Antonio l'aidait à se revêtir, le roi avait jeté un regard ironique à son ministre et lui avait demandé si c'était la comtesse qui intervenait par sa bouche en faveur de ce jeune coq ? Louvois avait souri sans répondre, et le roi conclu en soupirant que la comtesse était une fort jolie femme, et qu'il pouvait comprendre que le marquis eût quelque bonté pour elle, s'il était payé de retour, mais qu'il fallait que ce trublion de frère reçût une leçon. Ayant fini son essayage et s'étant rhabillé, le roi avait renvoyé Antonio, mais Louvois avait rappelé celui-ci au moment où il sortait, et lui avait dit sèchement :

— Monsieur, si un seul mot de la conversation que vous venez d'entendre venait à sortir de cette pièce, sachez que nous saurions de qui cela provient, et que vos jours et ceux de votre famille seraient comptés. Avez-vous bien compris ?

Antonio nous avoua que cette menace l'avait rendu fou de terreur, et qu'il avait réfléchi pendant trois jours, avant de venir me trouver pour me la rapporter. Desgrez et moi décidâmes de partir aussitôt pour la Bastille, persuadés que la comtesse de Lormont risquait d'obtenir satisfaction, si nous ne mettions pas tout en œuvre pour l'en empêcher. Il n'y avait qu'un seul moyen pour cela : commencer au plus vite l'interrogatoire de son frère et lui faire avouer quelque chose d'assez grave pour empêcher son élargissement, dans l'attente d'un complément d'enquête.

Lorsque nous arrivâmes, ce que nous redoutions était malheureusement en train de se produire. Le gouverneur, François de Montlezun, nous apprit avec embarras qu'il venait de recevoir, le matin même, un ordre royal d'élargissement du marquis des Brisiers, et que celui-ci était en train de rejoindre le carrosse de sa sœur, la comtesse de Lormont, qui l'attendait dans la cour. Je me précipitai vers la fenêtre et aperçus en effet le marquis, emmené par des gardes jusqu'à une voiture qui l'attendait, tandis que deux valets le suivaient, portant ses effets. La comtesse de Lormont vint à sa rencontre et l'étreignit.

Juste avant de monter avec elle dans sa voiture, le marquis leva la tête et chercha du regard la fenêtre du bureau du gouverneur. M'y apercevant qui l'observait au côté de Desgrez, il ne put retenir un sourire ironique, m'adressa un signe d'adieu de la main pour se moquer, puis disparut dans la voiture qui s'ébranla.

Je marquai d'une pierre noire ce jour du jeudi 11 juillet 1680, qui me parut le pire de toute ma carrière. Cet affront me choqua tellement que je sentis les larmes me monter aux yeux. Je jetai un coup d'œil à Desgrez et François de Montlezun, qui comprenaient ce que je ressentais et ne savaient quelle attitude adopter. Pour ne pas les embarrasser davantage, je leur tournai le dos et sortis.

Tout en marchant vers ma voiture pour rentrer au Châtelet, je me demandai s'il ne serait pas judicieux que j'abandonne définitivement mon enquête et que je parle à Louvois de cet Anglais qui avait accompagné à plusieurs reprises Mlle des Œillets chez la Voisin. L'intervention d'un éventuel espion étranger sur le sol français débordait de mes compétences et relevait davantage de ses services, surtout s'il s'agissait – qui plus est – d'un complot contre la personne du roi, d'autant que, si je gardais cette affaire pour moi, le marquis ne manquerait pas de prendre ombrage de cet empiétement de ma part sur son domaine quand il l'apprendrait.

J'étais déchiré entre ma fureur d'avoir été désavoué par le roi, alors que je m'apprêtais à interroger celui qui aurait pu me faire approcher de la vérité et l'inquiétude que ma conscience professionnelle me faisait éprouver à l'idée de laisser la suite des investigations entre les mains de ce ministre, que je jugeais trop maladroit. Devais-je écouter la voix de mon orgueil blessé ou celle de ma conscience ?

C'est ce dont je me confiai à Gabrielle le soir même, incapable de garder un tel dilemme pour moi seul.

— Mon ami, commença-t-elle, vous êtes le meilleur enquêteur que le roi ait jamais pu avoir sous ses ordres, et soyez assuré qu'il le sait. Persuadez-vous aussi que les affaires dont vous vous occupez sont plus importantes pour l'intérêt de notre pays que ne peut l'être votre orgueil pour vous-même. Sans doute est-ce douloureux pour vous de le reconnaître, mais je suis convaincue que le roi n'acceptera d'aucune façon que vous vous démettiez de vos fonctions, et je ne saurais lui donner tort, quoi qu'il m'en coûte à votre égard. Je pense cependant que vous ne pourrez retrouver le cœur et l'énergie pour continuer votre travail qu'en étant débarrassé de toute rancune, et pour cela il me semble nécessaire, comme à vous, que vous lui manifestiez votre désapprobation. Je vous conseille donc de lui demander audience et de lui remettre votre démission, étant intimement persuadée qu'il la refusera encore une fois. Ainsi pourrez-vous reprendre votre enquête, la tête haute, car votre orgueil aura été satisfait. Avouez que c'est ce dont vous avez envie, au fond de vous-même.

L'esprit de Gabrielle et la connaissance qu'elle avait de moi étaient si pertinents que je la serrai dans mes bras avec émotion.

— Merci, ma chère et tendre amie, lui dis-je. Vous ne pouvez savoir à quel point tout ce que vous me dites me fait du bien.

Et, comme j'allais retourner dans mon bureau, elle me rappela :

— À propos, j'ai réfléchi à votre poème. La solution en est d'une facilité déconcertante. C'est un vieux procédé, dont je m'étonne que votre service du chiffre ne le connaisse pas. Il faut lire la phrase formée par la première lettre de chaque vers. Voyez vous-même.

Elle me rendit le poème de Mathilde avec un sourire aussi amusé que satisfait, et me tourna le dos pour regagner notre chambre. Je déchiffrai à mon tour les premières lettres, et lus :

— L.O.R.M.O.N.T.E.S.T.L.A.T.E.T.E... « Lormont est la tête » !

Dès le lendemain, j'ordonnai à mon adjoint Lecoq de ne se charger jusqu'à nouvel ordre que de la surveillance la plus discrète possible de la comtesse de Lormont. Il devrait le faire seul, sans en parler pour l'instant à personne, et en s'efforçant de ne pas se faire remarquer d'elle. Je le mis en garde contre toute initiative de sa part autre que celle de me rapporter ses allées et venues, et lui recommandai de prendre toutes les précautions qu'il jugerait bon pour sa propre sécurité. La comtesse était, à ce qu'on m'avait dit, une redoutable bretteuse, et je ne lui conseillais pas de se retrouver en face d'elle dans la situation d'un duel, si elle venait à découvrir qu'il la suivait.

Le lundi 15 juillet, je demandai audience au roi qui était à Versailles. S'attendant sans doute à cette démarche de ma part, il me reçut seul en fin de journée et écouta mes raisons sans m'interrompre. Lorsque j'eus fini, il dit simplement :

— La Reynie, je comprends ce que vous ressentez, mais les affaires de l'État nécessitent des arrangements qui passent bien au-dessus de nos intérêts et de nos susceptibilités. Croyez-vous que je n'ai pas moi-même dû subir mille regrets, surmonter mille colères, renoncer à mille vengeances, pour assurer la paix du royaume ? À l'heure actuelle, j'ai besoin plus que jamais de mon ministre de la Guerre. Lui-même a besoin pour son équilibre, aussi futile que cela puisse vous paraître, de la comtesse de Lormont. Quant à elle, il lui faut la liberté de son frère… Que peut bien compter la libération de ce jeune fat, au regard de la guerre qui ne manquera pas de se produire d'ici quelques mois ? Comprenez que nos ennemis ont accepté les traités de Nimègue et de Westminster à contrecœur, et ne vont pas manquer de les remettre en cause. Quant à mon accord actuel avec le roi d'Angleterre, qui a permis jusqu'à présent qu'il se tînt en dehors de cette guerre, je le sais prêt à se briser d'un moment à l'autre. C'est pourquoi l'expérience et la qualité de mon ministre de la Guerre passent pour moi avant toute chose. J'ai par ailleurs de fort bons et valeureux chefs de guerre, comme le maréchal de Luxembourg qu'il me faudra bien remettre en grâce un jour ou l'autre. Mais un ministre, c'est autre chose, et le royaume en a besoin, car la guerre est une affaire trop sérieuse pour qu'on la laisse entre les seules mains des militaires. Il n'est donc pas question que vous démissionniez. Vous êtes engagé dans une autre guerre, celle de notre sécurité intérieure, et vous mènerez ces affaires de poisons jusqu'à son terme, quoi qu'il en coûte à votre orgueil.

— Mais Sire, la libération du marquis des Brisiers sonne pour moi une fois de plus comme un désaveu, protestai-je.

— Ah, cela suffit ! Je l'ai fait expulser en Belgique, c'est quelque chose que je vous ai accordé. Il pourra rejoindre la duchesse de Bouillon et y faire avec elle les frasques qu'il voudra. Songez que je lui ai interdit de revenir en France jusqu'à nouvel ordre, et que nous pourrons toujours nous saisir de lui quand nous le voudrons.

— La Chambre a aussi acquitté sans la moindre remontrance la duchesse de Bouillon et le maréchal de Luxembourg.

— Sans doute, mais, là aussi, je leur ai ordonné de ne plus se montrer à la cour.

Malgré tout ce que j'avais promis à Gabrielle, j'avais du mal à ravaler ces camouflets, comme elle me l'avait conseillé :

— Je remercie Votre Majesté pour ces marques de confiance, mais je ne me sens pas l'âme d'un inquisiteur, et...

Il me coupa sèchement :

— Voilà qui va bien, à présent, La Reynie ! Vous m'assommez, avec vos scrupules ! Cette affaire est close, une fois pour toutes. Vous resterez à votre poste, et vous n'avez rien à dire à cela. Ayez un peu le sens de l'État, s'il vous plaît, et donnez-moi plutôt à lire les derniers interrogatoires que vous m'avez apportés.

Je lui tendis le dossier. Il s'installa derrière son bureau pour le lire.

— Ce sont les aveux d'une sorcière dénommée la Filastre, lui dis-je. Je dois prévenir Votre Majesté qu'ils sont d'une gravité extrême. Comme vous l'aviez craint, ils mettent en cause une personne de votre entourage qui vous est très chère. Ils font aussi état pour la première fois d'une tentative d'assassinat contre vous.

Il changea de visage.

— Faut-il les prendre au sérieux ?

— J'en suis tenté.

— Pourquoi ?

— Parce qu'ils m'ont été faits sans que j'eusse besoin de les arracher par les moyens que Votre Majesté connaît et que je désapprouve.

Le visage du roi accusa mon insolence d'un léger mouvement de sourcil, mais n'y réagit pas. Il ouvrit mon dossier et se plongea dans sa lecture. Cela prit un bon quart d'heure, peut-être davantage, où nous restâmes tous deux plongés dans le silence le plus épais.

Quand il en eut fini, il murmura, d'une voix troublée :

— Et après tout cela, vous vouliez encore me présenter votre démission ! Seriez-vous devenu fou, ma parole ?

Il manda aussitôt un huissier d'aller quérir M. de Colbert et de lui dire de venir d'urgence, quoi qu'il fût en train de faire et quelque personne qu'il reçût. Colbert fut là rapidement, et le roi lui donna à lire ce que je lui avais confié. Son ministre parcourut avec sa virtuosité habituelle les notes que j'avais écrites.

Dès qu'il eut fini, il referma le dossier.

— Majesté, ces aveux me paraissent inventés de toutes pièces. C'est un tissu de mensonges auxquels je ne puis croire.

— Donnez-moi alors une raison de ne pas y croire moi-même.

— Ces scélérates ont tout à gagner à mettre en cause les noms les plus haut placés de la cour. Elles espèrent que la lenteur et les difficultés de l'instruction leur permettront d'échapper au bûcher ou de cacher d'autres coupables, qui les protégeraient.

Le roi se tourna vers moi interrogativement.

— Il est vrai, dis-je, que les inculpés, femmes ou hommes, parviennent parfois, malgré les précautions que je prends pour les isoler, à communiquer, du fait de la corruption qui règne à la prison de Vincennes ou dans celle du Châtelet. Il est donc possible que ces prévenus se soient accordés pour les raisons qu'a données M. Colbert.

Le roi s'étonna :

— Tout à l'heure, vous sembliez persuadé que Mme de Montespan était coupable, et maintenant vous admettez la possibilité contraire.

— Sire, il faudrait que je puisse l'interroger, pour me faire une impression plus assurée.

Le roi se détourna pour regarder par la fenêtre. De dos, il me lança :

— Mme de Montespan est la mère de mes enfants. Elle ne sera jamais interrogée comme une vulgaire criminelle. La honte en retomberait non seulement sur elle, mais sur eux, et pour finir sur moi.

— Puis-je alors au moins interroger son ancienne dame de compagnie, Mlle des Œillets ?

Il se retourna :

— En quoi vous intéresse-t-elle ?

— Elle pourrait m'apporter des informations, car il n'est pas douteux qu'elle ait fréquenté de près les sorcières, malgré ses dénégations.

— C'est non, monsieur de La Reynie. Tout ce qui touche à Mlle des Œillets peut compromettre gravement Mme de Montespan, sans que nous soyons assurés qu'elle dise la vérité.

— Et si je l'interroge en privé, et non par la voie officielle ?

Le roi jeta un regard vers Colbert, qui sourit.

— Accordé, La Reynie. Mais que tout cela ait bien lieu dans le plus grand secret et en dehors de toute forme judiciaire.

— Bien, Majesté.

— Maintenant, donnez-nous votre point de vue d'homme, et non de policier, me demanda soudain Colbert.

— En l'absence de preuves, répondis-je, il faut privilégier la présomption d'innocence, et cesser de laisser planer un doute aussi grave.

Le roi sembla irrité :

— Moi, je pense au contraire qu'il vous faut continuer de chercher une preuve, et de n'être satisfait que lorsque vous serez sûr qu'il n'en existe pas ! La Reynie, vous répugnez à employer les moyens nécessaires pour obtenir des aveux ! C'est à cause de cela que ces procès n'en finissent pas, et que notre noblesse fait sa joie de voir étaler les plus infâmes turpitudes, dès qu'elles me touchent de près.

J'étais de nouveau blessé et ne pus m'empêcher de réagir :

— Sire, si vous me jugez à ce point incompétent ou indigne de votre confiance, je ne saurais mieux faire que de vous offrir mes adjoints qui me valent et qui sauraient sans doute mieux que moi user des procédés que je désapprouve pour obtenir des aveux.

— Je veux que ce soit vous qui appliquiez la question à cette femme Filastre ! Et que vous ne laissiez pas cette charge à l'un de vos adjoints ! C'est vous-même qui avez la meilleure connaissance des dossiers ! Par ailleurs, il est hors de question que vos services soient mis au courant de ces accusations. Vous ferez cela dès demain, avec votre greffier, et un homme de main pour la manœuvre, si ce travail vous dégoûte si fort. Mais il faudra le choisir avec soin, pour qu'il ne parle pas.

— Le mieux serait alors que je me fasse aider par l'un de mes adjoints, le policier Desgrez par exemple, qui a l'habitude de ce genre de...

Le roi me coupa :

— C'est vous le maître, dans cette affaire. Mais j'exige votre présence pendant cet interrogatoire.

Il se leva et nous fit signe :

— C'est bientôt l'heure du souper. Suivez-moi, s'il vous plaît !

Nous sortîmes derrière lui et marchâmes à ses côtés. Son visage était tendu, affecté par tout ce qu'il venait d'entendre. Nous traversâmes une galerie, suivis à distance par ses gardes du corps et un officier. En marchant, le roi se tourna vers Colbert et lui dit à voix basse :

— Dès que possible, vous organiserez un conseil privé. Il faut qu'il soit réduit à ma personne, à la vôtre, et à celles de MM. de Louvois et de La Reynie.

— Bien, Majesté. Mais M. de Louvois ne sera revenu que dans une semaine du front des Flandres. Il est parti examiner nos places fortes, pour vérifier que nos traités sont bien appliqués.

— Convoquez-le dès son retour. Je veux que nous examinions ensemble les moyens de faire avancer au plus vite ces affaires. Et de découvrir surtout qui en veut ainsi à notre vie.

— Bien, Majesté.

Nous arrivâmes dans une autre galerie où attendaient une trentaine de courtisans, dont certains étaient invités à assister au souper du roi. Un silence tomba sur leur assemblée. Le roi les dévisagea tous, qui s'inclinaient, et se tourna vers moi en chuchotant avec mépris :

— Voyez comme ils se tiennent prêts à me frapper dans le dos et à médire de moi, lorsque je suis absent de Saint-Germain. Et voyez aussi comme ils se taisent et se tiennent courbés dès que j'apparais !

Il étouffa un petit rire :

— La Reynie, je crains que vous ne vous soyez pas fait que des amis, après vos arrestations. Leurs regards hypocrites semblent vous viser tout autant que moi.

— Je le crains aussi, Majesté.

— Eh bien, savez-vous ce que nous allons faire ? Ce soir, la reine est indisposée, et j'avais décidé de prendre mon souper sans les membres habituels de ma famille. Je vous invite à ma table, et ils seront bien obligés de constater que vous avez toute ma confiance.

— C'est trop d'honneur, Majesté.

En observant les courtisans qui le regardaient avec déférence, le roi fut repris par sa colère. Il se tourna vers Colbert :

— Regardez, monsieur Colbert, comme ils sont tous là, à me guetter. Qui peut savoir si l'un d'entre eux ne m'a pas déjà préparé quelque mauvaise poudre ?

Il se retourna et fit signe à l'officier de ses gardes de s'approcher.

— Capitaine, arrêtez-moi une dizaine de ces gens au hasard et à votre choix, et faites-les conduire à Vincennes. Je veux que M. de La Reynie les interroge !

L'officier s'inclina et donna des ordres. Ses gardes se dirigèrent vers les courtisans et se saisirent des premiers d'entre eux. Ceux-ci se laissèrent faire, ahuris. Comment eussent-ils pu résister, puisque tout cela se passait sous les yeux du roi et sur son commandement ?

Le souverain se tourna de nouveau vers Colbert :

— Il faudra interdire désormais à quiconque de se poster sur mon chemin pour me tendre des placets.

— Bien, Sire. Mais M. de La Reynie vous a déjà enjoint de ne jamais vous en saisir d'aucun.

— La simple vue de ces misérables quémandeurs m'indispose.

Colbert s'inclina :

— J'y veillerai pendant l'absence de M. de Louvois et lui ferai passer le message lorsqu'il rentrera des Flandres, car c'est lui qui est chargé de la sécurité intérieure du château.

Puis, après m'avoir jeté un coup d'œil amusé :

— Quant aux interrogatoires de tous ces courtisans, dispensez-en M. de La Reynie, il a assez de travail comme cela !

Le roi le fusilla du regard, mais ne répliqua rien et se tourna vers moi :

— Allons souper, monsieur de La Reynie. Je vous souhaite un bon appétit, monsieur Colbert.

— Majesté, je vous souhaite le même, répondit Colbert.

Le roi et moi partîmes vers l'antichambre où il se faisait servir son repas du soir. Je ne m'attendais pas à une telle invitation, connaissant l'extrême rareté avec laquelle il conviait à sa table d'autres personnes que les membres de la famille royale. Et je dois avouer que je m'en serais bien passé, tant l'idée de partager le repas du roi sous les regards de ces courtisans morts de jalousie me glaçait. Jamais aucun d'eux, à ma connaissance, n'y avait été convié et ne le serait jamais, l'idée en eût semblé inconvenante. Je savais que cela représentait un insigne honneur pour un homme de ma condition, et que j'allais de ce fait augmenter encore le nombre de mes ennemis. Mais qu'importait, puisque j'étais déjà haï de la plupart d'entre eux.

Quand nous fûmes arrivés, le roi me fit asseoir à sa droite. Nous tournions tous deux le dos à une cheminée, et avions en face de nous, à quelques pas, une vingtaine de courtisans qui devaient rester debout pendant notre souper. Seules quelques femmes titrées avaient droit à un ployant en forme de X. Les contrariétés que le roi venait d'éprouver, loin d'affaiblir son appétit, semblaient l'avoir exacerbé, et il était de notoriété publique qu'il était fort gros mangeur.

Quand nous fûmes à table, d'Aquin le médecin du roi, vint s'installer derrière lui et surveilla avec attention les plats qu'on nous servait et les goûteurs qui les testaient. Des officiers de bouche agissaient de même pour les serveurs qui faisaient le va-et-vient avec les cuisines, pour apporter ou enlever les plats. Une fois l'ordre donné pour le début du repas, l'huissier de salle frappa de sa baguette en annonçant « Messieurs, à la viande du Roy ! » avant de se rendre à nouveau à l'office où se mit en branle un important cortège. Sur un signe du roi, un petit orchestre de chambre commença à jouer sur une estrade de côté et continua pendant tout le service.

Ce soir-là, on nous servit en hors-d'œuvre une ballottine de faisan royal, un petit pâté en croûte à la bourgeoise, et un aspic de homard bleu en chaud et froid. Ils furent suivis de trois potages, un consommé de bœuf madrilène, un velouté de châtaignes et une bisque de crustacé en infusion de cèpes. Puis ce fut le tour des rôts, avec des coquilles saint-jacques à la liqueur d'huître, un lièvre en charpie, et un rôti de bœuf aux carottes et aux anguilles fumées. Furent également servis en accompagnement des légumes du potager du roi, parmi lesquels des petits pois dont il était fou et que je le vis engloutir comme s'il n'avait encore rien mangé. Puis vinrent les entremets, salade et herbes en feuille d'or, salade de riz à la royale et soufflé aux morilles. Après quoi, nous finîmes par quelques œufs durs, puis des fruits et une bougie en chocolat.

Sa Majesté me parla très peu en mangeant, mais je fus stupéfait de constater qu'il souffrait d'une grave affection de la mâchoire. Son médecin m'en avait déjà parlé lorsque j'avais consulté son Journal de santé, mais je ne me doutais pas que les conséquences en fussent aussi graves lorsqu'il mangeait et buvait. On avait dû lui percer à la lancette un abcès du côté gauche de sa mâchoire supérieure, ce qui avait créé un petit trou dans son palais et une communication directe de sa bouche avec ses sinus. Toutes les fois qu'il buvait, un peu de liquide passait de ce fait de sa bouche dans son nez, d'où il se mettait à couler comme une fontaine, ce qui ne manquait pas d'être fort embarrassant pour ses commensaux. D'Aquin ne cessait, pour arrêter ce déluge insolite, de lui tendre des mouchoirs brodés, dans lesquels il se mouchait bruyamment, puis qu'il jetait aussitôt dans une vasque en argent posée à ses pieds.

Soudain, alors qu'il se faisait resservir pour la quatrième fois des petits pois, il me jeta un coup d'œil et me dit d'un ton bienveillant :

— Je crois avoir trouvé une solution à vos problèmes, cher La Reynie.

Je lui lançai un regard surpris.

— Je veux parler de vos ridicules scrupules à user de la question pour interroger de misérables criminels, qui ne méritent pas tant de précautions. Louvois ne rentre des Flandres que dans huit jours, je vous dispense de tout travail jusqu'à son retour. Vous avez besoin de repos. Savez-vous qu'il faut, de temps en temps, se divertir avec une occupation toute différente de son métier ? Moi-même, j'avais la danse, autrefois. Mais s'il me plaît encore d'en esquisser quelques pas, je suis devenu bien trop lourd pour la pratiquer, et je n'ai aucune intention de me priver des plaisirs de la table pour y satisfaire de nouveau. À présent, je préfère la chasse. Je ne pourrais pas vivre sans elle. Eh bien, il en est de même pour vous. Il faut absolument vous défaire pendant quelques jours de l'horreur des faits qu'on ne cesse de vous divulguer. Voilà ce qui vous rend l'humeur si morose. Vous manquez de détachement à l'égard de votre travail. Il faut être léger, léger, La Reynie. Comme cela, vous voyez…

Il esquissa devant moi quelques pas de danse, et je constatai qu'il y était encore très habile.

— C'est ce que mon épouse me dit souvent, elle aussi.

Il sourit de nouveau, amusé sans doute que je me sois permis une réflexion aussi intime.

— Votre femme est charmante. Je n'ai eu que trop peu d'occasions de l'apercevoir, et je ne suis même pas sûr que vous me l'ayez présentée. Pourquoi ne l'amenez-vous pas à Saint-Germain ou à Versailles, à l'occasion d'une fête ? Je vais demander qu'on organise cela. Elle doit se morfondre de vous voir toujours occupé. Avez-vous le temps au moins de vous occuper d'elle autant qu'il convient à un époux avec sa femme, lorsqu'il est épris ?

— Je m'y efforce autant que je le puis, Majesté.

— Eh bien, faites davantage. Il n'y a rien de plus important que l'amour d'une femme. Et il faut du temps pour lui donner ce qu'il mérite. Prenez huit jours de repos complet chez vous, avec elle et vos enfants. Quel âge ont-ils ?

— Quatre ans pour la fille, six pour le garçon.

— Déjà pour elle le temps d'apprendre à lire et à écrire, et pour lui de manier les armes et de monter à cheval. Consacrez-vous à cela aussi. Vous ne le regretterez pas, lorsque vous serez devenu trop vieux pour le faire. Ce n'est pas un conseil, La Reynie, c'est un ordre. Et si vous ne savez pas quoi faire pour vous-même, inventez-vous une occupation. Le monde n'en manque pas, que diantre ! Lisez, promenez-vous, apprenez à jouer d'un instrument, faites l'amour à votre femme, jouez avec vos enfants… Avez-vous essayé le dessin ?

— Jamais, Majesté.

— Il paraît que c'est très apaisant. Le Brun me le conseille quand je ne suis pas d'humeur confortable, mais j'aime mieux la chasse. Est-ce que vous avez compris ce que je vous ai dit ?

— Oui, Majesté.

— Vous vous y appliquerez, n'est-ce pas ?

— Peut-être pas au dessin, mais je trouverai autre chose.

— Sûrement. Les plaisirs de la vie ne manquent pas. Et rappelez-vous : c'est un ordre.

— Bien, Majesté. Je vous remercie, Majesté.

Alors que nous terminions notre repas, je me félicitai de n'avoir jamais accepté la proposition que le roi m'avait faite un jour de me donner un appartement à Versailles, dès que le château serait prêt. Outre l'incommodité et le désagrément qui aurait résulté de vivre avec nos enfants dans cet univers ne donnant que l'exemple d'une société méprisable et dépravée, il m'aurait fallu me rendre sans cesse à Paris pour y conduire ma charge. Le roi avait eu l'intelligence de le comprendre à demi-mot, et ne m'en avait pas voulu de refuser sa proposition.

En rentrant chez moi, sur le trajet qui me ramenait de Versailles, je songeai avec émotion combien j'aimais cet homme, qui pouvait se montrer à la fois si glaçant et si insensible à tout, et qui en même temps avait un tel instinct de ce qu'il convenait de proposer à ses collaborateurs pour qu'ils exercent leurs charges de la façon la plus humaine.

30

Du mercredi 17 juillet
au mardi 23 juillet 1680

Lorsque je rentrai, je fus heureux de retrouver Gabrielle qui ne s'était pas couchée et m'attendait avec inquiétude dans la bibliothèque. Elle ne pouvait se douter que j'avais été retenu à souper par notre souverain, et elle éclata de rire de surprise lorsque je le lui annonçai. Il fallut que je le lui réaffirme à plusieurs reprises pour qu'elle finisse par me croire. Nous bûmes quelques verres de vin et je lui racontai par le menu tous les détails de ce souper.

Je la fis rire en lui décrivant les têtes maussades et crispées de ces nobles, petits ou grands, obligés de rester debout à dix pas de notre table, à nous regarder manger. L'homme qu'ils rêvaient tous d'approcher les narguait en soupant avec celui qu'ils considéraient comme l'un de leurs pires ennemis. On imagine sans peine le trouble et l'envie qu'ils pouvaient en éprouver. Je lui racontai aussi que j'avais chargé Lecoq de ne plus quitter des yeux la comtesse de Lormont, et que j'espérais pouvoir ainsi élucider plus avant le rôle de « tête » qu'elle jouait dans cette conspiration, si les déductions que Gabrielle avait faites du poème de Mathilde étaient avérées.

Nous tombâmes dans les bras l'un de l'autre, fort contents d'être enfin seuls, et elle fut aussi enchantée que je l'étais d'apprendre que je pourrais disposer de tout mon temps pendant une semaine, et m'occuper ainsi d'elle et de nos enfants autant que je le souhaitais. Elle remarqua d'un air malicieux qu'elle plaignait du fond du cœur le roi de ne rien connaître de ces plaisirs simples, mais pourtant essentiels, qui lui étaient interdits par sa fonction.

Dès le lendemain matin, nous paressâmes au lit plus qu'à l'accoutumée, profitâmes l'un de l'autre autant que nos corps le permettaient et ne descendîmes prendre une collation qu'à dix heures du matin, comme deux jeunes mariés qui viendraient de passer leur première nuit ensemble.

Il ne nous était plus arrivé depuis des années de nous lever aussi tard. Poupotte et Gabriel jouaient dans le jardin, et vinrent vite nous rejoindre. La matinée s'étira agréablement, et je me sentis dépaysé dans ma propre maison, tant je n'avais plus l'habitude de m'y être trouvé inactif.

Avant le dîner, je pris Poupotte sur mes genoux et explorai avec elle les progrès qu'elle avait faits en lecture. Je fus surpris de découvrir qu'elle connaissait déjà toutes les lettres de l'alphabet et était même capable de déchiffrer certains mots en les épelant. Gabriel, de son côté, lisait à peu près couramment, et n'écrivait pas trop mal, même si son écriture était encore peu assurée et ses lignes pas très droites. Je sentis Gabrielle heureuse de me voir accorder enfin un peu de mon temps à l'éducation de nos enfants, ou tout au moins au contrôle de celle-ci, puisqu'ils disposaient déjà durant la semaine d'un répétiteur pour leur enseigner lecture, écriture et calcul.

Le temps que je ne passais pas avec mes enfants et Gabrielle, je le savourais dans la solitude de mon jardin. Contrairement à mon attente, le fameux « *Carpe diem* » du grand Horace n'était au fond pas aussi difficile à atteindre que je l'avais cru ! Comment d'ailleurs aurais-je pu ne pas être soulagé de ne plus entendre chaque jour les bruits de chaînes des prisonniers qu'on traînait dans les couloirs, ceux des lourdes portes qu'on fermait, des cris lancés dans les cellules sonores du Châtelet ou de Vincennes, ou du vacarme des roues de ma voiture sur les pavés disjoints lorsque je devais me rendre dans l'une ou l'autre de ces prisons au milieu du brouhaha épuisant des rues de Paris !

J'essayai de calmer les doutes que j'avais sur la façon dont je conduisais mon enquête. Si exister c'était résister, je m'y efforçais autant que je le pouvais. Je n'étais malheureusement pas toujours maître des procédures que j'initiais, et j'avais la faiblesse de préférer continuer de vivre que de m'opposer de front et finir sur la roue comme coupable de lèse-majesté ou comme hérétique. Aussi préférais-je rester prudent sur bien des sujets, quand je sentais des forces supérieures prêtes à me menacer. Souvent, j'étais contraint de n'agir qu'en secret pour mes convictions, affectant par-devant les autorités, civiles ou ecclésiastiques, un respect qui m'assurait l'impunité. Ce n'était pas très glorieux, je devais l'avouer, mais il faut croire que je ne suis pas de la race des héros ni de celle des désespérés.

Je profitai de ces quelques jours de repos pour replonger dans *Les Essais* de Montaigne, y cherchant le réconfort et le calme intérieur qui parfois m'abandonnaient. Je les avais lus à plusieurs reprises, dans leur totalité ou par fragments, et j'y éprouvais toujours le même bénéfice. Cette fois cependant, je crus porter sur eux une vision légèrement différente. Était-ce l'importance nouvelle que Gabrielle avait prise dans ma vie ? Elle me faisait à coup sûr porter un regard plus riche et plus complexe sur les femmes.

Tout ce que Montaigne avait écrit sur son amitié avec La Boétie aurait pu, selon moi, s'appliquer à l'amour entre un homme et une femme, mais il avait, pour sa part, toujours opposé l'amitié et l'amour, estimant que la femme n'était pas capable de faire durer cette fusion avec un homme au-delà de leur accord physique. Ce n'était pas ce que j'éprouvais avec Gabrielle, et je trouvais dommage qu'un si grand esprit eût pu rester si prisonnier des préjugés de son siècle. J'étais trop aveuglé par les miens lors de mes précédentes lectures, car cela ne m'avait pas choqué, tandis qu'à présent, je trouvais ces considérations désuètes, et me jurais de ne jamais élever mon fils Gabriel dans cette perspective.

Cette semaine de bonheur familial s'écoula bien trop rapidement, mais nous eûmes le temps, Gabrielle et moi, de passer un après-midi aussi réjouissant qu'instructif avec nos deux petits, en visitant, grâce à la recommandation de Colbert, la Ménagerie royale de Versailles dont on venait de terminer les travaux d'installation. Nous y fûmes reçus le mardi 23 juillet, et nous y rendîmes selon le trajet habituel qu'aimait prendre le souverain lorsqu'il venait contrôler l'avancement de son installation, autrement dit par barque sur le Grand Canal. Poupotte et Gabriel furent éblouis par la splendeur du paysage et l'agrément de voguer sur l'eau. Il était plaisant de les voir ouvrir leurs grands yeux écarquillés, à la fois étonnés et bouche bée.

Lorsque nous débarquâmes non loin de la ménagerie, on nous conduisit jusqu'au bâtiment central, un polygone octogonal recouvert d'un dôme en ardoise. Autour de lui partaient en éventail sept enclos qui accueillaient oiseaux et animaux. À l'étage, un balcon entourait le bâtiment, permettant d'observer commodément les volières emprisonnant cigognes, grues de Numidie, autruches, hérons, grandes aigrettes, et les enclos où paissaient moutons de Barbarie, sangliers ou dromadaires.

Tout fut matière à provoquer notre éblouissement et ceux de nos deux petits. C'est toutefois l'éléphant qui fut la vedette de notre visite. Il avait été offert comme cadeau à Louis XIV par le roi du Portugal en 1668, et il était l'unique éléphant africain dont la présence était attestée en Europe depuis qu'Hannibal, venant d'Espagne, avait traversé les Alpes pour combattre les Romains. C'était une femelle qui provenait du royaume du Kongo. Elle avait séjourné quelques années à Vincennes et venait juste d'être acclimatée à Versailles. Cette vision d'un animal aussi étrange fut le point d'orgue de mon congé inattendu.

Quand nous rentrâmes chez nous, je trouvai une missive du roi qui me commandait de procéder, comme nous l'avions prévu, à l'interrogatoire de la femme Filastre le surlendemain jeudi 25 juillet à Vincennes. Il ne me restait plus qu'une journée pour me reposer et me concentrer sur les questions que j'allais lui poser.

31

Forteresse de Vincennes,
jeudi 25 juillet 1680

Elle était complètement nue, renversée sur la sellette, les bras et les jambes ligotés, et Desgrez lui faisait subir le supplice de l'eau, tandis que mon greffier notait les réponses qu'elle me faisait, lorsqu'elle était en état d'y répondre. Pour l'instant, l'entonnoir que tenait Desgrez d'une main était enfourné dans sa gorge, et de l'autre, il lui versait des litres d'eau dans le ventre. C'était intolérable et, si je ne pouvais mettre un terme à ce supplice, c'est que je me savais moi-même observé depuis une meurtrière ouverte dans le mur derrière moi.

L'homme qui regardait ce supplice depuis un réduit contigu, caché derrière cette meurtrière et protégé par une dizaine de gardes, n'était autre que le roi en personne. Il eût été bien difficile de le reconnaître, lorsqu'il était arrivé le matin même à Vincennes, coiffé d'une perruque très différente de celle qu'il portait à la cour, et habillé d'une tenue de bourgeois. Quant aux gardes qui assuraient sa protection, ils s'étaient répartis à son arrivée de façon qu'on ne pût les soupçonner de l'avoir accompagné jusque-là, même si, à présent qu'ils étaient dans les murs du donjon, ils s'étaient regroupés pour former autour du réduit où il se tenait une armure impénétrable.

Je fis signe à Desgrez d'arrêter. Il retira l'entonnoir de la gorge de la Filastre et je la laissai reprendre son souffle et dégurgiter une partie de l'eau qu'elle avait absorbée. Quand elle eut fini de tousser et de vomir, je repris mon interrogatoire :

— La femme Voisin vous a-t-elle suggéré que Mme de Montespan était l'instigatrice de ce projet d'assassinat, ou l'a-t-elle affirmé ?

— Elle ne m'a jamais cité son nom, me dit-elle, mais ce ne pouvait être qu'elle. La description que Catherine m'a faite lui correspondait trait pour trait.

— Comment lui faisiez-vous parvenir vos poudres ou vos philtres ?

— Le plus souvent par son ancienne femme de chambre, Mlle des Œillets. C'est elle qui venait les chercher chez moi. Parfois, Mme de Montespan demandait à me voir, c'est alors moi qui les lui remettais en personne.

— Où cela ?

— Au château de Saint-Germain, car elle était trop surveillée pour sortir à sa guise, et n'aurait pu venir chez moi. Il y avait à Saint-Germain un petit escalier qui donnait dans sa chambre, depuis les jardins. Quelqu'un m'attendait en bas, lorsqu'elle m'avait donné rendez-vous et me faisait monter chez elle.

Je fus si surpris de cette réponse que je ne pus m'empêcher de jeter un regard vers la meurtrière et croisai celui du roi. Nous nous fixâmes quelques instants, puis je revins vers la Filastre :

— Ce que vous me dites est bien surprenant.

— Pourquoi cela ?

— Il n'est pas courant que les portes du château soient ouvertes.

— Cela se passait de nuit. Vous n'ignorez pas que Saint-Germain est moins bien gardé que Versailles, qui l'est pourtant si mal.

Je restai interdit. C'était en effet au château de Saint-Germain, et de nuit, que l'abbé Guibourg s'était introduit pour célébrer sa messe noire. Il était notoire que les lisières inférieures de ses terrasses, malgré l'inconvénient de leur distance du château d'environ cinq cents toises, étaient de véritables passoires. Pourquoi la femme Filastre ne serait-elle pas parvenue à y pénétrer, si l'abbé Guibourg l'avait fait ?

Je repris le cours de mes questions :

— Mme de Montespan était-elle seule à vouloir assassiner le roi ?

Elle me jeta un regard surpris.

— Je n'en sais rien. Ce que je lui ai donné à son intention n'était pas un poison, mais un philtre d'amour. Pour les produits que je fabriquais, il ne s'est toujours agi que de liqueurs aphrodisiaques.

Comme elle avait renversé de nouveau sa tête en arrière, j'en profitai pour jeter un regard vers la meurtrière d'où le roi nous observait. Je vis son doigt m'ordonner de continuer. Je me tournai vers Desgrez et lui fis signe de reprendre le supplice.

— Non ! hurla la Filastre, lorsqu'il approcha l'entonnoir, mais il le lui enfourna de force dans la gorge et recommença à le remplir d'eau.

J'attendis quelques secondes, puis fis signe à Desgrez d'arrêter. La Filastre recommença à tousser et à vomir.

Je me penchai sur elle :

— Je vous répète encore une fois ma question : connaissez-vous d'autres personnes qui voulaient la mort du roi ?

— Non, non et non !

Je refis signe à Desgrez qui lui replongea l'entonnoir dans la gorge et le remplit d'eau. La Filastre s'étranglait, suffoquait. Son ventre devenait protubérant. J'ordonnai d'un geste à Desgrez d'arrêter. Elle était au bord de l'évanouissement.

J'approchai mon visage du sien.

— Allons, qui d'autre ? Réfléchissez !

Les yeux exorbités, elle me fixa un moment avant de me répondre, dans un rictus ironique :

— Tout le monde ! Qui pourrait ne pas vouloir la mort d'un tyran ?

Elle sembla vouloir rire, mais l'effort qu'elle devait accomplir pour y parvenir la fit s'évanouir pour de bon. Je tâtai son pouls. Il était faible, presque indistinct. Je me penchai sur sa poitrine et posai ma tête près de son cœur, puis me redressai, et, me tournant vers Desgrez :

— Ramenez-la dans sa cellule. Appelez un médecin, pour que je la retrouve en vie. S'il est besoin, qu'il lui administre un émétique, pour qu'elle puisse vomir. Je veux pouvoir lui poser d'autres questions.

Je tournai le dos et sortis sans attendre de réponse. Quand j'entrai dans le réduit où se tenait le roi, je le trouvai effondré dans un fauteuil. Il me lança un regard de noyé, tandis que je refermais la porte, de peur que quelqu'un ne nous surprît.

— Cela me suffit, me dit-il. La Reynie, encore une fois je vous demande de me dire sincèrement votre intime conviction ?

Je réfléchis, puis me surpris moi-même à répondre :

— Je n'en ai pas, Majesté.

— Le principal policier du royaume, qui n'a ni preuves, ni intime conviction ! Je vous donne quarante-huit heures pour en avoir une, sinon je vous fais mettre aux fers. C'en est assez, à la fin ! Les intimes convictions font aussi partie de votre charge. Il y a quelque temps, votre famille a été victime d'une agression en la personne de votre petite fille, et vous avez perdu deux de vos hommes qui ont été égorgés. Cela devrait pourtant vous incliner à n'avoir aucune pitié. Louvois m'a dit que vous aviez aussi perdu une jeune femme qui vous servait de mouche et vous était très chère…

Je sentis le rouge me monter aux joues.

— Le marquis de Louvois est bien renseigné.

— Eh bien, même ? Y a-t-il du mal à cela ? N'est-ce pas justement son rôle ? Et ne venez pas encore me présenter votre démission ! La prochaine fois que vous oserez me suggérer une telle solution, je vous envoie derechef à la Bastille pour vous remettre les idées en place. Et soyez bien sûr que j'interdirai formellement au gouverneur de vous donner sa propre chambre, comme il a voulu le faire pour le maréchal de Luxembourg.

Humilié, je baissai les yeux et ne répondis rien, envahi par la colère autant qu'il l'était lui-même. Le roi attendait que je répondisse quelque chose mais, comme je continuai de me taire, il se radoucit :

— Allons, La Reynie ! Il suffit, maintenant. Vous devez bien au moins avoir une idée ?

— Oui, Majesté. Il est probable qu'ils ont été assassinés tous les trois par la même personne. Les crimes sont en tout cas signés de la même main. À l'arme blanche, et à la gorge.

— Le marquis de Louvois m'a parlé d'un certain Morgeac.

— Ce n’est qu’un exécutant. Ses ordres viennent d’ailleurs.

— Cet homme était l’amant de la fille Voisin, n’est-il pas vrai ?

— Votre Majesté est bien renseignée…

Il me coupa, avec un sourire ironique :

— Sa Majesté est bien renseignée, en effet, et elle se demande toujours comment vous avez pu ne pas encore mettre la main sur cet homme, malgré tout le réseau de mouches qui fait votre réputation.

— L’individu dispose de protections puissantes et, j’imagine, d’argent en quantité pour acheter le silence.

— De l’argent ! Des protections ! Vous croyez que cela suffit. Bien sûr que non. Il a tout un réseau de complicités à sa disposition, et vous n’avez encore rien fait pour le démanteler. Cela confirme encore une fois l’hypothèse d’un complot contre ma personne. Cette fille Voisin me paraît au centre de tout. C’est sur elle que vous devez vous acharner. Il est inconcevable qu’elle ait été la maîtresse de l’homme que vous recherchez et qu’elle prétende ne pas savoir où il se trouve ! J’exige que vous lui appliquiez la question ! Il paraît que vous ne l’avez pas fait pour sa mère, eh bien vous le ferez pour elle. Et ce magicien qui prétend s’adresser à Satan ? Comment s’appelle-t-il, déjà ?

— Vous voulez parler de Lesage ?

— Oui ! Le sage ! Quelle ironie, pour une crapule ! À la question, lui aussi ! Et ce faux prêtre ?

— L’abbé Guibourg ?

— À la question, pareillement !

Je sentais que l’humeur du roi montait comme une soupe qui bout. Il arracha soudain sa perruque en grommelant :

— C'est insupportable, la chaleur qu'il fait, dans votre réduit… La prochaine fois, je ferai venir vos instruments de torture au château, et j'assisterai à la question dans mon salon, du fond de mon fauteuil !

J'eus la surprise de constater que son crâne était très dégarni. Lui qui portait de si beaux cheveux dans sa jeunesse était désormais comme pelé par plaques, et blanchi par endroits. Il n'avait pourtant guère plus de quarante ans, mais l'usage régulier des perruques provoquait une sueur permanente qui finissait par brûler les chevelures les plus fournies. S'y ajoutait l'usage de poudres détergentes pour tuer les poux qui pullulaient à Versailles comme à Saint-Germain, passant d'une chevelure à l'autre.

— Vous regardez mon crâne ?

— Pardon, Majesté ?

— Je demande si vous regardez mon crâne ?

— Pas spécialement, Majesté.

— À quoi pensez-vous, alors ?

— À ce Morgeac, sur lequel mes hommes ne parviennent pas à mettre la main. J'avais fait inculper le marquis des Brisiers, qui usait de ses services, mais vous l'avez fait libérer avant que je puisse l'interroger.

Le roi changea de visage.

— Le marquis des Brisiers connaissait ce Morgeac ?

Je jubilai intérieurement, mais gardai l'air innocent et continuai :

— Bien sûr. Il l'employait même à son service. L'une de mes mouches, qui s'était introduite dans son entourage, m'en a fait le rapport. Ce Morgeac était l'homme de main du frère de la comtesse de Lormont. Il a assassiné cette mouche qui m'était très chère, comme vous l'avez dit. Mais j'ai obéi à vos ordres, Majesté. La raison d'État valait bien quelque entorse au libre cours de la justice.

Je me tus quelques secondes, pour laisser le temps au roi de digérer mon ironie et de réaliser son erreur d'avoir exilé le marquis des Brisiers au lieu de le laisser entre mes mains.

Comme il restait muet, je repris :

— Comme vous me l'avez fait remarquer, les nécessités de la guerre passent avant celles de la police intérieure, je le comprends, et je m'incline.

Cette fois, le roi était furieux :

— Il fallait me dire tout ce que vous saviez, La Reynie ! Votre persiflage est offensant, et je ne saurais le tolérer plus longtemps.

— Sire, vous ne m'avez guère laissé le temps de protester ou de faire valoir mes arguments. Le marquis des Brisiers avait déjà quitté la prison de la Bastille lorsque je suis venu essayer de recueillir de sa bouche quelque information. Après les élargissements du maréchal de Luxembourg, de la duchesse de Bouillon et la fuite organisée de la comtesse de Soissons, c'était un démenti de plus pour moi.

Le roi me lança un regard noir. Tout cela était de sa responsabilité, il le savait, et il n'avait à s'en prendre qu'à lui-même, s'il avait fait l'erreur de céder à la passion de son ministre pour la comtesse de Lormont. Il essuya la sueur de son crâne avec un mouchoir, puis remit en place sa perruque. Et, se tournant vers moi :

— Est-elle droite, au moins ?

Je lui jetai un coup d'œil :

— Peut-être faudrait-il la tourner légèrement sur votre gauche, et camoufler les cheveux qui dépassent derrière votre oreille droite.

Le roi s'exécuta en me jetant un œil toujours aussi peu affable, comme pour vérifier que je ne me moquais pas de lui. Je restai impassible, et me contentai d'approuver :

— C'est très bien ainsi, Majesté.

— Maintenant, faites-moi sortir d'ici sans que personne me voie, ou puisse dire qu'il m'aurait vu. Je veux vos rapports sur la femme Filastre, la fille Voisin, le magicien Lesage et l'abbé Guibourg dans quatre jours au plus tard, à Versailles. D'ici là, je vais faire vérifier que le marquis des Brisiers se trouve bien en Belgique et qu'il n'a pas cherché à revenir secrètement sur le territoire de la France.

— Je vous remercie, Majesté. Mais peut-être serait-il plus judicieux que mes services s'en chargeassent, plutôt que ceux du marquis de Louvois. Ne risque-t-il pas d'être trop embarrassé par ses amitiés ?

Le roi parut surpris :

— Vos services en sont-ils capables, à l'étranger ? Avez-vous les contacts ou les hommes qui vous seraient nécessaires ?

— Je rappelle à Votre Majesté que c'est mon adjoint Desgrez qui a retrouvé la marquise de Brinvilliers et l'a arrêtée, lorsqu'elle s'est enfuie et qu'elle se cachait à Liège, quand les services de M. de Louvois avaient perdu sa trace et renoncé à la poursuivre.

Le roi eut un geste d'impatience :

— Alors, faites comme vous l'entendez, et finissons-en.

Je le saluai et le reconduisis par un escalier dérobé jusqu'à une cour intérieure à l'abri des regards, où une voiture de louage l'attendait, pour qu'il passât inaperçu, lorsqu'il sortirait de la forteresse. Avant d'y monter, il se tourna vers moi et me demanda :

— Une chose encore, La Reynie : avez-vous le moyen d'interroger la comtesse de Lormont de façon non officielle, sans que le marquis de Louvois soit au courant ?

— Je ne crois pas, Majesté. Si je l'interroge, même en privé, elle ne manquera pas de lui rapporter toutes les questions que je lui aurais posées, et lui donnera les informations que j'aurais été obligé d'avancer pour la surprendre. J'ai décidé cependant de la faire surveiller secrètement par l'un de mes hommes.

Le roi réfléchit, puis me lança :

— Vous avez bien fait. Je vous attends au château lundi en fin de journée, vers six heures.

Puis il monta dans sa voiture et partit.

32

Du vendredi 26 juillet
au lundi 29 juillet 1680

Pendant toute la journée de vendredi, je fis exécuter les ordres du roi, et laissai Desgrez appliquer la question à la fille Voisin, à Lesage et à l'abbé Guibourg. J'assistai contre mon gré à ces nouveaux interrogatoires qui me levaient le cœur. Tous trois continuèrent d'accuser Mme de Montespan et Mlle des Œillets de s'être procuré chez la Voisin et la Filastre des produits dans l'intention de les faire absorber au roi à son insu. L'abbé Guibourg reconnut qu'il avait bien célébré à plusieurs reprises des messes noires avec sacrifices de nouveau-nés au-dessus du ventre de la marquise. Quant à Lesage, il apparut de plus en plus clairement qu'il n'avait jamais été qu'un rabatteur pour la Voisin ou quelques autres sorcières de même acabit.

Il m'apprit néanmoins une chose de plus. Depuis qu'il était en prison, il avait eu tout loisir d'observer les pratiques des gardiens et m'avoua soupçonner deux d'entre eux de renseigner les membres de la noblesse hostiles à la politique du roi et soucieux de connaître l'évolution de mon enquête pour la contrecarrer. Je lui demandai de me décrire ces deux hommes avec précision.

Delamare apporta avec lui les dessins des visages de tous nos gardiens, car il avait pris l'habitude de procéder avec eux de la même façon qu'avec les criminels, dès que nous les embauchions. Lesage nous désigna sans la moindre hésitation les deux hommes auxquels il pensait.

Lors de son séjour à la Bastille, il avait pu voir l'un d'entre eux communiquer étroitement avec le maréchal de Luxembourg, et lui servir d'intermédiaire avec l'extérieur. Cela suffisait-il pour accuser le maréchal de comploter ? Non, car il cherchait peut-être seulement à faire passer des messages d'affection à sa famille, mais cela indiquait au moins à quel trouble jeu pouvaient s'adonner certains de nos gardiens. Après une rapide enquête auprès des chefs du personnel des trois prisons où Lesage avait séjourné, j'appris que l'un d'entre eux, du nom de Germain Landier, avait travaillé à la forteresse de la Bastille, tandis que l'autre, Hyppolite Maillard, avait été affecté à Vincennes ou au Châtelet, selon les besoins momentanés de nos services.

Je demandai à les interroger, mais j'appris que le premier avait donné sa démission trois mois plus tôt, prétextant avoir trouvé un meilleur travail au service des cuisines d'un châtelain, et que le second avait été renvoyé au même moment pour avoir monnayé ses services auprès de certains prisonniers. Où demeuraient-ils à présent ? Impossible de le savoir, leurs chefs n'ayant pas pris la précaution de le noter.

Le même jour, Delamare me donna les résultats de l'enquête discrète à laquelle il avait procédé sur les membres de la famille du chevalier Hardouin, ainsi que sur ses proches. Il apparut à ma grande surprise que si son père s'était toujours montré fidèle au roi pendant la période de la Fronde, il n'en avait pas été de même pour deux de ses frères ni pour l'une de ses cousines, qui avaient conspiré et même participé activement à la tentative de soulèvement du Poitou et du Limousin avant de tenter de rallier à leur cause le Bordelais.

Si Hardouin était encore jeune à l'époque, il avait cependant l'âge de s'intéresser à la politique, et Delamare m'apprit que l'un de ses frères avait été tué par les soldats du roi après avoir été torturé, et que l'autre n'avait sauvé sa vie qu'en émigrant en Angleterre. En soutenant la Régente et Mazarin, son père n'avait-il pas surtout cherché à donner le change, tout en incitant secrètement un partisan de la rébellion, de façon qu'on ne pût s'en prendre à son domaine ? Cela suffisait-il pour soupçonner Hardouin de m'avoir trahi en renseignant le marquis des Brisiers et ses amis sur tous mes faits et gestes ? Le fait que l'un de ses frères conspirateurs ait émigré en Angleterre résonna cependant très fort avec l'information que Mlle des Œillets avait souvent été vue en compagnie d'un Anglais lorsqu'elle se rendait chez les sorcières ou à une messe noire. Y avait-il un rapport entre ce Milord anglais et le frère de Hardouin qui avait émigré ?

Je demandai une fois de plus à Delamare où il en était dans les recherches que je lui avais demandé de faire sur le prétendu Lord Appletown, à qui Hardouin avait vendu son couvent de Malassise. Il me répondit qu'elles avaient été vaines, aucun des marchands parisiens répertoriés ne pouvant l'identifier. Certains d'entre eux reconnaissaient négocier avec de nombreux intermédiaires étrangers, allemands ou anglais, et qu'ils ne se préoccupaient pas de savoir quelle serait la destination de leurs produits, mais qu'il y avait de fortes chances que ceux-ci fussent destinés à la contrebande avec l'Espagne, du fait du blocus que notre roi avait imposé. Il n'était donc pas étonnant que certains acheteurs usassent d'un faux nom, en particulier les Anglais, puisqu'ils étaient censés être nos alliés. Pour Delamare, seuls des services secrets auraient pu en savoir davantage. Comme je ne voulais pas confier l'enquête à Louvois, je décidai d'en parler au roi lorsque je le verrais seul à seul, pour qu'il décidât lui-même de la suite à donner à cette enquête.

La poursuite de mes investigations me conduisit le lendemain samedi au domicile parisien de Mlle des Œillets pour solliciter un entretien avec elle et essayer de le faire parler. J'eus la chance qu'elle fût chez elle au moment où je m'y présentai et qu'elle acceptât de me recevoir, bien que je ne l'eusse pas prévenue de ma visite. Une femme de chambre me conduisit dans un salon richement meublé, aux murs couverts de tableaux et de gravures. Il y avait sur le sol un magnifique tapis d'Orient, et de nombreuses statuettes de prix sur les meubles. Je me dirigeai vers une fenêtre donnant sur un jardin qui me parut profond et bien arboré. Mlle des Œillets entra dans mon dos et m'interpella :

— Bonjour, monsieur de La Reynie. S'est-il passé quelque chose de si grave que vous veniez me surprendre ainsi à l'improviste ?

— Non, Mademoiselle. Et je vous remercie d'avoir bien voulu me recevoir. Je ne suis venu vous trouver qu'à titre personnel, espérant que vous pourrez m'aider à résoudre un problème qui me préoccupe.

Elle me désigna un siège.

— C'est trop d'honneur de penser que ma petite personne puisse aider le premier policier du royaume.

Nous nous assîmes face à face, et je cherchai comment commencer l'entretien sans la fâcher. Elle me regardait avec une lueur d'ironie dans le regard. Malgré l'âge qu'elle avait, une petite quarantaine d'années sans doute, elle avait su rester mince et gardait une silhouette de jeune femme, à la différence de son ancienne maîtresse qui s'était empâtée. Il était clair que j'avais en face de moi une femme intelligente et pleine d'esprit. Comment comprendre autrement que la favorite du roi, qui passait pour l'une des femmes les plus brillantes de la cour, ait pu la tolérer près d'elle, d'abord comme dame de compagnie, puis comme complice et amie, et continuer de la recevoir à Versailles ou à Saint-Germain depuis qu'elle l'avait quittée ?

— Parlez, je vous prie, me dit-elle soudain avec un sourire charmant.

— Pardonnez-moi, je réfléchissais à comment vous exposer mon problème sans vous ennuyer. Encore une fois, c'est une visite totalement privée que je vous rends aujourd'hui, et j'aimerais que vous me fassiez l'amitié de la garder confidentielle.

— Mon Dieu, comme tout cela me paraît embarrassé !

— Oui, car cela touche à mon enquête, et je ne suis pas autorisé à en faire état. En venant vous parler en dehors de toute démarche officielle, je fais donc un pas de côté et me sens légèrement coupable.

Elle étouffa un petit rire :

— Parlez franchement, Monsieur. Si vous prenez tant de précautions, c'est plutôt que vous ne vous sentez pas autorisé à m'interroger.

— Autorisé par qui ?

— Par des personnes que vous pensez être mes protectrices.

Son insolence était telle que j'en eus soudain assez de nous voir tourner l'un autour de l'autre et changeai de ton :

— Vous n'avez pas tort. Ces personnes, comme vous dites, ne m'ont autorisé à vous parler qu'à titre privé et c'est la raison pour laquelle je n'ai pas lancé contre vous de convocation officielle. Sachez cependant qu'elles m'ont demandé de vous interroger à ma guise, sous réserve que l'un comme l'autre gardions le secret sur cet entretien. C'est donc pour les satisfaire et dans votre intérêt que vous voudrez bien ne rien en ébruiter, car elles s'offenseraient que vous pussiez répandre des informations qui ne doivent pas sortir de ces murs.

Son visage était devenu grave.

— Nous voilà revenus à des rapports plus conformes à ce que doivent être ceux d'un policier et d'une personne qu'il suspecte.

— Plusieurs témoignages de prévenus que j'ai arrêtés concordent pour affirmer que vous avez à plusieurs reprises fréquenté la sorcière dénommée Catherine Montvoisin, dite la femme Voisin.

— Cela n'a guère dû vous surprendre, vous m'en avez déjà accusée.

— Sans doute, mais il y a pire : vous auriez été présente lors d'une messe noire donnée chez elle pour souhaiter la mort de Mlle de la Vallière.

Elle prit un air stupéfait :

— Qui m'accuse de cela ?

— Un magicien nommé Lesage, une sorcière du nom de Filastre et la fille elle-même de cette Montvoisin.

— Je ne connais aucune de ces trois personnes, et les mets au défi de me reconnaître si on me présentait à elles sans les en avoir averties. Quand aurait pu avoir lieu cette messe noire dont vous parlez ?

— Il y a une dizaine d'années.

— Mon Dieu, comme c'est loin !

— Pour celle-ci sans doute, mais vous avez admis avoir continué par la suite à fréquenter la femme Voisin pour vous procurer des remèdes, et les mêmes gens vous accusent d'avoir été présente à des cérémonies plus récentes, dirigées contre Mlle de Fontanges.

— Mais pour le compte de qui, Grands Dieux ? Je n'avais rien à gagner à nuire ni à l'une ni à l'autre.

— Vous peut-être, mais une autre personne, que vous aviez charge d'accompagner, en avait davantage.

— À qui pensez-vous ?

Elle avait retrouvé un léger sourire, car elle doutait sans doute que j'osasse prononcer le nom auquel nous pensions tous deux.

— Vous le savez tout autant que moi : Mme de Montespan, dont vous avez été la dame de compagnie et dont vous êtes toujours l'amie et la confidente.

— Quelle accusation terrible ! Vous soupçonneriez la favorite du roi et la mère de six de ses enfants légitimés d'avoir voulu tuer Mlle de la Vallière et Mlle de Fontanges ?

— Je vous soupçonne de l'y avoir encouragée, au point de l'emmener chez cette sorcière et de l'assister lors de ces messes sacrilèges et criminelles, puisqu'on y aurait égorgé un nouveau-né.

Furieuse, Des Œillets se leva et cria presque :

— Quelle affreuse calomnie ! Je n'ai participé à aucune messe sacrilège. Ces personnes oseraient-elles accuser la favorite du roi d'avoir fait pratiquer sur son propre corps des incantations diaboliques, avec sacrifices humains ?

Je me levai à mon tour.

— C'est bien cela, et en votre présence. Vous y seriez même venue en compagnie de votre amant du moment, un Milord anglais.

Son visage avait pâli. Elle prit sur elle avant de murmurer :

— J'ai bien eu un amant anglais, que j'ai fréquenté lorsqu'il venait en France, et il m'est arrivé de l'amener chez cette femme Voisin dont vous m'avez parlé, car il était curieux de se faire dire l'avenir. La rumeur voulait que cette femme passât pour la meilleure cartomancienne de Paris. Mais c'est tout. Je suis prête à en témoigner, dès que vous le voudrez. Je vous le demande même instamment, pour pouvoir me disculper.

— Je ne peux malheureusement vous entendre officiellement pour l'instant, et je vous ai déjà dit pourquoi. Les personnes qui vous protègent me l'interdisent. Mais parlez-moi de cet amant anglais.

— Je ne le revois plus. C'est un marchand de soieries et de produits en provenance des Indes orientales. Il ne venait en France que pour ses affaires, et je n'ai gardé aucun contact avec lui.

— Son nom ?

— Sir Douglas Appletown.

— Savez-vous comment le joindre ?

— Il habitait Londres, mais voyageait de temps à autre jusqu'aux Indes, pour ses affaires.

— Avez-vous gardé son adresse ?

— Oui, mais elle n'est sans doute plus la bonne, car je lui ai écrit à plusieurs reprises, et je n'ai plus jamais eu de réponse de sa part.

— Vous voudrez bien me la donner quand même.

— Avez-vous d'autres questions ? Pardonnez-moi si je vous presse, mais j'ai à faire et je n'avais pas prévu votre visite.

Je sortis de ma poche l'une des bagues au chaton noir qui était en ma possession et la lui montrai.

— Connaissez-vous ce bijou ?

Elle le prit dans sa paume de sa main et le regarda avec étonnement.

— Ne l'avez-vous jamais vu au doigt de votre ami anglais ?

Elle la tourna en tous sens, puis me la rendit :

— Non. C'est une bague sans grande valeur. Un onyx noir assez banal. Sa seule particularité est d'avoir été gravée de cet éclair blanchâtre. Mon ami anglais ne portait que des bijoux de prix.

Mentait-elle ? Était-elle sincère ?

— Je vous remercie pour cette conversation. Je sais que de telles accusations ont pu vous faire me haïr, mais vous me serez bientôt reconnaissante de vous en avoir avertie avant d'être peut-être un jour interrogée par des gens moins aimables que je ne l'aie été.

Je lui renouvelai ma recommandation de ne rien dire à personne de notre entrevue et elle me promit de n'en rien faire.

Deux jours plus tard, le lundi 29 juillet, je partis pour Versailles vers quatre heures du soir, avec une escorte de huit gardes, pour me rendre à la convocation du roi. La route que nous empruntions traversait la forêt et était de plus en plus mal entretenue. Les ornières étaient profondes, les nids-de-poule nombreux, et j'étais durement cahoté en tous sens, tandis que les roues de ma voiture soulevaient des nuages de poussière et rendaient l'air irrespirable. Nous étions à moins d'une lieue de Versailles, lorsque nous trouvâmes sur notre chemin une charrette de foin renversée, qui nous barrait le passage. Un accident, ou un guet-apens ?

Les cavaliers et ma voiture s'arrêtèrent net, et je descendis pour jeter un coup d'œil aux alentours. Peut-être un paysan avait-il versé et était-il parti chercher de l'aide ? Accompagné du capitaine de mes gardes, j'avançai vers la charrette. Nous n'avions pas fait dix pas qu'un groupe d'une quinzaine d'hommes cagoulés sortit du couvert des arbres, en tirant l'épée. Les gardes qui m'accompagnaient se précipitèrent pour me protéger. Dès les premiers échanges, je compris que nous avions affaire à des reîtres entraînés et fins bretteurs. Presque immédiatement, deux de nos gardes furent tués. La disproportion des forces était telle que le combat semblait désespéré. L'un de nos assaillants cherchait à s'approcher de moi, et, malgré sa cagoule, je crus deviner, à sa taille et à sa carrure, qu'il s'agissait sans doute de Morgeac.

Il se battait en force, un peu comme le faisait Hardouin. Entre deux coups d'épée contre l'un de mes gardes, c'était moi qu'il regardait, comme s'il me défiait. Je pris le parti d'essayer de me rapprocher de lui pour l'affronter, mais l'un comme l'autre étions aux prises avec un adversaire dont il fallait nous débarrasser avant de nous trouver face à face. Bientôt, ce fut chose faite. Après une feinte, j'avais embroché le mien, tandis qu'il avait tué de son côté un de mes gardes d'un coup de dague en pleine gorge. Dans sa lutte, il avait laissé tomber par terre un objet qu'il voulut ramasser, mais je ne lui en laissai pas le temps et me jetai sur lui. Il se redressa et m'affronta. Il était plus puissant que moi en force pure, mais manquait de finesse, et je pouvais avoir une chance de l'emporter.

Le capitaine de mes gardes voulut venir à mon secours. Je lui criai :

— Laissez-moi cet homme et protégez plutôt mes arrières !

La rage m'avait pris, et je voulais à toute force lui régler son compte moi-même. Il était à mes yeux l'assassin de Mathilde. Bientôt, nous restâmes à six contre onze, et mes hommes avaient fort à faire pour se défendre et empêcher que je fusse pris de dos et par surprise. À deux reprises, je n'échappai aux estocades de mon adversaire que de justesse. Sa force était telle qu'il réussit à me faire reculer jusqu'à m'adosser à un arbre et me blesser à l'épaule gauche. Mais je me dégageai et essayai contre lui quelques feintes qui m'avaient porté chance lorsque je tirais contre Hardouin.

Je me positionnai en prime, puis en quarte, évitant ainsi les coups qu'il voulait me porter. Trompé par la rapidité de mes enchaînements, il perdit l'équilibre, trébucha, et je réussis à le blesser à mon tour au bras gauche. Rendu furieux, il se précipita de plus belle sur moi. Je jetai un regard sur mes hommes. Deux autres de nos assaillants étaient à terre, mais l'un des nôtres était, lui aussi, au sol et semblait agoniser. À cinq contre neuf, je sentis que la partie allait définitivement tourner à notre désavantage. Je n'avais plus qu'à chercher à faire une belle fin, et peut-être avec un peu de chance à tuer mon adversaire avant d'être tué moi-même.

Je m'apprêtais déjà à tenter un balestra, quand une escouade de mousquetaires noirs surgit sur la route, venant de Versailles et se rendant à Paris. L'officier qui les commandait comprit ce qui se passait et se porta à notre secours en poussant son allure. Celui que je tenais pour Morgeac battit le rappel des survivants de sa petite troupe, et tous s'enfuirent. J'hésitai à les poursuivre, mais renonçai, car nous avions des hommes à terre, et il était urgent de savoir si l'on pouvait les sauver. Malheureusement, trois d'entre eux étaient déjà morts et le quatrième expira dans mes bras, lorsque je me penchai sur lui.

Le chef des mousquetaires sauta de son cheval et s'approcha. Je me redressai et le saluai :

— Monsieur, vous êtes arrivé à point ! Sans vous, nous n'aurions pu tenir encore longtemps.

— Cette forêt a toujours été infestée de brigands, me répondit-il, mais je n'en ai encore jamais vu qui osassent s'attaquer à une escorte officielle aussi importante. À qui ai-je l'honneur ?

— Lieutenant général de police La Reynie.

Il retira son chapeau et s'inclina :

— Capitaine Bertrand de Dancourt, pour vous servir.

Puis, jetant un coup d'œil sur mon épaule :

— Vous êtes blessé ?

— Si vous n'étiez intervenu aussi à propos, capitaine, à l'heure qu'il est, je serais mort. L'intention de ces hommes n'était pas tant de nous détrousser que de me tuer, car c'est à moi qu'ils en avaient.

Le capitaine m'aida à retirer mon pourpoint et ma chemise, et l'un de mes hommes s'approcha pour me faire un bandage. La blessure n'était que superficielle, comme je le pensais, mais il fallait arrêter l'écoulement du sang en attendant que je me fisse soigner, lorsque nous serions arrivés à Versailles. Je jetai un coup d'œil vers les truands restés sur le terrain. Six d'entre eux étaient au sol, un seul semblait survivre. Je m'approchai de lui et lui demandai :

— Qui est ton chef ?

Comme il ne répondait rien, je me tournai vers l'un de mes hommes :

— Ôtez-lui sa cagoule.

Son visage apparut. Il ne m'était pas inconnu. Je cherchai où j'avais déjà pu le voir, et réalisai qu'il était l'un des deux gardiens de prison dont Lesage nous avait parlé, celui qui avait surtout travaillé à Vincennes et au Châtelet et qu'on avait renvoyé parce qu'il rançonnait les détenus. Je me souvins que l'homme que je tenais pour Morgeac avait perdu un objet sur l'herbe et n'avait pas eu le temps de le récupérer, quand je m'étais jeté sur lui. Je recherchai l'endroit et le trouvai. J'aperçus quelque chose qui brillait et me baissai. C'était encore une bague au chaton zébré. C'était donc lui avec qui je m'étais battu, et c'était une preuve de plus – s'il en était besoin – que j'étais en face d'un complot organisé.

Je me tournai vers le capitaine des mousquetaires, et lui demandai s'il aurait l'obligeance de nous aider à déplacer la charrette de foin qui nous barrait le passage, car j'étais attendu par le roi. Il s'y prêta obligeamment. Ses hommes et les miens alignèrent sur le bord de la route les corps de mes gardes et des truands.

Le roi avait été prévenu de mon retard par l'un de mes cavaliers que j'avais dépêché en avant-garde, en le mandant de lui porter mes rapports d'interrogatoires, de façon qu'il pût les lire avant que je n'arrive. Dès que je fus à Versailles, son médecin d'Aquin m'attendait et m'examina. Il me confirma que la blessure n'était pas grave, mais, comme la plaie était ouverte, il en rejoignit les lèvres qu'il recousit. Dès que j'en eus fini avec ses soins, je me rendis au conseil privé restreint pour lequel le roi m'avait convoqué. Colbert, Louvois et moi y étions les seuls présents. Tous trois avaient déjà pris connaissance de mes rapports et paraissaient accablés par les charges qu'ils contenaient contre Mme de Montespan.

Le roi fut avec moi d'une courtoisie charmante, et me félicita pour mon courage, s'indignant du guet-apens que j'avais subi. Il m'assura de son soutien le plus total et me promit de m'accorder tous les moyens que je lui demanderais pour retrouver les coupables. Dès l'arrivée du cavalier qui me précédait, il avait donné l'ordre d'envoyer chercher les corps de mes gardes tués au combat et m'assura qu'ils seraient tous ramenés à leurs familles et enterrés dignement, et qu'il prendrait soin de leurs femmes et de leurs orphelins, pour atténuer leur douleur autant que se pourrait. Quant aux reîtres qui m'avaient attaqué, il les ferait jeter dans une fosse commune, avec pour seul viatique une pelletée de terre et sa malédiction.

Nous nous enfermâmes tous les quatre dans son bureau. Au-dehors, un orage de chaleur éclata brusquement, et notre réunion eut lieu au milieu des éclairs et d'une pluie battante, lui donnant une atmosphère dramatique. Je répondis aux questions qu'on me posait et émis pour ma part les plus grands doutes quant à la validité des accusations portées contre Mme de Montespan, faisant remarquer que l'abbé Guibourg, qui prétendait avoir célébré sur elle deux messes noires, reconnaissait en même temps n'avoir jamais pu voir son visage, car il avait toujours été caché d'une voilette.

Comme je le pensais, le marquis de Louvois, sans oser attaquer de front la marquise, insista sur l'extrême gravité des actes qui lui étaient reprochés, rien moins qu'avoir tenté d'empoisonner le roi ou servi d'intermédiaire à son insu. N'avait-elle pas elle-même reconnu avoir commandé la messe noire donnée à Saint-Germain avec des pigeons ? Pour la laver de tout soupçon et couper court aux médisances qui commençaient à se répandre contre elle à la cour et dans Paris, il lui paraissait nécessaire que je la fasse citer devant la Chambre Ardente, afin qu'elle s'y disculpe aussi brillamment que l'avait fait la duchesse de Soissons.

Colbert s'insurgea avec indignation contre cette éventualité, et affirma que ce serait donner davantage de crédit aux soupçons dont elle était l'objet, tant il est patent qu'une rumeur est toujours plus forte que la vérité. Le roi n'émit pas de commentaire. Il paraissait affreusement sombre et affecté, nous écouta l'un après l'autre sans nous interrompre, et conclut le conseil après une demi-heure en disant qu'il ne pouvait être question, tant qu'il n'aurait pas eu lui-même une explication avec Mme de Montespan, de lui faire subir l'affront d'une convocation devant la Chambre. Il se leva, nous remercia, et sortit rapidement.

Je n'avais pas eu le temps de lui parler de ce mystérieux Douglas Appletown, comme j'en avais l'intention. Il eût fallu pour cela que je me trouve seul avec lui, car je ne savais pas si une telle information, relevant d'un secret d'État, et mettant en jeu une puissance étrangère alliée à notre pays, pouvait être divulguée devant d'autres personnes que lui.

Il continuait de pleuvoir à verse lorsque nous sortîmes du château. Des valets se précipitèrent pour nous couvrir de larges parasols. Louvois rejoignit son carrosse, où l'attendait la comtesse de Lormont. Colbert, lui, me fit l'honneur de me ramener jusqu'à ma voiture, et y monta avec moi, désirant me parler.

— Je vous félicite d'avoir défendu Mme de Montespan contre ces calomnies, me dit-il. Le marquis de Louvois l'eût volontiers jetée en pâture aux juges, mais son véritable propos n'est en vérité que de me nuire. Heureusement, le roi a eu la sagesse de soustraire à la Chambre les aveux que vous avez recueillis. Ils n'auraient servi qu'à la déshonorer et répandre de la boue sur ce qu'il a de plus cher : ses enfants !

Le carrosse de Louvois sortait de la cour et disparaissait dans la nuit. Colbert jeta un coup d'œil sur mon épaule :

— Vous souffrez ?

— C'est très supportable. Mon assaillant n'a fait que m'érafler.

Il se détourna, puis soupira :

— Outre sa volonté de me nuire, savez-vous pourquoi M. de Louvois était prêt à charger la marquise ?

Je fis signe que non.

— Le règne de Mme de Montespan approche de son terme, et il le sent, comme nous tous. Il veut donner des gages à Mme de Maintenon pour mieux assurer sa place future. J'ai cru, depuis quelque temps, que vous m'aviez quitté pour vous inféoder au marquis de Louvois, mais cette réunion m'a prouvé le contraire. Vous êtes un honnête homme, La Reynie, et je suis heureux que ce soit vous qui occupiez cette charge de lieutenant général de police.

— C'est à vous que je la dois, Monsieur, et je ne l'ai pas oublié.

— Sans doute, mais il est fréquent que les hommes changent de partis, selon les circonstances. Il est parfois difficile de les en blâmer, lorsque le vent a tourné si fort qu'il serait ridicule de lui résister. Quelque dépit qu'en éprouve M. de Louvois, ce n'est pas le cas pour moi. Le roi continue de me soutenir plus fort que jamais.

Un éclair zébra le ciel et illumina la cour comme en plein jour, suivi presque aussitôt d'un coup de tonnerre.

— L'orage est au-dessus de nous, constata Colbert. Pardonnez-moi de vous retenir autant. J'avais autre chose à vous annoncer, de la part du roi. Vous ne serez pas censé l'avoir appris ni de lui, ni de moi. Cela doit rester un secret. Un secret d'État.

Il resta un moment silencieux, puis déclara :

— Nos services ont retrouvé la trace du marquis des Brisiers. Après avoir été expulsé en Belgique, il s'est établi à Londres.

— Eh bien, Monsieur, en quoi est-ce un secret d'État ? Si je n'ai pas su où il se trouvait, j'aurais pu aisément m'en douter. L'Angleterre a toujours accueilli avec bienveillance ceux qui pouvaient être une menace pour notre gouvernement.

— C'est vrai. Et c'est pourquoi il ne le sera plus à présent.

— Que voulez-vous dire ?

— Il a été victime d'un attentat, il y a deux jours. Le roi veut que vous sachiez que c'est l'un de ses hommes qui a réussi à s'introduire chez lui de nuit, alors qu'il dormait, et qui l'a égorgé dans son lit. L'opération est restée secrète et passera pour le crime d'un maraudeur.

Je ne pus cacher ma surprise.

— Un de ses hommes ? Voulez-vous dire que le marquis de Louvois aurait fait assassiner le frère de sa maîtresse par un de ses agents ?

— Non, justement. Le marquis de Louvois n'est au courant de rien, pour l'instant.

— Je ne comprends pas.

— L'exécuteur est un homme du roi, qu'il n'utilise que pour des missions très spéciales. Personne n'est censé connaître l'existence de ces espions très spéciaux, pas même Louvois. Ils forment un corps d'élite secret qui ne répond de ses actes qu'au roi lui-même. On les appelle les « Sans Visages », car ils opèrent toujours cagoulés. Il n'y a que moi qui le sache… et vous à présent, puisque le roi a tenu à ce que vous en soyez informé, pour vous témoigner sa confiance et que vous compreniez pourquoi il préférait expulser de notre territoire un homme qu'il souhaitait voir se taire plutôt que répandre ses insinuations devant la Chambre Ardente. C'est lui-même qui a choisi qu'on l'égorge, en hommage à sa victime qui vous était chère. Il faudra que vous répondiez à cette confiance en gardant le secret le plus absolu.

Mon visage dut marquer la surprise, car il sourit en enchaînant :

— Il eût pu procéder de la même façon avec la comtesse de Soissons, qui mène grand train à Bruxelles et affecte de nous narguer, ou avec sa sœur la duchesse de Bouillon qu'il a exilée de la cour, mais il y a renoncé, par égard pour le souvenir de leur oncle, le cardinal de Mazarin. Il les a cependant fait prévenir l'une comme l'autre qu'au moindre faux pas de leur part, elles pourraient s'attendre à tout. Il semble qu'elles aient compris le message, car elles ne parlent plus de railler sa justice. Quant au maréchal de Luxembourg, il n'a rien décidé contre lui pour l'instant. Du moment qu'il se tait, le roi préfère le ménager. C'est un chef de guerre si habile et si courageux qu'il pourrait nous être fort utile si nos conflits s'aggravaient.

Comme je ne disais rien, il s'étonna :

— Vous ne semblez pas satisfait ?

— J'avoue ne pas être mécontent de la mort du marquis des Brisiers, mais j'eusse préféré le tuer moi-même. Je le crois en effet responsable à la fois de l'enlèvement de ma petite fille et de l'assassinat de cette amie très chère.

Colbert soupira :

— Je le sais. Le roi aussi le sait. Nous en sommes bien conscients, mais vous-même êtes assez averti des choses de la politique pour comprendre que l'État a d'autres raisons que la vengeance privée.

Un nouvel éclair tomba sur la cour.

— Partez, à présent ! me dit-il. Votre femme doit vous attendre et vous avez encore une longue route à faire.

Notre traversée de la forêt au retour fut interrompue par un nouvel orage qui nous obligea à nous mettre à couvert. Après une attente qui nous sembla interminable, nous profitâmes d'une éclaircie pour reprendre notre route et arrivâmes devant ma demeure au milieu de la nuit, transis de froid et épuisés. La douleur de ma blessure s'était accrue. Je montai rapidement dans mon bureau, me débarrassai de mes vêtements trempés, en enfilai des secs, et allumai un feu de cheminée. La pièce était éclairée par la lumière de la lune, à présent que l'orage était passé. En attendant que le feu prît et que je pusse m'y réchauffer, je m'approchai de la fenêtre et observai la cour de mon hôtel. Deux gardes armés étaient en faction sous le porche. Je promenai mon regard sur les bâtiments qui nous faisaient face et crus apercevoir des ombres sur un toit. Je m'approchai de la fenêtre et me plaçai de façon à ne pas être vu.

Leurs silhouettes semblaient observer notre maison. Elles restèrent un moment immobiles, puis se déplacèrent et disparurent derrière une cheminée. Je me tins encore un moment en observation mais, comme il ne se passait rien, je tirai les rideaux et allumai un chandelier. Je décidai de rester coucher cette nuit dans ma chambre, pour ne pas déranger Gabrielle. Auparavant, je voulus mettre un peu d'ordre sur mon bureau, où les feuillets s'éparpillaient. Je m'installai et commençai à les classer, lorsqu'un léger bruit me fit me retourner. La barre de serrure de ma porte se soulevait. Je me saisis du pistolet que je gardais chargé sur mon bureau et allai me placer derrière elle. La porte s'ouvrit, et Gabrielle apparut, en chemise de nuit. Elle se retourna et m'aperçut, mon pistolet à la main. Elle eut un mouvement de recul et poussa un petit cri.

Je la rassurai :

— Ne craignez rien ! Je viens seulement de rentrer de Versailles et j'ai cru que quelqu'un s'était introduit dans notre maison.

J'allai déposer mon pistolet sur le bureau et revins la prendre dans mes bras. J'avais oublié ma blessure à l'épaule, et ne pus retenir un gémissement. Elle s'écarta, inquiète.

— Qu'est-il arrivé à votre épaule ?

— Mon escorte a été attaquée par des brigands sur le chemin de Paris à Versailles. J'ai été blessé par l'un d'entre eux, mais le médecin du roi m'a soigné dès que je suis arrivé au château. Ce n'est qu'une éraflure sans gravité, d'après ce qu'il m'en a dit. Il m'a posé un emplâtre qui devrait favoriser l'agglutination. Je devrais sans doute souffrir quelques jours, le temps que les chairs se remettent en place.

Elle s'approcha et toucha mon bras. Je ne pus retenir une nouvelle grimace de douleur. La vérité était que ma blessure me faisait atrocement mal. Elle aperçut du sang sur mon bandage.

— Mais vous saignez toujours ! Il faut refaire votre pansement.

Je la suivis dans la pièce qui nous servait aux bains, où elle tenait enfermés les remèdes dont nous usions. Je me dévêtis et elle défit le linge qui enveloppait ma blessure. Elle m'interrogea sur l'attaque dont nous avions été victimes et je dus reconnaître que nous avions perdu quatre hommes. Elle me lava soigneusement l'épaule avec un baume apaisant et posa sur la plaie l'onguent qu'il m'avait donné. Puis elle refit le bandage, en le serrant pour empêcher l'écoulement du sang.

— Parlons sérieusement, me dit-elle quand elle eut fini. Vous me dites avoir perdu quatre hommes, et vous appelez cela une escarmouche !

Comme je ne savais que répondre, elle soupira :

— Nicolas, quand tout cela finira-t-il ?

— J'y pense moi aussi depuis plusieurs jours. Vous êtes tous les trois ce que j'ai de plus cher au monde, et je veux vous mettre à l'abri. Si je ne vous ai pas envoyés plus tôt dans notre propriété du Limousin, c'est que je craignais que vous y soyez encore moins en sécurité qu'à Paris, même protégés par une escouade. Mais les événements s'accélèrent, et les menaces semblent s'aggraver. Je pense à présent que j'avais tort. Seriez-vous d'accord pour y retourner avec eux ?

Elle répliqua aussitôt :

— Il n'en est pas question. Croyez-vous que vous n'êtes pas, pour nous aussi, ce que nous avons de plus cher ? Et me prenez-vous pour une pauvre chose tremblante incapable de faire face à nos difficultés ? Non, mon ami, nous resterons près de vous, et vous nous protégerez ici, comme vous vous protégez vous-même. Si je suis partie la dernière fois, c'était à ma demande, et parce que l'atmosphère entre nous se détériorait de telle façon qu'il valait mieux nous éloigner l'un de l'autre. Mais maintenant que nous nous sommes retrouvés, nous nous battrons ensemble, et de toutes nos forces.

33

Du samedi 10 août
au lundi 30 septembre 1680

Le samedi 10 août au matin, alors que je prenais une journée de repos, Lecoq demanda à être reçu. Il voulait me rendre compte de sa surveillance de la comtesse de Lormont, qui jusqu'à présent n'avait donné aucun résultat permettant de confirmer les soupçons qu'elle fût à la tête du complot contre le roi, comme Gabrielle l'avait suggéré par l'analyse du poème de Mathilde.

Ce qu'il me révéla me fit l'effet d'un coup de tonnerre.

La veille au soir, la comtesse était en effet sortie de son hôtel en calèche, et Lecoq l'avait suivie comme à son habitude. Il avait chevauché un bon quart d'heure derrière sa voiture, en prenant toutes les précautions dont je le savais capable pour ne pas se faire remarquer, jusqu'à ce qu'elle atteignît une auberge à la lisière de Paris. Il l'avait alors vue descendre de sa voiture et y pénétrer seule. Après avoir attaché sa monture, il en avait fait autant et l'avait suivie à l'intérieur. Mais la comtesse n'était pas dans la salle où se tenaient les buveurs. Un rapide coup d'œil avait permis à Lecoq de remarquer qu'il existait une pièce contiguë à la droite du comptoir et qu'elle servait sans doute de cabinet particulier réservé à une clientèle plus choisie. Il décida de s'installer à une table et de commander une chope. De la place qu'il occupait, il pouvait observer la porte de cette pièce contiguë et ce qui se passait à l'intérieur quand elle s'ouvrirait.

Quelques instants plus tard, une servante lui apporta sa chope et se dirigea vers le cabinet. Par la porte entrouverte, Lecoq eut le temps d'apercevoir la comtesse, de dos, faisant face à un homme en lequel il reconnut le sinistre Morgeac. La servante ressortit bientôt, emportant un plateau chargé de boissons qu'elle rapporta vers le comptoir. Ne sachant que penser et voulant être assuré de l'information qu'il rapporterait, Lecoq avait continué d'attendre en buvant sa chope. Au bout de quelques minutes, Morgeac était sorti et avait traversé la salle sans s'attarder davantage, ni jeter de regard autour de lui.

Lecoq savait l'importance que j'attachais à mettre la main sur ce criminel. Fallait-il le suivre et l'appréhender, ou attendre que la comtesse ne partît à son tour, de façon à ne pas perdre sa trace ? Les ordres que je lui avais donnés étaient formels : il ne devait pas lâcher la comtesse d'une semelle. À contrecœur, il avait donc opté pour la deuxième solution et continué d'attendre. Quelques minutes plus tard, des bruits dans la cour l'avaient fait jeter un coup d'œil par une fenêtre. Il avait aperçu une voiture qu'on attelait. C'était celle de la comtesse, dont les chevaux avaient été désaltérés et nourris par deux valets avant d'être remis à leurs places dans l'attelage.

La comtesse était sortie presque aussitôt par une porte à l'arrière de l'auberge et était remontée dans sa calèche. Rapidement, Lecoq avait réglé sa chope et rejoint son cheval qui l'attendait au-dehors. La voiture venait juste de sortir de la cour de l'auberge. Il l'avait suivie par une petite route de campagne qui traversait le village de Montreuil et serpentait au travers de celui de Saint-Mandé. Elle avait traversé Vincennes et pénétré par la rive gauche dans la ville, rejoint le pont au Change qu'elle avait franchi, puis passé la porte Saint-Honoré et remonté la rue Neuve-Saint-Honoré jusqu'à l'hôtel de la comtesse. Lecoq n'avait pu aller plus loin, mais il avait eu le temps de l'apercevoir qui sortait de la voiture et s'engouffrait dans sa demeure, avant que deux valets ne refermassent le portail de l'hôtel.

Cette découverte prouvait qu'il existait un lien étroit entre la comtesse de Lormont et Morgeac, autant dire entre elle et son frère, le marquis des Brisiers. Leur brouille n'avait-elle été qu'un leurre destiné à tromper mes policiers ? Sans doute l'exil de celui-ci avait-il obligé la comtesse à se découvrir en donnant elle-même ses ordres à leur homme de main, puisque le marquis ne pouvait plus servir de messager. Cela donnait raison à l'interprétation que Gabrielle avait faite du mystérieux poème trouvé chez Mathilde. Je dis à Lecoq de ne pas cesser sa surveillance et de me rapporter fidèlement tous ses faits et gestes.

Dès qu'il fut parti, je demandai à ma femme si elle pouvait expliquer les énigmatiques termes de ses vers, comme « la lune rousse », « l'épée de la nuit » ou « tout est ainsi changeant en homme ou femme »... Elle me répondit qu'il était notoire que les jardiniers eussent coutume de se méfier de la lune rousse, qu'ils appelaient aussi « lune de sang » ou « lune sanglante », une courte période pendant laquelle la lune éclipsait en partie le soleil.

Le roi pouvait bien être ce soleil qui serait ensanglanté, sans doute par l'épée, et de nuit.

Quant à l'homme ou la femme, il s'agissait sans doute d'exprimer que des femmes faisaient partie du complot, *a fortiori* cette comtesse de Lormont, puisqu'elle en serait « la tête ». J'étais une fois de plus émerveillé par la justesse de ses analyses, et lui dis qu'elle mériterait cent fois d'être à la tête de nos services de décryptage des messages ! Je décidai cependant de garder pour l'instant cette découverte pour moi. Je n'avais pas encore arrêté ce que je comptais faire, mais il me sembla vain d'intervenir trop tôt et de risquer une fausse manœuvre, si j'interrogeais la comtesse alors que je n'avais pas de preuves suffisantes contre elle. Je ne tenais pas à renouveler les erreurs que le roi m'avait fait commettre avec le maréchal de Luxembourg ou la duchesse de Bouillon.

Je m'étais remis de plus belle à la pratique de l'escrime avec mon maître d'armes Gontran de la Meule, et tirais également contre l'un de ses jeunes élèves qu'il m'avait amené et qu'il considérait comme un bretteur moins subtil mais plus puissant que lui en force pure. Le jeune homme s'appelait Hubert de Lestrade, et avait un physique impressionnant, un peu comme celui du chevalier Hardouin. Ce dernier n'avait plus reparu depuis qu'il s'était retiré en Gascogne s'occuper du domaine de ses parents. J'abandonnai donc l'idée de poursuivre mes investigations contre sa personne. Les soupçons que je pouvais porter contre lui ne visaient en réalité que le comportement de certains membres de sa famille. Lui-même avait toujours soutenu la monarchie. Après tout, nul ne choisissait sa famille et n'avait à porter les défauts ou les reproches qui pouvaient être adressés à ses parents.

Tout en regrettant sa compagnie de bretteur, je me contentai de mon nouveau maître. Contre lui, lorsqu'il frappait d'estoc et de taille, j'avais d'ailleurs tout autant de mal à conserver la tenue de mon épée, tant la violence de ses coups était extrême, mais, avec un entraînement régulier d'une heure chaque matin, je sentis que je musclai de plus en plus mon avant-bras et mon poignet droits. J'aimais de toute façon l'escrime, et il n'y avait rien, hormis la lecture, qui me détendît autant. Je pris en même temps l'habitude de pratiquer chaque soir quelques exercices physiques que m'avait conseillés Gontran de la Meule pour assouplir mes jambes et mon torse, de façon à être plus habile dans les enchaînements qui faisaient ma force. Je me doutais en effet que l'agression dont j'avais été victime sur la route de Versailles ne serait pas la dernière, et qu'il était prudent, aussi protégé que je le fusse, que je me préparasse le mieux possible à de nouvelles mauvaises rencontres.

Le hasard me servit enfin de la plus belle façon, et pour la première fois depuis le début de mon enquête, par un coup inattendu de la fortune.

Le lundi 22 septembre, je m'étais rendu à Versailles pour faire mon rapport au roi, et il m'avait convié à assister à son dîner avant de me recevoir en audience privée. Cette invitation, que d'autres eussent prise pour une faveur, ne m'enchantait guère, mais je fis contre mauvaise fortune bon cœur et me tins sagement au milieu des courtisans autorisés à contempler ce jour-là le repas du souverain. J'avais cette fois l'occasion d'observer ce cérémonial de l'extérieur, une posture de spectateur plus commode que lorsque j'y avais été impliqué comme invité à sa table, absorbé que j'étais à ne pas commettre d'impropriété en mangeant à son côté. Car c'était vraiment un spectacle digne d'un théâtre, et qui faisait grande impression !

Il y eut ce jour-là sur la table une grande abondance de plats apportés en cinq services. Le Grand Chambellan en personne servait le souverain, après que les goûteurs eurent vérifié la nourriture. J'ai déjà dit, lorsque j'avais soupé avec lui au « petit couvert », l'incroyable défilé de serveurs qui se succédaient pour apporter les plats des cuisines, mais ce n'était rien au regard de ce qui se déroulait pour un dîner de « grand couvert ». Je notai, parmi les entrées, quatre potages dont un aux écrevisses et un autre à la tortue, des huîtres, des pâtés divers, à la bécasse, au sanglier, à la perdrix, quelques petits ragoûts et civets, une viande frite et une longe de chevreuil. Après quoi vinrent les rôts, de porc, de faisan, de cygne, de daim, de cerf, servis avec des salades, des oranges, des anchois et des citrons. Le troisième service était celui de la marée, composé de poissons en gélatine et de poissons en sauce. Puis venaient les entremets, tourte d'épinards au sucre, légumes en sauce, ris de veau, beignets de moelle, langues de mouton et rognons de bélier. Et pour finir, les desserts, dont le roi était particulièrement friand, gâteau aux amandes, gâteaux aux fruits, flans, fromages, fruits divers et pâtes de fruit. Le tout était arrosé de vin rouge et de champagne, que le roi préférait au vin blanc, mais il alternait parfois les deux boissons à tour de rôle.

Il mangeait silencieusement, dispensant de temps en temps un regard à l'un ou l'autre d'entre nous, qui nous tenions à quelques mètres en face de lui, nos chapeaux à la main. Comme lorsqu'il avait soupé avec moi, il prenait la nourriture à pleines mains et buvait ses potages à même l'assiette sans se servir de cuillère. De temps à autre, il plongeait ses mains dans des lave-doigts posés près de lui, puis les essuyait avec des serviettes que le Grand Chambellan lui tendait, puis qu'il jetait aussitôt qu'elles avaient servi.

Quand son repas fut terminé, il se tourna vers le Grand Chambellan pour demander qu'on lui servît une liqueur. Celui-ci fit signe à un valet qui sortit chercher de quoi le satisfaire. Je vis peu après entrer un serveur dont le visage ne me sembla pas inconnu. Il portait un flacon de cristal empli d'une boisson de couleur verte avec des reflets jaune d'or. C'était une liqueur connue sous le nom de « *Popula* », dont les vertus digestives étaient réputées et qu'avait inventée Fagon, en faisant macérer dans de l'eau-de-vie et de l'eau de camomille sucrée un mélange de fenouil et de coriandre.

Comme le roi finissait de manger un sorbet, le valet dut attendre qu'on lui fît signe de servir. Je l'observai davantage, mais sa perruque et sa livrée rendaient difficile son identification. Son regard croisa le mien et s'en détourna. C'est alors que le roi désigna au Grand Chambellan le verre de liqueur. Celui-ci se tourna vers le serveur et lui donna l'ordre de servir. Le roi allait porter le verre à sa bouche, quand je me souvins qui était l'homme. C'était l'un des deux gardiens de prison renvoyés.

Je criai :

— Majesté, ne buvez pas !

Se sentant découvert, le valet lâcha le flacon, qui explosa sur le sol, et s'enfuit sans attendre vers l'antichambre, bousculant d'autres serviteurs. Surpris, le roi avait lâché son verre, qui s'était brisé en tombant sous la table. Je me précipitai et, dans ma hâte, heurtai la table du roi. Des plats se renversèrent. Je courais si fort derrière l'homme que je renversai aussi un chariot qui repartait vers les cuisines. Il était empli de coquilles d'huîtres et de vaisselles qui se répandirent sur le sol. Devant moi, le valet avait perdu sa perruque. Il arrivait au bout d'un couloir qui formait un coude, mais deux gardes en surgirent, lui barrant la route et tirant d'un même mouvement leurs épées.

Je hurlai :

— Je le veux vivant !

L'homme s'était arrêté net. Il se retourna et me vit qui lui barrais le passage. Affolé, il sembla chercher une sortie qui n'existait pas.

— Laissez-le-moi ! criai-je aux gardes.

Je tirai l'épée à mon tour et avançai vers lui. S'adossant à un mur, il chercha quelque chose dans sa poche, qu'il porta à sa bouche. Quand j'arrivai près de lui, il s'écroula, le visage crispé, un affreux rictus aux lèvres. Son corps fut secoué d'un spasme, et ses yeux se révulsèrent. Je me penchai et constatai qu'il était mort. Un filet de sang sortait de sa bouche. J'enfilai des gants, lui écartai les mâchoires, et extirpai de sa bouche une petite poche crevée. Je levai les yeux sur les gardes qui s'étaient approchés et la leur montrai :

— Il aura préféré se suicider.

Le roi s'enferma aussitôt avec moi dans son bureau et mit à la porte ses huissiers comme ses gardes, de façon à ce que notre conversation ne fût entendue de personne. Je lui montrai la petite poche de poison que j'avais gardée dans le creux de mon gant :

— C'était un poison violent, Majesté. Sans doute de la ciguë.

Je lui donnai à lire les rapports que j'avais apportés concernant l'interrogatoire de la femme

Filastre. Bien que j'en eusse fait retirer le nom de Mme de Montespan, il était clair que c'était elle et la Des Œillets que tout accusait. J'y ajoutai, puisque nous étions seuls, l'information que j'avais recueillie sur la présence de ce mystérieux Anglais, du nom de Douglas Appletown, au côté de Mlle des Œillets, prétendument un riche marchand affilié à la Compagnie des Indes orientales, mais dont je pensais qu'il était un espion, et jouait un rôle dans le complot que je soupçonnais.

Le roi me demanda pourquoi je ne lui avais pas parlé de cet homme plus tôt, à quoi je répondis que j'avais hésité parce que nous nous étions entretenus en présence de Colbert et de Louvois et que je ne savais pas s'il eût souhaité que tous deux soient au courant. Il réfléchit, puis me dit que j'avais bien fait, et qu'il préférait que je continuasse à garder le silence. Il se chargerait de la suite de mon enquête sur l'identité de cet Anglais. Il avait des hommes pour cela, infiltrés là où il le fallait, et préférait aviser lui-même de ce qu'il conviendrait de faire.

Me souriant, il me dit d'un ton aimable :

— Vous m'avez sauvé la vie, monsieur de La Reynie. Je vous en remercie. Mais comment avez-vous pressenti que ce serveur voulait m'empoisonner ?

— J'ai cru reconnaître le visage d'un gardien de la prison de Vincennes, que nous avons renvoyé, à cause de sa malhonnêteté. Cela m'a paru étrange, de le voir soudainement admis à votre service.

— Vous ferez analyser la liqueur qu'il me servait. Quel qu'en soit le résultat, j'exige de savoir par qui cet homme a pu devenir l'un de mes valets de bouche.

Je lui assurai que cela serait fait. Il renchérit :

— Voilà qui prouve une fois de plus que nous sommes bien en face d'un complot contre ma personne. Cet homme n'a pu agir de son propre chef. Il y a donc quelqu'un au-dessus de lui qui le commande. Je compte sur vous pour hâter vos interrogatoires. Il faut que vous trouviez qui se cache derrière cet attentat.

Et, comme j'allais pour sortir, il me retint :

— Une dernière chose : tout cela doit rester secret. Je vais m'assurer avec Louvois que ceux qui étaient présents soient avertis qu'ils sont tenus au silence le plus total, et que la moindre indiscrétion de leur part mettrait leur vie et celle de leurs familles en danger.

Le 26 septembre, obligé de me plier aux ordres du roi, je soumis une nouvelle fois avec le plus grand dégoût la femme Filastre à la question, extraordinaire cette fois. Avant de commencer à lui faire appliquer le supplice des coins, je la prévins qu'il serait moins douloureux pour elle et moins pénible pour moi de me dire dès à présent tout ce qu'elle pouvait savoir et qu'elle m'avait caché. Mais elle continua de se taire en me narguant. Lassé, je fis signe à Desgrez de commencer à enfoncer le premier coin, préférant lâchement sortir de la salle et ne pas assister à cet interrogatoire inhumain.

Lorsque Desgrez en eut fini et vint me chercher, la Filastre avait répondu à tout, et je retournai l'entendre et faire noter par mon greffier ce qu'elle avait avoué. Je la trouvai en piteux état, car elle avait résisté jusqu'au quatrième coin avant de parler. Elle avait probablement les genoux, les chevilles et d'autres os éclatés ou brisés. Desgrez l'avait fait allonger sur une civière et le médecin de garde était en train de l'examiner.

Je m'assis sur un tabouret et la regardai en soupirant :

— Était-il utile que vous opposiez cette résistance à nos questions ?

— Que vous importe, puisque vous allez de toute façon me condamner. Brûlée vive avec ou sans genoux, quelle différence ?

Elle avoua fournir de nombreuses personnes au château, en drogues pouvant causer la mort de ceux ou celles à qui elles étaient administrées, et donné du poison à quelqu'un de la cour, destiné à Mlle de Fontanges. Quand je lui demandai de quelle personne il s'agissait, elle chargea la marquise de Montespan et confirma les messes noires auxquelles elle avait assisté pour cette dernière au côté de Mlle des Œillets, ainsi que la présence du mystérieux Anglais. J'empêchai mon greffier de faire figurer les noms de Des Œillets ou de la Montespan dans son compte rendu.

Quand il en eut fini et qu'il eut rangé son écritoire, je remarquai que la Filastre affichait un petit sourire ironique. Je lui demandai ce qui pouvait tant l'amuser. Elle me répondit qu'elle n'éprouvait que mépris pour des gens comme moi qui n'osaient pas faire écrire le nom d'une personne pourtant clairement accusée. En voilà une bien curieuse justice, qui brisait les os des gens pour leur faire dire des choses qu'elle cachait ensuite, et laissait libres les gens de qualité responsables de leurs crimes ! Je n'étais pas loin d'éprouver le même sentiment qu'elle. Ces sorcières avaient décidément plus de courage que les criminels qui venaient leur commanditer de quoi satisfaire leurs méfaits.

Le lendemain, la femme Filastre passa en jugement à huis clos devant la Chambre. On l'y amena sur une civière, car elle ne pouvait plus marcher. Elle répondit encore une fois aux questions que mes adjoints lui avaient posées en la torturant, et ne chercha pas à se réfugier dans le déni de ses crimes, comme le faisaient souvent certains accusés, prétextant que leurs aveux avaient été arrachés de force. Comme je m'y attendais, elle fit aussi au Président Boucherat et aux seuls trois juges qui avaient été choisis pour leur discrétion les mêmes réponses qu'elle m'avait faites dans sa cellule. Tout comme je l'avais prescrit à mon greffier, le Président exigea que les noms qu'elle avait cités fussent supprimés des comptes rendus, et les trois juges qui l'avaient assisté durent jurer de garder le silence. La Chambre la condamna à être brûlée vive en place de Grève trois jours plus tard, le 30 septembre.

Après lui avoir rendu visite dans sa cellule, ainsi que ma charge l'exigeait, j'assistai à cette exécution. Comme elle était incapable de marcher à la suite des tortures qu'elle avait subies, il fallut l'attacher sur une chaise contre le poteau du bûcher. Elle hurlait de douleur, et c'était un spectacle difficile à supporter, même s'il réjouissait fort la foule présente, toujours aussi friande d'assister aux pires tortures.

L'ironie du destin voulut que le bourreau chargé de l'exécuter fût André Guillaume, qui avait été son amant et lui avait même fourni, d'après ses propres dires, de la graisse de pendu pour ses maléfices. À lui aussi, je glissai discrètement un louis d'or pour qu'il abrégeât le supplice de la condamnée en lui brisant la nuque avant de mettre le feu au bûcher.

34

Du vendredi 4 octobre
au vendredi 22 novembre 1680

Le jour de l'exécution de la Filastre, après avoir entendu le rapport que je lui avais fait du dernier interrogatoire auquel j'avais procédé sur elle, le roi prit la décision d'interrompre la tenue de la Chambre Ardente, avec pour conséquence d'en suspendre toutes les séances et tous les procès en cours. Cette décision, prise sans concertation, ni avec le Président Boucherat, ni avec le marquis de Louvois, ni avec moi-même, me troubla profondément. À ma connaissance, c'était la première fois qu'un tel événement survenait dans l'histoire judiciaire de notre pays, et cela résonna pour moi encore une fois comme un désaveu, et pour le moins comme un déni de droit.

Qu'allait devenir mon enquête dans ces conditions ? Je souhaitais bien la poursuivre, et ne pouvais me résoudre à garder en prison indéfiniment des prévenus qui n'avaient pas encore été jugés, ni à laisser exécuter des condamnés contre lesquels il n'existait que des présomptions. L'entourage du roi, s'il se révélait coupable, serait-il le seul à échapper à toute investigation ? La phrase de mépris que m'avait lancée la femme Filastre me hantait, et j'avoue que mon esprit se troublait lorsque j'essayai de démêler l'écheveau des aveux que j'avais recueillis et leurs contradictions successives.

J'en parlais avec Gabrielle et lui exprimais mes doutes : qui devais-je croire des deux Filastre que j'avais interrogées ? La première, qui, sous la question ordinaire, avait nié avoir jamais vu Mme de Montespan, ou la seconde, qui, sous la question extraordinaire, avait prétendu lui avoir livré à plusieurs reprises des poisons, dont toutes deux connaissaient les effets mortels ? Gabrielle me répondit que je n'avais pas à trancher pour l'instant et que, d'après elle, la vraie question n'était pas celle-là, mais plutôt de découvrir qui pouvait se cacher derrière la dernière tentative d'assassiner le roi pendant le dîner auquel j'avais assisté.

Je pressentais que la rencontre de la comtesse de Lormont et de Morgeac dans l'auberge où Lecoq les avait surpris n'était pas étrangère à cette tentative d'empoisonnement. Peut-être Morgeac avait-il été le lien entre la comtesse et l'homme de main chargé de servir la liqueur au roi. Mais comment le prouver ? Je fis analyser la liqueur qui lui avait été servie. Il se confirma qu'elle contenait bien une dose d'arsenic suffisante pour tuer un homme. Ce ne fut pas aussi simple de découvrir l'identité de l'assassin présumé, encore moins celle de la personne qui avait pu le recommander auprès du service de bouche du roi. Il travaillait en effet au château sous le nom de Marcellin Guilbert, alors qu'il s'appelait René Dupin lorsqu'il était gardien à Vincennes, et qu'il avait changé plusieurs fois de noms auparavant.

Pour comprendre la complexité de l'enquête que j'avais à mener dans les cuisines du château afin de découvrir les deux identités que je viens d'évoquer, il faut se rappeler qu'à l'époque, le service de bouche comptait environ cinq cents « officiers », répartis dans un grand nombre de catégories : panetiers, échansons, verduriers et autres tournebroches, qui se relayaient ainsi de jour comme de nuit pour les grandes cérémonies des repas qui se préparaient au château. On dénombrait par ailleurs pas moins de quinze personnes assignées au service de la table du roi, et environ cinquante maîtres queux, depuis les « hâteurs » qui ne s'occupaient que des rôts, jusqu'aux « potagers » qui avaient en charge les soupes que le souverain exigeait à chaque repas et qu'il fallait renouveler midi et soir.

Mes services eurent besoin d'une quinzaine de jours pour retrouver l'itinéraire de René Dupin, son vrai nom. S'il avait pu approcher jusqu'à la table du roi, c'était grâce à un concours de circonstances qui avait voulu qu'une dizaine de jours plus tôt, l'échanson chargé du service des liqueurs fût pris d'une fièvre qui l'empêcha de quitter son lit. Comme notre homme avait donné satisfaction jusqu'à présent, le Grand Chambellan l'avait pris en estime et lui avait proposé de faire un essai dans cette charge jusqu'au moment où l'échanson serait rétabli. Avec le recul dont je disposais, je pouvais imaginer que, loin d'être un concours de circonstances, la fièvre du malheureux échanson lui avait sans doute été provoquée par notre criminel, dans l'espoir de prendre sa place. Cela pouvait-il faire soupçonner Mlle des Œillets d'être à l'origine de cette machination, puisqu'il avait servi chez elle auparavant ? Comme Gabrielle me voyait rongé par mes interrogations, elle me conseilla de faire ce à quoi je m'étais déjà résigné : m'en expliquer franchement avec le roi.

Il m'accorda une audience le vendredi 4 octobre et, après avoir entendu mes doutes sur la culpabilité de sa favorite et le déchirement que j'en éprouvais, m'assura que la fermeture provisoire de la Chambre Ardente ne signifiait pas que je cessasse toute enquête sur elle, ni que la cour ne pût la rouvrir et qu'elle ne terminât pas ses travaux. Il s'agissait seulement pour l'instant d'éviter un scandale inutile, tant que nous n'aurions pas réuni contre celles que nous soupçonnions davantage de preuves. Cela permettait aussi selon lui de me laisser les mains plus libres pour poursuivre mes recherches en les consacrant exclusivement au complot que je soupçonnais contre sa personne sans être retardé par des problèmes de procédure.

Il fit appeler Louvois pour qu'il participât à notre discussion.

Avant que celui-ci nous rejoignît, je demandai au roi s'il avait informé son ministre des derniers renseignements que j'avais soutirés à la Filastre, en ce qui concernait la présence de ce mystérieux Anglais au côté de Mlle des Œillets. Il me répondit qu'il n'y était pas décidé, et qu'il ne manquerait pas de m'en prévenir s'il s'y résolvait. Ses hommes, qui travaillaient en dehors des services de Louvois, œuvraient à élucider la véritable identité de ce prétendu « Douglas Appletown », qui leur semblait à tous un nom de camouflage. Louvois arriva et s'enferma avec nous. Je lui exposai, à la demande du roi, quels étaient mes doutes et sollicitai son avis sur la marche qu'il convenait selon lui de suivre.

Il se contenta de me questionner :

— Avez-vous poursuivi votre enquête, en interrogeant l'ancienne femme de chambre de Mme de Montespan, et non pas seulement son maître d'hôtel ?

— Sa Majesté a toujours préféré que je ne poursuivisse pas mes investigations jusqu'au cercle le plus rapproché de ses intimes.

Louvois se tourna vers le roi :

— Majesté, il me vient au contraire l'idée que la marquise aurait pu être utilisée à son insu.

Le roi sembla s'étonner comme moi :

— À qui pensez-vous, Louvois ? À Mlle des Œillets ?

— Oui, Majesté. C'est une possibilité qu'on ne peut écarter.

— Et pourquoi m'en aurait-elle voulu à ce point ?

— Parce qu'elle n'est plus rien à vos yeux.

— Une blessure de femme ? J'ai du mal à le croire.

— Parce que vous n'avez pas reconnu la fille que vous avez eue avec elle.

— Une blessure de mère ? C'est déjà plus plausible, en effet.

— Votre Majesté me permettrait-elle de conduire moi-même mon enquête auprès de Mlle des Œillets ?

Il était clair que Louvois me soupçonnait de retarder la mise au jour de tout ce qui eût pu accuser la marquise et la Des Œillets, de façon à défendre Colbert, qui les protégeait. Je restai de marbre et attendis que le roi donnât une réponse. Il resta hésitant, puis finit par pencher en faveur de son ministre et me dit, avec un peu de gêne :

— Monsieur de La Reynie, n'y voyez aucune méfiance à votre égard, ni aucun désaveu de ma part, mais le marquis a raison. Plutôt que d'en passer par un nouvel interrogatoire qui serait consigné, il me semble plus judicieux qu'il puisse disposer d'un entretien confidentiel avec cette personne. Elle se méfiera d'autant moins qu'elle lui parlera plus librement. Y voyez-vous une objection ?

— Non, Majesté. Puisque c'est votre volonté...

J'étais furieux, mais me gardai de le manifester. Confier une enquête à un homme comme Louvois, c'était autoriser un éléphant à pénétrer dans une échoppe de porcelainiers.

Lorsque je revins trois jours plus tard à Versailles, pour une deuxième audience avec le roi en présence de Louvois, j'appris que celui-ci s'était entretenu dès l'avant-veille, en son hôtel parisien, avec Mlle des Œillets, et lui avait confirmé les soupçons qui pesaient sur elle. Comme on pouvait le pressentir venant d'un homme aussi épais, il l'avait fait avec sa maladresse coutumière, en lui précisant qu'il comptait la soumettre, si le roi l'y autorisait, à une confrontation avec ceux qui l'accusaient. Il lui avait même cité leurs noms, lui permettant ainsi de prévoir comment se défendre. C'était une insigne maladresse de révéler d'avance à celle qu'il interrogeait tout ce qu'elle avait besoin de savoir pour répondre. Une bévue que même un enquêteur novice n'eût pas commise, et il y avait de quoi désespérer en songeant qu'un tel homme fût en charge de la conduite des affaires de la France à l'extérieur du royaume. S'il était aussi balourd dans ses négociations, on pouvait redouter que nous ne tarderions pas à nous trouver en état de conflit, même avec nos alliés.

Louvois finit son rapport en déclarant que la meilleure façon de connaître la vérité sur les dénégations de Mlle des Œillets était, comme il l'avait déjà suggéré, de la confronter à ceux qui l'accusaient, pour vérifier s'ils la reconnaîtraient. Le roi déclara qu'il trouvait la suggestion excellente et lui confia la tâche de mettre sur pied cette confrontation. C'était un nouveau désaveu à mon égard, dont il chercha à atténuer les effets :

— Comprenez bien, monsieur de La Reynie, qu'il semble logique que celui qui a initié une affaire puisse en suivre les développements.

Je ne pus faire autrement qu'acquiescer.

— Je comprends très bien, Majesté. Mais pouvez-vous me permettre au moins d'assister à cette confrontation ?

Le roi se tourna vers Louvois, qui formula une réserve :

— Cela sera avec grand plaisir, mais il serait mieux que M. de La Reynie observât cette scène du dehors pour ne pas impressionner ses participants.

Le roi revint vers moi :

— Qu'en pensez-vous, La Reynie ? Cela me paraît judicieux. Il suffira que vous vous placiez en observateur dans le réduit d'où je vous ai regardé officier, lorsque vous interrogiez la femme Filastre.

— Bien, Majesté. M'autorisez-vous alors à garder près de moi mon adjoint Desgrez ? J'ai toute confiance en sa discrétion, et cela m'évitera de devoir tout lui relater dans le détail.

Le roi jeta un nouveau coup d'œil sur Louvois qui sembla d'accord.

— Accordé, La Reynie.

Puis, nous considérant tous deux :

— Et maintenant, faites la paix entre vous. Il m'est trop pénible de sentir un perpétuel conflit entre deux hommes aussi proches que vous l'êtes de ma personne, et pour qui j'ai autant d'estime.

Sa sollicitude à notre égard n'était pas feinte, et je fus touché qu'il nous parlât comme un père à ses enfants. Il attendit que nous obéissions à son ordre, puis, comme nous ne bougions pas, nous fit signe avec une pointe d'agacement de nous rejoindre. À contrecœur, nous nous approchâmes l'un de l'autre et nous étreignîmes.

Le 22 novembre, à la forteresse de Vincennes, Louvois plaça Mlle des Œillets face à Lesage, l'abbé Guibourg et la fille Voisin. Desgrez et moi arrivâmes une demi-heure plus tôt, et prîmes place dans le réduit contigu à la salle des instruments. Louvois fit d'abord entrer Lesage, l'abbé Guibourg et la fille Voisin, qui semblèrent impressionnés de se trouver en présence d'un homme tel que lui. Il leur annonça qu'il voulait savoir s'ils reconnaîtraient dans la personne qu'il allait leur présenter celle qui était venue chez eux sous le nom de Mlle des Œillets. Une telle ineptie, contraire à toutes les règles de la procédure d'une confrontation, nous fit échanger, Desgrez et moi, un regard effaré. J'aurais voulu sortir et intervenir pour dissuader Louvois de procéder ainsi, mais il était trop tard, car à peine avait-il prononcé ces mots qu'un garde fit entrer Mlle des Œillets. Elle était seule, une deuxième aberration. Elle s'arrêta et considéra les trois prisonniers avec un léger sourire de mépris.

— Ce sont donc là les gens qui prétendent me connaître ?

Louvois se tourna vers eux :

— Vous avez affirmé avoir rencontré une envoyée de Mme de Montespan. Est-ce bien cette femme que vous avez devant vous ?

Tous trois considérèrent Des Œillets sans qu'aucun osât parler le premier. Elle rompit leur silence en étouffant un petit rire :

— Ce silence est éloquent. De ma vie, je n'ai rencontré aucune de ces personnes. Je le jure sur mon honneur.

— Elle ment, Monsieur, répliqua Lesage. Cette femme est venue chez moi formuler une demande à Satan, puis est revenue trois jours plus tard en chercher la réponse.

— Quelle demande ?

— Que sa maîtresse et elle-même retrouvassent les faveurs du roi qui leur paraissait s'éloigner d'elles. Je l'ai renvoyée à Catherine Voisin pour qu'elle lui procurât un philtre d'amour.

Louvois se tourna vers la fille Voisin, qui affirma :

— Je la reconnais, moi aussi.

— Je ne vous ai jamais vue ! s'indigna Des Œillets.

— J'ai accompagné par deux fois ma mère sur la terrasse de Saint-Germain. Le roi était au côté de Mme de Montespan. Derrière eux se tenait une femme, que ma mère m'a désignée en me disant que c'était vous. Et c'est bien vous que j'ai revue ensuite chez nous, venue chercher le produit dont vient de parler M. Lesage.

— Vous voulez plutôt dire le poison ? ironisa Louvois.

— Non, c'était un remède pour rendre les hommes plus aimants. Ma mère en fabriquait beaucoup, et en tirait grand profit.

Louvois se tourna vers l'abbé Guibourg. Celui-ci répondit aussitôt :

— J'ai procédé à deux reprises à des messes noires sur la maîtresse de cette femme, à une dizaine d'années d'intervalle. Je la reconnais formellement. La dernière a eu lieu au château de Saint-Germain.

— Des cérémonies avec des sacrifices de nouveau-nés ?

— Il n'existe pas de messes noires qui soient célébrées autrement, mais pour celle du château de Saint-Germain, je n'en disposai point et ai dû l'effectuer avec des pigeons.

Des Œillets haussa les épaules et se tourna vers Louvois :

— Tout cela est scandaleux. Je n'ai jamais rien eu à voir avec ces gens-là. Peut-être cette fille m'a-t-elle vue sur la terrasse de Saint-Germain, puisqu'il était courant que le roi s'y montrât pour recevoir des suppliques, mais je ne suis jamais allée chez sa mère, pas plus que je n'ai assisté à quelque messe noire que ce fût.

Louvois fit signe à Des Œillets qu'elle pouvait sortir. Elle tourna le dos et disparut. Il demanda aux gardes de ramener les trois prisonniers dans leurs cellules, puis vint nous retrouver, Desgrez et moi, dans le réduit où nous nous étions tenus pendant son interrogatoire. Il affichait un air de contentement sur les lèvres :

— Alors, La Reynie ? Voilà une affaire rondement menée, non ? Nous tenons bien la preuve que cette Des Œillets est compromise.

J'avais du mal à contenir ma colère.

— Je suis au regret de vous dire que cette confrontation n'a aucune valeur, monsieur le Marquis.

— Comment cela ?

— Vous n'avez pas respecté les règles les plus élémentaires d'une telle procédure.

— Je ne comprends pas.

— Il eût fallu la présenter au milieu d'autres femmes et séparément à chacun des témoins, de façon à ce qu'aucun ne pût influencer l'autre. Évidemment, cela eût pris plus de temps, voilà pourquoi nos enquêtes vous paraissent si longues. Mais au moins, si leurs témoignages avaient concordé, il eût été possible d'aboutir à une conclusion juridiquement recevable par une Cour de justice.

Louvois haussa les épaules.

— Votre souci de la procédure ne vaut rien.

— C'est votre opinion, monsieur le Ministre, pas la mienne. Sans respect de la procédure, il n'est pas de droit qui tienne.

— Vous voilà reparti dans vos leçons ! Vous allez sans doute me faire un cours sur la présomption d'innocence et me vanter *L'Habeas Corpus* de ces chiens d'Anglais !

Il ajouta, d'un ton qui se voulait plus conciliant :

— Allons, La Reynie, convenez que vos scrupules n'ont pas lieu d'être ! J'étais présent devant eux, ils ne pouvaient pas se concerter !

— Peut-être, mais elle se trouvait seule. Et vous leur aviez révélé son nom avant qu'elle n'entrât. C'était déjà induire leurs réponses.

Louvois me jeta un nouveau regard menaçant :

— Voulez-vous dire que vous refuserez de tenir compte de cette confrontation dans votre instruction ?

— Absolument. Et la Chambre le refusera tout autant que moi. Votre façon de procéder a été si contraire à toute règle de droit que j'ose à peine la lui présenter, pour ne pas vous discréditer à ses yeux.

Louvois fit effort pour ne pas exploser devant mon offense. Je le sentis pris d'envie de me souffleter, et me préparai déjà à parer son coup, car je le savais incapable de maîtriser ses colères, mais il finit simplement par murmurer, les dents serrées :

— Vous semblez oublier, Monsieur, tout ce que vous me devez, pour vous opposer ainsi à moi.

— Je n'oublie rien, Monsieur, et je suis votre serviteur, mais nous sommes tous serviteurs de la loi et du droit. Et accuser Mlle des Œillets sur une reconnaissance aussi douteuse, c'est mettre en cause injustement Mme de Montespan.

— Nous y voilà ! En fait de protection du droit, avouez plutôt que c'est elle que vous voulez protéger, car elle est de votre parti.

— De quel parti parlez-vous ?

— Vous le savez fort bien. Celui de M. Colbert.

— Je ne connais pas à M. Colbert d'autre parti que celui de la France. Tout comme je ne vous en connais pas d'autre que celui-là.

Louvois resta un moment devant nous, bouillant visiblement de colère retenue, puis nous tourna brusquement le dos et sortit d'un pas rapide. J'échangeai un regard avec Desgrez.

— Vous venez de vous faire définitivement un ami ! ironisa-t-il.

— Mon père disait que, si quelqu'un peut se vanter de n'avoir point d'ennemis, c'est qu'il n'a jamais rien fait dans sa vie.

Malgré mon refus d'accepter la procédure par laquelle Louvois avait voulu confondre Mlle des Œillets, je n'en demeurai pas moins troublé que celle-ci eût été reconnue par les trois prévenus face auxquels le marquis l'avait confrontée. Sans doute avait-elle senti elle-même que sa défense était fragile, car, dès le lendemain, elle crut bon de revenir à la charge auprès de moi pour m'assurer qu'elle avait dû être confondue avec l'une de ses cousines, puis avec l'une des femmes de chambre de la marquise de Castelnau, dont elle avait fréquenté les salons.

Je convoquai ces deux femmes, mais leur ressemblance avec Mlle des Œillets n'était guère frappante, et j'arrêtai là mes investigations. C'est alors que j'appris, à ma grande surprise, que le marquis de Louvois déclarait à présent qu'il s'était lourdement trompé en la croyant coupable. Il me demanda de clore toute instruction la concernant. Je compris que cette pression ne pouvait provenir que du roi, qui ne parvenait pas à se résoudre à ce qu'une ancienne maîtresse dont il avait eu un enfant risquât d'être déshonorée par sa comparution devant la justice, et qu'elle entraînât dans sa chute celle de Mme de Montespan.

Pis encore : affolé sans doute par ce qu'il découvrait peu à peu, il se montra désireux de mettre un terme définitif à la juridiction de la Chambre Ardente. Quatre jours de suite, je défendis la position contraire, en présence de Louvois, de Colbert et du Président Boucherat. Si j'insistais autant, ce fut parce que je continuais d'être hanté par le regard de mépris que m'avait lancé la femme Filastre, avant son supplice, lorsqu'elle s'était moquée de ceux qui, pour protéger leur position sociale, abandonnent la cause qu'ils défendaient encore la veille.

Contre toute attente, mon opinion finit par prévaloir, et le roi ordonna, par un décret du 14 mai 1681, de rouvrir la cour, mais d'en extraire désormais tous les éléments qui seraient relatifs à ce qu'il nomma « les faits particuliers », c'est-à-dire, si l'on appelle les choses par leurs noms, tout acte où seraient citées Mme de Montespan ou Mlle des Œillets. Ainsi l'honneur de ces deux dames serait-il sauf, et ni l'une ni l'autre ne pourrait désormais être contrainte de s'expliquer devant les juges d'une Cour de justice, aussi extraordinaire fût-elle.

35

Du samedi 8 mars
au mercredi 26 mars 1681

La fermeture momentanée de la Chambre avait donné un coup d'arrêt préjudiciable à mon instruction, mais je continuais à faire surveiller de près par Lecoq tous les faits et gestes de la comtesse de Lormont, et surveillais moi-même ceux de Mme de Montespan, de Mlle des Œillets et de Romanelli grâce aux mouches que j'avais fait placer par Delamare et Desgrez auprès de ces trois personnes, sa servante Catau pour la première, son cuisinier Morard pour la seconde, et son premier coupeur Antonio pour Romanelli. Ils venaient nous renseigner régulièrement, mais ne nous rapportaient que des détails de vie quotidienne sans importance.

Chacune de ces trois personnes menait, au moins en apparence, une vie paisible et sans relief. Le commerce de Romanelli continuait d'être florissant, et ni Mme de Montespan ni Mlle des Œillets ne semblait plus fréquenter quelque magicien ou quelque sorcière que ce fût. Suspectaient-elles d'être espionnées ? C'était probable. Avaient-elles renoncé à toute forme de complot contre le roi, sentant les menaces qui pesaient sur elles ? Je n'en savais rien. Étaient-elles innocentes depuis toujours, et n'avais-je fait que porter contre elles des suspicions qui n'avaient pas lieu d'être ? J'en doutais.

Le samedi 8 mars, une importante information me provint d'Antonio. Il se présenta au Châtelet pour me déclarer qu'il était allé en compagnie de son patron au château, faire essayer des chemises au Dauphin, ainsi que quelques vêtements en prévision de l'été, comme un manteau et une robe de chambre de soie spécialement prévus pour les chaleurs à venir. S'y ajoutaient quelques chemises de nuit de la même matière, décorées de broderies du plus bel effet. Le Dauphin s'était montré si satisfait de ces dernières qu'il s'était proposé d'offrir les mêmes à son père, pour essayer de le rendre moins sévère à son égard. Antonio déclara que ce serait aisé, car il connaissait les mesures du roi pour les lui avoir déjà prises, le jour où il avait déversé tant de reproches sur la tête de son fils. Mais Romanelli craignait qu'elles ne fussent pas restées les mêmes, le roi étant si gros mangeur que l'on risquait fort de lui tailler des chemises trop étroites.

La scène se déroulait devant la Dauphine, Marie-Anne de Bavière, qui sembla du même avis et jugea prudent de les reprendre. Mais comment procéder, si le Dauphin voulait faire une surprise à son père ? Son épouse eut l'idée de lui emprunter une chemise de nuit à son insu. Il suffirait qu'Antonio fût présent ce jour-là au château, il en dresserait un patron qui en serait la copie, et elle la remettrait en place. Ainsi la chemise n'aurait-elle pas quitté le vestiaire du roi plus d'une demi-heure.

Romanelli trouva l'idée excellente, mais il n'était pas aisé pour la Dauphine de subtiliser une chemise de nuit dans la garde-robe du roi sans se faire remarquer de l'un ou l'autre de ses valets de chambre. Ils étaient étroitement sous la coupe d'Alexandre Bontemps, le premier d'entre eux, devenu depuis quelques années l'intendant personnel du souverain. Si un seul d'entre eux s'avisait de vouloir mesurer la taille du roi, Bontemps ne manquerait pas de demander au souverain son autorisation, et l'effet de surprise recherché par son fils serait éventé.

Après réflexion, la Dauphine eut une idée que tout le monde se hâta d'approuver : demander sa complicité à la marquise de Montespan, qui gardait dans ses appartements quelques habits du roi pour sa commodité de la nuit, lorsqu'il venait la visiter. La chose était de plus en plus rare, mais se produisait encore, et la Dauphine avait su que cela était survenu à deux ou trois reprises ce mois courant. La marquise elle-même, qui l'appréciait comme amie et avait grand plaisir à sa conversation, l'en avait informée, trop heureuse que le bruit de son possible retour en grâce pût se répandre dans la cour.

Dès qu'Antonio nous eut quittés, Desgrez, Lecoq et moi nous entretînmes aussitôt, pressentant qu'il pouvait y avoir là une menace déguisée. Nous retrouvâmes dans nos archives toutes les traces qui y subsistaient concernant la possibilité d'empoisonner à l'arsenic des chemises sans que la victime s'en aperçût. Le contact de la peau avec l'étoffe portée par la future victime permettait au venin de s'infiltrer dans son organisme, profitant de sa transpiration. La peau s'enflammait alors, et, pour un homme, atteignait d'abord ses parties dites « honteuses », ce qui avait l'avantage de faire croire qu'il était mort du mal de Naples, qu'on appelait aussi vérole, et permettait à son épouse de devenir l'objet de la commisération publique au lieu de la soupçonner.

Je décidai de tendre un piège à Romanelli en profitant du jour où il ferait livrer au roi par son coupeur Antonio les chemises commandées par son fils le Dauphin, pour être présent à la livraison. Lorsque j'avais soupé avec Sa Majesté, celle-ci m'avait fait l'honneur de m'inviter à son lever le jour de mon choix, en me disant qu'il suffirait que j'en communiquasse la date à son premier valet de chambre Alexandre Bontemps, mais je n'y avais plus repensé depuis, et ce serait là une occasion idéale pour l'honorer.

Une quinzaine de jours plus tard, le lundi 24 mars, nous fûmes prévenus par Antonio qu'il livrerait au château de Saint-Germain le surlendemain, au moment du lever du roi, les chemises de nuit commandées par le Dauphin et destinées à son père. Il ajouta que, durant les huit jours qui précédaient, Romanelli avait reçu la visite d'un homme masqué qui lui avait remis une cassette. Ce carrosse lui avait paru étrange, peint en noir et ne portant aucun signe qui pût permettre de l'identifier. Je compris qu'il s'agissait de celui du mystérieux homme masqué déjà venu trouver la femme Voisin.

Pour essayer de découvrir ce que cette cassette contenait, Antonio avait réussi à pénétrer dans le bureau de son patron, une nuit où celui-ci était absent, et essayé de l'ouvrir sans succès, mais il l'avait soupesée et elle lui avait semblé si lourde qu'elle était à son avis remplie de pièces d'or. La cassette contenait-elle un paiement anticipé de cette mission, ou au moins un sérieux acompte ?

Lecoq vint m'apporter quelques heures plus tard une information capitale : il avait vu sortir de l'hôtel de la comtesse une voiture noire ne portant aucun signe d'identification, mais avait hésité à le suivre, ne sachant si la comtesse s'y trouvait. Pour moi, cela confirmait mon soupçon que la comtesse de Lormont et l'homme masqué n'étaient qu'une seule et même personne, et que la cassette remise à Romanelli était bien le paiement de son crime futur. Je songeai aux soupçons que Mathilde m'avait suggérés contre ce misérable tailleur et que j'avais eu la bêtise de sous-estimer à l'époque. Décidément, tout comme Gabrielle pour son analyse du poème, une femme avait une fois de plus manifesté bien davantage d'instinct que moi-même dans l'exercice de mon métier.

Le surlendemain, un élément nouveau conforta mon idée : Antonio me rapporta que Romanelli avait rassemblé les ouvriers de son atelier pour les remercier d'avoir si bien travaillé pour lui depuis six ans qu'il était installé en France, et leur avait annoncé qu'il devait partir pour Londres à la fin de la semaine, avec le projet d'y ouvrir un magasin. Grand seigneur, il leur avait distribué de l'argent pour les dédommager de ce chômage forcé qu'il leur imposait, et avait partagé entre eux les tissus qu'il renonçait à emporter avec lui, pressé de rejoindre la capitale anglaise où il était attendu et, n'étant pas assuré qu'il en aurait l'usage dans un autre pays, dont les goûts et les modes vestimentaires pourraient se révéler différents.

Dès que nous apprîmes ce départ précipité, je décidai, non seulement d'être présent au lever du roi, mais de mettre en place une souricière autour de l'atelier de Romanelli, qui se trouvait à environ quatre lieues du centre de Paris sur la route du château de Saint-Germain et à deux du château lui-même. Mon équipe était composée de dix hommes, dont la moitié déguisée en ouvriers de la voirie, censés combler les nids-de-poule qui y foisonnaient, l'autre en habits de bûcherons, en plein travail de défrichement sous couvert de la forêt voisine.

J'avais dispensé Lecoq de sa surveillance de la comtesse et l'avais chargé de diriger ces deux groupes, qui devraient se tenir prêts à intervenir si Romanelli cherchait à s'enfuir ou si quelque personne suspecte s'y présentait pendant mon absence. Il avait mission de ne rien entreprendre avant mon retour, si rien de ce que je prévoyais n'advenait. De mon côté, je prévins le premier valet du roi de ma visite au lever de Sa Majesté, pour honorer l'invitation qu'il m'en avait faite, le lendemain mercredi, et je me rendis ce jour-là au château de Saint-Germain à la première heure, accompagné de mes gardes habituels, pour y attendre la livraison qu'Antonio devait faire au Grand Chambellan du roi.

J'arrivai un peu avant à sept heures trente, l'heure habituelle où Bontemps entrait dans la chambre du roi pour annoncer « Sire, voilà l'heure ! ». Le Petit Lever pouvait commencer. En compagnie des médecins, de ses familiers, dont le Dauphin, et de courtisans jouissant de ce qu'on nommait les Grandes Entrées, je pénétrai dans la chambre. Nous étions ce jour-là une trentaine, et nous tînmes respectueusement devant le souverain, nos chapeaux à la main, à une dizaine de pas. Le roi se leva, nous jeta un regard maussade, s'étira longuement, sans le moindre souci d'être observé par tant de regards, puis alla s'asseoir sur sa chaise percée pour faire ses besoins, tandis que ses valets commençaient à lui laver le visage et les bras.

Notre souverain semblait de fort méchante humeur et ne cessait de moucher et de tousser. Il se répandit bientôt dans la chambre une odeur excrémentielle, que nous fîmes mine de ne pas remarquer, pas plus que nous ne parûmes entendre les bruits que son fondement nous dispensait en rafale, bien que nous en fûmes tous fort incommodés. Quand le roi en eut terminé, D'Aquin lui retira son pot pour constater l'abondance de ses selles, qu'il emporta comme chaque matin afin de les faire analyser, puis le barbier s'approcha du roi pour le raser avant qu'on lui ajustât sa perruque. Il était près de huit heures trente.

Les officiers de la Chambre et de la Garde-robe entrèrent pour habiller le souverain dès qu'il aurait fini de prendre son bouillon matinal. C'est à leur suite que pénétra Antonio, portant les deux cartons qui contenaient les chemises de nuit que le Dauphin voulait offrir à son père. Il était inusité qu'une personne pût ainsi pénétrer dans la chambre royale sans avoir été dûment accréditée. Bontemps en fut immédiatement choqué, car c'était lui qui accordait les autorisations d'assister au Lever du souverain. Le roi, qui paraissait jusque-là absorbé dans des pensées étrangères à ses soucis d'étiquette, le remarqua lui aussi, et fit un signe à Bontemps, pour lui adresser quelques mots à voix basse.

L'ayant écouté, celui-ci hocha la tête en regardant dans la direction d'Antonio, puis s'approcha de lui et s'enquit à mi-voix de qui il était. Le Dauphin vint aussitôt à son secours pour expliquer, toujours à voix basse, la raison de cette présence insolite du premier coupeur de Romanelli. Bontemps revint vers le roi et lui chuchota dans l'oreille ce que son fils venait de lui dire.

Le roi, qui semblait avoir fort mal dormi, à moins qu'il ne digérât encore son souper de la veille, lança vers le Dauphin un regard sans aménité et voulut parler, mais il sortit de sa bouche une voix si enrouée qu'elle lui provoqua une quinte de toux qui l'irrita davantage. Renonçant à prononcer un mot, il fit signe à son fils, avec agacement, d'approcher et de s'expliquer. Le Dauphin s'avança jusqu'à deux pas de son père, s'inclina très bas et lui déclara d'une voix étranglée qu'il avait souhaité lui offrir quelques chemises de nuit taillées à ses mesures dans la plus belle soie provenant des ateliers de Lyon et ornée de broderies fines et de fils d'or. Il ajouta que l'homme venu les livrer était le premier coupeur du chemisier Romanelli, qu'il savait fort apprécié de Sa Majesté pour lui avoir déjà pris ses mesures.

Faire ainsi un cadeau en public au roi, même s'il s'agissait de son propre fils, n'était pas chose conforme à la bienséance de l'étiquette, et tous les spectateurs présents se demandèrent avec moi, en regardant le visage impassible du souverain dont les yeux brillaient de colère, si nous n'allions pas assister à l'une de ces rebuffades dont notre souverain avait le secret dès qu'il s'agissait de son fils, qu'il ne manquait jamais d'humilier à la première occasion.

Un silence pesant s'abattit sur la chambre quelques instants. Le barbier, qui venait de finir de raser le roi et de lui tamponner le visage, s'éclipsa en emportant sa bassine et ses instruments. Je regardai Bontemps, au côté du roi, aussi immobile et impénétrable que son maître. Celui-ci se décida soudain à sourire, et fit un petit signe du doigt à Antonio, qui s'approcha, s'agenouilla devant le souverain, déposa ses deux cartons sur le sol et les ouvrit. Il allait sortir les chemises de nuit et les présenter au roi, quand je m'écriai :

— Majesté ! Ne touchez pas à cette chemise !

Le roi s'était levé de sa chaise, entouré de ses valets qui s'étaient aussitôt mis en rempart devant lui pour le protéger. Antonio avait lâché la chemise, qui restait étalée sur le sol. Je me penchai sur elle, enfilai des gants et la saisis. Je relevai la tête vers le roi :

— Sire, permettez-moi de demeurer seul un instant avec vous. Ce que j'ai à vous dire ne doit pas être entendu.

Et, lui montrant Antonio :

— Mais cet homme, votre fils et M. Bontemps peuvent rester.

Le roi fit signe à Bontemps de faire sortir tous les courtisans. Ce fut fait rapidement, dans un grand brouhaha. Puis les Gardes refermèrent les portes sur nous. Je montrai au roi les deux cartons posés par terre, près d'Antonio, qui restait agenouillé, désemparé :

— Majesté, il importe que personne ne touche à ce qui se trouve dans ces deux cartons. Je dois les emporter à mon laboratoire du Châtelet pour les faire analyser. Si cet examen confirme ce que je crains, c'est qu'on aura cherché à vous empoisonner par ces tissus.

Je désignai Antonio, qui tremblait de peur d'être accusé :

— Cet homme est innocent. Il n'a fait, à ma demande, que m'aider à tendre un piège à des criminels dont il n'est en rien le complice.

Et, me tournant vers le Dauphin :

— Monseigneur, vous êtes bien entendu innocent, comme lui. Si mes soupçons sont avérés, vous vous serez trouvé à votre insu l'instrument d'une machination contre votre père. On aura voulu utiliser votre amour filial pour faire de vous le complice inconscient d'un régicide doublé d'un parricide.

36

Mercredi 26 mars 1681

Après que j'eus expliqué en détail au roi ce que je soupçonnais et le piège que j'avais tendu autour de l'atelier de Romanelli, je revins au Châtelet avec les chemises de nuit pour les faire analyser et renvoyai Antonio chez son patron. Il fallait que celui-ci ne se doutât de rien et fût au contraire persuadé de la parfaite réussite de son entreprise, de façon à ce qu'il prévînt celui qui lui en avait fait commandite. J'espérais que cet homme masqué reviendrait régler à Romanelli le reliquat de la somme qu'il avait dû lui promettre, ou au moins une deuxième partie, à l'annonce du succès final de l'opération. À simuler la réussite de sa mission, Antonio risquait sa vie s'il était découvert, mais il accepta de jouer ce jeu dangereux jusqu'au bout.

Je laissai Desgrez s'occuper des analyses de laboratoire en lui demandant de veiller à ce que les hommes qui y travailleraient prissent les plus grandes précautions. Gants, tabliers et masques me paraissaient nécessaires pour les protéger de tout contact avec le probable poison. Je le priai de m'en apporter le résultat dès qu'il le connaîtrait. De mon côté, je me hâtai de rejoindre Lecoq et ses hommes dans la forêt jouxtant l'atelier de Romanelli.

Dès que je m'en approchai, je demandai à mes gardes de se cacher sous le couvert des arbres, et de veiller à ne pas attirer l'attention sur eux. Nous avions trouvé pour nous camoufler un massif de conifères mêlés de chênes dont les feuillages étaient persistants et suffisamment touffus pour nous abriter des regards. Les hommes que nous avions laissés derrière nous pour tendre notre piège travaillaient pour leur part un peu plus loin, à découvert, sous la direction de Lecoq.

D'où nous étions cachés, nous pouvions les apercevoir, déguisés en bûcherons, occupés à débroussailler une parcelle de chênes. Mes gardes avaient pour mission de ne rien entreprendre avant que je leur en donne le signal. Je comptais n'agir pour l'instant qu'accompagné de deux d'entre eux. Les six autres ne devraient se porter à notre secours que si l'action tournait en notre défaveur.

Il était déjà près de midi, et le soleil donnait à plein sur la campagne et la forêt entourant l'atelier de Romanelli. Pour observer au mieux l'environnement de sa demeure et les mouvements à l'entour sans nous faire remarquer, je demandai à l'un de mes gardes de s'installer au sommet d'un arbre, où il serait camouflé par le feuillage. Je le munis d'une lunette de visée qui permettait de nous rapprocher des objets ou des gens, et de les voir ainsi plus distinctement.

La demeure était constituée d'un grand corps de ferme, dont je pouvais apercevoir quelques bâtiments et une partie d'une cour centrale, qui ouvrait sur la route par un porche assez imposant pour y laisser entrer voitures, charrettes ou carrosses d'une certaine dimension. Il y avait des chevaux à l'intérieur de la cour, et d'autres, à l'extérieur du bâtiment, attachés, sellés et prêts à être montés.

Je demandai à mes hommes de se tenir prêts, et décidai d'attendre avec eux que se produisît ce que j'espérais, l'arrivée du mystérieux homme masqué, ou le départ de Romanelli pour le rejoindre. Dans le premier cas, il nous faudrait faire vite si nous voulions les intercepter l'un et l'autre et les empêcher de s'enfuir. Dans le deuxième, nous tenterions de suivre discrètement le couturier, ce qui ne serait guère commode, compte tenu de la nature du terrain qui nous obligerait par endroits à chevaucher à découvert.

Il nous fallut attendre plusieurs heures avant que quelque chose se produisît. Vers quatre heures, nous fûmes rejoints par un envoyé de Desgrez, qui m'apporta le résultat des analyses qui avaient été conduites dans notre laboratoire, et je fus presque soulagé de n'avoir pas déclenché cette opération en vain. La soie qui avait servi à fabriquer les chemises était bien enduite d'arsenic, et la tentative de régicide avérée.

Une heure plus tard, nous aperçûmes un carrosse qui venait de la direction de Saint-Germain et s'arrêta devant la demeure de Romanelli. Je mis au point une lunette que j'avais conservée avec moi et constatai que l'un des deux cochers était armé, et qu'un spadassin, armé lui aussi, occupait le siège à l'arrière de la voiture.

Un homme sortit du carrosse et jeta un coup d'œil à l'entour. Il portait, comme l'un de ses cochers, une épée au côté et était masqué. Mis en éveil par mes soupçons qu'il pût s'agir de la comtesse déguisée, je lui prêtai plus d'attention que je ne l'aurais fait. L'homme était mince, de taille moyenne, et son allure générale pouvait confirmer qu'il s'agissait bien d'une femme travestie. Il fit un signe au spadassin à l'arrière de la voiture, qui en descendit en portant sous son bras une cassette, renfermant sans doute la seconde partie de la somme destinée à récompenser les services de Romanelli. Tous entrèrent dans la maison et y disparurent. J'hésitai. Fallait-il attendre que l'homme en ressortît et remontât dans sa berline pour arrêter sa voiture en bloquant les issues de la route, ou intervenir dès à présent, alors qu'il était dans la maison avec son homme de main ?

Nous étions huit cavaliers, il me semblait impossible qu'une voiture pût nous distancer sur une route de cette nature, aussi rapide fût-elle. Je décidai de ne pas bouger. Quelques minutes passèrent. Nous avions le plus grand mal à empêcher nos montures de piaffer, pour ne pas risquer d'attirer l'attention sur nous. Enfin, l'homme masqué et son spadassin sortirent de la maison et grimpèrent dans leur voiture. Chacun d'eux portait sous son bras une cassette, ce qui ne laissa pas de m'intriguer. La berline se mit en branle et fonça vers nous, sans se douter qu'elle se jetait dans la gueule du loup.

Quand elle ne fut plus qu'à deux cents pas, je donnai l'ordre à mes huit gardes de foncer derrière moi. Nous débouchâmes sur la route au moment où elle arrivait à notre hauteur. Mes hommes étaient entraînés à intercepter véhicules ou cavaliers qui s'enfuyaient. Il ne fut pas difficile à deux d'entre eux de bloquer les chevaux de tête, tandis que nous cernions la voiture. Le cocher qui était armé et le spadassin à l'arrière tirèrent des pistolets de leur ceinture, mais deux de mes hommes furent plus rapides qu'eux et tuèrent le cocher. Le spadassin fut seulement blessé au bras gauche et put atteindre l'un des nôtres, qui s'écroula.

Les portières s'ouvrirent. En jaillirent l'homme masqué et trois gardes du corps, l'épée tirée. Nous croisâmes aussitôt le fer avec eux. Le spadassin blessé au bras gauche avait sauté de son siège arrière et se battait à leurs côtés. Ils étaient cinq, nous huit, le combat était donc en notre faveur, d'autant que les deux hommes qui portaient une cassette ne voulaient pas la lâcher et étaient embarrassés dans leurs mouvements. L'autre cocher était resté à sa place sur le siège arrière de la voiture et tremblait de peur. L'un de mes gardes l'obligea à en descendre, le fit allonger sur le sol et lui lia les mains et les pieds par précaution.

L'homme masqué était un redoutable bretteur, et ne tarda pas à mettre hors de combat l'un des nôtres. Il avait un jeu de jambes très rapide, qui compensait son absence de force brutale par des séries de feintes qui déséquilibraient ses adversaires et les mettaient un court instant à sa merci. C'était un virtuose de l'épée, et il valait mieux ne pas le prendre de front ou d'estoc. L'un de mes hommes réussit à embrocher l'un des siens. Sept contre quatre, ils ne tiendraient plus longtemps dans un tel déséquilibre. Il dut le sentir, car il recula vers la maison et fit signe à ses hommes de main de le suivre. Tous quatre partirent en courant vers la demeure de Romanelli.

Nous les poursuivîmes et en rattrapâmes un, que nous mîmes hors de combat. En se défendant et en essayant de nous barrer le passage, il avait réussi à nous retarder et les trois autres en avaient profité pour disparaître sous le porche. Nous pénétrâmes dans la cour et les vîmes contourner l'écurie, où se tenaient les chevaux sellés. Le temps d'arriver sur eux, ils avaient sauté sur trois des montures et s'éloignaient. Les deux porteurs de cassettes avaient réussi à les conserver.

Restait un quatrième cheval prêt à partir, je l'enfourchais en criant à mes hommes de me suivre. La bête que je montais n'était pas capricieuse et se soumit très vite à mes commandements. J'avais malheureusement au moins trois cents pas de retard, et j'avais beaucoup de mal à les suivre. Je connaissais mal ma monture, et ils chevauchaient à travers champs en changeant de direction de façon imprévisible.

En me retournant, j'aperçus, loin derrière moi, mes hommes qui me suivaient. Leurs chevaux étaient supérieurs à ceux que les fuyards et moi-même avions empruntés chez Romanelli, et je sentis qu'ils regagnaient sur nous du terrain, quand soudain, de façon imprévisible, les trois hommes que nous poursuivions se séparèrent et prirent des directions différentes. Celui qui était masqué continua sur la partie de la route qui s'enfonçait dans une forêt en grimpant vers une colline, tandis que chacun de ses comparses continuait dans la campagne, l'un à gauche, l'autre à droite. Je choisis de poursuivre l'homme masqué, puisqu'il était le possible instigateur du complot.

Il sortit de la route et obliqua vers une clairière qu'il traversa, avant de s'enfoncer de nouveau dans la forêt et de progresser avec aisance entre les arbres sans pour autant modérer sa course. Il n'y avait plus de chemin pour nous guider. Le terrain montait de plus en plus. Les branches cinglaient mon visage et ma monture, mais mon cheval tenait bon et poursuivait sa course sans ralentir son allure. Je me retournai, mais ne pus distinguer si mes gardes avaient réussi à me suivre, car les feuillages étaient de plus en plus épais, et m'obligeaient à me coucher sur l'encolure de ma monture pour ne pas être trop fouetté par les branchages qui griffaient mon visage.

Bientôt, nous arrivâmes au sommet de la colline. J'y aperçus une ferme isolée. Mon fuyard fonçait vers elle et n'en était plus qu'à une centaine de pas, lorsqu'il en sortit deux hommes armés et masqués. L'un d'eux était un colosse, l'autre avait une taille normale. Ils tirèrent l'épée aussitôt qu'ils m'aperçurent, et vinrent vers moi, menaçants. Je tirai l'épée à mon tour et décidai de foncer sur eux, en restant sur mon cheval. Je réussis à renverser le colosse, mais l'autre homme de main, d'un coup d'épée, réussit à trancher le jarret de ma monture, qui s'effondra. Par chance, je parvins à ne pas me faire écraser sous elle et me relevai.

Tandis que le colosse peinait à se relever, les deux autres se précipitèrent sur moi. Je me jetai sur celui qui me paraissait le plus faible et le surpris par une feinte à laquelle il ne s'attendait pas. Il était de toute évidence peu expérimenté. En quelques passes, je l'embrochai comme un mannequin d'entraînement et restai seul, face à l'homme masqué. Le colosse s'était relevé et venait vers nous. Je remarquai qu'il boitait à la suite de sa chute, ce qui me donnerait un léger avantage sur lui quand il serait à ma portée. Pour l'instant, je me contentai de parer les coups de mon adversaire, et quelques passes me confirmèrent vite que j'avais affaire à rude partie.

L'homme excellait dans les mêmes feintes que moi, pratiquait lui aussi la figure du balestra qui m'était chère, rompait comme j'en avais moi-même l'habitude, et me causait beaucoup de souci en semblant prévoir mes mouvements à l'avance. Plus je me battais contre lui, plus je me persuadais qu'il s'agissait bien d'une femme, et je me souvins que le marquis des Brisiers m'avait parlé de sa sœur, la comtesse de Lormont, comme d'une bretteuse avertie et passionnée.

À n'en plus douter, c'était bien elle et je lui criais :

— Vous pouvez retirer votre masque, madame la Comtesse.

Surprise, elle s'arrêta un instant, puis me donna l'assaut de plus belle, sans répondre. Je commençai à douter de pouvoir prendre seul le dessus sur deux adversaires aussi redoutables, et jetai des coups d'œil inquiets vers la forêt d'où j'étais sorti, espérant en voir surgir au moins l'un de mes gardes qui aurait retrouvé ma trace et viendrait me soulager. Comme le colosse peinait à s'approcher, je décidai de courir à l'écart d'une cinquantaine de pas pour obliger le premier à me suivre et gagner quelques secondes sur son homme de main, qui continuait vers nous sa démarche claudicante. Mais je ne parvenais à rien avec une telle adversaire, aussi habile que retorse, et qui pratiquait la même escrime que moi.

Je tentai le tout pour le tout, essayant ce qui m'avait si bien réussi, avec Hardouin, lorsque je m'entraînai contre lui. Une septime, suivie d'une seconde. Le coup était si osé et si inhabituel que mon adversaire tomba dans le piège et que je la touchai à la poitrine. Elle sembla durement blessée et s'écroula. J'espérais ne pas l'avoir tuée, car je voulais la faire parler, mais déjà, le colosse était sur moi, et frappait à grands coups de taille, m'obligeant à reculer sous la violence de ses coups. Alors qu'il fonçait sur moi avec un cri de rage, j'esquivai et il trébucha, lâchant son épée et s'écroulant sur le sol. Quand il se retourna, j'étais déjà sur lui et pointai mon épée sur sa gorge. Sous son masque, je crus reconnaître son regard, mais il prit mon épée à deux mains, et sans souci de se couper les doigts, l'enfonça avec violence dans sa gorge, faisant jaillit un flot de sang. J'essayai de retirer mon épée de son cou, mais il avait assez de force pour la retenir.

Tout fut soudain terminé, ses yeux se révulsèrent et ses mains retombèrent sur sa poitrine. Je retirai mon épée, le sang continuait à jaillir de sa gorge. Je me penchai sur lui et lui ôtai son masque : c'était Hardouin, dont j'avais bien cru au dernier moment reconnaître le regard. Il avait préféré se tuer qu'affronter mes questions. J'étais à la fois stupéfait et bouleversé. Celui que j'avais cru un ami, puis soupçonné du contraire, était donc bien, comme j'avais pu en avoir un moment le pressentiment sans y croire, l'espion de mes ennemis les plus acharnés. Ainsi, il avait simulé, sans que je pusse le deviner, une fidélité au roi qu'il n'éprouvait pas. À moins qu'il n'eût changé depuis la période de la Fronde, et éprouvé un dégoût grandissant pour les réformes accomplies ? Ou qu'il eût voulu venger la mort d'un de ses frères torturés par les soldats du roi, et l'exil obligé de l'autre ? Je ne l'apprendrais plus jamais de sa bouche, si je parvenais à l'apprendre un jour de quelqu'un.

Je me relevai et courus jusqu'au corps de la femme masquée qui gisait à quelques pas. Elle semblait respirer encore. Je lui ôtai à son tour le masque qu'elle portait et découvris bien le visage de la comtesse de Lormont. Avec quel brio elle avait su jouer ce rôle d'agent double et tromper même la cour, en poussant sa ruse jusqu'à être la maîtresse de Louvois ! Je crus voir ses forces la quitter peu à peu et son visage prendre les traits tirés et cireux d'un gisant.

Je me penchai plus près d'elle et lui parlai à voix basse :

— Vous étiez à la tête de ce complot ?

Elle me jeta un regard étonné :

— La tête… moi ? Mais non.

— Qui d'autre, alors ? Votre frère, le marquis des Brisiers ?

Son expression étonnée se transforma en un léger sourire ironique :

— Ce jeune sot ?

— Mais alors qui ?

Elle me fixait sans répondre. Je sentais que ses yeux se voilaient de plus en plus. Elle voulut parler, mais éprouvait le plus grand mal à sortir un son de ses lèvres. Je la pressai :

— Parlez ! Je vous en prie, parlez !

J'approchai mon oreille et la collai contre sa bouche. Dans un souffle, j'entendis :

— C'est sœur…

Puis, plus rien. Sa tête s'était faite plus lourde sur ma main, qui la soutenait. Je m'écartai. Ses yeux étaient révulsés. Sa tête avait basculé en arrière. Tout était fini. Qu'avait-elle voulu dire avec ce seul mot « sœur » ? Avait-il un rapport avec une haute autorité de l'Église ? N'était-ce que la première syllabe d'un nom qu'elle n'aurait plus eu la force d'articuler en entier ? Une lueur traversa mon esprit : et s'il s'agissait de cet espion anglais, dont elle aurait prononcé le début d'un titre : « *Sir* »… ?

Je me relevai et allai retirer le masque du premier des hommes que j'avais tués. C'était un visage que je n'avais jamais vu. Je faisais déjà quelques pas vers la ferme pour la fouiller, lorsque j'aperçus un cavalier qui débouchait de la forêt à vive allure et fonçait vers moi. Ce n'était malheureusement pas l'un de mes hommes, mais l'un de ceux qui s'étaient enfuis et revenaient sans doute au point de ralliement avec l'une des cassettes accrochée à sa selle.

Quand il m'aperçut et qu'il vit les cadavres de ses compagnons, il arrêta sa monture, sembla hésiter à faire demi-tour, puis piqua de nouveau vers moi. L'homme, en galopant, ôta son masque, comme pour me provoquer : c'était Morgeac. Il chercha à me renverser, mais j'esquivai son attaque et donnai un coup du plat de mon épée sur l'une des pattes de son cheval, qui trébucha. Morgeac tomba sur le sol et se releva en tirant son épée et en se jetant sur moi.

— Ordure ! lui criai-je. Tu vas payer pour Mathilde.

Un méchant rictus lui vint au visage. Ma haine était telle que je me sentis envahi des pieds à la tête par une force nerveuse que je n'avais jamais connue. Je parai ses premiers coups, me souvenant de l'escrime qu'il m'avait opposée lors de son guet-apens sur le chemin de Versailles. Je portai contre lui des assauts d'une telle violence qu'ils le surprirent autant que moi-même. Au lieu de mes feintes et de mes balestras, j'attaquai de taille et d'estoc, et il recula, débordé par mes coups, puis s'enfuit vers la ferme. Je courus derrière lui et l'y rattrapai, avant qu'il y pénétrât. Je lui criai :

— Bats-toi, lâche ! Ce n'est plus une femme que tu peux égorger, c'est un homme que tu as pour adversaire.

Il se retourna, et je continuai de lui asséner des coups de bûcheron qui menaçaient de faire sauter son épée des mains. Je sentis une lueur d'angoisse monter dans ses yeux. Il s'adossa à l'un des murs de la ferme pour me faire face et y prendre appui. C'était précisément ce qu'il ne fallait pas faire, lorsqu'on était en face d'un adversaire comme Hardouin, et c'était justement en Hardouin que je m'étais transformé.

En quelques passes, il comprit qu'il était perdu. Son épée finit par lui sauter des mains d'un coup de taille que je lui infligeais. Il ne chercha même pas à la ramasser et me regarda en m'offrant sa poitrine, comme s'il tentait une dernière ruse pour que je l'épargnasse. J'avais pointé mon épée sur son cœur, et j'hésitais à l'embrocher, maintenant qu'il était désarmé.

— J'ai des secrets à vous révéler, murmura-t-il.

— Parle alors ! Parle d'abord, ou je t'embroche.

— Déposez d'abord votre arme, vous, et je parlerai.

Je lui criai, avant de le transpercer, dans une colère qui me dégoûta moi-même :

— Pauvre imbécile ! Tu n'as rien à me dire que je ne sache déjà.

Un voile opaque envahit ses yeux. Je lui avais percé le cœur. Je tournai ma lame, dans un sens, puis dans l'autre, avant de la retirer brusquement. Ses jambes fléchirent et il s'écroula. Je m'écartai et pénétrai dans la ferme, mais ne trouvai, avec horreur, que les cadavres d'un couple de paysans et de deux enfants, tous égorgés, sans doute pour que leur demeure servît de refuge. Je ressortis et revins vers le cheval que j'avais chevauché et dont l'un de ces hommes avait coupé un jarret. Il était en train de se vider de son sang. Je tirai mon pistolet et l'abattis pour achever ses souffrances.

À ce moment surgirent de la forêt deux cavaliers. Je craignis d'avoir à me battre encore, mais c'était deux de mes hommes qui avaient enfin retrouvé ma trace. Parmi eux, il y avait Lecoq.

— Il était bien temps que vous arriviez ! lui criai-je ironiquement.

Ils sautèrent de leurs montures et accoururent vers moi, surpris par le spectacle de cette femme et de ces trois hommes contre lesquels je m'étais battu seul et que j'avais réussi à éliminer. À leurs compliments admiratifs, je répondis que je n'y avais pas eu de mérite, car ce n'était pas moi qui m'étais battu, mais une rage incontrôlable. La cassette accrochée à la selle de la monture de Morgeac renfermait une somme très importante. Je l'évaluai à près de vingt mille livres. Sans doute la moitié du prix demandé par Romanelli. L'autre avait disparu avec le deuxième homme qui la portait. Je demandai à l'un de mes gardes de charger le corps de la comtesse avant de revenir emporter les deux autres.

Nous retournâmes vers le carrosse où je retrouvai ceux que j'avais laissés derrière moi. Sans attendre mon retour, ils avaient fouillé la demeure de Romanelli et trouvé son personnel rassemblé autour de son cadavre. La comtesse de Lormont lui avait repris la première cassette et l'avait assassiné froidement de deux coups de pistolet tirés à bout portant, l'un dans sa poitrine, l'autre dans la tête. Je ne trouvai rien qui pût m'éclairer davantage sur les membres du complot. Seuls les bagages de Romanelli pour fuir en Angleterre dès qu'il aurait touché la somme qu'on lui avait promise témoignaient de la réalité de cette tentative d'assassinat du roi.

37

Jeudi 27 mars 1681

Dès le lendemain matin, je me rendis à Versailles où nous tînmes en présence du roi un Conseil privé. N'y participaient que Colbert, Louvois et moi-même. Mon rapport provoqua un silence glacial du souverain. Colbert et Louvois se regardaient, sans que l'un ou l'autre osât prendre la parole. Après être resté un long moment prostré, le roi se tourna vers Louvois et lui demanda ce qu'il pensait de tout cela. Le chef de nos services secrets resta un moment silencieux. Son visage était écarlate, son front transpirait, et Colbert et moi sentions que sa gorge était si nouée qu'il était incapable d'articuler un son. Tout ce qui venait d'advenir le mettait en cause et accablait son incurie et celle de ses services.

— Sire, finit-il par murmurer, je suis dévasté par ce que M. de La Reynie vient de découvrir sur la comtesse de Lormont.

Le roi éclata d'une colère froide :

— Mon ministre de la Guerre ! L'homme chargé de ma protection ! Celui qui a en charge les services secrets du royaume ! Que découvre-t-on ? Qu'il avait pour maîtresse une femme à la tête d'un complot destiné à m'assassiner, et qu'il n'en savait rien. Et ce n'est pas tout ! Ladite femme agissait très probablement sous l'égide d'une puissance étrangère qui aspirait à la ruine de notre pays ! Et tout cela sous mes yeux, et dans mes châteaux !

Louvois sortit un mouchoir de sa poche et s'épongea le front.

— C'est insensé... Je deviens fou..., murmura-t-il, d'une voix presque inaudible. Pardonnez-moi, Majesté, mais je me sens très mal. M'autoriseriez-vous à quitter un instant votre Conseil ?

Le roi le considéra avec mépris :

— Non. Vous ferez dans votre culotte ici même, s'il le faut, mais vous ne bougerez pas. Puisque vous êtes le responsable de nos affaires extérieures, vous allez nous donner votre sentiment sur l'hypothèse d'un complot anglais contre ma personne ?

— Je la trouve plausible, Majesté, et sans doute aurais-je exploré cette hypothèse depuis longtemps si l'on avait bien voulu m'informer de la présence d'un Anglais auprès de Mlle des Œillets. Le roi Charles II ne cache pas ses sympathies pour le catholicisme et a accepté la signature fort avantageuse pour nous du traité de Douvres, qui devait rester secret. Le parti protestant a fini par le découvrir, comme il a fini par découvrir que vous aviez versé à leur souverain de fortes sommes pour qu'il reste votre allié contre un pays protestant et acceptât même de se convertir un jour au catholicisme.

Le roi ne put retenir un rugissement :

— Votre satané traité m'a coûté assez cher, il est vrai !

Il se tourna vers Colbert et moi et nous prit à témoin :

— Pouvez-vous me dire, l'un ou l'autre, ce qu'est devenu aujourd'hui le royaume de France ?

Comme nous restions silencieux, il reprit :

— C'est un lieu d'aisance où un espion anglais peut tranquillement pénétrer, devenir l'amant de l'une de mes anciennes maîtresses, se faire fabriquer des poisons par une sorcière notoirement connue, et confier cette infâme mixture à cette maîtresse qui la donnera à ma favorite pour qu'elle me l'administre ! Et tout cela se passe tandis que, dans une pièce voisine de mes appartements, le ministre à la tête des services chargés de ma protection batifole avec une femme sans avoir deviné qu'elle complotait à me tuer avec des chemises qu'elle avait fait enduire d'arsenic par mon couturier et qu'elle me faisait offrir par mon propre fils !

Il marqua un temps, puis soupira :

— Si Molière était encore vivant, j'aurais pu lui confier ce sujet de comédie qu'il n'aurait sans doute jamais osé imaginer lui-même, et encore moins écrire, tant il paraît invraisemblable…

Un nouveau silence s'ensuivit. Puis le roi éclata soudain d'un rire incongru. Il garda un moment aux lèvres un sourire amusé, en tripotant le pendentif en perles fines qu'il portait en collier sur son justaucorps, finit par retrouver son sérieux et se tourna vers Louvois :

— Votre vue m'indispose, monsieur le Ministre ! Je souhaite pour vous qu'il ne s'agisse que d'une indisposition passagère, mais je préfère ne plus vous croiser pendant quelque temps.

Le visage du marquis était de nouveau couleur écarlate, et il se tordait de plus en plus sur son siège.

Le roi détourna le visage avec un air de dégoût :

— Vous allez sortir de ce bureau et aller soulager ce besoin qui semble vous tirailler si cruellement les entrailles. Après quoi, vous me ferez le plaisir de mettre à la disposition de M. de La Reynie tous les services dont vous disposez en Angleterre pour qu'il découvre à votre place le nom du prétendu Milord qui est venu traîner chez nous à votre insu.

— Bien, Majesté.

— Et sachez que je compte sur vous pour le faire avec la plus grande loyauté à son égard, car c'est vous que je tiendrai responsable d'un échec de sa mission, s'il échouait.

Le marquis sortit, après nous avoir tous salués à reculons à plusieurs reprises. Dès qu'il fut dehors, le roi se tourna vers moi :

— Ne vous l'avais-je pas dit, La Reynie ? C'est un bœuf. Je le ferais bien jeter dans un cachot, si je n'avais pas besoin de lui, mais il est précieux pour ce qui concerne l'organisation de la chose militaire.

Puis, changeant de sujet :

— Après tous les rapports dont j'ai été accablé depuis que ces affaires de poisons mettent en cause les personnes qui me sont chères, j'ai décidé de trancher dans le vif et de rompre avec la marquise !

— Je ne comprends pas, s'exclama Colbert, après un moment de stupeur. Qu'entendez-vous exactement par le mot « rompre », Majesté ?

Le roi eut un froncement de sourcils agacé :

— Seriez-vous devenu aussi imbécile que Louvois ? Rien d'autre que ce que tout un chacun y entend.

— Voulez-vous dire que vous comptez la répudier ?

— Mais oui, Colbert !

— Vous la croyez donc coupable, dans ces affaires de poisons ?

Il réfléchit :

— Non. Ou peut-être que si. Enfin, je n'en sais rien…

Il me jeta un coup d'œil :

— … Et je ne veux pas le savoir. Comprenez-vous cela, La Reynie ?

— Parfaitement, Majesté.

— Je vais lui demander de quitter la cour en lui faisant don de cinquante mille livres ainsi que l'usufruit du château de Clagny jusqu'à sa mort. C'est déjà là qu'elle vit, quand elle n'est pas à Saint-Germain ou à Versailles. Elle disposera également du château d'Oiron, dont elle est déjà l'usufruitière. Cela vous paraît-il convenable ?

Colbert hésita :

— Pourra-t-elle néanmoins rester à Versailles ?

— Je compte lui retirer ses appartements officiels, pour les confier à son fils aîné, le duc du Maine. Mais elle pourra s'installer dans les soupentes, si elle le désire. À une condition, cependant… Qu'elle ne paraisse plus devant moi sans que je l'y aie autorisée.

Colbert et moi restâmes muets, émus l'un comme l'autre à l'idée de ce que la marquise allait éprouver. Je pensai qu'elle ne pourrait que quitter la cour un jour ou l'autre, blessée dans son orgueil de ne plus pouvoir accéder au roi, et de ne paraître aux yeux de tous qu'une maîtresse répudiée. Le roi nous observait d'un œil furieux, ressentant sans doute que nous n'arrivions pas, l'un comme l'autre, à perdre toute compassion pour la malheureuse, qui n'avait été guidée que par sa crédulité.

Il s'écria soudain :

— Eh bien, quoi ? Qu'elle s'estime heureuse que je ne la fasse pas jeter dans un cul-de-fosse, elle ne mériterait pas davantage. Et je le ferais volontiers, si elle ne m'avait pas fait six enfants.

Comme nous nous taisions, il ajouta :

— Il y a autre chose, La Reynie.

Je sortis de ma stupeur.

— Il me semble indispensable de donner au plus vite une conclusion à ces affaires de poisons. Je vous charge donc de faire accélérer les derniers jugements. Je veux pouvoir fermer la Chambre Ardente aussi tôt que possible. La seule affaire qui compte à présent est de comprendre les raisons de la présence de cet Anglais sur notre territoire, et si mon beau-frère Charles II a pu me trahir au point d'organiser ma mort. Si cela était avéré, il ne faudra plus hésiter à rompre les accords secrets que nous avons passés avec lui, et cesser de l'entretenir comme une prostituée aux frais de notre couronne.

Il resta un moment silencieux, puis soupira en se levant :

— Messieurs, vous comprendrez qu'une journée comme celle que je viens de vivre commence à être de trop pour un seul homme, fût-il un roi !

38

Du lundi 27 mars 1681
au mardi 21 juillet 1682

L'année qui suivit ce Conseil fut riche en événements de toutes sortes, dont certains inattendus. Malgré ce qu'il nous avait révélé dans le plus grand secret, le roi tardait à annoncer à la marquise qu'il était décidé à la répudier. Du mois de mars au mois de juin 1681, tout avait continué entre eux comme auparavant, même si chacun à la cour pouvait ressentir les tensions palpables qui existaient entre le souverain et sa favorite.

Peu de temps après le retour de la duchesse de Fontanges à Versailles, on la vit recommencer à dépérir, comme atteinte d'une langueur extrême. Était-ce parce qu'elle avait compris que le roi ne voulait plus d'elle comme maîtresse ? Son état de santé devenant de plus en plus préoccupant, on commença à soupçonner les effets d'un nouvel empoisonnement. La duchesse retourna à l'abbaye de Chelles où elle avait été soignée une première fois, puis fut transportée à celle de Port-Royal, à Paris, où elle mourut le 28 juin.

Ce décès fut le coup de grâce porté aux rapports du roi et de la marquise. Bien qu'aucune responsabilité de sa part ne pût être prouvée, c'est ce malheur qui le décida à lui demander de quitter ses appartements de Versailles et de ne plus jamais chercher à le voir. Pour se remettre d'un tel affront, elle commença par se réfugier quelques semaines dans son château de Clagny, tandis qu'on vidait ses appartements.

Dès le lendemain du Conseil privé que nous avions tenu, j'avais mis en branle les liaisons que Louvois m'avait permis d'établir avec ses agents secrets au Royaume-Uni. Très rapidement, grâce aux espions que le roi lui-même et Louvois avaient infiltrés depuis plusieurs années dans le milieu du parti whig, qui était le principal ennemi de la France, il fut avéré que l'homme existait bien, mais qu'il ne s'agissait en aucun cas d'un Lord. Ce nom de Douglas Appletown lui servait de couverture, lorsqu'il lui arrivait de mener des opérations d'espionnage. Il s'appelait en réalité Timothy Barwood et était l'un des capitaines qui avait combattu avec le duc de Monmouth, le fils naturel de Charles II, lorsqu'il dirigeait un corps anglo-hollandais. Les deux hommes s'étaient distingués au cours de la fameuse bataille de Saint-Denis, en 1678, qui avait coûté en deux jours rien moins que quatre mille cinq cents hommes aux forces alliées et deux mille cinq cents à la France.

Une recherche plus poussée nous fit découvrir que le frère de Hardouin, qui avait choisi de s'exiler pour fuir les représailles du roi contre lui, avait combattu sous l'uniforme anglais lors de cette bataille, et qu'il avait épousé la propre sœur de ce Timothy Barwood. Les deux hommes se connaissaient donc, et peut-être était-ce cette proximité qui avait permis à « Lord Appletown » de tisser des liens avec Hardouin et un réseau de relations en France.

Dès que j'eus informé le roi de l'identité de ce fameux Milord et expliqué les tenants et les aboutissants de cette conspiration, il me félicita et me demanda de cesser toute investigation nouvelle sur cette affaire d'espionnage. Il saurait à présent prendre lui-même les mesures qui s'imposaient et faire savoir au roi Charles II ce qu'il pensait des manœuvres de ses opposants. L'affaire d'État avait monté d'un cran. Elle échappait désormais non seulement à mes services, mais même à ceux du marquis de Louvois. Je n'avais donc plus qu'à me consacrer à hâter autant que je le pourrais l'examen des prévenus dont les jugements restaient en suspens.

Lorsque je lui demandai s'il trouvait souhaitable que j'interrogeasse de nouveau le magicien Lesage et Mlle des Œillets, il réfléchit quelques secondes, puis me répondit que ce n'était plus nécessaire. Lesage continuerait à croupir dans sa geôle de la forteresse de Besançon et garderait ses secrets, s'il en avait encore. Quant à Mlle des Œillets et à Mme de Montespan, elles n'auraient désormais ni l'une ni l'autre plus jamais accès à sa personne.

La Chambre Ardente reprit ses travaux le lundi 19 mai et j'eus de nouveau fort à faire. Malgré l'absence de danger qui pesait sur notre famille, je recommandai à Gabrielle de prendre toujours la précaution de ne sortir qu'accompagnée d'une escorte, mais j'eus l'esprit et le corps plus libres, pour lui consacrer ainsi qu'à nos enfants davantage de mon temps. Un soir où nous venions de faire l'amour et où nous reposions l'un près de l'autre dans l'obscurité de notre chambre, elle me déclara soudain qu'elle était très fière de moi, et terrifiée à la pensée que j'avais dû affronter seul trois bretteurs redoutables. Cette prise de conscience aiguë de la mort qui nous avait menacés et continuait de peser sur nos têtes nous rendait sans doute, ajouta-t-elle, plus aptes à savourer le bonheur que nous avions de nous aimer. Je lui répondis, amusé, qu'elle venait d'énoncer à sa façon le célèbre *Carpe diem* d'Horace.

Si je veux dresser un bilan de l'activité de cette cour exceptionnelle de justice, je dirais qu'ayant commencé à siéger le lundi 17 avril 1679, elle l'avait fait sans discontinuer jusqu'au lundi 30 septembre 1680, puis, qu'après une suspension de près de huit mois, elle avait rouvert le lundi 19 mai 1681 et siégé de nouveau jusqu'au mardi 21 juillet 1682. Son fonctionnement régulier avait donc duré au total plus de deux ans et demi. On peut juger de l'ampleur immense du travail qu'elle avait accompli, si l'on note qu'elle avait tenu deux cent dix séances, prononcé trois cent dix-neuf décrets de prise de corps, obtenu l'arrestation de cent quatre-vingt-quatorze personnes, et rendu cent quatre jugements, dont trente-six condamnations à mort, cinq aux galères, trente-quatre à des peines de bannissement ou d'amende.

Seuls vingt-neuf acquittements furent prononcés.

Ajoutons à cela que, vers la fin du mois d'août, une soixantaine d'accusés furent incarcérés à vie dans les forteresses de Belle-Île-en-Mer, Salces, Besançon, et quelques autres. Ce fut le lot de toutes les personnes qui n'avaient pu être jugées officiellement, car leur témoignage devant la cour risquait de jeter un doute sur la responsabilité criminelle de Mme de Montespan ou de Mlle des Œillets. Je pensai une fois de plus que, si j'étais obligé de choisir entre ce genre de peine et la mort, j'eusse mille fois préféré la seconde.

Quelques semaines après qu'il eut décidé de fermer définitivement la Chambre de l'Arsenal, le roi promulgua, le 30 août 1682, un édit destiné à prévenir le retour des crimes d'empoisonnements, ou de ceux commis sous le prétexte de magie et de divination. C'est Colbert et moi-même qui en fûmes les auteurs, mais j'y avais associé très étroitement mon adjoint Delamare. Son objet principal était d'éviter désormais que l'on pût se procurer impunément vitriol et arsenic.

Le texte juridique que nous établîmes interdit l'ouverture d'officines ou la continuation d'exercer à celles qui prétendaient pratiquer divinations, horoscopes, bonne aventure ou toute autre fantaisie de ce genre relevant de la magie ou d'une utilisation sacrilège de la religion, car elles avaient pour l'essentiel toujours été destinées à camoufler des activités criminelles ou illicites. Il fut prévu que messes noires ou pratiques sacrilèges seraient punies de mort, de même que l'usage de toute drogue qui pourrait altérer la santé, même celui du simple effet aphrodisiaque.

L'édit prévoyait également de limiter la vente et l'usage des poisons les plus connus comme l'arsenic ou le mercure aux personnes qui, « *par leur profession, sont obligées de les employer* », autrement dit les médecins et les apothicaires dont les noms, adresses et qualités seraient dûment inscrits sur un registre tenu par le vendeur. On pouvait estimer que ces derniers seraient capables de mesurer les doses convenables de ces produits dangereux, de façon à transformer leurs effets mortels en remèdes bénéfiques pour ceux à qui ils les appliqueraient.

Quel serait l'effet exact de cet édit pour les années à venir, personne ne pouvait le dire, mais il avait à nos yeux le mérite de créer un début de réglementation de l'exercice de la profession médicale et d'établir des limites à sa transgression. Son autre avantage, que je jugeais essentiel, était de ne pas se contenter de proposer un corpus de peines à qui en enfreindrait les règles, mais de chercher à établir des mesures préventives et un contrôle généralisé d'une matière jusque-là laissée à la libre circulation totale.

L'Histoire, une fois de plus, nous démontrait qu'une liberté totale, dans quelque domaine que ce soit, qu'il s'agisse du commerce, des mœurs, du travail, de l'économie ou de la politique, ne fait qu'instaurer la loi du plus fort et le règne de l'arbitraire, et qu'elle n'a jamais eu pour effet que le désordre le plus total, et à courte échéance la dissolution des liens qui permettent aux hommes de vivre en société

Il me faut dire, avant d'en terminer, quelques mots sur ce qu'il advint de la marquise de Montespan dans les années qui suivirent. Qu'elle ait été coupable d'avoir fréquenté les sorcières, et qu'elle se soit procuré chez celles-ci des potions à faire absorber au roi ne semble guère faire de doute. Mais il était selon moi probable qu'il ne s'était agi dans son esprit que du désir de faire revenir sur elle l'amour de son amant qu'elle sentait diminuer. Qu'elle ait été plus loin dans un désir irraisonné de vengeance à son égard jusqu'à vouloir l'empoisonner me paraissait une pure et simple calomnie.

Les choses commencèrent à tourner à son détriment après la mort de la reine, lorsque Louis XIV épousa secrètement en 1683 Mme de Maintenon, qui avait été autrefois la gouvernante de ses enfants. L'atmosphère de Versailles changea, et la vie de la cour et des courtisans s'y fit contrainte et raide, sous l'emprise de cette parvenue autoritaire et confite dans sa bigoterie, qui devenait chaque jour plus hautaine et plus manipulatrice. Toute à la haine recuite qu'elle entretenait sur ses prie-Dieu, elle ne manquait pas d'infliger des camouflets à son ancienne rivale, comme si elle avait voulu se venger des bontés que celle-ci lui avait prodiguées lorsqu'elle était à son service.

C'est une attitude malheureusement fort courante d'en vouloir et même de détester ceux à qui l'on doit tout, et cela me fit me souvenir d'une phrase que prononçait parfois mon père, lorsqu'il rentrait de son travail : « Aujourd'hui, je me suis fait encore un ennemi, j'ai rendu service à quelqu'un. »

Anticipant depuis déjà quelque temps la bascule des penchants du roi, beaucoup de courtisans s'étaient rangés, avec leur couardise habituelle, au côté de sa nouvelle égérie et avaient abandonné toute fréquentation de la marquise de Montespan, si bien qu'elle se trouva fort délaissée dans les nouveaux appartements plus modestes qui lui avaient été alloués à Versailles après qu'on l'eut exilée des siens, et où elle essayait à toute force d'organiser des fêtes qui étaient de moins en moins fréquentées. Quand elle comprit que son règne était terminé, et que le roi lui enjoignit de parler désormais respectueusement à Mme de Maintenon, et non plus comme à une servante ou à la gouvernante de ses enfants, cette nouvelle gifle provoqua une scène terrible. La Montespan claqua la porte de ses nouveaux appartements au visage du roi en hurlant :

— Que je l'appelle Madame de Maintenon, elle ! Cette gardeuse d'oies ! Ce torche-cul !

Puis elle se retira plusieurs jours de la fréquentation de la cour en prétextant une migraine. Avec le temps, les choses finirent par reprendre leur cours normal, et elle revint à quelques reprises hanter les salons et les cabinets de jeux. À ce qu'on me rapporta, il était pathétique de la voir errer comme un fantôme parmi les décors de sa gloire déchue, au milieu de courtisans qui lui tournaient le dos et faisaient mine de l'ignorer.

En 1684, comme la Maintenon ne supportait plus de la savoir encore présente, elle fit pression sur le roi pour qu'il lui retirât les appartements qu'elle occupait encore et les confiât à son fils le duc du Maine. La marquise fut alors confinée dans ce que l'on nommait « l'Appartement des Bains », au rez-de-chaussée du château. C'était là que Louis et elle avaient joué autrefois dans une grande piscine octogonale. L'idée venait de la Maintenon et était cruelle à souhait, car il ne pouvait que lui rappeler tout ce qu'elle avait perdu dans sa chute.

Ce duc du Maine se montra le fils le plus ingrat du monde. C'était un petit personnage déplaisant et servile, qui porta le coup de grâce à sa mère en se ralliant à celle qui l'avait remplacée, devinant qu'il avait désormais plus à attendre de celle-ci que de sa génitrice. Pour bien le manifester aux yeux de la cour, il fit jeter les meubles de celle-ci par les fenêtres de l'appartement dont il avait pris possession. Les âmes pessimistes disent qu'on n'est jamais aussi bien trahi que par ses enfants, et c'est malheureusement ce que l'on peut souvent observer. Pour parfaire cette humiliation, la Maintenon fit ériger un mur de brique à la place de l'escalier qui aurait continué de permettre aux appartements du roi de communiquer avec ceux de son ancienne favorite.

Un jour, alors que je retournais à ma voiture, je rencontrai la marquise dans une galerie, et elle vint vers moi pour me demander si je voulais bien la suivre quelques instants dans ses appartements. J'acceptai de bonne grâce et l'accompagnai dans ce nouveau lieu. Elle avait encore grossi depuis sa disgrâce, et je sentis qu'elle se laissait désormais aller. Après m'avoir invité à m'asseoir et m'avoir servi un verre de liqueur, elle congédia sa femme de chambre pour rester seule avec moi.

— Je vois, monsieur de La Reynie, qu'à chaque fois que nous nous croisons, vous me regardez avec un soupçon d'interrogation dans les yeux. Est-ce que je me trompe ?

— Non, Madame. Je me demande en effet ce que vous pensez de moi, et si vous me rangez au nombre de vos ennemis.

— Eh bien non, sourit-elle. Même si j'ai pu éprouver contre vous quelque rancœur de m'avoir si fort soupçonnée, je suis revenue sur ce sentiment, et vous suis reconnaissante pour la façon dont vous m'avez défendue auprès du roi. Notre regretté Colbert, qui était notre ami à tous les deux, me l'a assuré sur son lit de mort.

— Merci, Madame. Je vous sais gré de l'avoir compris.

Elle poussa un soupir :

— Je sais que je ne dois ma défaveur qu'aux intrigues de ma rivale et qu'elle n'aura de paix que lorsque j'aurai quitté ce château. Je vous avoue que je me sens de toute façon de plus en plus lasse de lui résister. Je vais donc me retirer dans ma fondation de Saint-Joseph pour me consacrer aux œuvres que j'ai créées. Mais je ne voulais pas partir sans vous avoir revu en tête à tête et vous avoir fait mes adieux.

Je la remerciai de me faire cet honneur et ne pus m'empêcher de lui demander si c'était une décision volontaire ou encore une fois l'effet de nouvelles manœuvres contre elle. Elle sourit.

— Les deux, sans doute. Mes enfants restaient le seul lien qui me retenait encore ici, et le roi vient de les couper en me retirant le dernier qui me restait, le comte de Toulouse, pour l'emmener avec lui à la guerre. J'ai eu beau protester qu'il n'avait que treize ans, et que c'était bien jeune pour l'exposer au front, son père s'est montré intraitable, comme à chaque fois qu'il a pris une décision. Sur le moment, le coup pour moi a été terrible, d'autant que je me doutais de qui l'en avait convaincu. Je dus faire effort pour ne pas éclater en pleurs devant lui, de crainte de faire plaisir à cette personne, si le roi lui rapportait le chagrin qu'il me causait. Mais dès qu'il fut sorti et que je fus restée seule, je m'abîmai dans le désespoir. Une fois calmée, ma décision fut prise : puisque personne n'avait plus besoin de moi ici, je n'avais pas à y rester une seconde de plus.

— Vous m'en voyez sincèrement désolé, Madame, car je sais tout ce que vous avez apporté au roi et à la cour, et beaucoup ici vont sans nul doute vous regretter.

Elle étouffa un petit rire.

— Vous plaisantez ? Je ne me fais aucune illusion là-dessus. À part quelques amis fidèles que je peux compter sur les doigts d'une seule main, personne ne viendra plus me rendre visite, de peur de déplaire à celle qui régente désormais tout. Mais soyez rassuré, je ne le regrette pas. Je suis même sûre que ma vie à Saint-Joseph sera plus gaie qu'ici, où règne une atmosphère qui continuera de s'alourdir sans cesse. Cette femme, sous son apparente modestie et ses simagrées de dévote raisonnable, cache au fond d'elle-même une âme d'une étrange noirceur qui ne manquera pas de se faire sentir chaque jour davantage.

Ce fut la dernière fois que je la vis à Versailles.

J'appris qu'elle s'était d'abord retirée quelque temps dans son château de Clagny. Comme elle y donnait des fêtes qui recommençaient à être fréquentées, l'acharnement de Mme de Maintenon alla jusqu'à lui faire retirer cette demeure pour la donner en cadeau de mariage au duc du Maine. Elle se réfugia alors dans son château de Oiron, bâti au milieu de nulle part et sans aucune cour digne de ce nom autour d'elle. Il n'y avait pas de lieu plus impropre à son tempérament qui avait tant besoin d'une société vive et brillante, au milieu de laquelle pratiquer l'art de la conversation qu'elle avait poussé à son plus haut point.

C'est à partir de là seulement qu'elle renonça aux jeux de l'esprit et revint à Paris pour ne plus se consacrer qu'à la conduite des ordres de charité qu'elle avait fondés, comme celui de Saint-Joseph, l'hôpital des vieillards à Saint-Germain ou le couvent des Ursulines, consacré à l'éducation de jeunes filles nécessiteuses issues de la noblesse. Elle y dépensa son argent avec la même prodigalité qu'elle mettait autrefois à se ruiner aux tables de jeux.

39

Ce jeudi 7 mars 1709

Près de trente ans ont passé depuis que j'ai écrit ces notes.

Je les ai relues depuis quelques jours, sentant que mes forces déclinaient et que je n'étais sans doute plus très loin de ma fin. Je n'eusse pas voulu laisser derrière moi une trace de ma vie qui ne m'eût pas satisfait par des imprécisions, des omissions ou ces accommodements avec la vérité que se plaisent si souvent à prendre les mémorialistes, lorsqu'il s'agit de leur propre vie. J'ai constaté avec un certain plaisir que tout ce que j'avais écrit à cette époque reflétait convenablement, tout au moins autant que mon faible talent d'écrivain le permettait, ce qui s'était passé durant ces années. Sans doute un bon ange m'aura-t-il suggéré cette décision, car mon médecin vient de me quitter en me laissant une impression fort décourageante. Après tout, à l'âge que j'ai, il serait difficile de garder une espérance illusoire quant à l'évolution de ma santé. Je sens bien que mes difficultés respiratoires s'aggravent de jour en jour, qu'elles se répercutent sur la vaillance de mon cœur et s'ajoutent à la gêne et aux douleurs que provoque la rouille de mes articulations.

Ce matin, j'ai reçu une courte lettre de la Supérieure du Carmel d'Arles m'informant que le Seigneur avait rappelé à Lui la fille que j'avais eue de ma première femme, Antoinette. Elle avait préféré se retirer du monde en s'enfermant chez les Carmélites, et je n'ai plus jamais eu de ses nouvelles malgré les lettres que je lui envoyai régulièrement pour lui en donner des nôtres. J'en ai été longtemps chagriné, puis je me suis fait peu à peu à l'idée que cette coupure qu'elle avait décidée de son plein gré avec la société des hommes valait après tout autant pour son père et sa famille que pour n'importe qui d'autre.

D'après les termes de cette lettre, elle aurait quitté notre monde à la suite d'une brève maladie consécutive à une affection des poumons sans doute voisine de la mienne. Je ne me sens pas la force de faire le voyage pour assister à son enterrement, qui aura lieu dans le cimetière du monastère où elle avait pris le voile. Son souvenir restera donc gravé pour moi dans celui de la jeune fille que je n'aurai jamais revue depuis l'âge de ses dix-huit ans.

Après mon lever, je me suis dévêtu et me suis considéré un long moment dans la psyché de ma chambre. J'étais nu, complètement nu des pieds à la tête, et j'en ai été épouvanté. Quel vieillard tu fais ! ai-je pensé. La poitrine creuse, les bras et les jambes amaigries, sans muscles, le poil blanc, le ventre saillant, le crâne chauve, les yeux pochés de fatigue après une mauvaise nuit passée à me réveiller à chaque heure pour vider ma vessie, quel misérable spectacle eussé-je donné à Gabrielle, si elle avait encore été là !

Sans doute ai-je eu la chance de n'avoir pas trop fréquenté les médecins ou les chirurgiens, et, quand je m'y suis vu obligé, à ne pas toujours tenir compte de leurs avis. Pour l'heure, et dans l'état balbutiant de nos connaissances, je ne crois en vérité qu'en l'hygiène du corps et la tempérance en boisson comme en nourriture. Je n'ai plus peur de la mort depuis quelques années déjà et me sens tout à fait prêt pour le grand voyage, où qu'il me conduise. Je ne redoute pas plus le néant que la découverte d'un autre monde, fût-il pire que le nôtre, ce qui me paraît peu probable. Mon seul souhait, un peu misérable j'en conviens, est que ce passage si redouté par la plupart d'entre nous s'effectue dans le moins d'inconfort et de douleur possibles. Comme je l'ai déjà dit, je ne me suis jamais senti l'âme d'un héros, pas davantage pour mourir que pour vivre, et mon seul regret ne sera pas tant d'être mort que de ne plus vivre.

Lorsque je pense à tous les gens que j'ai connus, ceux que j'ai aimés comme ceux que j'ai détestés, ceux que j'ai secourus comme ceux que j'ai poursuivis, ceux que j'ai admirés comme ceux que j'ai méprisés, il me vient un curieux sentiment d'indulgence pour qui j'ai combattu, et d'indifférence pour qui j'ai soutenu. Il est étrange qu'à l'approche de la mort on se sente ainsi envahi par cette impression que tout se valait finalement plus ou moins, et que dans cent ans, deux cents ans, trois cents ans, si quelqu'un se souvenait de nous, nous lui apparaîtrions tous à peu près les mêmes, dans le Bien comme dans le Mal.

Ma femme est morte, deux de mes filles sont mortes, mes adjoints Desgrez et Lecoq sont morts, mes supérieurs Colbert et Louvois aussi, mes ennemis le maréchal de Luxembourg, la Voisin, la Filastre, la comtesse de Soissons les ont rejoints. Certaines et certains ont fini tragiquement, comme ils le méritaient : ainsi pour la femme Voisin et la femme Filastre, brûlées vives, ou l'abbé Guibourg ou la fille Voisin, condamnés à la prison à vie. D'autres ont retrouvé les faveurs du roi et leur honneur, en se réhabilitant par des actions glorieuses comme le maréchal de Luxembourg qui captura tant d'oriflammes à l'ennemi qu'elles furent exposées à la cathédrale de Paris et lui valurent le surnom de « tapissier de Notre-Dame ». Tous se rassemblent pour finir et ne faire plus qu'un dans ce grand Tout, qui reste un mystère pour chacun.

Après avoir perdu peu à peu tous mes amis, je me fais l'effet d'un survivant. L'âge vous coupe du monde en vous isolant sur une colonne au milieu d'un désert, comme Siméon le stylite, et vous y êtes aussi seul qu'un ermite. Mes seules connaissances un peu intimes restent mes deux enfants, que je ne vois malheureusement pas assez à mon gré, du fait de leur éloignement. Par bonheur, il me reste mes livres pour compagnons, et c'est sans doute aussi bien, car la fatigue de l'âge vous fait éprouver de plus en plus de lassitude à l'usage de la conversation.

Samedi 30 mars 1709

Je viens d'apprendre qu'en cette année 1709, le pays est condamné à subir la pire disette qu'il ait connue depuis des décennies. Mon vieux jardinier m'a rapporté qu'un de ses amis, voyageant sur la grand-route entre Lyon et Paris, venait d'y dénombrer pas moins de trente-deux cadavres si décharnés qu'ils étaient visiblement morts de faim. Cette famine serait encore plus grande que celle que notre pays a connue en 1693. Pour certains, elle promettrait d'être la pire que les Français aient jamais traversée au cours de leur histoire, depuis que leur mémoire existe. La cause ? Toujours cette interminable guerre pour la succession d'Espagne que notre roi s'obstine à continuer de mener seul contre toute l'Europe. Cet entêtement inqualifiable nous a ruinés et a décimé nos campagnes, leur ôtant les bras nécessaires pour semer, cultiver et récolter.

À cela s'est ajouté, il est vrai, un hiver effroyable, où la température a chuté depuis le 7 janvier au point de geler la Seine jusqu'à son embouchure, tandis que la mer se transformait en banquise. On m'a rapporté qu'à Versailles le vin devenait de la glace, aussitôt servi dans les verres, et que le roi, si amoureux du grand air, ne bougeait plus, tout comme moi, de devant son feu. Le sol aurait gelé jusqu'à trois pieds de profondeur, et les dégels, alternant avec les reprises du froid, auraient détruit totalement les maigres récoltes à venir. On entend dire aussi que le gibier serait mort, et que nos paysans fuiraient massivement les campagnes pour affluer vers les villes, qui ne voudraient pas les y accueillir et disposeraient parfois la troupe devant leurs portes avec l'ordre de tirer pour leur en interdire l'entrée. Quelle charmante fin de règne !

Quant à cette guerre désastreuse qui a ruiné nos finances et transformé notre pays en mouroir, il est probable qu'elle se terminera par un désastre encore plus grand que celui que nous avons connu, nous faisant perdre tout ce que nous avions conquis, et accepter les pires conditions que nous dicteront les alliés réunis contre nous. La rumeur publique annonce que le roi se résignerait bientôt à envoyer à La Haye Jean-Baptiste Colbert de Torcy, le neveu du grand Colbert et l'un de nos meilleurs ambassadeurs, pour négocier coûte que coûte une paix avec nos ennemis, le Grand Pensionnaire des États de Hollande Anthonie Hensius, le duc de Marlborough pour l'Angleterre et le prince Eugène de Savoie. On imagine sans peine ce qu'un tel « coûte que coûte » pourra coûter ! Un beau bilan pour un si « Grand Siècle » !

On comprendra aisément que je n'ai de consolation à mon dégoût grandissant de la chose politique et à ma solitude imposée que la lecture des auteurs chers à mon cœur et la reprise de l'écriture de ces *Mémoires* qui me fait du bien en m'occupant chaque jour et en m'obligeant à réfléchir sur le sens qu'aura eu ma vie. Je n'ai eu au fond d'autre ambition que de m'y montrer sans masques et d'y être le plus sincère avec ce que j'ai vécu et ressenti, aussi bien dans mes bonnes actions que dans mes faiblesses, dont j'aurai essayé au moins de ne rien cacher.

Pour mes lectures favorites, je me plonge de plus en plus souvent dans celle des poètes, peut-être parce que leur œuvre est plus courte ou plus condensée et que mon attention commence à se relâcher avec l'âge. J'ai redécouvert récemment Pierre de Marbeuf, qui a, selon moi, écrit l'un des plus beaux, des plus purs et désespérés poèmes d'amour qui, à chaque fois que je le relis, m'évoque toujours la fin tragique des amours de Louis XIV et de Mme de Montespan :

Et la mer et l'amour ont l'amour pour partage,
Et la mer est amère et l'amour est amer
L'on s'abyme en l'amour aussi bien qu'en la mer,
Car la mer et l'amour ne sont point sans orage…

Mardi 9 avril 1709

Quelque envie que j'aie de me soustraire au souvenir de mon passé de serviteur du roi, je ne peux m'empêcher de repenser souvent à lui, qui fut si longtemps le centre de ma vie et pour qui j'éprouve à présent un curieux mélange de sentiments, fait à la fois d'admiration et de dégoût, de reconnaissance et de fureur. Comme bien d'autres, j'ai la sensation d'avoir été floué par un homme qui n'aura pas su mettre un frein à ses désirs de puissance et à sa volonté de paraître.

L'avenir ne sera sans doute pas tendre à l'égard de ce théâtre en trompe-l'œil que fut Versailles, alors que la réalité du règne fut d'affamer le peuple et le jeter dans des guerres sans fin qui le saignèrent à blanc et pèseront lourd sur l'état de notre population pour au moins une ou deux générations. Plus je réfléchis à ce qui a bien pu l'entraîner vers ces abîmes, lui qui était si doué pour le pouvoir, plus il m'apparaît que ce roi tout-puissant ne fut en réalité qu'une marionnette entre les mains des profiteurs de guerre, qui le manipulèrent comme ils voulurent pour se faire commander armes et navires.

C'est ce que comprit sur sa fin le malheureux Colbert, qui me confia, peu de temps avant de s'aliter pour mourir, que « le plus grand roi du monde avait toujours été en réalité entre les mains de la finance » et que « ses ministres ne lui avaient proposé que des mesures qu'ils avaient déjà prises ». Cette constatation explique l'étonnant refus de visite qu'il opposa au roi, lorsqu'il se sentit près de mourir. Il aurait dit à son fils Jean-Baptiste, pour justifier un tel écart de protocole : « Je lui ai donné la vie, qu'il me laisse au moins ma mort. » Sans doute cette réflexion désabusée pourrait-elle concerner bien des rois ou des gouvernants, et c'est sans doute le lot de leurs serviteurs de conclure presque toujours leurs vies par un bilan amer ou désespérant.

Ajoutons à ces désastres extérieurs un autre, plus intérieur : la destruction de la paix religieuse avec la révocation de l'édit de Nantes qu'avait pourtant si sagement promulgué Henri IV, les monstrueuses dragonnades exercées à l'encontre des protestants, et l'affreuse bigoterie que la dernière femme du roi, Mme de Maintenon, fait à présent peser sur la cour de Versailles et sur tout le pays. Pour n'évoquer que ces dragonnades qu'elle aura contribué à provoquer, mon opinion est que notre roi eût pu les empêcher, s'il n'avait été sous la férule de cette femme. Je la considère comme une fanatique catholique sous ses dehors de sainteté, prétendant toujours qu'une conversion n'était bonne que si elle n'était pas faite sous la contrainte, mais ne faisant rien pour empêcher cette contrainte et les horreurs qui en résultaient. Quel dommage que notre grand Molière n'ait pas vécu plus longtemps ! Il aurait sans doute pu la prendre pour modèle et écrire un nouveau *Tartuffe*, féminin celui-là ! Car le silence de la prière n'est-il pas parfois bien pire que le bruit des bottes des soldats ?

Mercredi 13 juin 1709

Ces *Mémoires* ne seraient pas tout à fait complets, si je n'y relatais une dernière visite que je fis au roi il y a deux années, à sa demande.

C'était le mardi 7 juin 1707, et nous venions d'apprendre la mort de Mme de Montespan, survenue le vendredi 27 mai à Bourbon-l'Archambault, alors qu'elle y faisait une cure. Comme je l'ai évoqué précédemment, elle s'était plongée dans la dévotion religieuse la plus totale, surtout depuis 1691, avec la volonté manifeste d'expier ce qu'elle considérait peut-être comme ses torts passés. Une présomption de plus, sans doute, pour la soupçonner de s'être sentie coupable d'un crime plus grave que son adultère avec le roi. Toujours souffrante ou se disant telle, elle ne recevait plus et semblait, d'après les dires de ses serviteurs, prise constamment de la plus vive terreur de mourir, au point que son appartement restait constamment éclairé pendant la nuit, et qu'elle exigeait que ses domestiques se relayassent auprès d'elle lorsqu'elle dormait, pour qu'ils la réveillassent à tout prix, au cas où son sommeil se fût brusquement interrompu.

C'est sans doute parce qu'il se posait la même question que moi que le roi me fixa un entretien vers les quatre heures de l'après-midi, et eut la prévenance de m'envoyer une berline confortable pour me prendre chez moi et m'y ramener. Pendant le trajet jusqu'à Versailles, je remarquai que la route qui conduisait au château s'était bien améliorée depuis les années où j'enquêtais sur les affaires de poisons. L'arrivée sur le château me parut toujours aussi fastueuse, et notre berline traversa l'esplanade pour ne s'arrêter que dans la cour de marbre, sans doute pour m'éviter d'avoir trop à marcher. Un capitaine de la garde royale m'accueillit avec le plus grand respect, et me pria de bien vouloir le suivre.

Je fus accompagné tout au long du chemin qui menait aux appartements du roi, par quatre hommes en grande tenue. Nous traversâmes la galerie des Glaces, qui n'avait été terminée que deux ans après que le souverain eut emménagé définitivement à Versailles. Je ne pus m'empêcher d'être saisi une fois de plus par l'incroyable grandeur du décor. Des petits groupes de courtisans qui se tenaient près des fenêtres me jetèrent des regards curieux. Je n'en connaissais plus un seul, et sans doute se demandaient-ils qui pouvait bien être ce vieillard au souffle court qu'on entourait ainsi de tous les honneurs.

Le roi me reçut dans son bureau, assis près d'un feu de cheminée. D'un geste rapide de la main, il fit signe au capitaine et aux huissiers de nous laisser seuls. Quand tous furent sortis, il fit effort pour se lever et venir vers moi. Il souffrait visiblement d'une jambe, et j'eus l'impression qu'il était aussi ému de me revoir que je l'étais moi-même. Posant ses deux mains sur mes épaules, il me regarda longuement avec une expression de sympathie, puis, toujours sans prononcer un mot, me désigna le fauteuil qui faisait face au sien, avant de retourner s'asseoir en boitant. Une fois installés face à face, nous continuâmes de nous regarder et j'attendais qu'il me donnât la raison pour laquelle il m'avait fait venir.

Au lieu de quoi, il soupira, en regardant le feu qui dansait devant nous :

— Le froid a été particulièrement âpre depuis le mois de janvier. Tout le monde en a été fort incommodé, au château. J'imagine qu'il en a été de même pour vous à Paris ?

— Oui, Majesté. Mais je fais comme vous. Je reste près d'un bon feu et me contente de sortir le moins possible.

Il poussa un nouveau soupir :

— Je n'ai jamais aimé la froidure. Mais avec l'âge, je ne la supporte plus.

Puis, changeant de sujet :

— Vous avez sûrement deviné pourquoi je vous ai demandé de venir ?

— Je n'en suis pas certain, Majesté. Mais j'ai pensé sur le chemin que c'était sans doute pour évoquer avec moi le souvenir de Mme de Montespan ?

— C'est cela même.

— Que puis-je dire à Votre Majesté ? Je n'ai moi-même pas revu la marquise depuis plusieurs années.

Il eut un geste agacé :

— Vous savez très bien ce que je veux savoir : a-t-elle ou non cherché à m'empoisonner ? Colbert est mort lui aussi, à présent. Il était l'un de ses plus fervents défenseurs, et vous lui étiez redevable. À l'époque, vous ne pouviez pas le contredire sans l'offenser. Mais vous n'avez plus de comptes à lui rendre, aujourd'hui, et je ne vous demande aucune preuve contre elle, dans un sens ou dans l'autre. Je veux juste connaître votre sentiment, en conscience. Vous me l'avez toujours refusé lorsque vous étiez dans votre charge de policier, mais c'est maintenant à l'homme que je m'adresse.

Je restai un moment silencieux, troublé que le roi pût revenir sur l'idée de la culpabilité de sa favorite. Une fois passé l'effet de surprise de nos retrouvailles, je notai à quel point son visage s'était marqué depuis la dernière fois où je l'avais vu. Deux rides profondes creusaient les coins de sa bouche. Le pli de ses lèvres, tournées vers le bas, lui donnait une expression d'amertume. Sans doute était-ce le prix à payer lorsqu'on exerce le pouvoir aussi longtemps.

Comme je tardais à lui répondre, il me relança :

— Dites-moi toute la vérité, La Reynie. Il est des choses que vous m'avez cachées et que vous hésitez encore à me dévoiler.

— Si je remonte dans mes souvenirs, Majesté, il n'y a guère d'éléments de mon enquête que je n'ai évoqués dans les rapports que je vous ai remis, à part peut-être mon dernier échange avec la femme Filastre, le jour de son exécution. Vous souvenez-vous de qui il s'agit ?

— Très bien. C'est cette sorcière qui a chargé la marquise, en déclarant l'avoir rencontrée à Saint-Germain et lui avoir fourni des poisons qui m'étaient destinés, à moi ou à la duchesse de Fontanges.

— C'est bien cela, en effet. C'est aussi la femme à qui vous m'avez demandé d'appliquer moi-même la question dans toute sa rigueur, et c'est à son supplice que vous êtes venu assister, sous un déguisement, à la forteresse de Vincennes. C'est même à la suite des révélations qu'elle a faites sous la torture que vous avez suspendu pour un temps le fonctionnement de la Chambre de l'Arsenal.

Le roi eut un geste agacé.

— Laissez cela, voulez-vous ! Qu'est-il advenu d'elle ? Je ne m'en souviens plus.

— Elle a été condamnée, Majesté, et brûlée vive en place de Grève vers le mois de septembre 1680, si ma mémoire est bonne.

— Alors, que vouliez-vous me dire, concernant cet échange avec elle, le jour de sa mort ?

— Je suis allé la voir avant son exécution, comme il est prévu par la loi. J'étais accompagné d'un prêtre avec son crucifix, de mon greffier et d'hommes armés. Quand je suis entré, elle était allongée sur sa couche, les jambes et les bras bandés à la suite du supplice des coins que je lui avais fait subir, car elle avait les membres brisés, et deux religieuses lui avaient passé la robe de bure et coupé les cheveux. Je lui ai demandé si elle souhaitait me parler avant que je la laisse seule avec le confesseur. Elle m'a répondu que oui. Je me suis alors isolé avec elle.

Je m'arrêtai pour reprendre mon souffle et parce que ce souvenir m'était soudain pénible.

Le roi attendit un peu, puis s'impatienta :

— Continuez, La Reynie, je vous en prie !

— C'est alors qu'elle m'a avoué que tout ce qu'elle avait déclaré sur Mme de Montespan sous l'effet de la question était faux.

Le roi avait changé de visage.

— Elle a ajouté qu'elle n'avait jamais rencontré de sa vie Mme de Montespan, ni à Saint-Germain, ni ailleurs, et que celle-ci ne l'avait jamais approchée pour lui demander quelque poison que ce fût. J'ai alors voulu savoir si elle avait entretenu des rapports avec Mlle des Œillets. Elle m'a répondu que non, et qu'elle avait fait une fausse déclaration, lors de sa confrontation avec elle, organisée par le marquis de Louvois.

Ce que je venais de révéler au roi lui avait causé de toute évidence un choc, car il resta plusieurs instants comme prostré. D'une voix très faible, il murmura :

— Mais alors, pourquoi les a-t-elle chargées de la sorte ?

— Pour se libérer des tourments que je lui faisais subir, Majesté. Ne vous ai-je pas suffisamment dit qu'on ne pouvait rien attendre d'aveux obtenus sous une telle torture ?

Le roi me lança un regard noir, mécontent que j'évoquasse encore une fois ce désaccord que j'avais toujours eu avec lui.

— Ne pouvait-elle revenir sur ses déclarations, pendant que vous l'interrogiez devant la cour, lors de son jugement ?

— C'est ce que je lui ai demandé. Elle m'a répondu qu'elle avait trop peur que je ne la renvoie à la question.

Le roi haussa les épaules.

— Elle préférait donc le bûcher ?

— Sans doute. L'effet en est plus rapide. On peut aussi soudoyer le bourreau pour qu'il vous brise la nuque sans que personne s'en aperçoive, avant qu'il mette le feu aux fagots.

Le roi me jeta un regard surpris.

— Cela se pratique-t-il vraiment ?

— Pour ceux qui en ont les moyens.

— Et vous ne faites rien pour les empêcher ?

— Sire, je peux vous avouer aujourd'hui qu'il m'est arrivé plus d'une fois de donner moi-même la pièce au bourreau.

Le roi s'écria :

— Mais c'est indigne, La Reynie !

— Ce qui est indigne, Majesté, ce sont de tels supplices, à une époque comme la nôtre.

— Vous seriez donc contre la peine de mort, pour de tels criminels ?

— Non, Majesté, mais je suis favorable à ce que leurs exécutions s'effectuent le plus rapidement possible. Elles n'ont à mes yeux aucune valeur d'exemple, et il n'est pas sain non plus que des foules y assistent. Cela ne fait que déchaîner en elles des passions mauvaises.

Le roi esquissa un sourire :

— Votre âge et votre retraite vous protègent, La Reynie. Mais j'aurai toujours autant de mal à accepter vos idées, et vous avez bien fait de ne pas me les exprimer trop fort, lorsque vous étiez à mon service.

Nous restâmes silencieux quelques instants, puis je repris :

— Pour en revenir à cette femme Filastre, elle avait assez de crimes à son actif pour être condamnée. Quand elle s'est retrouvée en face de ses juges, elle a dû penser : à quoi bon prendre la peine de chercher à m'innocenter de celui-ci, puisque tant d'autres suffisent à ma perte ?

— Dans ce cas, pourquoi a-t-elle voulu se rétracter devant vous, si elle se savait perdue, quoi qu'il pût arriver ?

— Sans doute ne voulait-elle pas mourir la conscience chargée de ce qu'elle avait dit contre une personne qu'elle n'avait jamais vue.

Le roi eut un petit rire méprisant :

— Sa conscience ! Parce qu'elle aurait cru en Dieu, malgré ce qu'elle avait commis ?

— J'ai parlé de sa conscience, Majesté, pas de Dieu. Pour certains dont je fais partie, il s'agit de quelque chose d'aussi puissant que la crainte de la damnation.

Le roi s'était saisi d'un tisonnier et jouait avec les braises, absorbé dans ses pensées. Il l'abandonna, se leva et s'approcha en boitant d'une fenêtre pour regarder son parc. De dos, au bout d'un temps qui me sembla infini, il me lança :

— Vous auriez quand même pu me dire tout cela lorsque vous travailliez à mon service, La Reynie... Après tout, cela ne faisait que conforter votre opinion quant à l'innocence de Mme de Montespan.

Je me levai, pour ne pas être assis, lorsqu'il se retournerait.

— Majesté, en ce qui concerne ses intentions criminelles à votre égard, je vous ai clairement dit à l'époque que je ne le croyais pas et que je la jugeai innocente. Mais cette décharge ne s'applique pas selon moi à la messe noire donnée par l'abbé Guibourg, que nous a révélée la fille Voisin, ni à la mort de la duchesse de Fontanges.

Le roi se retourna :

— Vous la croiriez donc coupable de l'avoir empoisonnée ?

— Je n'avais aucune preuve formelle contre elle. Hormis celles-ci, il n'y a qu'une présomption d'innocence. Je ne sais d'ailleurs pas si elle aura voulu sa mort. Elle a pu souhaiter seulement l'empêcher de vous donner un enfant, dont la naissance aurait à ses yeux signé sa disgrâce, mais la Nature aura dépassé ses vœux, et la duchesse aura été emportée par ses fausses couches.

Le roi s'approcha et me fixa, comme je l'avais souvent vu faire lorsqu'il scrutait quelqu'un pour prendre sa mesure. Je ne détournai pas le regard. Il semblait furieux et je me demandai s'il n'allait pas me faire embastiller malgré mon âge pour insolence, par une lettre de cachet. Mais il se reprit et finit par esquisser un sourire :

— Je vous remercie pour votre franchise, La Reynie. Je ne partage pas vos opinions, mais vous êtes décidément un homme loyal et intègre, et je vous considère, avec Colbert, comme le meilleur des serviteurs de l'État avec qui j'aie eu le bonheur de travailler.

— Merci, Majesté, murmurai-je, la voix étranglée.

Il me prit par l'épaule.

— Il me faut vous quitter à présent, j'ai un Conseil qui m'attend. J'aurais eu plaisir à continuer de discuter avec vous, comme je l'ai souvent eu lorsque vous étiez en charge, mais je ne veux pas faire attendre mes ministres plus longtemps.

Il me raccompagna jusqu'à la porte et fit encore quelques pas avec moi dans le couloir. Sa jambe le faisant trop souffrir, il s'arrêta :

— Vous me voyez boiter. C'est encore l'une de ces douleurs que j'éprouve au genou et contre lesquelles Fagon ne sait rien faire que me purger ou me saigner. Il prétend que c'est une humeur de goutte qui en est la cause, et qu'il faut pour cela me tirer du sang pour en décharger les substances rhumatisantes qui y prolifèrent. Vous êtes bien heureux, La Reynie, de ne pas avoir ces embarras.

— J'ai, comme tous les gens de mon âge, bien des tracas.

— Les gens de votre âge ? Quel âge avez-vous donc, déjà ?

— Je viens d'avoir quatre-vingt-deux ans, Majesté.

— Mon Dieu ! Comme vous présentez bien ! Et moi qui n'en ai que soixante-neuf !... Je n'arriverai jamais à votre âge... Ou sûrement pas dans votre état... Il faudrait pour cela que je tienne encore treize années debout, à m'occuper aux affaires ? Ah non, c'est impossible ! Et même si cela était, je ne sais pas si je devrais le souhaiter.

Il resta un moment immobile, à me dévisager, comme s'il hésitait encore à me poser une autre question. Puis, s'y décidant soudain, il se pencha vers moi et chuchota :

— Et comment cela se passe-t-il pour vous, avec les femmes ?

Je ne pus retenir un sourire :

— Majesté, depuis la mort de ma chère Gabrielle, les femmes n'existent plus pour moi. Je veux dire : plus comme vous venez de le suggérer. Ces sentiments de passion physique ne sont que des souvenirs. Cela ne m'empêche pourtant pas d'éprouver du désir, ni d'être sensible à la beauté d'une femme. Mais quant à l'accomplissement, je préfère m'en dispenser à présent, car je crains trop à l'avance de ne pouvoir satisfaire la personne à qui je voudrais l'exprimer.

— Comme c'est ennuyeux !... soupira-t-il.

Il resta un moment pensif, puis soupira de nouveau :

— Comme c'est ennuyeux... vous ne trouvez pas ?

Je me contentai de sourire, sans lui répondre. Il me fit face, me posa de nouveau les mains sur les épaules, et pour la première fois depuis que nous nous connaissions, me donna une brève embrassade, avant de me tourner brusquement le dos, comme s'il regrettait ce mouvement involontaire d'affection. Je le vis disparaître dans son bureau, et retournai avec mes gardes vers le carrosse qui m'attendait, convaincu que je l'avais rencontré pour la dernière fois.

Tandis que nous roulions vers Paris, je songeai qu'il était bon de pouvoir parler librement à un souverain, lorsqu'on n'est plus à son service et qu'on est protégé par son âge. Cela vous évitait d'être jeté au cachot par une lettre de cachet, sans jugement, pour crime de lèse-majesté ou pour une quelconque raison d'État.

Je fus de retour chez moi vers huit heures du soir et me couchai après un léger souper. Ma nuit fut mauvaise, car elle me força à remuer toutes sortes de souvenirs que j'eusse préféré oublier.

Note de l'auteur

Ici s'arrêtent les Mémoires *de La Reynie.*

Sa gouvernante Anne-Marie le trouva écroulé sur sa table de travail, le lendemain jeudi 14 juin 1709, alors qu'elle venait le chercher dans sa bibliothèque pour souper. Il avait la plume à la main, et gisait, victime sans doute d'une crise cardiaque, alors qu'il voulait écrire encore. Ainsi avait-il eu la mort qu'il souhaitait, et évité celle qu'il redoutait le plus et dont il avait souvent parlé avec appréhension à ses domestiques : mourir étouffé par son insuffisance respiratoire.

Dès qu'il apprit la disparition de son fidèle lieutenant général de police, le roi se sentit libéré du regard de ce serviteur dont l'intégrité et le respect de la justice l'avaient toujours intimidé. Sans attendre, il convoqua, le 13 juillet 1709 à Versailles, le greffier Nicolas Gaudion qui était dépositaire de tous les papiers secrets que La Reynie avait soustraits au procès à la demande expresse de son souverain, mais qu'il avait conservés au Châtelet dans une cassette de cuir noir, sous forme de liasses cachetées de cire rouge. Louis XIV fit alors ce qu'il n'eut sans doute jamais osé du vivant de son ancien lieutenant de police. En présence de Mme de Maintenon et du comte de Pontchartrain, Grand Chancelier de France, il manda son Premier Valet et, dès que celui-ci fut arrivé, lui ordonna de faire sauter les ferrures de la cassette et de jeter l'une après l'autre les liasses scellées dans la haute cheminée de son bureau, qu'on avait allumée pour l'occasion, bien qu'on fût déjà en été. Les regardant se consumer l'une après l'autre dans les flammes, sans doute pensait-il que la postérité ne pourrait jamais connaître les méfaits dont il soupçonnait celle qui avait été sa favorite et la mère de six de ses enfants. Comment aurait-il pu se douter que, cette fois, à la différence des procès de Latréaumont ou du quiétisme, La Reynie, se méfiant de son roi, lui avait désobéi en gardant les copies de tous ses interrogatoires à son domicile ?

Mais ce dont Louis XIV se doutait encore moins est que celui qu'il croyait son plus fidèle serviteur lui jouerait avant de mourir le mauvais tour d'écrire ses Mémoires *en se servant d'elles.*

Éléments de bibliographie

Sur Louis XIV et sa cour :

BARATON Alain, *Vice et Versailles*, Grasset, 2011.
BARATON Jean, *L'Amour à Versailles*, Grasset, 2009.
BELY Lucien, *Les Secrets de Louis XIV, mystères d'État et pouvoir absolu*, Taillandier, 2013.
BERCÉ Yves-Marie, *Louis XIV*, Le Cavalier Bleu, 2005.
BLUCHE François, *Louis XIV*, Fayard, 2012.
BOSSUET, *Oraisons funèbres*, Livre de Poche, 2004.
BRAMLY Serge, *Ragots*, Plon, 2001.
CAROLY Michelle, *Le Corps du Roi Soleil*, Imago, 1999.
CAYLUS Madame de, *Souvenirs*, Mercure de France, 2003.
DA VINHA Mathieu, *Au service du Roi*, de Noyelles, 2015.
—, *Les Valets de chambre de Louis XIV*, Perrin, 2009.
—, *Le Versailles de Louis XIV*, Perrin, 2009.
LA GORCE Jérôme de, *Carlo Vigarani, intendant des plaisirs de Louis XIV*, Perrin, 2005.
LEBIGRE Arlette, *Meurtres à la Cour du Roi Soleil*, Calmann Lévy, 1994.
LENOTRE G., *Versailles au temps des Rois*, Grasset, 2006.
LEVRON Jacques, *La Cour de Versailles*, Tempus, 2010.
—, *Les Inconnus de Versailles*, Perrin, 2003.
—, *La Vie quotidienne à Versailles au XVIIe et au XVIIIe siècles*, Hachette, 1986.
LOUIS XIV, *Mémoires*, Taillandier, 2012.
MARAL Alexandre, *Louis XIV tel qu'ils l'ont vu*, Omnibus, 2015.
PETITFILS Jean-Christian, *Louis XIV*, Perrin, 2018.
RIOU Jean-Michel, *1658, L'Éclipse du Roi Soleil*, Flammarion, 2010.
SAINT-GERMAIN Jacques, *Louis XIV secret*, Hachette, 1970.
SAINT-SIMON, *Mémoires*, Gallimard, 1958.
SAULE Béatrix, *La Journée de Louis XIV*, Actes Sud, 2003.
SOLNON Jean-François, *La Cour de France*, Fayard, 1987.

Spanheim Ézéchiel, *Relation de la Cour de France*, Mercure de France, 1973.
Tiberghien Frédéric, *Versailles, le chantier de Louis XIV*, Tempus, 2002.
Vallot A., Daquin A., Fagon G-C., *Journal de santé de Louis XIV*, Jérôme Million, 2004.
Visconti Primi, *Mémoires sur la Cour de Louis XIV*, Tempus, 2017.

Sur les collaborateurs de Louis XIV :

Aubert François de, *Colbert*, Perrin, 2014.
Cénat Jean-Philippe, *Louvois, le double de Louis XIV*, Tallandier, 2015.
Le Nabour Éric, *La Reynie, le policier de Louis XIV*, Perrin, 1990.
Murat Inès, *Colbert*, Fayard, 1980.
Saint-Germain Jacques, *La Reynie et la police au Grand Siècle*, Hachette, 1962.
Vergé-Franceschi Michel, *Colbert, la politique du bon sens*, Petite Bibliothèque Payot, 2005.

Sur les femmes et les enfants de Louis XIV :

Bertière Simone, *Les Femmes du Roi Soleil*, de Fallois, 1998.
Breton Guy, *Histoires d'amour de l'Histoire de France – tome 4 : d'Anne d'Autriche au Régent*, Éditions Noir et Blanc, 1958.
Castro Eve de, *Les Bâtards du Roi Soleil*, Olivier Orban, 1987.
Chandernagor Françoise, *L'Allée du Roi*, Julliard, 1981.
Chevé Joëlle, *Marie-Thérèse d'Autriche*, Pygmalion, 2015.
Cortequisse Bruno, *Madame Louis XIV*, Perrin, 2002.
Decker Michel de, *Madame de Montespan*, Pygmalion, 2010.
Decours Catherine, *Aimée du Roi, Mémoires de Madame de Montespan*, Plon, 2001.
Desprat Jean-Paul, *Madame de Maintenon*, Perrin, 2015.
Duchêne Jacqueline, *Henriette d'Angleterre, Duchesse d'Orléans*, Fayard, 1995.
Hilton Lisa, *Athénaïs de Montespan*, Alvik éditions, 2004.
Lahaye Matthieu, Cornette Joël, *Le Fils de Louis XIV : Monseigneur, le grand Dauphin*, Champ Vallon, 2013.
Lemoine Jean, *Les Des Œillets*, Librairie Académique Perrin.
Le Nabour Éric, *La Porteuse d'ombre, Madame de Maintenon et le Roi Soleil*, Taillandier, 1999.
Maral Alexandre, *Madame de Maintenon, à l'ombre du Roi Soleil*, Belin, 2014.

MONGRÉDIEN Georges, *Madame de Montespan et l'affaire des poisons*, Hachette, 1953.
PETITFILS Jean-Christian, *Madame de Montespan*, Fayard, 1988.
PIGAILLEM Henri, *La Duchesse de Fontanges*, Pygmalion, 2005.
RUGGIERI Eve, *L'Honneur retrouvé du Marquis de Montespan*, Perrin, 1993.
TEULÉ Jean, *Le Montespan*, Julliard, 2008.
Le Château d'Oiron, Éditions du Patrimoine, 2000.

Sur l'amour, les femmes et la vie quotidienne au XVIIe siècle :

ARIÈS Philippe, *L'Enfant et la vie familiale sous l'Ancien Régime*, Seuil, 1977.
DUCHÊNE Roger, *Être femme au temps de Louis XIV*, Perrin, 2004.
DULONG Claude, *L'Amour au XVIIe siècle*, Hachette, 1969.
—, *La Vie quotidienne des femmes du Grand Siècle*, Hachette, 1984.
GOUBERT Pierre, *Splendeurs et misères du XVIIe siècle*, Fayard, 2005.
HUAS Jeanine, *Madame de Brinvilliers, la Marquise empoisonneuse*, Fayard, 2004.
LA FAYETTE Madame de, *La Princesse de Clèves*, Le Livre de Poche, 1973.
LESAGE Alain-René, *Le Diable boiteux*, Gallimard, 1964.
MARBEUF Pierre de, *Recueil de vers*, Rouen, Léon Gy, 1982.
VERGÉ-FRANCESCHI Michel, *Ninon de Lenclos*, Payot, 2014.
WILHELM Jacques, *La Vie quotidienne au Marais au XVIIe siècle*, Hachette, 1966.

Sur le théâtre au XVIIe siècle :

BONNASSIES Jules, *Comédie Française, histoire administrative (1658-1757)*, Hachette livres-BNF, 2013.
DONNEAU de VIZÉ Jean, CORNEILLE Thomas, *La Devineresse ou les faux enchantements*, Hachette livres-BNF, 1638.
DUFOUR-MAITRE Myriam, *Thomas Corneille, un dramaturge virtuose*, Purh, 2014.
LE CHEVALIER Gilbert, *La Conquête des publics*, Garnier, 2012.
PIRON Alexis, *La Métromanie*, Forgotten Books, 2018.
REYNIER Gustave, *Thomas Corneille, sa vie et son théâtre*, Hachette, 1892.

Sur la justice et la police au XVIIe siècle :

DESMAZE Charles, *Le Châtelet*, Lightning Source, 1870.
LEBIGRE Arlette, *Les Dangers de Paris au XVIIe siècle*, Albin Michel, 1991.
—, *Les Grands Jours d'Auvergne*, Hachette, 1976.
—, *La Justice du Roi*, Albin Michel, 2014.
—, *La Police, une histoire sous influence*, Découvertes/Gallimard, 1993.
MANDROU Robert, *Magistrats et sorciers en France au XVIIe*, Seuil, 1971.

Autour de l'affaire des Poisons :

BRILOUZ Éric, *Histoire des poisons, des empoisonnements et des empoisonneurs*, Éditions Ouest France, 2016.
FUNCK-BRENTANO Frantz, *Le Drame des poisons*, Hachette, 1899.
Les Grands Procès (tome 3) *: Les Affaires des Poisons*, Éditions de Saint Clair, 2015.
HAMEL Françoise, *La Reine des Ténèbres*, Plon, 2003.
LEBIGRE Arlette, *L'Affaire des Poisons*, 1679/1682, Éditions Complexe, 2006.
PETITFILS Jean-Christian, *L'Affaire des Poisons*, Perrin, 2010.
QUÉTEL Claude, *L'Affaire des Poisons, crimes, sorcelleries et scandales sous Louis XIV*, Tallandier, 2015.

Merci à Alexandra de Broca et à Charlotte Hellmann, qui m'ont si amicalement soutenu, aidé, corrigé, « marraîné », et porté jusqu'aux fonts baptismaux.

Merci à Karina Hocine d'avoir aimé et choisi de publier mon livre, et à Véronique Cardi d'avoir confirmé et prolongé ce choix en lui manifestant le même intérêt.

Merci à Jeanne Morosoff et à Paul Perles, qui ont été les gardiens attentifs de sa finalisation, et à Jeanne en particulier qui s'y est collée jusqu'au bout, de son œil aussi aiguisé qu'impressionnant.

Merci enfin à ma femme Jenny, ma première lectrice, qui m'a supporté pendant les trois années qu'a duré son élaboration, et ce n'est pas rien.

Ph.M.

Composition réalisée par nord compo

Achevé d'imprimer par
Maury Malesherbes
pour le compte des Éditions J.-C. Lattès
en mars 2021

LE MASQUE
s'engage pour l'environnement
en réduisant l'empreinte carbone
de ses livres.
Celle de cet exemplaire est de :
390 g éq. CO_2
Rendez-vous sur
www.lemasque-durable.fr

PAPIER À BASE DE
FIBRES CERTIFIÉES

N° d'édition : 01
N° d'impression : 253241
Dépôt légal : avril 2021
Imprimé en France